SANS FAUX-SEMBLANT

PENELOPE WARD
VI KEELAND

Sans faux-semblant
Traduit de l'anglais par Jennifer Spinninger

SANS FAUX-SEMBLANT

CHAPITRE
1

Molly

— Alors, que faites-vous dans la vie ?

La femme tapota ses doigts sur sa cuisse.

— Je suis musicienne.

Je jetai un coup d'œil au formulaire d'inscription de la locataire que je tenais à la main. *Lyric Chords* était le nom qui figurait tout en haut.

Je me mordis la langue en essayant de garder l'esprit ouvert. C'était la douzième colocataire potentielle que je rencontrais. Ce n'était pas parce qu'elle avait des épingles à nourrice au niveau du sourcil et ce qui ressemblait à un collier pour chien autour du cou que je devais l'exclure.

— Oh, c'est super. Vous êtes chanteuse ?

Lyric secoua la tête.

— Je joue de la batterie. Vous connaissez les dimensions de la chambre où je vais dormir ? J'ai deux batteries à faire tenir dedans.

— Euuh… je crois qu'elle fait quatre mètres sur quatre. Mais vous ne vous entraînez pas à la maison, n'est-ce pas ? J'ai précisé dans mon annonce être à la recherche d'une colocataire discrète, car je travaille de nuit.

— Si, mais ne vous en faites pas, je ferai ça dans ma chambre.

Ma chambre et celle de ma colocataire potentielle partageaient un mur, alors l'entrevue numéro douze prit fin. Je soupirai et me forçai à sourire.

— Merci d'être venue. Il me reste quelques personnes à rencontrer avant de prendre ma décision. Je vous tiendrai au courant.

— Super ! s'exclama la femme en se levant. D'ailleurs, je sais que votre annonce mentionnait deux mois d'avance de loyer, mais je suis un peu juste en ce moment. Est-ce qu'un seul suffirait ?

— Bien sûr, pas de souci, répondis-je en souriant.

Puisque vous ne vivrez pas ici.

Après la fille à la batterie, je reçus deux autres candidates. L'une d'elles voulait que son petit ami emménage dans la chambre avec elle, même si mon annonce précisait que je recherchais une femme célibataire, et l'autre était arrivée vingt minutes en retard, empestait l'alcool, et parlait d'une voix traînante... à quinze heures.

Mais pourquoi était-il si difficile de trouver une colocataire dans une ville de presque trois millions d'habitants ? J'avais besoin que mon dernier rendez-vous de la journée soit un miracle, sinon j'allais devoir débourser de l'argent pour une nouvelle annonce et recommencer tout le processus. Je n'en avais clairement pas le temps ni les moyens financiers. J'allais devoir payer mon loyer dans deux semaines. Si j'étais obligée de régler une nouvelle fois le montant total toute seule, j'allais devoir manger de la nourriture pour chat pendant un mois entier.

Quand mon dernier entretien frappa à la porte pile à l'heure, je pris une grande inspiration, regardai le plafond, et demandai un peu d'aide au grand monsieur là-haut.

J'ouvris la porte et clignai plusieurs fois des yeux.

Euuh, je crois que vous avez répondu à la mauvaise prière, Dieu.

Un homme se tenait dans le couloir. Et pas n'importe lequel. Celui-ci était absolument magnifique avec un nez droit parfait, des pommettes à tomber, une mâchoire carrée virile, des lèvres charnues, une peau mate, et les yeux couleur chocolat en forme d'amande les plus sexy qu'il m'ait été donné de voir.

— Euh, est-ce que je peux vous aider ?

Il m'adressa un sourire ravageur qui, d'après mes soupçons, devait avoir fait retirer leurs culottes à des tas de femmes.

— Bonjour, j'ai rendez-vous à seize heures trente avec Molly Corrigan.

— Ah bon ?

Je tenais le dernier formulaire, alors je jetai un coup d'œil au nom écrit en haut.

— Je ne crois pas. J'attends D. Tate.

— C'est moi, révéla-t-il en me tendant la main. Declan Tate.

— Mais... vous... n'êtes pas une femme.

Il sourit de nouveau.

— En effet. Vous êtes très observatrice. Je ne suis *très certainement* pas une femme. Toutefois, mon dernier colocataire m'a dit que je devais en être une, car je mets de la crème hydratante le soir et que j'ai pleuré à la fin de *Marley et moi*. Et pour être honnête, j'ai aussi eu les yeux larmoyants à la fin de *Toy Story*, alors je suis peut-être une mauviette. Quoi qu'il en soit, je pense que vous devriez considérer ça comme mes qualités féminines positives.

J'étais complètement perdue.

— Euuh... je suis désolée. Vous n'avez pas dû voir que mon annonce précisait *femme uniquement*.

— En réalité, si, je l'ai vu. Mais si vous m'accordez ne serait-ce que cinq minutes, je pense que je peux vous convaincre que je serai un meilleur colocataire qu'une femme.

Je ricanai.

— Si je comprends bien... vous avez caché votre prénom. C'est quoi déjà ?

— Declan.

— C'est ça. Declan. Bref, vous avez postulé à une annonce visant à chercher une colocataire, et vous avez intentionnellement trompé la personne qui déciderait de vous accorder la chambre en dissimulant votre prénom. Donc votre stratégie est de me convaincre que je ne sais pas vraiment ce que je veux en moins de cinq minutes ? Est-ce que j'ai bien compris ?

— Exactement, confirma-t-il en m'offrant une nouvelle fois son charme naturel.

Je me demandai comment j'allais gérer cette situation. D'un côté, il allait me faire perdre mon temps, ce que j'avais déjà bien assez fait pour aujourd'hui. Mais d'un autre, il avait vraiment éveillé ma curiosité. Quelque chose dans son sourire me disait que ça pourrait être amusant. *Et puis mince.* Je n'avais rien de mieux à faire de toute façon.

J'ouvris davantage la porte et m'écartai sur le côté, tout en lui faisant signe d'entrer.

— Je vais régler le chronomètre sur mon téléphone, et je vais me chercher un verre de vin avant que vous ne commenciez. J'aime boire pendant qu'on me divertit.

Declan afficha un sourire en coin et avança dans mon appartement.

— Asseyez-vous, l'invitai-je en désignant le canapé. J'en ai pour une minute.

— Hé, Mollz, m'interpella-t-il quand j'arrivai dans la cuisine.

Et je me retournai.

— Oui ?

— Et si tu apportais plutôt deux verres de vin ? demanda-t-il.

Je ris.

— Bien sûr, pourquoi pas, *Decs*, acceptai-je en entrant dans son jeu.

Je nous servis deux verres de pinot gris et retournai dans le salon.

— Tiens. J'espère que tu aimes le blanc.

— Tu vois ? On va déjà parfaitement bien ensemble. Je préfère le blanc au rouge.

— Oui, parfaitement, observai-je en portant mon vin à mes lèvres. Un couple idéal. Je pense qu'on est peut-être même des âmes sœurs.

Declan me montra de nouveau sa dentition incroyablement blanche. Il avait vraiment un beau sourire et de jolies dents. Dommage qu'il ait aussi *un pénis*. J'avalai la moitié de mon verre et le posai sur la table basse. Je récupérai ensuite mon téléphone, ouvris l'application minuteur et le réglai sur cinq minutes.

— Prêt ? l'interrogeai-je en lui montrant l'écran.

— Je suis toujours prêt.

Je lançai le compte à rebours, posai le portable entre nous, puis joignis mes mains.

— C'est parti.

— D'accord. Bon... quelle est ta couleur préférée ?

— Ma couleur préférée ?

Declan pointa le minuteur du doigt.

— Le temps tourne, Molly. Je vais avoir besoin que tu ne répètes pas mes questions.

Je ris.

— Très bien. Le rose est ma couleur préférée.

Declan glissa sa main dans la poche de son pantalon et en sortit un trousseau de clés. Le porte-clés était composé de perles roses séparées par des lettres blanches qui formaient son prénom.

— Moi aussi.

— Tu as fait ça tout seul ? m'enquis-je en arquant un sourcil.

— Non. Ma nièce, Arianna, l'a fait pour moi.

— Alors, comment je peux savoir que ce n'est pas simplement la couleur préférée d'Arianna ?

— Bonne remarque. Continuons. Ton annonce disait que tu travaillais de nuit.

— C'est vrai. Je suis infirmière. Je travaille de nuit au service d'obstétrique.

— Alors, tu dors la journée ?

— Je termine à sept heures, et j'essaie de me coucher dès que je rentre.

Il posa une main sur sa poitrine.

— Je travaille la journée. Je vais à la salle de sport à six heures, et en général je ne rentre pas avant dix-neuf heures, alors l'appartement sera calme au moment où tu en as besoin.

— D'accord, observai-je en hochant la tête. Je t'accorde que ça ferait de toi un bon colocataire. Mais la plupart des gens travaillent la journée, alors ce n'est pas vraiment quelque chose qui te rend spécial.

— Est-ce que tu cuisines ? me demanda-t-il.

— Est-ce que les macaronis au fromage comptent ?

— J'ai grandi dans une maison italienne multigénérationnelle. Ma *nonna* m'a appris à cuisiner sa sauce tomate.

— Alors, tu vas cuisiner pour moi ?

— Si c'est ce qu'il faut pour obtenir cet appartement, alors, oui.

— Même si c'est très tentant, le restaurant italien au coin de la rue est très bon. Ce qui est drôle, c'est qu'il s'appelle Chez Nonna, et qu'une *vraie nonna* prépare la majorité de mes plats, donc pas une simple cuisinière.

Declan prit une inspiration exagérée avant de souffler, puis jeta un coup d'œil au téléphone sur la table.

— Trois minutes et trente-huit secondes. Je vois que tu ne vas pas rendre les choses faciles. Et si tu me disais pourquoi tu ne peux pas avoir un homme pour colocataire, afin que je puisse prendre le problème à bras-le-corps. Est-ce que c'est à cause de la cuvette des toilettes ? Parce que j'ai quatre grandes sœurs, alors j'ai été bien éduqué à ce sujet. Quand j'avais huit ans, j'ai fait l'erreur de ne pas la baisser, et ma sœur s'est assise à l'endroit où j'avais accidentellement laissé quelques gouttes. Elle m'a plongé la tête dans les toilettes *avant* de tirer la chasse d'eau. Je n'ai plus jamais recommencé ensuite. Parole de scout, ajouta-t-il en levant trois doigts. Ce ne sera pas un problème.

Je souris.

— Ce n'est pas un souci de cuvette des toilettes.

— Très bien. Alors, pourquoi tu ne veux pas cohabiter avec un homme ?

En réalité, je n'avais jamais vraiment réfléchi à la raison pour laquelle ma colocataire devait être une femme. Ça me semblait juste naturel de partager l'appartement avec quelqu'un du même sexe.

— Eh bien... Je n'ai pas de raison particulière. C'est juste que je me sentirais plus à l'aise de vivre avec une autre femme. Par exemple, je dors en T-shirt et en culotte. Quand je me lève pour faire couler du café, je ne m'habille pas. Ce serait bizarre de faire ça devant un homme.

— Pourquoi ?

— Pourquoi est-ce que ce serait bizarre de me balader les fesses à l'air devant un homme et non une femme ?

— Oui.

— Je ne sais pas, avouai-je en haussant les épaules. C'est comme ça. Je pense que puisque les femmes avec qui j'ai vécu étaient attirées par les hommes, il n'y avait aucun sous-entendu sexuel.

— Ah, voilà où est le souci. Alors, tu as peur qu'il y ait une tension sexuelle entre nous ? Est-ce que c'est à cause de ma beauté ?

— Quoi ? *Non !* Je te trouve bien prétentieux de supposer que je te trouve beau et que je m'inquiète de ne pas pouvoir me contrôler.

— J'essaie de jouer franc jeu, Mollz. Tu ne me laisses que cinq minutes, alors je tente d'aller au cœur du problème.

— C'est juste que je n'ai pas envie de me sentir obligée de me couvrir pour sortir de ma chambre. Quand je sèche mes cheveux, je ne porte qu'une serviette autour de moi, ou alors je reste en sous-vêtements.

— Ressentirais-tu le besoin de te couvrir si je te disais que j'étais gay ?

Cette question me fit marquer une pause. *Est-ce que ça changerait quelque chose ?* Je n'en étais pas certaine.

— C'est le cas ?

— Pas du tout. J'essayais juste d'identifier le problème. Est-ce le fait que je sois un homme, ou le fait que je puisse admirer tes fesses si elles étaient exposées ? On dirait que c'est la deuxième proposition. Alors, tu peux être rassurée : je ne le ferais pas.

— Qu'est-ce qui ne va pas avec mes fesses ? répliquai-je en me sentant étonnamment offensée.

Il se mit à rire.

— Je ne sais pas, je ne les ai pas regardées. Tu sais pourquoi ?

— Pourquoi ?

— Parce que je suis amoureux de quelqu'un d'autre.

Aussi fou que ça puisse paraître, je ressentis un pincement de jalousie.

— Oh. Eh bien, pourquoi tu n'emménages pas avec elle ?

— Parce que ce n'est pas réciproque... enfin, pas encore. Alors, en gros, si tu t'inquiètes à l'idée d'avoir un colocataire qui pourrait te reluquer, tu n'as pas à t'en faire avec moi. Je suis l'homme d'une seule femme. Si tu veux, je peux te donner le numéro de quelques ex pour pouvoir te renseigner. Je ne suis pas du genre à tromper.

Hmmm...

— Je ne sais pas...

Declan vérifia le minuteur. Il restait trente-et-une secondes.

— Le temps presse, alors on va accélérer. Et si je te donnais les informations importantes ?

— Ce serait sympa.

— J'ai vingt-huit ans. J'ai un salaire à six chiffres. Mon *credit score*[1] est de huit-cent-dix, et j'ai de bonnes recommandations de mes propriétaires précédents. Je suis ordonné et je nettoie après moi. Je ne suis pas souvent à la maison, mais quand j'y suis, je ne suis pas bruyant. Et puis je me débrouille plutôt bien avec un marteau.

Il jeta un coup d'œil à mon appartement et pointa du doigt un trou que j'avais accidentellement fait dans le mur en ouvrant trop fort la porte du placard.

— Je pourrais reboucher ça et poser un butoir de porte pour que ça n'arrive plus, proposa-t-il, avant de désigner la cuisine. Et ces placards sont plutôt hauts. Je mesure un mètre quatre-vingt-cinq, alors plus besoin de monter sur une chaise pour atteindre l'étagère du haut. Et...

Le minuteur sonna.

— Est-ce que je peux ajouter une dernière chose ?

— Bien sûr, pourquoi pas ?

— Je partagerais mes codes Hulu et Netflix. J'ai le compte Hulu premium.

— Ce sont des qualités attrayantes chez un colocataire, avouai-je en riant.

— Alors, c'est d'accord ? se réjouit-il en souriant.

Je soupirai.

— Je suis désolée. Même si j'apprécie ta ténacité, c'est non, malheureusement. Je dois quand même dire que j'ai reçu quatorze autres candidates aujourd'hui, et que tu seras sûrement le colocataire parfait pour une autre personne chanceuse.

Declan fronça les sourcils, mais hocha la tête.

---

1 Aux États-Unis, le *credit score* est une note permettant d'évaluer la solvabilité d'une personne. Au-delà de 760, le profil est considéré comme excellent. (NdT)

— Je me suis dit que ça valait la peine de tenter. L'immeuble est génial et je travaille juste au coin de la rue. Il est difficile de trouver un appartement avec un bail de seulement six mois.

— Mon bail prend fin à cette date et je n'ai pas décidé si j'allais le prolonger ou pas.

— Tu vois ? Encore une autre raison pour laquelle je serais parfait. Je ne serai en ville que pendant six mois.

— Je suis désolée. C'est définitivement un cas de *c'est ma faute, pas la tienne.*

Il récupéra son verre de vin et le finit d'un trait, avant de se lever et de me tendre sa main.

— C'est gentil de m'avoir accordé du temps, et merci pour le pinot.

— Ravie de t'avoir rencontré, Declan, répondis-je en lui serrant la main.

Après l'avoir raccompagné, je fermai la porte et m'appuyai contre. Quel dommage, il avait vraiment l'air d'être un type bien, et c'était *de loin* le meilleur candidat que j'avais rencontré. J'étais sur le point de me morfondre dans un autre verre de vin quand quelqu'un frappa à ma porte. Je vérifiai dans le judas avant d'ouvrir, et j'aperçus Declan.

— J'ai oublié une chose importante, déclara-t-il.

— Oh, quoi donc ?

Il sortit son portefeuille et en sortit la photo d'une bonne sœur.

— Voici ma sœur Catherine, et ce n'est pas un costume d'Halloween. C'est une vraie religieuse. Est-ce qu'une personne peut être méchante en ayant une sœur nonne ?

Je ris.

— Est-ce que c'est la sœur qui t'a plongé la tête dans les toilettes ?

— En fait, oui, confirma-t-il en souriant.

— Je ne sais pas s'il y a un lien direct entre la décision de ta sœur de dédier sa vie à l'église et le fait que tu sois une bonne personne, mais même en te croyant sur parole, ça ne change pas ma réponse.

Les épaules de Declan s'affaissèrent.

— Il fallait que j'essaie. Elle dit que le fait qu'elle soit nonne ne m'ouvrira pas les portes du paradis. Je me suis dit que ça m'apporterait peut-être autre chose.

— Au revoir, Declan.

— À plus, Mollz.

***

— Alors... comment se passe ta recherche de coloc ? demanda Emma en se servant une tasse de café, avant de s'asseoir à la petite table de notre salle de repos.

Je soupirai.

— Pourquoi est-ce que c'est si difficile de trouver une personne normale de nos jours ? J'ai rencontré plus d'une dizaine de personnes, et pas une seule candidate convenable.

— Est-ce que tu as déposé une annonce sur le tableau d'affichage des salariés, comme je te l'ai suggéré ?

Je secouai la tête.

— Je ne veux pas d'autres infirmières ni médecins. Ça rend les choses gênantes au travail si ça ne fonctionne pas.

— Peut-être que le docteur Dandy postulera, indiqua-t-elle en remuant les sourcils. J'ai entendu dire qu'il dormait sur le canapé du docteur Cohen jusqu'à ce qu'il trouve un appartement.

Cette information me revigora.

— Sérieusement ? Will et Jesaisplusqui ont rompu ?

— Ouais. Lisa du service radiologie m'a raconté que le docteur Cohen lui a dit qu'il dormait chez lui. Apparemment, l'histoire avec l'actrice en herbe est *finito*.

— Waouh.

Emma sourit.

— Oui, et je te préviens, mon amie… je lui accorde dix jours pour faire le deuil d'une relation d'un an, mais après ça, je vais te coller aux fesses pour m'assurer que tu lui fasses savoir qu'il t'intéresse. Il ne restera pas longtemps sur le marché, et tu as raté ta chance la dernière fois qu'il était célibataire. Tu ne peux pas continuer à lui courir après.

Elle avait raison, évidemment. Et même si j'étais folle de joie que Will soit de nouveau disponible, l'idée de lui avouer mes sentiments me donnait envie de vomir. Will Daniels – ou comme Emma l'appelait, *docteur Dandy*, à cause de son nom de famille et sa ressemblance troublante avec un mannequin nommé David Gandy – et moi étions amis depuis maintenant quatre ans. Nous avions commencé à travailler à l'hôpital le même jour et avions fait notre adaptation ensemble. J'avais un petit ami à l'époque, et lui fréquentait une fille de la fac de médecine, alors même si je l'avais toujours trouvé incroyablement beau, mes sentiments n'avaient pas évolué jusqu'à il y a deux ans. Et la plupart du temps depuis ce moment-là, il avait fréquenté quelqu'un. Emma avait raison quand elle disait que cet homme n'avait pas l'air de rester célibataire longtemps.

— Il sera à l'*happy hour* ce vendredi soir, déclarai-je. Quelques membres de l'équipe de cardiologie se retrouvent chez McBride. Je suis curieuse d'entendre ce qu'il va dire à propos de la rupture.

— Est-ce qu'il sait que tu cherches un colocataire ?

— Je ne crois pas.

— Eh bien, il a besoin d'un endroit où dormir et tu as besoin d'un colocataire, ajouta Emma en haussant les épaules. Le timing est parfait. Peut-être que c'est le destin, qu'il va emménager avec toi et répondra à *deux* de tes besoins.

— Ton imagination s'emballe un peu trop. Pourquoi est-ce qu'on ne commencerait pas par voir si les choses sont vraiment finies entre Jesaisplusqui et lui ? Ils se sont séparés plusieurs fois, mais il finit toujours par y retourner.

— D'accord, mais j'ai un bon pressentiment pour vous deux.

— Tu ne pourrais pas plutôt avoir un bon pressentiment pour ma recherche de colocataire ? Je viens juste de devoir payer pour une nouvelle fichue annonce.

Emma secoua la tête.

— Je n'en reviens pas que tu n'aies pas trouvé une personne décente.

— En fait, l'une d'entre elles aurait été parfaite, révélai-je en me rappelant ma dernière entrevue. Une personne avec une super situation financière, ordonnée, qui cuisine, qui part tôt le matin et travaille toute la journée.

— Alors, pourquoi tu ne l'as pas acceptée ?

— Parce que ce n'était pas une, mais *un* colocataire.

CHAPITRE 2

Molly

Le rendez-vous numéro quinze fut la cerise sur le gâteau.

La fille était une chanteuse de yodel professionnelle et m'avait annoncé qu'elle devait souvent s'entraîner pour des compétitions. Elle voulait savoir si la chambre résonnait.

Pourquoi est-ce que je ne pouvais pas trouver une personne calme ? Il était hors de question que je sois obligée d'écouter ça. Alors, même si elle était très gentille, je l'avais raccompagnée à la porte en lui faisant savoir que nous ne nous reverrions pas.

Après lui avoir dit au revoir, je remarquai quelque chose posé devant ma porte. C'était un Tupperware fermé, avec une enveloppe scotchée dessus.

Je le rapportai à l'intérieur et ouvris la lettre.

J'ai remarqué que la chambre n'est toujours pas louée. Je suis désolé que tu n'aies pas plus de chance. En attendant, je te laisse déguster les cupcakes que j'ai préparés. Peut-être qu'ils t'aideront à être un peu moins stressée. Si je peux faire quoi que ce soit – tu sais, comme te débarrasser de la corvée de devoir trouver une colocataire –, tu as mon numéro.

Declan

(Mais pour être totalement transparent : j'ai toujours un pénis.)

Je couvris ma bouche en riant, puis ouvris le couvercle vert pour découvrir huit gros cupcakes recouverts de glaçage blanc. Un mot différent était écrit sur chacun d'eux, et je me rendis compte rapidement qu'ils formaient une phrase :

Lance. Toi ! Mange. Tu. Diras. Merci. Plus. Tard.

Frustrée, je récupérai le cupcake « mange » et pris une grande bouchée du dessus. Je mangeais toujours le sommet des cupcakes et je laissais le bas. Sans le glaçage, le gâteau n'avait plus aucun intérêt pour moi.

Je devais admettre que c'était délicieux. Le glaçage était bien beurré et pas trop sucré. C'était crémeux et pas compact à cause du sucre.

Toutefois, est-ce que ce type pensait vraiment qu'il pouvait gagner mon cœur – ou l'accès à mon appartement – avec des cupcakes ?

Je ris toute seule et me resservis, puis je léchai le glaçage avant de dévorer tout le dessus. Ils étaient vraiment délicieux. J'aurais pu penser qu'il les avait achetés dans une pâtisserie s'ils ne se trouvaient pas dans un Tupperware, et que les formes n'étaient pas un peu irrégulières.

J'avais sérieusement perdu la tête si j'envisageais de laisser une chance à ce type parce que ses cupcakes étaient excellents.

En dix minutes, j'avais mangé le dessus de tous les

cupcakes, sauf deux.

J'observai les mots écrits sur ceux qui restaient.

Lance. Toi !

Lance. Toi !

Était-ce un signe me disant de lui laisser une chance ?

Et est-ce que j'étais assez désespérée pour rechercher des conseils dans des gâteaux ?

La réponse était oui. Oui, c'était le cas.

Je poussai un long soupir en cédant à ce que mon instinct me disait : la recherche était terminée. Declan Tate allait gagner par défaut. J'avais besoin d'argent. C'était la personne la moins folle à s'être présentée chez moi. Et la vérité, c'était que je l'avais *péni-lisé* – je l'avais puni pour avoir un pénis. J'y avais beaucoup réfléchi ces deux derniers jours, et bizarrement, j'avais pensé à *lui*. À son charisme, à sa façon de me faire rire. Il y avait pire comme traits de caractère chez un colocataire.

Mais avant que je n'envisage ça sérieusement, il fallait que j'aie une discussion avec lui pour établir quelques règles de base.

Je récupérai mon téléphone et composai son numéro.

Visiblement, il savait que c'était moi.

— Salut, Mollz ! Comment ça...

— D'accord. Tu peux l'avoir, lâchai-je.

— Vraiment ?

— Ces cupcakes étaient terriblement bons. Tu m'as conquise, ce qui était certainement ton intention.

— Cupcakes au pluriel ? Tu en as mangé plus d'un ?

— Sans commentaire.

— Prends note, Declan, déclara-t-il en riant et

en s'adressant à lui-même. Pour gagner le cœur de ta nouvelle colocataire, il faut la nourrir.

Colocataire.

Je soupirai.

Qu'est-ce que je suis en train de faire ?

Il dut sentir ma frustration.

— Ne sois pas si déprimée, Mollz. Ça va être amusant, et comme je te l'ai dit, tu me verras à peine. Nos emplois du temps sont parfaits pour qu'on puisse s'éviter.

— Tu aimerais emménager quand ?

— À toi de me le dire. Je peux quitter l'appartement de mon pote cet après-midi et être chez toi à dix-sept heures. Il a hâte de retrouver son intimité de toute façon – il paraît qu'il n'aime pas que je sois dans la pièce quand il s'envoie en l'air avec sa copine. Tu y crois, toi ? plaisanta-t-il en riant. Bref, tu dois travailler ce soir ?

Ce soir ? Ça me semblait vraiment tôt, mais honnêtement, autant en finir rapidement.

— En fait, non. Je suis en repos. Je ne travaille pas ces deux prochains jours.

— Parfait, alors. Je prépare mes affaires et j'arrive.

Je saisis le cupcake « Lance » et en pris une bouchée.

— Génial, répondis-je, la bouche pleine.

***

Quelques heures plus tard, quelqu'un frappa à ma porte.

Lorsque j'ouvris, je fus accueillie par le sourire étincelant de Declan.

— Salut, coloc !

Je m'écartai du passage pour lui permettre d'entrer.

— Salut.

Son odeur flotta jusqu'à moi. *Incroyable.* Je ne pouvais pas dire que ça me dérangeait d'imaginer le parfum qu'il portait embaumer mon appartement. Une énergie virile allait bientôt emplir cet endroit.

Le sac qu'il portait atterrit sur le sol dans un bruit sourd. Il regarda autour de lui, avant de faire rouler sa valise jusqu'à un coin de la pièce. Ensuite, il revint vers moi et me prit par surprise quand il tendit la main vers mon visage.

Je tressaillis au moment où il passa son doigt au coin de ma bouche, tout en effleurant ma lèvre inférieure, ce qui me donna la chair de poule.

— Tu avais un peu de glaçage.

— Oh, prononçai-je en touchant ce même endroit.

Quelques minutes avant son arrivée, j'avais réglé son compte à la partie supérieure du cupcake « Toi ! » – le dernier. Tout ce qui restait à présent, c'étaient huit fonds de gâteaux sans glaçage.

— Tu vas bien ? demanda-t-il en m'examinant.

— Oui, ça va, lui assurai-je en me sentant rougir.

Je ne savais si c'était le sucre qui me montait à la tête ou si c'était autre chose, mais j'étais plus tendue que ce que j'avais imaginé.

— Arrête de paniquer à cause de ma présence ici, reprit-il en riant. J'en déduis que tu n'as jamais vécu avec un homme auparavant ?

— Tu as raison. Mes parents ont divorcé quand j'avais seize ans, alors après le départ de mon père, il ne restait plus que ma mère, ma sœur Lauren, et moi.

— Eh bien, je ne mords pas, je te le promets.

Je déglutis, troublée par le fait qu'il soit si séduisant. Presque *trop* séduisant. Je ne voudrais jamais être avec quelqu'un comme lui. Intérieurement, il était probablement imbu de sa personne, même s'il ne le montrait pas. Il était impossible qu'il ne sache pas à quel point il était beau.

— Il faut qu'on établisse des règles de base, d'accord ?

Il se redressa et acquiesça exagérément.

— Je t'écoute.

— Ça peut paraître évident, mais ce qui est à moi est à moi, et ce qui est à toi est à toi. Je ne partage pas mes affaires personnelles, comme mes produits de toilette ou ma nourriture.

— Compris. Mais ça devrait fonctionner dans les deux sens. Comme par exemple... si je prépare un plat délicieux et que tu en manges, j'obtiens quelque chose en retour.

Je fronçai les sourcils.

— En retour ? Qu'est-ce que tu insinues exactement ? l'interrogeai-je.

Il écarquilla les yeux.

— Pas ce à quoi ton esprit mal tourné est en train de penser. On a déjà parlé du fait que j'étais attiré par quelqu'un d'autre, tu te rappelles ? Je voulais juste dire que si tu manges mes plats, tu me dois un équivalent. Ne fais pas aux autres ce que tu ne veux pas qu'on te fasse, tu vois ?

— Qu'est-ce qui te fait penser que je vais manger ce que tu prépareras ? répliquai-je en plissant les yeux.

— Peut-être que tu ne le feras pas, mais tu as eu l'air d'apprécier les cupcakes, alors...

Il marquait un point. Cependant, les cupcakes étaient un cadeau. Je pouvais bien accepter cette clause et promettre de ne jamais toucher à sa nourriture. *Pff !* Comme si j'en avais besoin.

— D'accord, acceptai-je en haussant les épaules.

Très bien, ça marche dans les deux sens.

Il s'appuya contre le petit îlot au centre de ma cuisine.

— Quelles autres règles tu as pour moi ?

— Tu peux faire ce que tu veux quand je ne suis pas là, mais pas d'invités quand je dors. Nos emplois du temps devraient faciliter les choses puisque tu auras trois soirées par semaine pour toi tout seul.

— Ça me va. J'attends la suite.

— J'aime que tout soit bien organisé, alors si tu vois quelque chose disposé d'une certaine manière, ne change rien.

— Tu veux dire, comme les M&M's pastel qui se trouvent dans ces pots sur le comptoir ? Ne pas mélanger les roses avec les vert menthe, c'est ça ?

— Je n'aime que certaines couleurs de M&M's, alors je les achète en ligne. Mais oui... ne touche pas à ce que j'ai pu disposer d'une certaine manière.

— D'accord, répondit-il en riant. Tu es un sacré numéro, tu le sais ?

— Tout le monde a ses propres bizarreries. Les miennes incluent ma passion pour le tri des bonbons par couleur et un appartement organisé. Tu peux me charrier si tu veux. Je n'y peux rien.

— Quel type d'homme intéresse une femme qui aime que tous les M&M's roses soient stockés dans le même pot ? Un type qui porte des chemises Lacoste roses et des mocassins ?

— Non. J'aime les hommes qui ont la tête sur les épaules et...

— Qui sont ennuyeux et prétentieux au possible ?

— Non, rétorquai-je sur la défensive.

— Je plaisante, Molly. Je ne fais que te taquiner.

— Je sais, repris-je en poussant un long soupir.

— Tu es célibataire ? demanda-t-il.

— Oui, mais... plus pour longtemps avec un peu de chance.

— Ah oui ? Il se passe quoi ? Qui est le petit veinard ?

Argh. Pourquoi j'ai dit ça ? Maintenant je vais devoir lui expliquer.

Autant admettre que j'en pinçais pour le docteur Daniels. De cette façon, Declan comprendrait que son charme n'avait aucun effet sur moi.

— Je travaille avec un médecin. Je craque pour lui depuis un certain temps, et il vient de se séparer. Je dois le rejoindre demain soir avec d'autres personnes à l'*happy hour*, alors j'espère qu'il se passera quelque chose.

Il me sourit.

— C'est bien que tu te lances.

Je me raclai la gorge, gênée.

— Et toi ? C'est quoi l'histoire avec cette fille qui t'intéresse ?

— Eh bien, en fait, c'est une collègue aussi. On travaille pour la même agence publicitaire. On vient tous les deux de Californie, là où le siège de l'agence est basé, mais on est venus à Chicago pour travailler sur la campagne d'un très gros client qui vit ici. Voilà pourquoi je ne reste que six mois. Elle et moi travaillons ensemble sur ce projet.

— Est-ce qu'elle sait qu'elle te plaît ?

— C'est ça le truc. Elle sort en quelque sorte avec un crétin en Californie. Il ne voulait *pas* qu'elle vienne à Chicago. Il y a toujours des hauts et des bas entre eux, alors j'espère qu'un de ces jours, ils mettront fin à tout ça pour que je puisse passer à l'action. Je ne veux pas me comporter comme un con en tentant quelque chose alors que, techniquement, elle a un petit ami. Alors, pour l'instant, j'attends en coulisses.

— D'accord, mais est-ce qu'elle sait que tu l'aimes bien ?

— Je ne sais pas, mais je pense qu'elle a des soupçons. On est amis… pour le moment. Mais je veux plus que ça. Pas seulement parce qu'elle est magnifique, mais aussi parce qu'elle est intelligente et douce. La totale. Et je pense vraiment qu'on est compatibles.

La pointe de jalousie que je ressentais était perturbante. C'était sûrement juste le fait de souhaiter que quelqu'un ressente ça pour *moi*. Ce n'était certainement *pas* parce que j'étais attirée par Declan. Il était mignon, mais ce n'était pas mon type d'homme.

— Elle s'appelle comment ?

— Julia.

— Joli prénom.

— Et ton médecin canon ?

— Will, répondis-je en souriant d'un air timide.

— C'est quoi sa spécialité ?

— Il est gynécologue-obstétricien.

— Oh, c'est vrai. Tu as dit que tu travaillais dans un service d'obstétrique. C'est logique. Au moins, les bébés geignards dont tu t'occupes sont mignons… contrairement à mes clients.

Il fit mine de vouloir attraper le pot de M&M's, puis retira sa main en arborant un sourire espiègle.

— D'autres règles, Molly ?

— Des choses évidentes, comme ne pas se balader nu.

— Tu crains d'être excitée ? lança-t-il en remuant les sourcils.

— Non, affirmai-je en baissant les yeux. C'est juste

déplacé.

— Même chose pour toi, alors. Mais c'est juste pour que ce soit équitable.

Il baissa la voix.

— Entre nous, je ne vais pas me plaindre si tu le fais, ajouta-t-il.

Je levai les yeux au ciel.

— Je croyais que tu n'avais d'yeux que pour une seule femme ?

— Je suis épris, pas mort, Mollz, indiqua-t-il en souriant. Si ça arrive, je vais probablement jeter un coup d'œil, mais je ne dirais rien et je ne me comporterais pas bizarrement.

Mes joues s'enflammèrent, alors je changeai de sujet.

— Ta sœur est vraiment nonne ?

Il se mit à rire.

— Oui.

— C'est... particulier.

— Pourquoi ? Parce que son frère est l'antithèse diabolique d'un saint ? demanda-t-il en m'adressant un sourire malicieux.

— Eh bien, ça et le fait qu'on ne voie plus beaucoup de monde devenir nonne de nos jours.

— Catherine a toujours été différente de mes autres sœurs et a toujours été à la recherche d'un but plus grand. Mais on a été plutôt choqués quand elle nous l'a appris.

— Est-ce que vos parents sont croyants ?

— Ils sont catholiques et vont à l'église tous les dimanches, mais ils ne sont pas obsédés par la religion. Ma mère a pleuré quand Catherine lui a annoncé qu'elle entrait au couvent. Elle avait toujours imaginé un avenir différent pour elle. Mais au bout du compte, les gens finissent par faire ce qu'ils veulent, et elle est heureuse.

— Tant mieux pour elle.

— C'est drôle de voir comment les enfants peuvent tous grandir ensemble et être si différents. Catherine vit dans un couvent, à prier et à faire de bonnes actions, pendant que la plupart des soirs, je glande sur Internet ou je regarde Hulu. Et on a les mêmes parents. Qu'est-ce qui s'est passé ?

— Tu as l'air d'avoir une belle carrière. Je suis sûre qu'ils sont fiers de toi.

— Ils aimeraient que je finisse par me poser, mais oui, ils ne m'ont pas encore déshérité. Alors, quel est le plan d'action pour demain soir ? m'interrogea-t-il en changeant de sujet.

— Comment ça ?

— Tu vas te lancer avec le docteur Irrésistible. Tu as une stratégie ?

Pourquoi je lui ai parlé de Will ?

— Est-ce que je suis censée avoir un plan ?

— Eh bien, tu veux qu'il sache qu'il te plaît, non ?

— Si, mais je ne veux pas aller trop vite. Il vient juste de se séparer. En même temps, les hommes comme lui ne restent pas célibataires bien longtemps.

— D'accord, alors tu sais que tu dois paraître complètement inatteignable.

— Comment ça ?

— Ce qui fonctionne avec les hommes, c'est la psychologie inversée. Si on pense qu'on ne peut pas obtenir quelque chose, on le désire dix fois plus. On est comme des enfants de ce côté-là.

— C'est pour ça que Julia te plaît autant... parce qu'elle est prise ?

Il se gratta le menton.

— Inconsciemment, ça pourrait attiser les choses., mais ce n'est pas du tout une des raisons principales qui expliquent que je l'apprécie.

— Tu suggères que je fasse quoi ?

J'avais parlé d'un ton indifférent, mais une partie de moi voulait entendre ce qu'il avait à dire. Ce n'était pas souvent que je pouvais avoir la perspective d'un homme sur ce genre de situation.

— Ne lui montre pas qu'il te plaît. Montre-lui pourquoi c'est *toi* qui devrais *lui* plaire.

Je dressai l'oreille.

— Et ça consiste à faire quoi ?

— À être canon, ce que tu peux réussir facilement. À participer aux conversations de tout le monde sauf les siennes pour lui montrer ce qu'il loupe. Ensuite, quand il viendra forcément te tourner autour, parle-lui, mais porte rapidement ton attention sur quelqu'un d'autre. Ça va le laisser dans l'attente, il en voudra plus. On aime courir après les filles.

— Il n'y a pas de risque qu'il pense que je ne l'apprécie pas ?

— Fais-moi confiance. S'il te désire, il finira par faire un pas vers toi. Plus tu sembleras désintéressée, plus ça le fera bander.

— Euh, merci pour cette image, enfin je crois.

— De rien. Tu te rendras compte que je suis assez direct et que je n'aime pas tourner autour du pot, déclara-t-il en regardant autour de lui. On en a fini avec les règles de colocation ?

— Oui, je crois. Jusqu'à ce que je pense à quelque chose que j'ai oublié.

— Super.

Il se dirigea vers son sac de sport et l'ouvrit pour en

sortir deux bouteilles de Gatorade.

— Ça te dérange si je les mets au frigo ?

— Pas du tout.

Après avoir déposé ses boissons dans le réfrigérateur, il remarqua le Tupperware et l'ouvrit.

— Bon sang. J'en déduis que tu les as aimés ?

— Je me suis un peu laissée emporter. Ils étaient très bons.

— Est-ce que c'est une autre de tes bizarreries… de décapiter uniformément les cupcakes ?

— Le glaçage est ma partie préférée.

— Tu ne mangeras pas les bases, alors ?

— Pas sans glaçage, non.

— Tu vois ? Je savais qu'on irait bien ensemble. Je déteste le glaçage. En général, j'évite de le manger. Entre ça et notre affinité mutuelle pour le vin blanc, je suis certain que ça va fonctionner, affirma-t-il. Est-ce que tu manges aussi uniquement le dessus des muffins ?

— Oui.

— Bingo. Tu vois ? Je mange les dessous, m'informa-t-il en levant les yeux au ciel. Bon d'accord, dis comme ça, c'est étrange, mais tu as compris.

— Tu es dingue.

Je secouai la tête sans pouvoir contenir mon sourire.

— D'ailleurs, merci encore d'avoir préparé les cupcakes. C'était très attentionné.

— Eh bien, manifestement, tu sais que j'avais une idée derrière la tête.

— Une idée qui a clairement porté ses fruits.

Ses yeux se dirigèrent vers les chambres.

— Ça te dérange si je vais ranger mes affaires ?

— Fais comme chez toi.

— C'est gentil. Je te laisse ouvrir la voie.

Il me suivit jusqu'à sa nouvelle chambre en faisant rouler sa valise.

Je rejoignis la mienne pour lui laisser un peu d'intimité, mais je me sentis incapable de me concentrer sur autre chose que sa présence ici.

Alors que j'écoutais Declan fredonner les chansons qu'il passait sur son téléphone en déballant ses affaires, je ne pus m'empêcher de sourire. Je redoutais d'avoir à chercher un nouveau colocataire, j'en dormais mal. Mais pour la première fois depuis un long moment, j'avais le sentiment que j'allais avoir droit à une bonne nuit de sommeil.

Il me fit sursauter quand il passa sa tête dans ma chambre.

— J'ai le droit d'accrocher ma brosse à dents à côté de la tienne ?

— Est-ce que je t'ai donné l'impression que ce ne serait pas le cas ?

— Tu as dit que ce qui était à toi était à toi, alors je ne savais pas si ça s'appliquait aussi au support à brosse à dents.

— Je suis désolée si j'ai été un peu dure au départ. Il faut juste que je m'habitue à la situation, c'est tout. Je me sens déjà mieux à propos de ta présence ici.

— Parfait.

Soudain, il s'installa confortablement au pied de mon lit et s'allongea sur le dos en regardant le plafond. Voir son long corps étendu sur mon matelas était... quelque chose.

Il posa ses mains sous sa tête et se tourna vers moi.

— Tu as dit que demain était ton jour de repos, c'est ça ?

— Oui.

— Tu as des œufs, du pain et d'autres choses ?

— Oui, mais je crois qu'ils seront bientôt périmés.

— Super. Je nous préparerai le petit déjeuner, comme une petite fête inaugurale. Sans condition. Tu ne me devras rien, précisa-t-il en me faisant un clin d'œil. Pour cette fois.

— Tu ne m'entendras pas me plaindre au sujet de quelqu'un qui me prépare le petit déjeuner. Jamais.

— Mais je te préviens, j'aime mettre de la musique quand je cuisine et remuer mes fesses en rythme. Chanter un peu aussi. Et il se pourrait que j'utilise une spatule en guise de micro. Un petit karaoké de cuisine ne te dérange pas ?

— Tant que je suis réveillée et que tu es habillé, ça me va.

Il se releva, fit un tour sur lui-même à la Michael Jackson, puis disparut dans le couloir.

Ces six mois vont être longs.

CHAPITRE 3

Molly

Le lendemain matin, je me réveillai avec l'odeur du bacon.

Après m'être lavé le visage et brossé les dents, je laissai mon odorat me guider jusqu'à la cuisine. Declan était occupé aux fourneaux et chantait *Wagon Wheel* de Darius Rucker. Il avait ses écouteurs dans les oreilles, alors il ne m'entendit pas tout de suite arriver. Ça me laissa l'occasion d'écouter sa voix, qui était... *vraiment horrible*. Curieusement, ça me fit rire. Un homme qui avait cette apparence et tant de charisme devait bien avoir quelques défauts. Et puis j'aimais le fait qu'il ne semblait pas se soucier de ne pas savoir chanter correctement.

Je me dirigeai droit vers la cafetière, ouvris le placard juste au-dessus, et attrapai une tasse. Declan retira un écouteur et me sourit.

— Bonjour, coloc. J'espère que je ne t'ai pas réveillée en chantant.

En général, je n'étais pas du matin – principalement parce que je travaillais de nuit –, alors j'avais du mal à m'endormir avant deux heures pendant mes jours de repos. Toutefois, j'étais de bonne humeur aujourd'hui.

— Non, pas du tout, répondis-je en me servant un café, avant de porter la tasse à mes lèvres. D'ailleurs, c'était ça, ce bruit ? Tu chantais ? J'ai cru que quelqu'un était en train d'étrangler un chat.

Declan plissa les yeux.

— Est-ce que tu essaies de me faire comprendre que je chante mal ?

— Il est impossible que je sois la première à te l'apprendre.

Il sourit comme si je lui avais fait un compliment au lieu de l'insulter, et il désigna ma tasse d'un geste de la tête.

— Tu bois ton café noir. Moi aussi. Je t'avais dit qu'on était faits pour être colocataires.

Je me mis à rire et me rapprochai de la cuisinière. Declan se servait de trois brûleurs, y compris celui qui n'avait jamais fonctionné depuis mon emménagement.

— Comment tu as fait pour que le brûleur de gauche s'allume ?

— Il était bouché. Je l'ai démonté et j'ai utilisé un cure-dent pour retirer de la graisse séchée coincée dans les trous.

— Oh. Waouh. Eh bien, merci.

— Ravi d'avoir pu aider. Maintenant, va t'asseoir, le petit déjeuner est presque prêt.

Quelques minutes plus tard, Declan posa une omelette parfaitement formée, du bacon et des pommes de terre sautées devant moi, ainsi qu'un verre de jus d'orange.

— Ça a l'air délicieux. À cause de mon planning, je n'ai pas l'habitude de prendre de petits déjeuners. En général, si j'ai faim en sortant du travail, je prends un yaourt ou autre chose. Je ne dors pas bien quand j'ai le ventre plein. Mais en fait, c'est mon repas préféré. Je préfère les aliments du petit déjeuner à ceux du dîner. C'est probablement ce qui me manque le plus dans le fait de commencer à une heure normale le matin.

Declan s'assit et coupa son omelette.

— Pourquoi ça devrait te manquer ? Tu n'as qu'à remplacer ton dîner par un petit déjeuner avant de partir au travail.

— Impossible, déclarai-je en fronçant le nez.

— Pourquoi ?

— Je ne sais pas... parce que le petit déjeuner se mange le matin.

— Selon qui ?

— Euh... tout le monde ?

— Si je comprends bien, le petit déjeuner est ton repas préféré, mais tu n'en manges pas parce que, traditionnellement, les gens le prennent le matin, pendant que toi tu dors.

— Tu fais paraître ça ridicule, mais ça a du sens.

— Pour qui ? demanda-t-il en arquant un sourcil.

— Pour moi, déclarai-je en riant.

Declan fit claquer sa langue en signe de désapprobation.

— *Molly, Molly, Molly.* Tout ne doit pas nécessairement être fait à un moment ou à un endroit précis. Heureusement que je suis là. Tu as besoin de mon aide.

— Ah oui ? Et de quel genre d'aide j'ai besoin exactement ?

— Il faut que tu te laisses un peu aller.

Nous plaisantions jusqu'à présent, mais son commentaire toucha un point sensible. Mon dernier petit ami m'avait dit plus d'une fois que j'étais coincée, alors je me sentais un peu sur la défensive.

— Je ne crois pas que tu me connaisses assez bien pour rendre ce genre de jugement. Sache que je ne suis pas coincée.

— Tu es sûre ? insista-t-il en inclinant la tête.

— Certaine.

— Très bien, Molly. Si tu le dis...

Et voilà qu'il disait ça juste pour me calmer.

— Il n'y a pas de *très bien, Molly*. Tu me fais passer pour une fille rigide, alors que ce n'est pas le cas. Je n'ai pas dit que je ne mangerais *pas* de petit déjeuner le soir si l'occasion se présentait. C'est juste que ça n'est jamais arrivé.

— D'accord. Désolé de t'avoir contrariée.

J'avais effectivement cassé l'ambiance. Ce qui avait commencé comme une matinée amusante s'était maintenant transformé en petit déjeuner en silence. Après avoir terminé de manger, je me sentis bête.

— C'était vraiment délicieux. Je suis désolée de m'être emportée.

— Ce n'est rien, m'assura Declan avec un sourire forcé.

— Non, ce n'est pas rien. Tu t'es donné beaucoup de mal et moi je t'ai sauté à la gorge. Ça ne se reproduira plus.

Il sourit.

— Oh, si, ça se reproduira. J'ai tendance à dire des choses que je devrais probablement garder pour moi, alors ça arrivera certainement encore.

— D'accord, répondis-je en riant. Eh bien, peut-être que tu devrais travailler sur ce point, et de mon côté, j'essaierai de ne plus m'énerver contre toi aussi facilement.

— Ça me va, Mollz. Tu as prévu quelque chose aujourd'hui ? Tu es en repos, c'est ça ?

Je récupérai mon assiette et commençai à débarrasser la table.

— Oui, je suis en repos. J'ai enchaîné trois journées de douze heures, alors je suis tranquille pendant deux jours. Même si je n'ai rien de prévu. Aujourd'hui, je vais aller faire des courses, passer au pressing, et un peu plus tard je vais rejoindre quelques amis du travail pour l'*happy hour*. Je t'en ai parlé hier soir.

— C'est vrai. Ce soir, tu vas voir le médecin de proximité.

— Tu parles de Will ? Il travaille avec moi à l'hôpital, pas dans l'un de ces établissements de soins d'urgence.

— Oh, je sais. Mais il est gynécologue, non ?

— Si... mais... *Ooh, médecin de proximité*, répétai-je en riant. Sympa.

Declan m'aida à nettoyer la cuisine. Je remplis le lave-vaisselle pendant qu'il rangeait ce qu'il avait utilisé pour cuisiner, lavait la table et essuyait la cuisinière.

Après avoir terminé, je séchai mes mains sur un torchon, avant d'essuyer mon T-shirt mouillé. La fuite dans ce fichu robinet projetait de l'eau dès qu'on s'en servait, et pas seulement quelques gouttes. J'avais utilisé du ruban isolant comme solution temporaire, mais il avait dû tomber.

Je jetai le torchon sur le comptoir et m'aperçus que Declan me fixait quand je levai les yeux. Je compris rapidement pourquoi. Hier soir, j'avais dormi avec un T-shirt blanc et sans soutien-gorge, et désormais, la moitié de mon haut était complètement transparent. Sans compter que l'eau était froide contre ma peau, alors mes mamelons étaient tellement dressés qu'ils traversaient presque mon T-shirt invisible.

Je croisai les bras pour tenter de me couvrir.

— Le… euh… robinet fuit un peu.

Declan releva les yeux. Il déglutit, puis se racla la gorge avant de détourner le regard.

— Je m'en occuperai aujourd'hui.

— Oh, ce n'est rien. C'est comme ça depuis un moment. Je peux appeler la maintenance, tu n'es pas obligé de le réparer.

— Si, grommela-t-il. Je dois *absolument* le faire.

***

Plus tard ce soir-là, je fus un peu déçue que Declan ne soit pas rentré avant que je parte pour l'*happy hour*. Je m'étais un peu plus apprêtée que d'habitude, et j'aurais bien eu besoin de sa franchise pour savoir si j'en avais trop fait. Enfin, c'était le cas, mais je ne voulais pas donner cette impression.

Mes quatre changements de tenue m'avaient mise en retard, alors la plupart des gens étaient déjà chez McBride lorsque j'arrivai. Jesaisplusqui était manifestement absente, alors qu'elle venait habituellement à l'*happy hour* pour rester pendue au bras de Will. Me sentant particulièrement nerveuse, je me dirigeai droit vers le bar et me plaçai à côté de Daisy, une nouvelle assistante médicale. Je l'avais croisée plusieurs fois dans le service, mais c'était la première fois qu'elle venait à l'une de nos rencontres bimensuelles.

— Salut, lançai-je. Je suis contente que tu sois venue.

— Salut, Molly, répondit-elle en observant rapidement ma tenue. Ce vert te va super bien. Tu es tellement différente sans ta blouse et ta queue de cheval.

Je souris, à présent ravie d'avoir fait ce dernier changement de vêtements et d'être passée rapidement me faire faire un brushing chez le coiffeur cet après-midi. La couleur émeraude de mon chemisier en soie était un peu osée pour moi, surtout avec ma peau pâle et mes cheveux foncés, mais je l'avais associé à un jean sombre et de simples chaussures compensées pour essayer de garder un look décontracté.

— Merci, tu es très belle aussi.

Le barman approcha et déposa une serviette en papier devant moi.

— Salut, Molly. Comment tu vas ? Je te sers quoi aujourd'hui ?

— Salut, Patrick. Je vais prendre une vodka vanille gingembre, s'il te plaît.

— Compris, acquiesça-t-il. Ça arrive tout de suite.

— Mmm... c'est la boisson qui a le goût de Cream soda, c'est ça ? m'interrogea Daisy.

— Oui, c'est ça. Tu en veux une ?

Elle observa la bouteille de bière presque vide dans sa main.

— Oui, pourquoi pas.

— Est-ce que tu peux en mettre deux ? demandai-je au barman. C'est moi qui offre.

— Je mets ça sur ta note ?

— Oui, s'il te plaît.

— Tu n'étais pas obligée de faire ça, déclara Daisy quand Patrick s'éloigna pour préparer notre commande.

Je lui souris.

— Aucun souci. Alors, tu te plais à Chicago General ? Tu es là depuis combien de temps maintenant ? Ça doit presque faire un mois, non ?

Elle hocha la tête.

— En fait, ça fait cinq semaines. Je m'y plais beaucoup, même si je n'ai pas vraiment d'éléments de comparaison. C'est mon premier emploi après avoir obtenu mon diplôme. Certains médecins peuvent être très intimidants.

— Tu parles du docteur Benton ?

— Surtout lui, oui, confirma Daisy en grimaçant. Bon sang, cet homme me rend tellement nerveuse. Je me fige dès qu'il entre dans une pièce.

— Je vais te confier un petit secret à propos de lui qui pourrait t'aider.

— Quoi donc ?

Je me penchai vers elle.

— Souris beaucoup. Ça le terrifie.

— Tu es sérieuse ? s'enquit-elle en riant.

— Oui. Peu importe ce qu'il te demande, contente-toi de répondre avec un grand sourire. On dirait que ça le désarme. Selon ma théorie, il aboie sur tout le monde pour que personne ne sourie, car les sourires sont sa faiblesse.

— Waouh. D'accord, j'essaierai. C'est bon à savoir. Tu as autre chose à m'apprendre ?

— Tu as rencontré le docteur Arlington ?

— Oui. Il est aussi du genre grincheux.

— Il va essayer de te refiler ses internes et partir pendant des heures si tu te laisses faire.

Daisy écarquilla les yeux.

— Il l'a fait l'autre jour. Il m'a dit de leur montrer les ficelles du métier. Je ne savais pas du tout quoi faire avec quatre internes qui étaient dans cet hôpital depuis plus longtemps que moi. La logique aurait voulu que ce soit *eux* qui m'apprennent des choses.

— Voilà. Alors, la prochaine fois qu'il tente de te laisser avec eux, dis-lui que tu dois aller voir Edith au bureau des infirmières.

— Même si je n'ai pas besoin d'aller la voir ?

— Oui, confirmai-je. Edith lui fait peur.

— Vraiment ? Mais elle est si petite et douce.

— Jusqu'à ce que tu la contraries, précisai-je en pointant Daisy du doigt. Elle peut devenir sacrément terrifiante. La simple menace d'Edith fera peur au docteur Arlington. Un jour, elle s'en est prise à lui pour s'être débarrassé de ses internes, et maintenant il s'éloigne rien qu'en entendant son nom.

Elle se mit à rire en pensant probablement que j'exagérais, mais ce n'était pas le cas. Nous travaillions avec de drôles de personnages. Patrick, le barman, s'approcha pour nous servir nos boissons.

Daisy désigna d'un signe de tête l'endroit où Will discutait avec un anesthésiste, tout au bout du bar.

— Et le docteur Daniels ? Qu'est-ce que tu sais sur lui ?

— Will fait partie des gentils. Il est sympa avec tout le monde, tu n'auras pas de problèmes avec lui.

— Je voulais dire, *personnellement*. Est-ce qu'il est... célibataire ? demanda-t-elle en mordillant sa lèvre inférieure.

Oh. *Argh*. Mince.

— Euh... je ne suis pas sûre. Il voit quelqu'un par intermittence. Est-ce qu'il... t'intéresse ?

Daisy sirota son verre avec un sourire timide.

— Il est très beau.

Ça, c'est sûr. Je haussai les épaules. Et évidemment, juste à ce moment-là, il fallait qu'il vienne vers nous.

— Salut, Molly, lança-t-il en m'embrassant sur la joue. Je ne t'ai pas vue entrer.

Daisy se redressa.

— Je viens d'arriver, indiquai-je.

Il hocha la tête et porta son attention sur la femme à côté de moi.

— Daisy, c'est ça ?

— Exactement, confirma-t-elle, et son visage s'éclaira lorsqu'elle afficha un immense sourire. Ravie de vous voir, docteur Daniels.

— Je vous en prie, appelez-moi Will.

— Très bien, Will. Vous savez, l'autre jour, je vous ai vu monter dans votre voiture sur le parking. Vous avez un autocollant des anciens élèves de Northwestern. C'est là-bas que vous avez fait vos études ?

— En effet.

— Moi aussi ! Allez les Wildcats ! scanda-t-elle en levant le poing en l'air.

— Sérieusement ? Je suis un grand fan. J'ai encore mon abonnement pour la saison.

Daisy fit la moue.

— Je suis trop jalouse. Je n'ai pas pu me l'offrir cette année. J'ai été pom-pom girl pendant quatre ans, et l'excitation des jours de match me manque.

Argh.

— Alors, il faudra qu'on aille en voir un ensemble un de ces jours, proposa Will en sirotant sa bière.

— J'adorerais ça.

Sa moue se transforma en sourire.

Double argh.

La petite nouvelle venait juste de se faire inviter à passer une journée seule avec Will en trente secondes, juste sous mes yeux. J'étais vraiment nulle en matière de flirt.

Ils se mirent tous les deux à discuter d'un certain nouveau quarterback pour la saison de football à venir, et je me retrouvai à tenter de sourire aux moments appropriés, tout en ayant l'impression de me faire arracher le cœur. En temps normal, je n'étais pas du genre à sortir mon téléphone quand j'étais entourée, mais lorsqu'il vibra dans ma poche, je décidai de faire une exception.

Je fus surprise de voir apparaître le nom de Declan sur mon écran.

Declan : Comment ça se passe ? Est-ce que tu arrives à te faire désirer ?

Je soupirai en tapant ma réponse.

Molly : Visiblement, Will préfère les filles faciles. Une femme vient juste de décrocher un rencard avec lui sous mes yeux.

Les points de suspension s'agitèrent un instant, puis s'arrêtèrent, avant de réapparaître. Quelques secondes plus tard, mon portable se mit à sonner lorsque Declan m'appela.

Je m'excusai de quitter la conversation à laquelle je ne participais pas vraiment, puis m'écartai du bar pour répondre.

— Salut.

— J'ai pensé que la situation méritait d'être abordée de vive voix. Il s'est passé quoi ?

Je secouai la tête.

— Pour résumer, une nouvelle assistante m'a confié qu'elle en pinçait pour Will, et quand il est venu nous dire bonjour, elle s'est fait inviter à un match de football en trente secondes.

— D'accord. Est-ce qu'ils parlent encore ?

Je jetai un coup d'œil en direction du bar et aperçus Daisy repousser ses cheveux en arrière et glousser.

— Oui, répondis-je en fronçant les sourcils.

— Qu'est-ce que tu portes ?

Je baissai les yeux.

— Un chemisier vert en soie et un jean.

— Super. Je n'ai même pas besoin de te voir pour savoir que tu es superbe en vert avec tes cheveux et ta couleur de peau. Le jean est moulant ?

— En quelque sorte.

— Des talons ?

— J'ai mis des chaussures compensées.

— D'accord, donc tu es canon. C'est bien... très bien même. Voilà ce que je veux que tu fasses. Est-ce qu'il fait chaud dans le bar ?

— Euh... ça va, je crois.

— Très bien. Bon, tu as chaud. Retourne à la conversation, et pendant que le docteur Irrésistible parle à... comment elle s'appelle ?

— Daisy.

— Prénom débile, se moqua-t-il. Bref, retourne à cette conversation, et pendant qu'il parle à Minnie, soulève tes cheveux et remue-les comme si tu avais chaud. Ensuite, commande un verre d'eau glacée, et quand le barman te l'apportera, renverse-le accidentellement sur ton chemisier.

— Quoi ? *Non*. Pourquoi je ferais ça ?

— Contente-toi de me faire confiance et fais-le.

— La moitié de mon armoire est étalée sur mon lit parce que j'ai eu du mal à choisir la tenue parfaite pour ce soir, et tu veux que je l'abîme ?

— Tu ne vas pas l'abîmer. Mais laisse-moi te demander autre chose. Est-ce que ton sac à main est grand ?

— Je ne sais pas, il fait environ trente centimètres de long sur vingt-cinq de haut, pourquoi ?

— OK, parfait. Alors, avant de demander ton verre d'eau, passe rapidement aux toilettes et retire ton soutien-gorge. Tu en portes un, n'est-ce pas ?

— Est-ce que tu as bu, Declan ?

— Non, mais il se pourrait que je m'attaque à la bouteille ouverte dans le frigo quand on raccrochera si tu ne m'écoutes pas.

— Declan, je ne vais pas retirer mon soutien-gorge et me renverser intentionnellement un verre d'eau dessus.

— Calmos, Mollz. Ce n'est pas grand-chose. Tu veux que ce type te remarque d'une nouvelle façon... qui va définitivement faire en sorte qu'il garde les yeux ouverts. Fais-moi confiance, il va totalement oublier Jessie.

— Daisy.

— Peu importe. Bon, est-ce que tu vas prendre les choses en main ou non ? C'est la bonne façon de faire.

— Je croyais que c'était en me faisant passer pour une fille inaccessible ?

— Je change de tactique.

— Comment ça ?

— Comme au football. La fameuse Marie qui va aller voir un match avec ton médecin doit connaître. Mais c'est sans importance. Contente-toi de me faire confiance sur ce point.

Je secouai la tête.

— Je ne pense pas, Declan. Je ne veux pas qu'il me remarque de cette manière.

— Très bien, mais je t'assure... ça fonctionnerait.

— Au revoir, Declan.

— À plus, Mollz.

CHAPITRE 4

Molly

À mesure que la soirée avançait, Will et Daisy continuèrent à se remémorer la fac de Northwestern, et ça me donna envie de vomir.

— Est-ce que tu as déjà peint le rocher ? lui demanda-t-elle.

— Oui, en fait, toute ma fraternité l'a fait un soir. On l'a peint en rose pour sensibiliser au cancer du sein en l'honneur de la mère de mon ami. On est restés éveillés toute la nuit pour le protéger.

— C'est trop mignon, s'extasia-t-elle.

Je me raclai la gorge.

— C'est quoi ce rocher ?

— C'est une tradition à Northwestern, m'expliqua Will en souriant. Ça remonte aux années 1940 ou 1950, je crois. Il y a un immense rocher au centre du campus. Les étudiants le peignent pour faire connaître des causes ou publier des informations sur des événements. Ensuite, ils le protègent aussi longtemps que possible pour empêcher les autres de peindre par-dessus.

— Ah, c'est vraiment sympa, affirmai-je en avalant le reste de ma boisson.

Daisy continua à tortiller ses cheveux et à flirter avec Will.

Je n'en pouvais plus, alors je me levai.

— Excusez-moi, prononçai-je, avant de me rendre aux toilettes.

Une fois à l'intérieur, je me regardai dans le miroir avec un sentiment de défaite.

J'avais l'impression d'être sur le point de passer à côté de ma seule chance. Le créneau pour décrocher un type comme Will Daniels était très court. Il attirait les femmes célibataires comme des aimants. Toutefois, ça me tuerait de me le faire voler par la nouvelle assistante. J'y avais investi du temps. Du temps passé à flirter et à être obsédée par cet homme. Alors, peut-être que je perdrais, mais pas face à quelqu'un qui n'était là que depuis quelques minutes et n'avait pas fait ses armes.

Je réfléchis à la suggestion de Declan. La petite quantité d'alcool que j'avais consommée me montait déjà à la tête, et j'en conclus que cette situation désespérée exigeait le recours à des mesures draconiennes. Je passai les mains sous mon chemisier, dégrafai mon soutien-gorge, puis le retirai et le glissai dans mon sac à main. Mes mamelons se dressèrent aussitôt sous l'air frais de la pièce. Il était trop tôt pour les exhiber, alors j'allumai le sèche-mains qui souffla de l'air chaud sur ma poitrine.

Ce serait un vrai miracle si ça fonctionnait. Daisy avait rendu Will si fasciné par ce moment nostalgique que je n'étais pas sûre que quelque chose puisse l'en sortir. Je plaçai mes cheveux sur mes seins pour que l'absence de soutien-gorge ne soit pas tout de suite évidente.

Lorsque je revins au bar, d'autres personnes du travail étaient arrivées. Will était désormais en train de se mêler à certains de nos autres collègues, Daisy toujours collée à ses basques, alors qu'elle riait à tout ce qu'il disait.

— C'est moi ou il fait chaud ici ? demandai-je en brûlant de jalousie.

Apparemment, ma petite représentation théâtrale avait commencé. Je levai la main pour attirer l'attention du barman, et je commandai un verre d'eau. Après en avoir siroté un peu, je le posai devant moi et attendis le moment parfait pour donner le coup de grâce.

Daisy s'excusa et se dirigea vers les toilettes. Une minute plus tard, je fis glisser mon bras et renversai mon verre sur ma poitrine, en prétendant bien sûr que c'était un malencontreux accident.

— Oh, non. Je suis vraiment empotée ! m'exclamai-je en faisant mine d'être choquée.

Je baissai les yeux sur mon haut. *Bon sang*. La soie fine de mon chemisier était bien plus sensible à l'eau que ce que j'imaginais. Mon premier réflexe fut d'être mortifiée – principalement de mon propre comportement.

Jusqu'à ce que...

Jusqu'à ce que les yeux de Will sortent presque de leurs orbites quand ils se posèrent sur mes seins.

Il se précipita vers moi et me tendit une serviette en papier.

— Tiens, Molly.

— Merci, répondis-je en m'essuyant négligemment, parce que, évidemment, mon intention n'était pas *vraiment* de faire ça correctement.

Après avoir jeté un dernier coup d'œil, Will croisa mon regard et s'y attarda.

— Ça fait plaisir de te voir te joindre à nous de nouveau. Tu n'étais pas là les deux dernières fois, déclara-t-il en me souriant.

— Je suis surprise que tu t'en sois rendu compte, avouai-je en ralentissant les mouvements sur ma poitrine.

— Je remarque toujours quand tu es là ou pas, que ce soit au travail ou ailleurs.

Bon sang. C'est vraiment si facile ? Declan est un foutu génie !

Lorsque Daisy revint des toilettes, Will et moi étions déjà en pleine conversation. Il passa la demi-heure suivante à mes côtés, puis je me rappelai l'un des conseils que Declan m'avait donnés.

« Plus tu sembleras désintéressée, plus ça le fera bander. »

C'était un risque à prendre, et ça ne me parut pas du tout naturel de m'éloigner alors que je lui avais enfin mis le grappin dessus, mais je tentai quand même.

— Tu veux bien m'excuser ?

— Bien sûr, accepta Will en semblant pris au dépourvu de me voir mettre fin à la conversation.

Je me commandai ensuite un autre verre et allai échanger avec d'autres collègues. Daisy en profita pour revenir vers Will, mais curieusement je ne cessais de le voir jeter des coups d'œil dans *ma* direction. Bon d'accord, peut-être que c'était parce que mes tétons étaient toujours dressés, mais quoi qu'il en soit, il mourait d'envie de s'intéresser à *moi*, et non pas à Daisy.

Dans un autre geste audacieux, j'avalai le reste de ma boisson.

— Bon, c'était sympa tout le monde, mais je dois y aller, annonçai-je ensuite assez fort pour que Will puisse entendre.

Celui-ci posa aussitôt sa bière d'un air déçu.

— Tu t'en vas si tôt, Molly ?

— Oui. J'ai... autre chose de prévu.

— Un rencard ?

Je marquai une pause.

— En quelque sorte.

— D'accord.

Il hocha la tête, puis il m'observa un instant avant de se rapprocher de mon oreille.

— Écoute, j'adorerais prendre un café avec toi un de ces jours. Peut-être la prochaine fois que nos plannings coïncident ?

— Oui... on verra, répondis-je en la jouant cool.

On verra ?

Mais bien sûr.

Évidemment que oui !

— Super. Bonne soirée, Molly.

— Toi aussi.

Puis je sortis d'ici en me déhanchant, avec l'impression d'être invincible.

***

J'avais hâte de rentrer pour dire à Declan que son petit plan avait fonctionné.

À ma grande surprise, lorsque j'ouvris la porte, celui-ci se trouvait dans le salon, mais il n'était pas seul. Une femme magnifique aux cheveux châtains était assise dans le fauteuil en face de lui, et des documents étaient étalés sur la table basse.

— Oh, salut, coloc, lança-t-il en se levant. Je ne pensais pas que tu rentrerais si tôt.

— Eh bien, je n'avais pas prévu de rentrer si tôt non plus, mais j'ai suivi tes conseils, ce soir.

Il baissa les yeux sur ma poitrine, alors que je n'avais pas remis mon soutien-gorge.

— Je vois ça.

— Pas seulement celui-ci, précisai-je. Même s'il a fonctionné à merveille.

Je croisai les bras.

— Bref, ce que je voulais dire, c'est que je me suis rappelé ce que tu m'avais dit sur le fait de ne pas avoir l'air intéressée. Je suis d'ailleurs partie tôt en lui disant que j'avais prévu autre chose. Il m'a proposé de prendre un café avec lui au moment où j'allais m'en aller, alors tes deux stratégies ont fonctionné.

— Je n'en doute pas, affirma-t-il en se tournant vers la femme. Désolé d'avoir été impoli. J'aurais dû te présenter. Je te présente ma colocataire, Molly. Et Molly, voici Julia.

Il se tourna vers moi et me fit un clin d'œil pour s'assurer que j'avais compris qu'il s'agissait de la *fameuse* Julia.

— On travaille ensemble. La date limite pour le rendu de la nouvelle campagne de notre client approche, alors elle est passée pour qu'on puisse réfléchir ensemble.

— Ravie de te rencontrer, déclara-t-elle en me tendant sa main, mais en fixant ma poitrine.

— Pareillement.

Je serrai sa main et regardai autour de moi en me sentant mal à l'aise.

— Bon, eh bien, je ne voudrais pas interrompre votre travail.

— Tu ne nous interromps pas, m'assura-t-elle.

— C'est vrai, confirma Declan. Je suis presque sûr qu'on était en train de terminer.

Je vis Julia observer de nouveau ma poitrine.

— Je suis sûre que tu te demandes pourquoi je ne porte pas de soutien-gorge.

— C'est à cause de moi, intervint Declan.

Elle écarquilla les yeux.

— Vraiment ?

— Ce n'est pas ce que tu crois, clarifiai-je. Declan m'a juste donné des conseils qui étaient un peu osés, mais efficaces.

Je racontai ensuite à Julia mon béguin pour Will et mon expérience à l'*happy hour*.

— Alors, c'est grâce à Declan si j'ai décroché un café informel avec Will.

Julia nous regarda tour à tour.

— Vous semblez bien vous entendre pour deux personnes qui viennent juste d'emménager ensemble, fit-elle remarquer.

— Je dois bien admettre que ça se passe vraiment bien. Je commence à l'apprécier.

Declan sourit.

— Elle ment. Elle m'a tout de suite adoré.

— J'ai tout de suite adoré tes *cupcakes*.

Alors qu'elle nous observait interagir, le sourire de Julia sembla forcé. Se sentait-elle mal à l'aise ? Ça me poussait à me demander si elle était jalouse que je m'entende si bien avec Declan.

Je savais ce qu'il ressentait pour elle, mais à présent, je commençais à croire que les sentiments étaient réciproques, même si elle avait un petit ami.

— Je n'ai jamais vu des M&M's si bien organisés, indiqua-t-elle en jetant un coup d'œil à mes pots de bonbons pastel triés par couleur.

— Mollz est un peu perfectionniste.

— Pas du tout. Même si j'aime que les choses soient faites d'une certaine façon, je suis loin d'être parfaite.

— Donne-moi un exemple, me mit-il au défi.

— Eh bien... pour commencer, mon projet initial était de devenir médecin, mais je n'ai jamais eu le courage d'aller en fac de médecine. Non pas qu'il y ait un problème avec le fait d'être infirmière – je suis très fière de ce que je fais –, mais ma peur de l'échec m'a empêchée de poursuivre un rêve plus grand. Alors, je suis peut-être organisée, mais je suis loin d'être parfaite.

Son expression s'adoucit.

— Tu ne m'as jamais parlé de ça.

— Eh bien, étant donné que je ne te connais que depuis quelques jours, ça ne devrait pas être surprenant.

— J'ai l'impression que ça fait plus longtemps que ça, révéla-t-il en me faisant un clin d'œil.

Un silence gênant s'installa, mais Declan finit par taper dans ses mains.

— Bref, qui a faim ? Je pourrais nous préparer quelque chose. Enfin, Molly ne peut pas manger, sauf si elle est prête à payer.

— Payer ? répéta Julia en écarquillant les yeux.

— C'est un petit arrangement entre nous. Elle pense pouvoir résister à mes plats. Elle me devra quelque chose si elle cède à la tentation.

— J'ai déjà mangé, mentis-je.

Je mourais de faim, mais je n'allais pas manger avec eux pour plusieurs raisons. Premièrement, je ne voulais pas lui donner raison, et deuxièmement, je me dis qu'il aimerait peut-être un peu d'intimité avec la fille qui lui plaisait.

— Profitez bien du dîner tous les deux. Je vais aller dans ma chambre pour regarder la fin de ma série sur Hulu, grâce à mon colocataire qui a bien voulu partager le mot de passe de son compte premium.

— Je t'avais dit que tu ne regretterais pas de m'avoir permis d'emménager ici.

— Ravie de t'avoir rencontrée, Julia, conclus-je en lui faisant un signe de la main.

— Ravie aussi, Molly.

Alors que je regardais la série, allongée dans mon lit, j'entendais Julia rire, tandis que l'odeur de ce que cuisinait Declan se répandait dans l'appartement. Ce n'était qu'une question de temps avant qu'elle ne succombe à son charme.

Mes émotions n'en faisaient qu'à leur tête ce soir, passant de la satisfaction d'avoir attiré l'attention de Will à un étrange inconfort à propos de Julia. Je me dis que je devais être jalouse de ce que Declan ressentait pour elle, et que ça n'avait rien à voir avec ce que *je* pouvais ressentir pour lui.

***

Le lendemain, il était presque midi lorsque je sortis de mon lit. Je n'avais jamais dormi aussi tard. Mon horloge interne était déréglée de manière générale à cause des horaires de nuit que je faisais, et j'essayais de rester éveillée la journée plutôt que de dormir pendant mes jours de repos.

Quand je me rendis à la cuisine, un petit mot venant de Declan était posé sur le comptoir.

Bonne matinée (ou bon après-midi, marmotte). Je suis allé au bureau pour travailler un peu. À plus tard.

Travailler un samedi ? C'était du dévouement. Ou peut-être qu'il cherchait juste une excuse pour passer plus de temps avec Julia. Ça devait être ça.

Mon estomac grogna. Je n'avais rien mangé depuis hier après-midi. Ce qu'avait préparé Declan hier soir avait senti très bon...

J'ouvris le frigo et aperçus un plat en verre contenant des restes en train de me narguer. Un Post-it était accroché sur le dessus.

Meilleur risotto aux champignons que j'aie jamais fait. Il en vaut peut-être même les conséquences. À toi de voir.

Je secouai la tête en riant. Est-ce que c'était bizarre d'avoir presque envie de le manger juste pour voir quelles étaient ces fameuses conséquences ?

Je retirai le film plastique et inspirai. Ça sentait l'ail, et une délicieuse odeur d'herbes et d'épices. *Peut-être juste une petite bouchée.* Je m'en servis un peu sur une assiette et mis le tout au micro-ondes.

J'apportai les restes sur le canapé, croisai mes jambes et pris une grosse bouchée.

Maudite nourriture et maudit Declan.

CHAPITRE 5

Declan

Julia et moi étions assis dans la salle de conférence qui était vide. Nous avions passé la matinée à répéter notre discours pour une nouvelle campagne. Nous faisions une pause en dégustant un café venant de la cuisine.

— Ta colocataire a l'air de t'apprécier, déclara-t-elle en remuant un peu de lait dans sa tasse.

— Qu'est-ce qui te fait dire ça ?

— Ça se voit.

— On est amis, oui. On s'entend bien.

— D'accord, mais je pense qu'elle *t'apprécie* plus que tu ne le penses.

— Tu ne l'as pas entendue dire qu'elle craquait pour un médecin qui travaille avec elle ?

— Oui, c'est ce qu'elle dit... mais je pense aussi que *tu* lui plais. Enfin, pourquoi ce ne serait pas le cas ? Tu es une perle.

Tiens, tiens, tiens.

Depuis le temps que nous étions amis et collègues, Julia ne m'avait encore jamais fait de compliments comme celui-ci. Elle n'avait encore jamais non plus manifesté quelque chose qui ressemblait vaguement à de la jalousie. Pourtant, vu comme elle rougissait, j'aurais presque pu penser qu'elle était jalouse. *Eh bien, je n'en reviens pas.* Peut-être que j'avais une chance en fin de compte.

— Et puis elle aurait tout aussi bien pu remettre son soutien-gorge avant de rentrer, ajouta-t-elle. Pour être honnête, je pense que c'était une excuse pour exhiber ses seins sous ton nez.

J'avais du mal à ne pas montrer mon amusement, alors je décidai d'aller plus loin.

— Elle a une jolie silhouette, je dois bien l'admettre, affirmai-je en haussant les épaules. Je ne sais pas, peut-être que je lui plais vraiment. Tu pourrais avoir raison.

Puis un truc dingue se produisit.

— Qu'est-ce que tu fais ce soir ? demanda Julia.

— Je n'ai rien de prévu. Pourquoi ?

— Quand on aura fini, on devrait aller dîner ensemble.

D'accord.

— Oui, pourquoi pas.

Julia ne me proposait quasiment jamais de passer du temps ensemble en dehors du travail. C'était toujours moi qui le faisais. *Bon sang.* Peut-être que je tenais quelque chose. J'avais donné des conseils à Molly pour que le docteur Irrésistible la remarque… en ayant l'air désintéressée. Mais peut-être qu'il était encore plus efficace d'avoir l'air intéressé par quelqu'un d'autre.

***

Ce soir-là, j'ouvris le frigo et découvris que ma colocataire avait mangé presque tous les restes. Molly était en train de lire, étendue sur le canapé, quand je décidai de la taquiner.

— Vilaine fille, Mollz. Je vois que tu n'as pas pu résister à mon risotto.

Elle ferma son livre et s'assit.

— En fait, j'aurais pu, mais j'ai choisi de ne pas le faire. J'étais aussi curieuse de savoir quelle serait la punition. Comment je suis censée savoir que résister à ta cuisine en vaut la peine si je ne connais pas les conséquences ?

Je ris. Je ne les connaissais pas moi-même.

— Je trouverai bien quelque chose. La sanction sera affichée à ta porte ce soir.

— Ah, j'attends ça avec impatience. Tu as dit que c'est ta grand-mère qui t'a appris à cuisiner ? Est-ce que ta mère cuisine bien aussi ?

Je n'allais pas commencer à expliquer l'histoire compliquée de ma famille ni comment ma mère n'était pas toujours en état de s'occuper de ses enfants, alors je haussai les épaules.

— Tout le monde se relaie pour cuisiner à la maison, mais j'ai pratiquement tout appris de ma grand-mère.

J'ouvris une bouteille de Gatorade et changeai de sujet.

— Alors, comment ça va ? Tu as eu des nouvelles du docteur Canon ?

— Non, et malheureusement, j'ai appris par mon amie que Will s'était rapproché de Daisy après mon départ.

— Oui, mais c'est seulement parce que tu n'étais pas là.

— Je pense que j'aurai une meilleure idée de la situation quand j'irai travailler cette semaine. Il a dit qu'il voulait prendre un café avec moi. On verra s'il tient parole.

— Jasmine n'aura aucune chance une fois que tu seras revenue dans la partie.

— J'espère.

— En fait… il s'est passé quelque chose d'intéressant de mon côté, commençai-je, impatient de partager mon expérience d'aujourd'hui.

— Quoi donc ?

— Julia et moi étions en train de travailler au bureau, et elle s'est mise à parler de toi. J'ai perçu un peu de jalousie.

— Vraiment ? C'est drôle que tu dises ça, parce que j'ai ressenti la même chose hier soir. Qu'est-ce qu'elle a dit ?

— Elle pense que je te plais, révélai-je en arborant un sourire arrogant. Enfin, on sait tous les deux que c'est le cas, mais c'est intéressant qu'elle l'ait remarqué.

Je lui fis un clin d'œil.

— Je plaisante, ajoutai-je. Enfin, pas à propos de ce qu'elle a dit. La pointe de jalousie que j'ai décelée m'a fait réfléchir.

— À propos de quoi ?

— Ça m'a fait prendre conscience que la seule chose qui était mieux que la stratégie de ne pas paraître intéressé était la menace de la présence de quelqu'un d'autre.

— Intéressant. Eh bien, je suis ravie d'avoir pu aider.

— Je pense que ce sont tes tétons qui ont fait tout le travail. Remercie-les pour moi.

Molly se mit à rougir.

— Attends… elle pense que j'ai fait ça pour *toi* ? Pourtant, je lui ai parlé de Will.

— Oui, mais elle a dit que tu aurais pu remettre ton soutien-gorge avant de rentrer. Elle a eu l'impression que tu les exhibais.

— Elle me prend pour une traînée. Génial. Je n'ai pas pensé à remettre mon soutien-gorge parce que je rentrais directement à la maison et que je pensais que tu ne serais pas là.

— *Toi*, tu le sais, et *je* le sais aussi, mais pas *elle*. Alors, laissons-la penser ça. Laissons-la penser que j'aime te reluquer aussi. Ce sera peut-être ce qui finira par fonctionner.

Et j'aime vraiment te reluquer, mais ce n'est pas la question.

Plus tard, après que Molly était partie se coucher, je collai un petit mot sur sa porte.

Ce risotto t'apporte des ennuis, car tu te retrouves obligée de laver mes habits. Mon panier à linge sera prêt demain soir. ;-)

***

Je ne croisai pas Molly avant qu'elle m'appelle depuis son lieu de travail le lendemain. J'étais en pleine séance de sport tardive dans ma chambre, et je dus m'arrêter pour lui répondre.

— Quoi de neuf, Mollz ?

— Sérieusement ? Faire ta lessive ?

Je m'essuyai le front avec une serviette.

— Je suis en pleine séance de muscu, tu auras plein de sueur à laver.

— Quel bonheur.

— Je suis content parce que je parie que tu vas trier mes sous-vêtements par couleur.

Seul le silence me répondit.

— Hé, autant que j'en profite. C'est pour ça que tu m'appelais ? Pour te plaindre de ma punition ?

— Non, en fait je voulais te parler de quelque chose d'intéressant.

— Je suis toujours partant pour ça, affirmai-je en avalant une gorgée d'eau.

— Tu te rappelles quand tu me disais que Julia semblait jalouse quand elle parlait de moi ?

— Oui ?

— Eh bien, je pense que tu tiens quelque chose. Je viens juste de boire un café avec Will pendant notre pause. Il m'a demandé ce qu'il y avait de neuf, et je lui ai parlé de mon nouveau colocataire. J'ai commencé à m'extasier à ton sujet, comme si tu étais un vrai don du ciel pour les femmes.

— Donc ce n'était pas très loin de la réalité. OK, continue.

— Bref, reprit-elle en riant. Quoi qu'il en soit... son humeur a eu l'air de changer quand je parlais de toi. Il semblait s'intéresser à notre relation.

— Est-ce qu'il t'a demandé de sortir avec lui ?

— Non, mais je me demande s'il n'aurait pas besoin de quelque chose pour lui mettre le feu aux fesses. Peut-être qu'il faut que je lui fasse croire que tu me plais vraiment.

Je grattai mon menton. Ça pourrait fonctionner. Mieux encore...

— Peut-être que je pourrais passer te rendre visite à l'hôpital. S'il me voyait, il se sentirait encore plus menacé.

— Ça va ? Pas trop prétentieux ?

— J'essaie juste d'aider.

— En fait… j'ai une meilleure idée. Pourquoi tu ne viendrais pas à la prochaine *happy hour*?

— Je pourrais carrément y passer. Mais à une condition.

— Pourquoi il y a toujours des conditions avec toi?

— Celle-ci n'est que justice.

— C'est quoi?

— Tu fais la même chose pour moi. Je n'ai pas encore les détails, mais j'aimerais rendre Julia jalouse. Je pense qu'on devrait faire comme s'il se passait quelque chose entre nous.

— D'accord, mais il faut qu'on définisse ce que ça implique, accepta-t-elle après une courte pause.

Waouh. J'étais un peu surpris qu'elle soit d'accord. Elle devait vraiment être dingue de son Will chéri.

— Ça implique de faire tout ce qui sera nécessaire pour rendre l'autre personne jalouse, déclarai-je. Si on est censés se fréquenter, ça signifie…

— Qu'on doit se toucher… et s'embrasser?

Je ris en entendant sa réaction.

— Si tu penses que c'est trop, on n'est pas obligés de le faire. On peut juste avoir l'air d'être vraiment, *vraiment* fous l'un de l'autre d'une manière étrange, avec des regards constants et de la communication par télépathie.

Elle soupira.

— Non, je… pense que ça devrait rendre les choses crédibles.

Eh bien, ça s'annonce sacrément intéressant.

***

Je ne vis pas Molly pendant quelques jours. Elle enchaînait ses trois gardes de douze heures, et nos emplois du temps ne coïncidaient pas. Toutefois, je savais qu'aujourd'hui était son jour de repos, alors cet après-midi, je lui avais envoyé un message pour savoir si elle serait à la maison pour dîner, et j'étais passé au magasin après le travail pour récupérer quelques petites choses dont j'aurais besoin pour cuisiner l'une de mes spécialités.

Elle s'approcha et tenta de regarder par-dessus mon épaule pendant que je mélangeais les ingrédients dans un saladier, alors je me tournai pour qu'elle ne puisse pas voir ce que je préparais.

— Pas de coup d'œil avant que le repas soit prêt, ordonnai-je.

Elle fit la moue, mais je vis son sourire derrière ses lèvres pulpeuses tournées vers le bas.

— Et si je n'aime pas ce que tu fais ?

— Tu aimeras.

— Comment tu le sais ?

— Parce que c'est moi qui le prépare, et que tu as l'air de manger tout ce que je cuisine.

Elle leva les yeux au ciel.

— Ne sois pas si sûr de toi. J'ai seulement volé tes restes encore une fois hier parce que j'avais trop la flemme d'aller au magasin pour acheter de la charcuterie.

— Ce n'est pas grave d'admettre que tu aimes ma cuisine, tu sais, répliquai-je en souriant.

Molly secoua la tête.

— Je ne te connais pas depuis longtemps, mais je suis certaine que tu n'as besoin de personne pour flatter ton ego et le faire gonfler.

— Tu as raison. Je possède une chose bien mieux que mon ego, qui grossit quand on la flatte, plaisantai-je en lui faisant un clin d'œil.

Elle se mit à rougir, mais elle se retourna pour que je ne puisse pas le voir. J'ignorais pourquoi, mais j'adorais quand elle s'empourprait et qu'elle essayait de le cacher.

— J'ai combien de temps avant que le repas soit prêt ? demanda-t-elle.

— Ça dépend... tu as besoin de combien de temps ?

— Eh bien, si on a quinze minutes, je vais rappeler ma mère avant de manger. Elle m'a appelée quand j'étais à quelques rues d'ici, mais j'essaie de ne plus parler au téléphone pendant que je conduis. J'ai eu un petit accrochage il y a quelques mois. Je me disputais avec ma société de carte de crédit à propos d'une dépense dont je n'étais pas responsable, et je n'ai pas vraiment fait attention.

— Prends tout ton temps.

— Quinze minutes devraient suffire. Si je suis encore en ligne, tu n'auras qu'à crier que le dîner est prêt. Ça m'aidera à raccrocher. Ma mère aime *vraiment* parler.

— Ça marche, répondis-je.

En réalité, je n'avais besoin que de quelques minutes pour terminer ce que j'étais en train de faire, alors je me dis que j'allais attendre de l'entendre raccrocher pour me remettre au travail. Cependant, presque une demi-heure s'écoula sans que Molly sorte de sa chambre, alors je frappai doucement à sa porte. Peut-être qu'elle n'avait pas exagéré tout à l'heure et qu'elle avait besoin d'aide pour pouvoir mettre fin à l'appel.

— Hé, Moll ? Le repas sera prêt dans quelques minutes.

— OK, j'arrive.

Dix minutes plus tard, elle sortit enfin de sa chambre. J'avais préparé deux assiettes sur la table de la cuisine, et j'étais sur le point de la taquiner d'avoir fait refroidir mon dîner quand je levai les yeux et aperçus son visage rouge et marbré. Elle avait pleuré.

Je frottai mon sternum. J'avais l'impression d'avoir une sensation désagréable dans la poitrine.

— Qu'est-ce qui se passe ? Ta mère va bien ?

Molly renifla plusieurs fois.

— Oui, elle va bien. Ce n'est pas ma mère. C'est mon père.

— Il s'est passé quoi ?

— Il est malade. Apparemment, on lui a diagnostiqué un cancer des poumons, et le pronostic à long terme n'est pas bon.

— Mince, Molly. Je suis désolé. Viens par ici.

Je la pris dans mes bras et elle se remit à pleurer. Ne sachant quoi dire ou quoi faire, je me contentai de la serrer contre moi en lui caressant les cheveux et en lui répétant que tout irait bien. Lorsqu'elle se calma, je l'accompagnai sur le canapé.

— Je peux t'apporter quelque chose ? demandai-je. Tu veux un verre de vin, ou de l'eau peut-être ?

— Non, ça ira. Tu as fait à manger, et c'est déjà probablement froid.

— Ne t'inquiète pas pour ça. Dis-moi ce dont tu as besoin.

Son visage était si rouge que ça faisait ressortir le bleu de ses yeux. Du mascara ou un autre produit de maquillage coulait sur l'une de ses joues, alors je l'essuyai avec mon pouce.

— Tu veux du vin ?

Elle hocha la tête.

— Je pense que j'aurais bien besoin d'un verre, oui.

Je nous servis deux verres de vin blanc dans la cuisine, puis apportai la bouteille avec moi en revenant m'asseoir à côté d'elle.

— Mon père a eu un cancer de la prostate quand j'étais ado, révélai-je en lui tendant son verre. J'étais terrifié et je pensais qu'il n'allait pas s'en sortir. Mais il l'a fait. La médecine s'améliore chaque jour. Un mauvais pronostic peut parfois changer.

— Je sais. C'est juste que mon père et moi... Notre relation est compliquée.

— Je comprends, acquiesçai-je. Ma relation avec ma mère n'est pas simple non plus.

Molly sirota son vin tout en fixant ses pieds, perdue dans ses pensées. Je lui laissai un peu de temps pour qu'elle choisisse ce qu'elle allait partager avec moi, et elle finit par reprendre la parole :

— Quand j'avais seize ans, mon père a quitté ma mère. Il est dermatologue, et il a épousé son infirmière à peine un an après son départ. Kayla, sa femme, n'a que six ans de plus que moi. Je pense que j'ai eu plus de mal à digérer la rupture et son remariage que ma mère.

Elle secoua la tête.

— J'étais tellement en colère contre lui. En gros, il a commencé une nouvelle vie sans nous. C'était vraiment cliché. Ma mère avait cumulé deux emplois pour l'aider à payer ses études de médecine. Il le lui a rendu en l'échangeant contre un modèle plus récent un mois avant ses cinquante ans... qui était en plus son infirmière. En fait, j'ai même une petite sœur que les gens prennent pour ma fille.

— Ça craint. Je suis désolé, Molly.

— Merci. Bref, ça fait presque douze ans maintenant. Ma mère a tourné la page. Elle sort avec un type super sympa à présent, mais je n'ai jamais réussi à mettre ma rancune de côté, alors ça a mis à rude épreuve ma relation avec mon père au fil des années. Il m'appelle toutes les semaines, mais nos conversations ressemblent à celles de deux inconnus. *Comment se passe le travail ? Quel temps fait-il ? Des vacances prévues ?*

— Est-ce qu'il vit ici, à Chicago ?

Elle confirma d'un hochement de tête.

— Il vit dans le quartier de Lincoln Park.

Elle resta de nouveau silencieuse pendant quelques minutes.

— J'ai passé tellement d'années à ressentir de l'animosité envers quelque chose qui ne me concernait même pas, reprit-elle.

— Eh bien… commençai-je en prenant son verre à moitié vide pour le remplir. Ce qu'il y a de bien avec les excuses, c'est qu'elles n'ont pas de date d'expiration. On peut les faire quand on veut.

— Merci, répondit Molly en se forçant à sourire.

— Est-ce qu'il est à l'hôpital ?

Elle secoua la tête.

— Apparemment, il a fait quelques examens et il commence la chimiothérapie dans quelques jours. Il a appelé ma mère parce qu'il m'a laissé un message la semaine dernière et que je n'avais pas encore eu l'occasion de le rappeler. Visiblement, ma grande sœur non plus.

— Ta sœur vit à Chicago ?

— Non, Lauren vit à Londres. Elle a fait des études à l'étranger pendant sa troisième année de fac et elle a rencontré un garçon sur place. Elle a déménagé là-bas pour être avec lui, le jour où elle a obtenu son diplôme.

Ils sont tous les deux professeurs à l'université, alors elle ne rentre qu'une fois par an pour nous rendre visite.

J'acquiesçai.

— Comment tu vas gérer la situation ? Tu vas l'appeler ou tu vas aller le voir ?

— Je ne sais pas. Je pense que je devrais faire les deux. Le rappeler, puis aller le voir en personne. Même si, pour être honnête, rien qu'y penser me donne la nausée. Ça fait longtemps, et je ne sais pas vraiment comment arranger les choses, surtout maintenant.

— Je viendrai avec toi si tu veux.

— Tu ferais ça ? demanda Molly en clignant plusieurs fois des yeux.

— Bien sûr. Tu es ma coloc. J'assure tes arrières.

— C'est gentil. Très gentil. Mais ce serait sûrement bizarre de venir avec quelqu'un qu'il n'a jamais rencontré auparavant. Je crois que je dois me débrouiller seule pour réparer les pots cassés.

Je hochai la tête.

— D'accord. Et si je te conduisais jusqu'à Lincoln Park quand tu iras ? Je me garerais au coin de la rue et je t'attendrais. Je pourrais apporter mon ordinateur portable pour travailler un peu, comme ça tu n'auras pas à conduire si tu es contrariée, et je serais là pour te calmer à l'aller.

— C'est très généreux de ta part. Je sais que je serai trop préoccupée pour faire attention à la route, alors je vais accepter ton offre si tu es sérieux.

— Je le suis. Et c'est comme si c'était fait. Tu me diras quand, et je serai là.

Molly sourit, et j'eus l'impression que la main qui enserrait mon cœur se desserra un peu.

— Merci, Declan.

Elle garda le silence quelques minutes.

— Est-ce que le divorce de tes parents a été compliqué aussi? m'interrogea-t-elle en penchant la tête.

Je fronçai les sourcils et Molly le remarqua.

— Tu as dit que tu avais une relation compliquée avec ta mère, expliqua-t-elle. Alors, j'ai pensé que tu avais peut-être vécu une situation similaire à la mienne.

Je secouai la tête. Il était bien plus facile de parler de la bataille de mon père contre le cancer plutôt que de la maladie de ma mère, surtout ces jours-ci. Et puis je venais enfin de détendre un peu l'atmosphère. Molly n'avait pas besoin que je la fasse déprimer encore plus. Alors, je tentai de minimiser ce que j'avais dit tout à l'heure.

— Non, c'est juste des histoires de famille, déclarai-je en me levant. Pourquoi tu ne finirais pas ton vin, avant de te détendre un peu? Je vais préparer le repas. Il me faudra dix minutes pour refaire une fournée.

Molly regarda par-dessus mon épaule, en direction de la cuisine.

— Qu'est-ce que tu as préparé?

— Des gaufres liégeoises avec de la glace. Je me suis dit qu'une partie de mon job en tant que coloc était de t'aider à mettre fin à ton aversion du petit déjeuner le soir. Et tu sais quoi? Puisque tu as passé une soirée compliquée, c'est moi qui offre. Tu n'auras même pas à faire ma lessive ou à aller chercher mes affaires au pressing.

Elle secoua la tête, mais elle se mit à rire.

— Merci.

Je jetai les gaufres froides et la glace fondue à la poubelle, puis préparai une nouvelle fournée. Ça me fit plaisir de voir Molly manger en ayant l'air d'oublier les nouvelles concernant son père pendant quelques minutes.

— Alors, comment ça va avec Julia ? m'interrogea-t-elle pendant le repas.

— Bien, je crois. On a dîné ensemble après le travail la dernière fois.

— C'était un rencard ?

— Pas vraiment. On travaille ensemble et on voyage beaucoup, alors on mange souvent ensemble. Mais cette fois-ci, ça semblait un peu différent.

— Comment ça ?

— Elle a passé beaucoup de temps à se plaindre de Bryant, son petit ami. Ils sont ensemble depuis presque un an, et c'était la première fois qu'elle faisait ça.

— Alors, elle veut que tu saches qu'il y a de l'eau dans le gaz ?

Je haussai les épaules.

— J'ai trouvé que le timing était intéressant. Elle me fait soudain savoir pour la première fois que ça ne se passe pas si bien que ça dans son couple, juste après avoir eu des soupçons sur une éventuelle relation avec ma colocataire canon.

Juste après avoir prononcé ce mot, je me rendis compte qu'il n'était peut-être pas approprié de lui dire qu'elle était canon. J'aimais la taquiner, mais je ne voulais pas la mettre mal à l'aise.

— Désolé, je n'aurais pas dû dire ça. Enfin, évidemment, tu es jolie, mais je ne veux pas que tu penses que je te reluque dès que tu te balades dans l'appartement. C'est juste ma façon de parler.

La vérité, c'était que je la reluquais vraiment quand elle ne regardait pas. Le contraire serait sacrément difficile. Toutefois, elle n'avait pas besoin de le savoir.

— Ce n'est rien, m'assura-t-elle en souriant.

— Bref, le timing pourrait être une simple coïncidence, mais je ne crois pas que ce soit le cas. Et toi, alors ? Comment ça se passe avec ce cher médecin ? Du nouveau à ce sujet ?

— Pas vraiment.

— Eh bien, peut-être que nous voir tous les deux lui donnera le déclic nécessaire, comme ça a l'air d'avoir été le cas pour Julia.

Molly trempa le reste de sa gaufre dans sa glace fondue.

— Pourquoi est-ce que ça doit être un tel jeu ? Si Will m'apprécie, pourquoi passerait-il à l'action seulement s'il pense être sur le point de perdre sa chance ? Même chose pour Julia. Tout ça me semble tellement immature. Honnêtement, je n'en reviens toujours pas de ce que j'ai fait au bar la dernière fois. Retirer mon soutien-gorge et faire exprès de me renverser de l'eau dessus pour attirer l'attention d'un homme ? J'ai vingt-sept ans, pas dix-sept. Quand j'y repense, même si j'ai obtenu ce que je cherchais, je suis mortifiée.

Je secouai la tête.

— Je pense qu'on est parfois tellement occupés à chercher quelque chose qu'on ne remarque pas les choses géniales qu'on a sous le nez. Est-ce vraiment important que la jalousie ou autre chose nous pousse à nous réveiller, tant que ça fonctionne ?

— Je ne sais pas, avoua-t-elle en haussant les épaules. Je suppose que non. Peut-être que c'est la vie, c'est tout, mais ça paraît stupide.

Je compris que même si Molly parlait de Will, elle aurait tout aussi bien pu parler de ce qui s'était passé entre ses parents. Et le fait que son père et Will faisaient le même métier ne m'échappa pas, tout comme le fait que Molly et sa belle-mère étaient toutes les deux infirmières. Je n'étais pas psy, mais je sentais qu'il pouvait y avoir une corrélation profonde.

— Quand vas-tu retravailler avec le docteur Hypermétrope ? demandai-je en me levant pour déposer mon assiette dans l'évier.

— Hypermétrope ? répéta-t-elle en fronçant le nez.

— Le contraire de myope. C'est comme ça qu'on appelle une personne qui peut voir de loin, mais pas de près.

— Oh, je viens de comprendre.

Elle sourit, puis déposa à son tour son assiette, avant de la rincer. Il est de garde vendredi soir, alors si une femme accouche, je le verrai probablement à ce moment-là. C'est rare qu'on passe toute une nuit sans que le gynécologue vienne faire un accouchement.

— Et si je passais te chercher pour le déjeuner ce jour-là ?

— Euh... je commence à dix-neuf heures et je termine à sept heures du matin. Je prends mon déjeuner à minuit.

— Et ? répliquai-je en haussant les épaules.

— Je ne vais pas te demander de venir à l'hôpital à cette heure-ci.

— Tu n'as rien demandé, c'est moi qui propose.

— Je sais... mais...

— Le rendez-vous est pris, Mollz.

Elle soupira.

— D'accord, merci. Voyons déjà s'il est là.

Nous nettoyâmes le reste de la cuisine ensemble et en silence.

— Je pense que je vais rappeler ma mère, annonça ensuite Molly. Si je ne le fais pas, elle va s'inquiéter toute la nuit vu comme j'étais bouleversée quand j'ai raccroché. Je devrais aussi contacter ma sœur, même s'il est tard à Londres en ce moment. Je vais peut-être attendre jusqu'à demain matin pour l'appeler.

— Ça me semble être une bonne idée.

— Au fait, je n'avais pas mangé de gaufres liégeoises avec de la glace depuis mon enfance. C'était délicieux. Merci de m'avoir fait un petit déjeuner en guise de dîner.

— Aucun souci. Je vais aller lire un peu pour le travail dans ma chambre, mais si tu as envie de parler après avoir raccroché avec ta mère, tu sais où me trouver.

— Merci.

Molly se servit un autre verre de vin, puis me souhaita bonne nuit avant de traverser le couloir jusqu'à sa chambre. Elle se retourna en arrivant à sa porte, et me surprit les yeux rivés sur ses fesses. J'avais pensé qu'elle serait énervée, mais au lieu de ça, elle afficha un sourire en coin.

— Je suppose que tu ne souffres pas d'hypermétropie ?

Un sourire étira mes lèvres.

— Ma vue est parfaite, Dieu merci.

— Bonne nuit, Dec. Merci pour tout. Et pas seulement pour le repas.

— Avec plaisir. Bonne nuit, Mollz.

CHAPITRE 6

Molly

— Bon sang. Une femme qui vient juste d'expulser une pastèque sera de nouveau bientôt enceinte.

Daisy et moi étions assises l'une à côté de l'autre au bureau des infirmières, mais j'ignorais de quoi elle parlait. Je levai les yeux de l'écran d'ordinateur et suivis son regard.

Oh, mon Dieu. Un homme avançait dans le couloir, un énorme bouquet de fleurs à la main. Il portait un costume trois-pièces bien ajusté, une cravate dont le nœud était légèrement desserré, et une fine barbe recouvrait sa mâchoire carrée. Mais pas n'importe quelle mâchoire carrée. Celle de *Declan*. Lorsqu'il me repéra, il m'adressa un sourire à tomber avec ses deux fossettes marquées.

— En fait... murmura Daisy. Je crois que c'est *moi* qu'il vient de mettre enceinte.

Je ne savais pas qu'il allait venir puisque j'étais d'abord censée l'appeler. Alors, entre la surprise de le voir et son apparence, je me retrouvai sans voix. Au lieu de ça, je restai assise à le fixer, jusqu'à ce qu'il se retrouve devant moi.

— Salut, ma belle.

Daisy écarquilla les yeux quand je me levai.

— Declan... Qu'est-ce que tu fais là ?

Il tendit un sac que je n'avais même pas remarqué dans sa main.

— Je t'ai préparé ton repas... ou plutôt ton déjeuner. Et je t'ai apporté ça, ajouta-t-il en me tendant les fleurs.

— Elles sont magnifiques, mais... tu n'étais pas obligé. Je ne savais pas que tu allais venir.

— Je voulais te surprendre. Tu as déjà pris ta pause ?

Je secouai la tête.

— Non, mais je peux la prendre dans quinze minutes environ. Il faut juste que je finisse quelques petites choses ici.

Daisy, dont j'avais oublié la présence, se leva et me prit le dossier du patient des mains.

— Je finirai pour toi.

— Oh... d'accord. Merci, Daisy.

Declan tendit l'oreille en entendant ce prénom.

— Daisy, c'est ça ? Je suis Declan, le rencard de Molly pour ce dîner.

— Enchantée, Declan.

— Également. Merci de remplacer ma copine pour que je puisse manger avec elle. Je travaille la journée et elle la nuit, alors elle me manque.

— C'est trop mignon, s'extasia-t-elle sans pouvoir arrêter de sourire. Prenez tout le temps que vous voulez. C'est plutôt tranquille ce soir, alors je peux gérer toute seule.

Declan me tendit sa main par-dessus le comptoir et me guida à ses côtés.

— Ouvre la voie, ma belle.

Dès que nous nous éloignâmes, il se pencha vers moi.

— Alors, c'est Alice, hein ? Elle ne t'arrive pas à la cheville. Si le docteur Irrésistible la préfère à toi, il est non seulement aveugle, mais aussi débile.

Bizarrement, mon cœur battait la chamade. Je ne savais pas vraiment si c'était dû à la visite surprise, à la comédie que nous étions en train de jouer au travail, ou au fait que j'avais été en quelque sorte en admiration quand Declan était arrivé de cette façon. Cet homme avait tellement de présence.

— C'est très gentil de ta part, même si tu dis n'importe quoi. Mais je suis désolée de te dire qu'on semble passer une de ces rares soirées où aucune de nos patientes n'est en travail, alors Will n'est même pas là. Si tu m'avais appelée avant de venir, je t'aurais évité le déplacement.

Declan haussa les épaules.

— Ce n'est pas grave. Je voulais venir prendre de tes nouvelles, de toute façon. C'était le premier jour de chimio de ton père, non ? Tu as dit qu'il allait t'appeler après. Je me suis dit que tu aurais peut-être envie d'en parler.

Je fis entrer Declan dans la salle de repos. Techniquement, cette pièce était réservée aux employés, mais personne ne s'en souciait vraiment, surtout pendant le service de nuit. Il commença à préparer la nourriture, tout comme il le faisait à la cuisine de l'appartement. Il sortit un Tupperware du sac, puis le déposa dans le micro-ondes et tira une chaise pour que je puisse m'asseoir pendant qu'il réchauffait ce qu'il avait apporté.

— Tu as pu lui parler ? me demanda-t-il.

— Oui. On a discuté pendant presque une demi-heure, ce qui est honnêtement la conversation la plus longue que nous ayons eue en dix ans. On a principalement parlé de son traitement et des médecins qu'on appréciait ou pas. On aurait plutôt dit une consultation entre une infirmière et son patient et non pas une discussion entre un père et sa fille, mais je suppose que c'est un début.

Il hocha la tête.

— C'est bien que vous soyez dans le même milieu pour faciliter la conversation.

Le micro-ondes bipa, alors il retira le plat pour le poser devant moi.

— Gnocchis à la crème faits maison.

— Waouh, faits maison ? Tu as fait la pâte aussi ?

— Oui. Je t'ai dit que j'étais le coloc parfait.

Je piquai deux gnocchis et les glissai dans ma bouche. Si Declan n'avait pas été là à observer ma réaction, j'aurais pu fermer les yeux et gémir. C'était bon à ce point.

— C'est absolument délicieux.

— Super. Mange, ordonna-t-il en s'asseyant en face de moi, le sourire aux lèvres.

— On partage ? proposai-je en me resservant.

— Non, mange. J'en ai déjà pris. Mais dis-moi comment ça s'est fini avec ton père. Est-ce que tu as prévu d'aller le voir en personne ?

Je soupirai.

— Il m'a invitée à dîner.

— C'est bien. Quand ça ?

— Mardi.

— J'ai un rendez-vous, mais je peux sûrement le décaler, m'apprit-il en grattant son menton.

— Non, tu n'es pas obligé de faire ça. Je peux y aller toute seule.

Il sortit son téléphone et se mit à taper un message, avant de le reposer sur la table.

— C'est fait. J'ai envoyé un e-mail au type en lui demandant si c'était possible de repousser à vendredi. Je suis sûr que ça ne posera aucun problème.

Je remis des gnocchis dans ma bouche.

— Tu es un très bon ami, Declan.

Même si nous ne nous connaissions que depuis deux semaines, je savais que je pouvais compter sur lui.

Quelques minutes plus tard, j'avais presque fini le plat. Je piquai quelques gnocchis sur ma fourchette et l'approchai de mes lèvres.

— J'ai envie de finir le reste, mais je suis pleine.

— Tu en es sûre ? m'interrogea-t-il.

— Certaine.

— Parfait, déclara-t-il en se penchant au-dessus de la table pour prendre la fourchette dans sa bouche. Parce que j'ai menti. Je n'ai encore rien mangé. J'ai travaillé tard et ces fichus gnocchis prennent un temps fou à préparer. Je suis venu rapidement parce que je ne voulais pas manquer ta pause.

Il mâcha sa nourriture en gardant son visage devant moi, toujours penché sur la table.

— Alors, tu veux bien me donner le reste, s'il te plaît ?

Je ris, mais enfournai deux autres grosses fourchettes de gnocchis dans sa bouche. Nous étions si occupés avec la nourriture et à profiter de la compagnie de l'autre qu'aucun de nous n'entendit quelqu'un entrer dans la salle de pause.

Pas avant qu'une voix grave et masculine ne nous interrompe.

— Salut, Molly...

Je me tournai pour voir Will Daniels tenant une tasse de café. Il nous observa tour à tour.

— Salut, Will, répondis-je en me raclant la gorge.

Declan écarquilla les yeux en comprenant ce qui était en train de se passer, et il afficha un air qui voulait dire « mission accomplie ».

— Will Daniels, se présenta-t-il en tendant sa main à Declan.

— Declan Tate. Enchanté.

— Vous êtes un ami de Molly ?

— En fait, on sort ensemble, rectifia Declan sans perdre un instant.

Will me regarda, confus, ce qui était compréhensible. Nous avions pris un café ensemble la semaine dernière et j'avais parlé de mon colocataire, mais je ne lui avais pas dit que je voyais quelqu'un. Je n'avais pas mentionné le nom de Declan, alors il ne pouvait absolument pas savoir que mon nouveau « copain » était celui dont je lui avais parlé.

— Euh, c'est... récent, bégayai-je, ne sachant pas quoi répondre.

Will se força à sourire.

— Il faut croire que beaucoup de choses peuvent changer en une semaine.

— C'est vrai.

Il se tourna vers Declan.

— Ce que vous avez mis dans le micro-ondes sent délicieusement bon.

— Merci. Ce sont des gnocchis que j'ai préparés moi-même, lui apprit-il avec un grand sourire.

— Ah, un chef.

Will se dirigea vers la cafetière et remplit sa tasse pendant ce qui me sembla être dix secondes gênantes.

— Bon, eh bien, je vous laisse retourner à votre dîner, annonça-t-il en mettant le couvercle.

Puis il partit.

— OK, tu veux mon avis sur Irrésistible ? demanda Declan à voix basse après son départ.

— Je t'écoute.

— Le doc est définitivement jaloux, m'assura-t-il en continuant à chuchoter. La situation était gênante. C'est une bonne chose. Il était visiblement déçu et surpris de te voir avec moi.

L'espoir m'envahit.

— Tu crois ?

— Je ne le *crois* pas, je le *sais*. Alors, c'était génial. Je ne suis vraiment pas venu pour rien.

— Et maintenant ? m'enquis-je. Enfin, est-ce que ça pourrait se retourner contre moi maintenant qu'il pense que je suis prise ?

— Je n'ai pas dit que notre relation était exclusive, juste qu'on sortait ensemble. Crois-moi, la prochaine fois que tu te retrouveras seule avec lui, il va te parler de moi. Ce sera l'occasion de lui dire que ce n'est pas sérieux entre nous. Je serai juste assez présent pour lui faire prendre conscience qu'il doit se dépêcher s'il ne veut pas laisser passer sa chance.

Je soufflai sur mes cheveux.

— Eh bien, c'est bien plus simple que d'exhiber mes tétons. Et je n'ai même pas à être dégoûtée de moi-même.

— Ça va être marrant, Mollz, poursuivit-il en remettant le couvercle sur le plat de gnocchis. En parlant de choses marrantes, j'espérais que tu pourrais peut-être rester à la maison mercredi soir. C'est ton jour de repos, non ? J'avais pensé demander à Julia de venir chez nous pour qu'on puisse réfléchir à la campagne. Ça pourrait être une bonne occasion pour qu'on... flirte.

Je ne pouvais pas vraiment refuser puisqu'il m'avait beaucoup aidée ce soir.

— Oh... oui. Bien sûr. On peut faire ça. C'est tout à fait normal. Tu viens de me rendre un grand service.

— Super, répondit-il avec un grand sourire.

Il était particulièrement séduisant dans ce costume.

Declan resta jusqu'à la fin de ma pause, puis je retournai travailler.

Effectivement, plus tard ce soir-là, Will vint me trouver au bureau des infirmières.

— Declan, c'est ça ? demanda-t-il en parcourant quelques dossiers. Il a l'air sympa.

Mon cœur s'emballa.

— Oui, il l'est. Comme je te l'ai dit... c'est récent. Il n'y a rien de très sérieux.

— Pourtant, il n'a pas l'air de cet avis s'il t'apporte de la nourriture à minuit...

— J'ai trouvé que c'était gentil de sa part, oui. Mais notre relation n'est pas exclusive.

— C'est bon à savoir, indiqua-t-il en reposant un dossier à sa place.

Il me fit un clin d'œil, puis s'éloigna dans le couloir.

Ça m'excita, mais en même temps, j'étais obligée de me demander ce qui lui prenait tant de temps pour m'inviter à sortir. Il aurait largement pu le faire depuis le temps.

Quelques minutes plus tard, Daisy fit son apparition.

— Bon sang, Molly. Raconte-moi tout sur ton nouveau mec.

Je lui racontai la même histoire qu'à Will, que c'était récent et que je n'avais pas encore pris de décision définitive.

— Si ça ne fonctionne pas, envoie-le-moi, parce qu'un homme qui a cette allure *et* qui t'apporte de la nourriture et des fleurs vaut de l'or.

J'avais envie de lui répondre que les hommes qui faisaient ça n'existaient pas.

Mais une fois encore, qu'est-ce qui était faux chez Declan ? Son apparence était ce qu'elle était, et c'était un excellent cuisinier. Même si le repas de ce soir avait été calculé, les gaufres liégeoises qu'il m'avait préparées la dernière fois ne l'avaient pas été. Tout comme sa proposition de m'accompagner chez mon père, ou le fait qu'il était vraiment à l'écoute.

J'avais des vues sur Will, mais curieusement, je passai cette nuit-là à penser à Declan.

CHAPITRE
7

Molly

Declan trouva une place de parking au coin de la rue de mon père à Lincoln Park.

— Je vais rester là à travailler si tu as besoin de moi.

Je culpabilisais de le faire attendre dans la voiture. Il avait dit qu'il devait travailler, mais il n'aurait pas choisi de rester coincé dans son véhicule s'il ne me rendait pas service. De toute façon, si je lui avouais que je me sentais mal à l'idée de lui demander de rester ici, il insisterait pour le faire quand même. Alors, au lieu de ça, je lui fis croire que j'avais besoin de son soutien pendant le dîner. Ce qui n'était pas vraiment un mensonge.

— Tu penses qu'on peut... changer ce qui était prévu ? J'aimerais que tu viennes avec moi, si c'est possible.

Il fronça les sourcils.

— Tu veux que je vienne manger avec ton père et toi ?

— Je sais que c'est un peu bizarre que je te fasse venir, mais je préfèrerais ne pas être seule.

— C'est tout ce que tu avais à dire, affirma Declan en retirant sa ceinture. Mais qu'est-ce qu'on va dire ?

— Comment ça ?

— Je suis censé être qui ?

— Et si tu étais mon colocataire, Declan ? proposai-je en lui donnant une petite tape sur l'épaule.

— Quelle idée originale, répondit-il en riant.

— Sois toi-même.

Il me fit un clin d'œil.

— Je peux faire ça.

Nous sortîmes de la voiture et nous dirigeâmes vers les marches du perron. Mon père vivait dans une maison individuelle valant trois millions de dollars, dans une rue huppée bordée d'arbres, dans l'un des meilleurs quartiers de Chicago.

Ma « belle-mère » Kayla ouvrit la porte.

— Molly, ça fait plaisir de te voir.

Elle me tapota le dos lors de notre accolade obligatoire.

— Toi aussi.

— Et qui est cet homme ? demanda-t-elle.

— C'est mon ami Declan. J'espère que ça ne vous dérange pas qu'il m'accompagne.

— Bien sûr que non ! Il y a bien assez de nourriture pour tout le monde.

— Enchanté, la salua-t-il.

J'aurais pu jurer que Kayla l'avait reluqué. Ça ne me surprendrait pas. Une personne capable de dérober un homme à sa femme n'avait aucune honte.

— Où est Siobhan ? l'interrogeai-je.

— Ta sœur est chez son amie. Elle voulait te voir, mais elle était invitée à une soirée pyjama qui commençait à seize heures. Elle était partagée.

— Ah. Avec un peu de chance, je la verrai la prochaine fois.

Même si j'aurais aimé voir ma demi-sœur de neuf ans, j'étais plutôt contente d'avoir mon père pour moi toute seule ce soir. Siobhan était si bavarde que personne n'aurait pu prendre la parole.

— Ton père est dans le salon, m'informa Kayla.

Nous traversâmes l'entrée et la suivîmes dans la maison. Mon père était en train de regarder par une fenêtre, et il se tourna en nous entendant entrer.

— Voilà ma magnifique fille ! s'exclama-t-il en ouvrant ses bras.

— Salut, papa.

Lorsque je l'étreignis, je pus sentir à quel point il avait perdu du poids. Son crâne était lisse, mais je savais que c'était parce qu'il avait pris les devants en le rasant. C'était quand même choquant à voir.

Ses yeux se dirigèrent sur ma droite.

— Qui est cet homme ?

— Bonsoir, docteur Corrigan, le salua Declan en lui tendant sa main. Je suis Declan, le colocataire de Molly.

Mon père acquiesça d'un air approbateur.

— Oh... c'est le type drôle dont tu m'as parlé.

Declan écarquilla les yeux.

— Chuut... le repris-je en souriant. Il ne faut pas qu'il sache que je dis du bien de lui.

— Je suis content qu'il ait pu se joindre à nous.

— Moi aussi, docteur Corrigan.

— Je vous en prie, appelez-moi Robert. Je vous offre quelque chose à boire ?

— Avec plaisir.

Nous suivîmes mon père dans la salle à manger. La pièce était ornée de magnifiques moulures. L'architecture traditionnelle de la maison de mon père était remarquable. Il ouvrit le placard à alcool, qui était un buffet encastré dans le coin de la pièce.

— J'ai à peu près tout ce qui pourrait convenir à vos envies. Qu'est-ce que vous aimez ?

— Un scotch serait parfait, répondit Declan.

— C'est comme si c'était fait, indiqua mon père, avant de se tourner vers moi. Et ma Molly ? Qu'est-ce qu'elle veut ?

— Je prendrai juste du vin blanc.

— Kayla, tu peux servir à Molly un verre de vin blanc que tu as ouvert hier soir ? s'écria-t-il en direction de la cuisine.

— Bien sûr, l'entendis-je répondre.

Tout en mangeant des pâtes carbonara qui étaient étonnamment bonnes étant donné qu'elles avaient été préparées par une jeune fille, mon père raconta des histoires de mon enfance, tandis que Declan semblait en apprécier chaque seconde. Kayla se contenta de hocher la tête la plupart du temps, ce qui m'allait très bien. Je ne voulais pas avoir à faire semblant d'aimer parler avec elle. En revanche, j'appréciais vraiment la compagnie de mon père, même si nous avions eu nos soucis. Il m'avait manqué.

Kayla se leva pour aller faire la vaisselle. Declan lui proposa de l'aide, mais elle insista pour que nous restions pour parler à mon père. Nous nous retrouvâmes de nouveau seulement tous les trois, et le ton de la soirée changea, comme si quelqu'un avait appuyé sur un bouton.

— Pourquoi êtes-vous vraiment venu, Declan ? demanda mon père. Est-ce que c'est parce que ma fille ne voulait pas m'affronter seule ?

Le silence s'abattit sur nous pendant quelques secondes.

Mon coloc, qui avait toujours quelque chose à dire, m'observa, avant de bafouiller une réponse.

— Non, je...

— Oui, l'interrompis-je. J'avais besoin de son soutien. J'étais stressée pour des tas de raisons, mais j'avais principalement peur parce que je ne voulais pas te voir malade. J'ai beaucoup de regrets à propos de notre relation, mais au fond, tu restes mon papa. J'avais juste peur, peur d'avoir peur.

— Je sais, répondit mon père.

Après quelques instants de silence, il se tourna vers Declan.

— Merci de l'avoir accompagnée.

— Avec plaisir.

— Comment vous en êtes arrivés à vivre ensemble ?

— Elle n'a pas pu résister à mon charme, déclara Declan avec un sourire espiègle.

— Ça ne s'est pas vraiment passé comme ça, réfutai-je.

— En fait, j'ai été accepté par défaut. Les autres personnes étaient tellement horribles qu'elle n'a pas eu d'autre choix que de céder. Enfin, ça, et puis je lui ai fait des cupcakes.

— Idée très ingénieuse, commenta mon père en riant. Un type qui fait des cupcakes ne peut pas être bien méchant, pas vrai ?

— C'est exactement ma façon de penser, Robert.

— C'est comment de vivre avec ma fille ?

Declan jeta un coup d'œil dans ma direction en souriant.

— Elle est amusante, ce qu'on ne peut pas deviner tout de suite en voyant son organisation et ses règles strictes.

— Strictes, hein ? lança mon père en se tournant vers moi.

— Elle aime que tout soit ordonné et organisé, clarifia Declan. Mais il n'y a rien de mal à ça. Elle est comme ça.

Mon père riva son regard au mien.

— Elle n'a pas toujours été comme ça. Quand je vivais avec elle, je me rappelle que Molly était plutôt désordonnée et insouciante, révéla-t-il, avant de marquer une pause. Après mon départ, mon ex-femme m'a dit que ma fille était devenue un peu obsédée par la propreté et le fait que tout soit en ordre.

Il baissa les yeux et soupira.

— Et moi je n'arrêtais pas de penser… que ce n'était pas du tout Molly, poursuivit-il en secouant la tête. Je me suis demandé si le fait qu'elle soit devenue comme ça n'avait pas un lien avec mon départ.

Je ne savais pas quoi dire. Ça ne m'avait jamais traversé l'esprit, mais il fallait dire que je n'avais jamais analysé mon comportement.

— Ma psy pense qu'on fait certaines choses pour créer un sentiment d'ordre et de stabilité dans sa vie, parce que ce sont des choses qu'on peut contrôler. Quand je suis parti, j'ai bouleversé ta vie.

J'étais surprise d'apprendre que mon père était au courant pour mes manies, mais visiblement, ma mère lui en avait dit plus que ce que je pensais. J'étais aussi surprise d'apprendre qu'il suivait une thérapie.

— Tu vois une psy ?

— Oui. Ça fait un moment maintenant. J'ai beaucoup de regrets, Molly. Sur la façon dont j'ai géré les choses avec ta mère et avec mes filles. Et je suis désolé.

Mon cœur se serra. Il ne devrait pas se torturer avec ça en ce moment.

— On fait tous des erreurs, affirmai-je pour tenter de le rassurer.

— La mienne était énorme.

Ça me brisait le cœur de savoir que mon père se concentrait sur ses regrets alors qu'il combattait la maladie. Son temps pourrait très bien être compté, il fallait qu'il se concentre sur le positif.

— Papa, ne t'inquiète pas à propos du passé, s'il te plaît.

La tension était palpable, mais je sentis la main de Declan couvrir la mienne, sans savoir comment il savait que j'en avais vraiment besoin.

— Si je peux ajouter quelque chose, docteur Corrigan... intervint-il en serrant ma main.

— Je vous en prie, accepta mon père en buvant une gorgée de sa boisson.

— Je sais que vous êtes parti quand Molly avait seize ans, et on a déjà presque tous notre identité à cet âge-là. Vous avez été présent toute sa jeunesse, ça ne doit pas être négligé. Bien sûr, vous avez fait des erreurs, mais votre fille est une personne géniale et équilibrée. Elle a la tête sur les épaules et une belle carrière. Elle est heureuse et aime les plaisirs simples de la vie – plus particulièrement la nourriture.

Il me regarda et je levai les yeux au ciel.

— Tout ira bien pour elle. Et pour ma part, je suis heureux de la compter parmi mes amis.

Que Declan ait dit la vérité n'avait aucune importance. Il avait su *exactement* ce que mon père avait besoin d'entendre. Et là, maintenant, j'avais envie de l'embrasser. *Bon sang, ça venait d'où, ça ?*

— Vous devriez travailler dans la pub, plaisanta mon père, en sachant très bien grâce à nos conversations pendant le repas que Declan était *déjà* dans ce milieu. Mais merci. Je suis ravi que ma fille ait quelqu'un comme vous pour veiller sur elle.

Un instant plus tard, Declan se rendit aux toilettes.

— Il est gay, n'est-ce pas ? demanda mon père en m'accompagnant dans le salon.

Je faillis recracher mon vin.

— Quoi ? Non ! Qu'est-ce qui te fait dire ça ?

— Tu plaisantes ? Il n'est pas gay ?

— Non, il est totalement hétéro.

— Tu veux me faire croire qu'il parle de toi comme ça, qu'il te regarde de cette façon, mais qu'il ne se passe rien *et* qu'il est hétérosexuel ?

Je déglutis.

— Je t'assure.

— Eh bien, il m'a bien eu.

— Il est obsédé par une autre femme, révélai-je après avoir bu une longue gorgée.

Mon père prit un moment pour y réfléchir.

— Je ne connais même pas cette personne, mais il est impossible qu'elle t'arrive à la cheville. Je suis sûr que ce n'est qu'une question de temps avant qu'il ne s'en aperçoive.

— Il part dans quelques mois, alors...

Mon père écarquilla les yeux.

— Je ne m'en étais pas rendu compte.

— Il retourne en Californie, là d'où il vient. Il n'est là que pour une mission de six mois pour le travail.

Waouh. Bizarrement, imaginer Declan partir avait bien plus d'effet sur moi que lorsqu'il avait emménagé. Ça allait vraiment être compliqué quand le moment serait venu.

Nous restâmes encore environ une demi-heure avant que je me rende à la cuisine pour remercier Kayla pour le repas et que je prenne mon père dans mes bras pour lui dire au revoir. Dans l'ensemble, cette visite s'était mieux passée que ce que j'avais imaginé. Je promis à mon père de revenir toute seule la semaine prochaine. Avec un peu de chance, ce serait le début d'un nouveau départ dans notre relation.

Une fois que Declan et moi nous installâmes dans la voiture, je me tournai vers lui.

— J'ai une blague à te raconter.

— Laquelle ?

— Pendant tout ce temps, mon père pensait que tu étais gay.

Il était sur le point de démarrer le moteur, mais il marqua une pause.

— Quoi ?

— Je t'assure.

— Est-ce que j'ai l'air d'être gay ? me demanda-t-il d'un air perplexe. Tu me le dirais, n'est-ce pas ? Est-ce que je dégage ce genre d'impression ?

— Non, admis-je en riant. Il a pensé que tu étais gay parce qu'il ne comprend pas comment on fait pour s'entendre si bien, comment tu fais pour dire de si gentilles choses sur moi, comment on fait pour vivre ensemble, sans être en couple. Alors, il en a tiré des conclusions.

— Bon sang, lâcha Declan en démarrant la voiture. Pas étonnant qu'il ait été si gentil avec moi. Il ne m'a pas vu comme une menace. Tu lui as dit que je suis hétéro ?

— Bien sûr. Je lui ai dit que tu étais obsédé par une autre femme.

Il fit la moue comme si je l'avais offensé.

— Obsédé ? Je ne pense pas que ce soit la bonne formulation. Enfin, j'apprécie Julia. Beaucoup, même. Mais être *obsédé*, c'est un peu trop. Ça fait un peu louche.

— Quand je t'ai rencontré pour la première fois, tu m'as dit que tu étais amoureux d'elle. Tu n'es même pas avec elle, et elle a un petit ami. Si ce n'est pas être obsédé, je ne sais pas ce que c'est.

— Il se peut que j'aie un peu exagéré. J'essayais aussi de gagner ma place dans ton appart, et j'aurais dit n'importe quoi pour me faire passer pour quelqu'un qui n'était pas intéressé par une partie de jambes en l'air avec toi. J'aurais simplement dû te dire que j'étais gay.

Je lui fis un clin d'œil.

— Apparemment, mon père y aurait cru.

CHAPITRE 8

Declan

Le lendemain soir, Julia et moi étions en train de travailler dans mon salon. Une fois encore, nous nous étions installés par terre, en nous servant de la table basse comme d'un bureau improvisé. J'ignorais si c'était mon imagination, mais elle avait l'air d'être assise plus près de moi que d'habitude.

Le plan était que Molly sorte à un moment donné pour flirter avec moi. Il n'était pas question de quelque chose de trop fou, juste de quoi remuer un peu Julia.

Toutefois, le plan ne se passait pas comme prévu, car Molly prenait tout son temps. J'ignorais ce qu'elle faisait dans sa chambre – si elle se masturbait en regardant sa série sur Hulu ou un truc du genre –, mais elle n'avait pas encore fait son apparition.

J'arrêtai de taper sur mon clavier, et levai les yeux pour apercevoir Julia en train de m'observer. Prise sur le fait, elle détourna le regard. Parfait. Maintenant, il faudrait que Molly se reprenne pour que nous puissions brouiller les cartes.

— Tu as dit que ta colocataire est à la maison, n'est-ce pas ?

— Oui, mais on ne dirait pas, hein ? Elle est plutôt calme.

— C'est vrai. Je n'entends rien du tout. Tu crois que ma présence la contrarie ? Est-ce qu'on la dérange ?

— Non, je ne crois pas. Je pense qu'elle a dû s'endormir.

C'était la seule explication logique.

Je fis mine d'avoir besoin de quelque chose dans le frigo et en profitai pour écrire en douce à Molly.

Declan : Est-ce que tu comptes sortir à un moment donné ?

Les points de suspension s'agitèrent lorsqu'elle tapa sa réponse.

Molly : J'ai quelques problèmes techniques.

Declan : De quoi tu parles ?

Molly : J'essayais ces nouveaux faux cils et je me suis mis de la colle dans l'œil gauche. J'arrive à peine à l'ouvrir.

Declan : Qu'est-ce qui t'a poussée à faire ça ce soir ?

Molly : Je voulais rendre les choses un peu plus sexy... pour notre représentation.

Declan : Alors, tu t'es collé l'œil ? Le look borgne est carrément sexy, Mollz. Je t'assure.

Molly : Ferme-la. Tout ça, c'est ta faute.

J'imaginai Molly sortir de sa chambre avec un cache-œil, et c'était vraiment drôle. Toutefois, je me mis rapidement à l'imaginer en déguisement de pirate, l'un de ceux avec ces trucs qui se nouent pour faire une taille cintrée en couvrant ses côtes. Il s'arrêterait juste sous sa poitrine, faisant presque sortir ses seins de son haut.

Je fixais mon téléphone, perdu dans un songe ridicule, et je n'entendis pas Julia entrer dans la cuisine.

— À qui tu écris ? demanda-t-elle. Tu as un sourire obscène sur le visage.

Merde.

— Je, euh, ma sœur.

Je fermai les yeux en m'insultant silencieusement à la suite de ma réponse débile.

Génial, maintenant elle pense probablement que je suis flippant.

— Elle était, euh… commençai-je pour tenter de rattraper les choses. Elle essaie de me caser avec une de ses amies.

— Ah bon ?

— Oui, avec quatre sœurs, ça arrive relativement souvent.

— Est-ce que tu vas… sortir avec cette femme ?

— Il y a longtemps que j'ai retenu la leçon, déclarai-je en secouant la tête. Je garde ma vie amoureuse le plus loin possible de mes sœurs. La dernière fois que j'ai laissé l'une d'entre elles me présenter quelqu'un, j'ai eu un rencard avec une femme qui aimait les chats.

— Et alors ? Tu y es allergique ?

— Non, mais elle est passée me chercher avec sa voiture, et quand je me suis installé, je me suis rendu compte à quel point elle les aimait. Six d'entre eux se trouvaient sur la banquette arrière.

— Elle a amené ses chats à votre rencard ?

Je confirmai d'un hochement de tête.

— Elle a dit qu'ils se sentaient seuls chez elle, qu'ils aimaient les trajets en voiture, et qu'ils cernaient bien les gens.

— C'est un peu bizarre. Est-ce que les chats t'ont approuvé, au moins ?

— L'un d'eux a sauté à l'avant sur le trajet en direction du restaurant et a vomi sur mon pantalon.

Julia se mit à rire.

— Oh, mon Dieu. Tu veux dire qu'ils n'étaient même pas dans des caisses de transport ? Qu'est-ce que tu as fait ?

— Elle m'a ramené chez moi pour que je puisse me changer, et j'ai simulé un mal de tête. Mais ce n'est même pas le pire.

— C'est vrai ?

J'acquiesçai.

— Ma sœur ne m'a pas adressé la parole pendant un mois parce que son amie lui a dit que je n'avais pas été sympa avec ses chats. Elle était convaincue que je les avais rendus nerveux et que c'était pour ça que l'un d'entre eux m'avait vomi dessus.

Mon téléphone vibra dans ma main, et Julia y jeta un coup d'œil.

— Je te laisse la décevoir en douceur. Je venais juste te demander si tu avais du vin.

— Je crois que Molly en a. Je suis sûr que ça ne la dérangerait pas si on en prenait. Je te sers un verre et j'arrive.

Une fois que Julia retourna au salon, j'écrivis de nouveau à Molly.

Declan : Tu vas bien? Tu as besoin que je t'apporte du sérum physiologique ou autre chose ?

Molly : Non, ça va aller. Je vais juste attendre quelques minutes que le picotement s'arrête pour pouvoir réessayer de coller ces cils.

Declan : Oublie les cils. Tu n'en as pas besoin. Tes yeux sont beaux même sans maquillage.

Molly : C'est adorable, mais je n'ai plus le choix à ce stade. Je les ai déjà posés d'un côté et je n'arrive pas à les enlever ! J'arrive au plus vite.

Je me mis à rire en tapant ma réponse.

Declan : Oui, mon capitaine.

Je pensais qu'elle ne comprendrait pas ma blague, mais sa réponse arriva rapidement.

Molly : Très drôle. J'viendrai bientôt voir la donzelle.

Dix minutes plus tard, Molly finit par sortir de sa chambre. J'avais décidé de boire du vin avec Julia, et j'étais en train de siroter mon verre quand j'aperçus ma coloc. Malheureusement, je ne m'étais pas préparé à la voir ainsi. J'avalai de travers et me mis à tousser, projetant du vin partout sur Julia.

— Mince, je suis désolé.

Je récupérai la serviette en papier sous mon verre et tamponnai le liquide sur son visage.

Charmant, Declan... vraiment charmant ce soir.

Molly s'approcha de l'endroit où nous étions assis par terre, près de la table basse. Elle était carrément canon avec sa minirobe noire et ses talons à lanières argentés vertigineux qui s'enroulaient autour de ses chevilles. Ses cheveux étaient légèrement bouclés, et elle avait beaucoup plus de maquillage que d'habitude, y compris de très longs cils noirs et épais. Bon sang, ces trucs valaient bien un peu de colle dans l'œil. Ils faisaient vraiment ressortir le bleu de ses yeux.

— Salut, Moll.

Je me raclai la gorge en essayant de prendre un air nonchalant, comme si elle se baladait habillée comme ça tous les jours dans l'appartement.

— On a pris du vin, j'espère que ça ne te dérange pas, déclarai-je en levant mon verre. Je rachèterai une bouteille demain.

Molly battit des cils en souriant. Elle avait mis un rouge à lèvres rouge vif, ainsi qu'une épaisse couche de gloss. Je ne savais pas où poser mes yeux en premier – sur ses yeux séduisants, ses lèvres pulpeuses et brillantes, ou ses jambes nues interminables.

— Aucun problème, répondit-elle. Ça ne me dérange pas du tout. En plus, je ne travaille pas demain soir, alors on pourra peut-être partager la nouvelle bouteille.

Elle soutint mon regard pendant quelques secondes, puis fit mine de se rendre compte de la présence de Julia juste à ce moment-là.

— Oh, salut... Jessica.

— C'est Julia, précisa cette dernière en pinçant ses lèvres.

Molly tortilla ses cheveux.

— Désolée. C'est vrai. Julia... Tu as bientôt fini de travailler, Dec? demanda-t-elle en reportant son attention sur moi.

— Presque, pourquoi? Est-ce qu'on te dérange?

— Non, pas du tout, affirma-t-elle en frottant sa nuque. Mais ce nœud est de retour, et j'espérais que tu pourrais le faire disparaître à nouveau grâce à tes doigts magiques... comme la dernière fois.

— Euh, oui, bien sûr... pas de souci.

— Ses mains sont si fortes, précisa-t-elle d'une voix presque sensuelle en regardant Julia.

Ma collègue sourit, mais pour l'avoir observée en compagnie de clients difficiles, je savais que ce n'était pas son vrai sourire. Celui-ci était plus un sourire de façade et forcé. Le muscle de sa mâchoire se contracta. Je l'observai détailler Molly de haut en bas pour la deuxième fois. En toute honnêteté, je ne pouvais pas lui en vouloir... Molly était carrément sublime.

— Tu as eu un rencard ce soir? l'interrogea Julia. Tu es sur ton trente-et-un.

Molly se mit à rire et balaya le commentaire de Julia d'un geste de la main.

— Non, j'ai juste mis ça parce que c'était la seule tenue propre que j'avais.

— Hmmm, se contenta-t-elle de répondre en fronçant les sourcils.

— Bon, eh bien, je vais vous laisser continuer à travailler. Je vais juste me servir un verre de vin pour pouvoir me détendre un peu avant que tu viennes m'aider avec ce massage. Viens dans ma chambre dès que tu as fini, Dec.

Molly me fit un clin d'œil, et son œil resta collé.

Je faillis éclater de rire quand elle se tourna pour essayer de le cacher et de l'ouvrir avec ses doigts. Il fallait croire qu'elle n'avait pas totalement réglé ce problème de colle en fin de compte.

Une fois Molly repartie dans sa chambre, Julia avala le reste de son vin en une seule gorgée.

— Elle ne pourrait pas être plus claire que ça, lança-t-elle, les joues légèrement rouges.

— Comment ça ?

Je fis semblant de ne pas comprendre ce qu'elle voulait dire, mais il aurait fallu être aveugle et sourd pour ne pas avoir remarqué que Molly flirtait exagérément.

Julia ricana.

— Cette robe, le visage ultra-maquillé, sans parler du fait qu'elle te faisait des clins d'œil en parlant de son *massage*. Sa nuque va très bien, Declan.

Des clins d'œil ? Pas exactement. Mais presque ! Elle pensait que l'œil collé de Molly était de la drague.

Je me raclai la gorge.

— Comment ça, sa nuque va très bien ?

— Tu lui plais et elle veut tes mains sur elle, indiqua-t-elle en levant les yeux au ciel.

— Oh... Est-ce que c'est une mauvaise chose ? Enfin, on est tous les deux célibataires...

— Ce serait une erreur, Declan.

Je fronçai les sourcils. Pour une raison inexplicable, je me sentais sur la défensive.

— Pourquoi ça ? Molly est très sympa.

— Eh bien, pour commencer, c'est ta colocataire.

— Si je faisais une liste des pour et des contre, ça irait du côté des pour, répliquai-je en haussant les épaules. C'est pratique.

Julia s'empourpra.

— Écoute, c'est juste que je ne pense pas que ce soit une bonne idée que tu t'engages dans quelque chose où tu ne pourras peut-être pas faire marche arrière. Je sais d'après mon expérience personnelle qu'une fois qu'on emprunte cette voie, il est difficile de revenir à un moment où tout était plus simple. Regarde Bryant et moi, par exemple. On a tout de suite accepté une relation exclusive. À l'époque, je n'ai pas vraiment réfléchi au fait que ce n'était peut-être pas une bonne idée puisque je voyage beaucoup pour le travail. Récemment, les choses ont été un peu difficiles, alors j'ai proposé qu'on ralentisse un peu et qu'on ait plutôt une relation sans engagement.

— Je suppose que la conversation ne s'est pas très bien passée puisque tu utilises ta propre situation pour me mettre en garde de ne rien faire avec ma colocataire.

— Non, en effet, avoua-t-elle en secouant la tête. Bryant n'apprécie pas l'idée d'une relation non exclusive parce qu'il est difficile de faire marche arrière après être allé de l'avant. Voilà pourquoi je pense que tu devrais sérieusement réfléchir avant qu'il se passe quelque chose avec ta colocataire. Une fois que ce sera fait, il sera certainement compliqué de revenir en arrière.

Elle avait dit beaucoup de choses, mais la seule partie que j'avais entendue, c'était *non exclusive*.

— Alors, où vous en êtes avec Bryant si vous ne désirez pas les mêmes choses ?

Julia soupira.

— Il m'a dit de réfléchir à ce que je voulais vraiment. Pour résumer, c'est un ultimatum. Soit je suis avec lui et seulement lui, soit c'est fini.

— Waouh. OK. On dirait que tu as une grande décision à prendre, déclarai-je en hochant la tête.

Elle me surprit en posant sa main sur la mienne. Je levai les yeux, et nos regards se croisèrent.

— C'est vrai. Je tiens à toi, Declan. Alors, peut-être que nous devrions tous les deux prendre un peu de temps pour réfléchir à ce qu'on veut vraiment, plutôt que de prendre des décisions hâtives.

Tiens, tiens, tiens. Mes yeux se posèrent sur ses lèvres, avant de retrouver son regard.

— Oui, ça me semble être une bonne idée.

Une demi-heure plus tard, Julia me prit dans ses bras pour me dire au revoir, chose que nous faisions rarement. Alors que je refermais la porte derrière elle, j'aurais dû être ravi de la tournure qu'avaient pris les choses ce soir, mais au lieu de ça, je ressentis une étrange sensation au creux de mon ventre.

Molly avait dû entendre la porte d'entrée, car elle sortit de sa chambre une minute plus tard.

— Comment ça s'est passé?

Elle portait encore cette petite robe noire, et je ne pus m'empêcher de remarquer à quel point Molly était plus galbée que Julia. Cette dernière avait plutôt un corps frêle, tandis que ma colocataire avait des courbes féminines. Et ce soir, dans cette robe, il était impossible de ne pas remarquer à quel point ces courbes étaient dangereuses.

Je forçai mon regard à croiser le sien, même si ce n'était pas facile.

— Bien. Elle m'a avoué avoir dit à son petit ami qu'elle voulait une relation libre.

— Oh, waouh! Comme notre fausse relation!

Elle me fit rire.

— Apparemment, Bryant lui a posé un ultimatum. Soit leur relation reste exclusive, soit c'est terminé. Alors, elle réfléchit à comment procéder.

— Eh bien, si elle envisage le fait de voir d'autres hommes, ça signifie clairement que ce type n'est pas le bon.

— C'est vrai.

— Alors, notre plan diabolique semble avoir fonctionné.

— Grâce à toi. Je pense qu'aucune femme n'aurait pu s'empêcher d'être jalouse en te voyant comme ça ce soir. Tu as tout donné.

Molly rougit.

— Est-ce que tu vas te coucher ? me demanda-t-elle.

— Non, pas encore. Je ne suis pas fatigué.

— Ça te dirait de faire une promenade et de manger une glace ? J'ai trop envie de fraise. Je connais un endroit sympa à deux rues d'ici.

— Pourquoi pas. Ça me va.

— D'accord ! Je vais enfiler rapidement un jean et je reviens.

Je me sentis un peu déçu qu'elle ne garde pas la robe sexy, mais c'était logique. Et puis j'avais du mal à ne pas la regarder dans cette tenue, alors je ne voulais pas me faire prendre en train de la reluquer.

Elle revint vêtue d'un jean déchiré et d'un T-shirt, mais honnêtement, elle était tout aussi belle ainsi. Je ne m'aperçus que je la fixais que lorsqu'elle me le fit remarquer.

— Quoi ? s'enquit-elle en essuyant sa joue. Mes cils se sont encore enlevés ?

— Non, la rassurai-je en riant. Je ne faisais que te regarder. D'habitude, tu ne mets pas autant de maquillage.

— Et maintenant, tu sais pourquoi, ajouta-t-elle en pointant du doigt son œil. Je ne suis pas vraiment douée avec ce genre de choses. Coller mon œil n'est pas la première complication à laquelle j'ai dû faire face en utilisant des produits cosmétiques.

— De toute façon, tu n'as pas besoin de tous ces trucs.

Elle arqua un sourcil.

— Ah bon ? Alors, tu es en train de dire que tu ne m'as pas remarquée un peu plus avec tous les efforts que j'ai faits ce soir ?

— Bien sûr que si. Je suis un homme, tu as rendu les choses dures à ne pas remarquer. Mais ce qui brille ne fait qu'attirer l'attention d'une personne. Le plus compliqué, c'est de la garder.

Molly m'adressa un sourire en coin et me donna un petit coup d'épaule.

— Alors, comme ça, j'ai *rendu les choses dures*, hein ?

J'ouvris la porte d'entrée et tendis la main pour lui faire signe de passer devant. *Bon sang... son cul est aussi magnifique dans ce jean.* Je secouai la tête et poussai un grand soupir.

Ma colocataire rendait définitivement les choses très *dures*.

***

Le lendemain matin, je souris en voyant le prénom de ma sœur Catherine s'afficher sur mon téléphone. J'adorais la taquiner, alors je m'adossai à ma chaise et posai mon stylo avant de décrocher.

— Ici la maison des péchés de Satan. Nous proposons du porno, des jeux d'argent et de la prostitution. Que puis-je faire pour vous ?

— Ah ah. Tu sais, quand je suis devenue bonne sœur, tu étais censé commencer à être super gentil avec moi.

— Qui a dit ça ?

— C'est dans le règlement.

— Quel règlement ?

— Celui des religieuses.

— Ce sont des conneries, ma bonne sœur. J'aimerais bien voir ce règlement dont tu clames constamment l'existence.

— Eh bien, tu ne peux pas le voir. Seules les nonnes y sont autorisées.

Elle me fit rire.

— Comment ça va, Cat ? Quoi de neuf sous le soleil de Californie ?

— J'ai commencé à prendre des cours de yoga. J'adore ça. Tu as déjà essayé ?

J'imaginai ma sœur s'essayer à la posture du guerrier en habit de religieuse, même si je savais qu'elle portait rarement cette tenue.

— J'ai tenté une fois, avouai-je. Mais j'ai eu du mal à me concentrer pendant le cours.

— Ah bon ? C'est le contraire pour moi. Je trouve ça propice à la concentration. Peut-être que ton instructrice n'était pas douée.

— Non, elle était très bien. C'est juste que j'aurais dû me mettre au premier rang.

— Oh, parce que tu ne voyais pas bien à l'arrière ?

— Si, je la voyais très bien. Mais comment j'étais censé me concentrer dans une pièce pleine de femmes penchées en avant, toutes vêtues de leggings moulants ?

— J'aurais dû me douter que c'était là que tu voulais en venir, obsédé, répliqua ma sœur en riant.

— Obsédé ? Ce n'est pas un gros mot que tu n'es pas censée dire ?

— Je ne sais pas. Il faudra que je vérifie dans mon manuel de bonne sœur.

Je ris. Catherine me manquait beaucoup. Elle était peut-être nonne, mais elle était marrante, et de toutes mes sœurs, c'était celle qui avait le meilleur sens de l'humour.

— Alors, que se passe-t-il d'autre au pays du soleil ? Tu es allée voir nos parents dernièrement ?

— Oui, je les ai vus la semaine dernière, m'apprit-elle.

Le ton de sa voix avait changé.

— Ça ne s'est pas bien passé ?

— Comme d'habitude, répondit-elle en soupirant.

Je savais ce que ça voulait dire, alors je n'insistai pas. Pendant les quinze minutes qui suivirent, nous discutâmes de la météo à Chicago, elle me parla des cours de patchwork qu'elle donnait, et je lui parlai un peu de ma nouvelle colocataire et de mon travail.

— Alors… comment tu vas ? finit-elle par demander. Est-ce que les médicaments fonctionnent toujours ?

— Je vais bien, Cat.

— Tu as parlé au docteur Spellman ?

— Non, parce que je ne suis pas censé lui parler à moins d'en avoir besoin.

— Mais tu es *sûr* que ça va ?

Je m'étais attendu à ces questions. Ma sœur avait de bonnes intentions, mais elle s'inquiétait trop.

— Est-ce que je mentirais à une bonne sœur ?

— Absolument, affirma-t-elle en riant. Mais ce n'est pas la question. Je suis sérieuse, Declan. Je me fais du souci pour toi. Six mois loin du médecin, c'est long.

Je ne mentionnai pas que le docteur Spellman avait exprimé la même inquiétude et m'avait donné le numéro de quelques spécialistes que je pouvais voir ici, à Chicago.

— Écoute, s'il y a du changement, je te promets que tu seras la première à le savoir, d'accord?

— Tu me le promets?

— Tu ne peux pas me voir, mais je fais une croix sur mon cœur.

Elle soupira.

— OK. Mais fais-moi une faveur et appelle-moi plus souvent.

— Oui, madame.

— Je t'aime.

— Je t'aime aussi, ma bonne sœur.

Après avoir raccroché, je réfléchis à ce que je lui avais dit. Je n'avais pas menti en lui assurant que je m'étais senti bien ces derniers temps. Venir à Chicago s'était révélé être une bonne chose pour moi à bien des égards. Cette mission me donnait de la visibilité auprès de personnes haut placées, et me rapprochait davantage de la promotion que je visais. Et puis tout se passait bien avec Molly.

Julia.

Je voulais dire Julia.

Tout se passait bien avec *Julia.*

Pas vrai?

CHAPITRE 9

Molly

— Quelqu'un est de bonne humeur à deux heures du matin.

La voix de Will me prit par surprise. Nous étions dimanche soir, et je ne l'avais pas vu depuis quelques jours. Je ne pensais même pas qu'il était de garde cette nuit. Daisy et moi étions assises au bureau des infirmières. Elle était occupée à entrer des données dans le dossier numérique d'un patient, pendant que je flemmardais sur mon téléphone. Je discutais par messages avec Declan à propos du repassage qu'il allait me donner à faire en échange des restes que j'avais volés aujourd'hui.

— Elle sourit tout le temps en ce moment, déclara Daisy. Je ne peux pas lui en vouloir après avoir vu son nouveau copain.

Oh... C'était de moi que Will parlait dans son commentaire ? Je ne m'étais pas aperçue que je souriais en écrivant.

Il jeta un coup d'œil à mon portable en fronçant les sourcils.

— Tu peux m'accorder une minute, Molly? demanda-t-il.

— Oui, bien sûr, acceptai-je en rangeant mon téléphone dans la poche de ma blouse, avant de me lever.

Alors que nous avancions ensemble dans le couloir, Will me donna des renseignements sur une patiente qui allait arriver. La femme était enceinte de triplés, et le travail s'était lancé bien trop tôt, alors il était venu pendant son jour de congé pour essayer d'arrêter les contractions. Nous préparâmes une salle d'examen tous les deux, en nous assurant que tous les produits dont il aurait besoin étaient là, puis nous passâmes en revue les antécédents médicaux de la patiente. Après avoir terminé, Will jeta un coup d'œil à sa montre.

— Madame Michaels était à environ une heure d'ici quand je lui ai parlé, alors il nous reste encore une vingtaine de minutes avant son arrivée. La nuit risque d'être longue. Tu veux boire un café?

— Avec plaisir.

La cafetière de la salle de repos était vide.

— Je vais nous en faire couler, proposai-je.

Will s'appuya contre le comptoir pendant que je rinçais la verseuse en verre et que je remplissais la cafetière pour refaire du café.

— Alors, comment ça va? m'interrogea-t-il.

Sa question était vague, mais j'eus l'impression qu'il voulait parler d'un sujet bien précis.

— Bien. Et toi?

— Bien aussi, répondit-il, avant de marquer une pause gênante de quelques secondes. Donc... le nouvel homme… je suppose que tout se passe bien si tu souris tout le temps.

Je haussai les épaules.

— Il faut croire. C'est encore récent, et on ne veut pas que ça devienne trop sérieux.

— C'est drôle, je ne t'aurais pas prise pour quelqu'un qui cherchait des relations ouvertes, révéla-t-il en grattant son menton.

— Ah bon ? Pourquoi ça ?

— Je ne sais pas. C'est juste que tu es une personne très loyale et tu as la tête sur les épaules. Quelqu'un de sérieux.

— Eh bien, je ne veux me fermer aucune porte.

Il resta silencieux pendant que je nous servis une tasse chacun. Je savais que Will prenait du lait et du sucre dans son café, alors je lui en ajoutai avant de le lui tendre.

— Tiens.

— Merci.

Il sirota son café sans me lâcher du regard.

— Tu as déjà testé le nouveau restaurant grec sur Amsterdam Avenue ?

— Non, révélai-je en secouant la tête. Mais je passe devant en rentrant chez moi, et ça a l'air toujours bondé.

— Tu aimerais y aller vendredi soir ?

Curieusement, je pensais qu'il parlait d'y aller avec le groupe, avant l'*happy hour*.

— Avec plaisir. Qui d'autre doit venir ?

— Seulement moi… répondit Will avec un sourire timide.

— Oh…

Je secouai la tête.

— Je pensais que tu voulais y aller avec notre groupe habituel.

— Et moi qui pensais savoir y faire.

— C'est le cas... enfin, c'était le cas à l'instant. Est-ce que tu me proposes d'aller dîner avec toi, lors d'un rencard ?

Il se mit à rire.

— Il faut croire que je sais tellement y faire que mes intentions ne sont même pas arrivées jusqu'à toi. Oui, Molly, je te propose de sortir avec moi.

— Oh.

Mon pouls s'emballa et mes paumes devinrent moites.

— Est-ce que tu veux changer d'avis maintenant que c'est plus clair ?

— Non, absolument pas, le rassurai-je en secouant la tête. J'adorerais sortir avec toi, Will.

Évidemment, il fallait que Daisy entre dans la salle de repos à ce moment précis. Vu son air déçu, je compris qu'elle avait entendu ce que je venais de dire.

Le téléphone de Will sonna.

— C'est le service des admissions, déclara-t-il en regardant l'écran. Madame Michaels est là. Si elle est arrivée si vite, c'est qu'ils devaient avoir une raison d'appuyer sur le champignon. Je ferais mieux d'y aller en courant pour m'assurer qu'ils ne la retiennent pas pour lui faire remplir les cinquante-sept formulaires obligatoires. On se voit plus tard.

— D'accord, acceptai-je en souriant.

Dès que Will sortit de la pièce, Daisy posa ses mains sur ses hanches.

— Oh, mon Dieu. Will aussi ? Tu as déjà l'autre type sexy, et maintenant tu vas sortir avec docteur Canon ?

— Il faut croire que oui, confirmai-je en riant.

— Tu vas garder les deux ?

— Je ne suis pas sûre de prendre cette décision, étant donné que ce sont deux êtres humains et qu'ils ne m'appartiennent pas.

Daisy leva les yeux au ciel.

— Bon, eh bien, si tu laisses tomber le premier… est-ce que je peux avoir son numéro ?

Je secouai la tête et m'approchai de la porte de la salle de pause.

— Au revoir, Daisy.

— Gourmande, marmonna-t-elle à voix basse.

Declan devait travailler tard sur un projet pour son client. Étant donné que nous nous étions écrit moins d'une demi-heure plus tôt, je supposai qu'il était encore debout.

Molly : J'ai une grande nouvelle !

Sa réponse arriva presque immédiatement.

Declan : Tu as volé le Tupperware de quelqu'un dans la salle de pause, tu t'es fait prendre la main dans le sac, et maintenant je dois venir te sortir de prison, c'est ça ?

Toujours à faire le malin. Je tapai en riant.

Molly : Pas du tout, encore mieux ! Will m'a proposé de sortir avec lui !

Les points de suspension s'agitèrent, avant de s'arrêter, de reprendre, et de s'arrêter encore. Il s'écoula au moins cinq minutes avant qu'un autre message arrive, et celui-ci me faisait comprendre clairement que la conversation était terminée pour ce soir.

Declan : C'est super. Je suis content que tu aies obtenu ce que tu voulais. Bonne nuit, Molly.

C'était vraiment bizarre qu'il mette fin à un échange comme ça. L'espace d'un instant, je me demandai si cette nouvelle l'avait contrarié. Toutefois, c'était absurde, n'est-ce pas ? Bon sang, nous étions au beau milieu de la nuit et il avait travaillé tard. Il était sûrement fatigué. Voilà pourquoi il m'avait dit bonne nuit si vite.

*****

Le lendemain soir, Declan était au bureau, et j'étais seule à la maison quand quelqu'un frappa à la porte.

Une femme portant une casquette des Yankees tenait une grande boîte blanche.

— Bonsoir, livraison de gâteau pour Scooter.

— Scooter ? répétai-je en plissant les yeux. Il n'y a personne à ce nom ici.

— C'est la bonne adresse, alors je vais vous le laisser.

— Euh… d'accord.

Je récupérai le gâteau et fermai la porte avec mon pied.

Il y avait un mot sur le dessus de la boîte, alors je l'ouvris.

Scooter,

Joyeux anniversaire ! On aurait aimé être là avec toi !

On t'aime,

Tes sœurs, Samantha, Meagan, Catherine et Jane

Anniversaire ? C'était l'anniversaire de Declan ? Et ses sœurs l'appelaient Scooter ?

Je sortis mon téléphone et lui envoyai aussitôt un message.

Molly : Pourquoi tu ne m'as pas dit que c'était ton anniversaire ?

Declan : Comment tu l'as su ?

Molly : Tes sœurs t'ont fait livrer un gâteau.

Declan : Oh, oh. Il y a quoi dessus ?

Molly : Je n'ai pas ouvert la boîte. Le mot est adressé à Scooter !

Declan : Super. Ne l'ouvre pas tout de suite. Je serai là dans une demi-heure.

***

Quand Declan arriva, je l'accueillis avec un regard noir.
— Je n'en reviens pas que tu ne m'aies rien dit.

— Ce n'est pas important, c'est un jour comme un autre, répliqua-t-il en jetant sa veste sur une chaise. Mes sœurs en font toujours toute une histoire. Si j'étais chez moi en Californie, elles prendraient d'assaut mon appartement et en feraient tout un plat pour rien. Elles le font tous les ans.

Il dénoua sa cravate.

— Tu as jeté un coup d'œil au gâteau ?

— Non, tu m'as dit de ne pas le faire.

Declan se dirigea vers le frigo et sortit la boîte. Je m'appuyai contre le comptoir et attendis avec impatience de pouvoir apercevoir ce qu'il y avait à l'intérieur. Il souleva le couvercle et secoua la tête, avant de le tourner vers moi.

Je ris en me couvrant la bouche. On y voyait la photo d'un petit garçon disgracieux avec des dents tordues et une coupe au bol. Il ressemblait vaguement à une version plus jeune de Declan. *Joyeux anniversaire, Scooter* était écrit au-dessus.

— Oh, mon Dieu ! C'est toi ?

— Elles me font toujours un gâteau avec les pires photos de moi. L'année dernière, il n'y avait que mon gros derrière de bébé. Cette année, ma photo de classe de CP est la cerise sur le gâteau. Au sens propre.

C'était drôle de penser qu'un garçon à l'apparence aussi spéciale avait pu devenir un tel Adonis.

— Waouh. Tu es tellement... différent.

— C'est peu dire.

Il ouvrit le tiroir pour en sortir deux fourchettes, et il m'en tendit une. Declan piocha un morceau au milieu de son visage sur le gâteau et en mangea une bouchée.

— Au moins, c'est bon, déclara-t-il, la bouche pleine. Goûte.

— Pas aussi bon que tes cupcakes, mais c'est vrai, confirmai-je après en avoir pris un peu. Alors, d'où vient le surnom Scooter ?

— J'attendais que tu me poses la question.

Il essuya le glaçage sur sa lèvre inférieure.

— Eh bien, tu sais que je suis le plus jeune et le seul garçon. J'avais l'habitude de suivre mes sœurs partout dans le quartier sur mon scooter, comme un petit toutou. Alors tous les enfants du voisinage m'appelaient Scooter. C'est resté, et mes sœurs se sont aussi mises à utiliser ce surnom.

— Ça devait être quelque chose d'être le seul garçon de la maison, hein ?

Declan hocha la tête.

— Elles m'ont bien embêté pendant mon enfance, mais je n'échangerais ça pour rien au monde. Je pense qu'avoir des sœurs a fait de moi un homme meilleur. Je ne pense pas que je pourrais comprendre aussi bien les femmes si je n'avais pas eu de sœurs. J'ai vu beaucoup de choses – leur peine à cause des garçons, les défis qu'elles ont dû relever pour être considérées comme leurs égales dans des circonstances comme les compétitions sportives. Même si je suis leur petit frère, je suis très protecteur envers elles.

Mon cœur se serra.

— C'est trop mignon.

— Par ailleurs, je suis presque sûr qu'elles pourraient toujours toutes me botter les fesses si elles en avaient envie, surtout sœur Catherine.

— *Toujours* étant le mot-clé. Ça veut dire que c'est arrivé plusieurs fois ?

— Exact, soupira-t-il.

— Je pourrais payer pour voir ça, ajoutai-je en riant.

Declan prit du glaçage au niveau de sa coupe au bol et l'étala sur le bout de mon nez, ce qui nous fit rire tous les deux. J'étais soulagée. Même s'il avait brusquement mis fin à nos messages hier soir, j'avais l'impression que tout allait bien entre nous.

CHAPITRE 10

Declan

Mon anniversaire s'était mieux passé que dans mon imagination. Je n'avais pas prévu d'en parler, mais grâce à mes sœurs, Molly et moi avions dévoré la moitié du gâteau. Ensuite, elle avait insisté pour sortir, alors nous étions allés au restaurant italien au coin de la rue. Nous avions passé un bon moment, mais là encore, c'était toujours le cas avec Molly. Ça ne faisait même pas un mois que j'avais emménagé, mais elle était devenue une bonne amie. Molly était drôle, intelligente, et il était facile de lui parler.

Le lendemain au travail, Julia se comportait un peu bizarrement. Elle avait l'air rêveuse et pas vraiment attentive à la présentation qu'un de nos managers était venu faire, après avoir fait le trajet en avion.

— Tout va bien ? lui demandai-je au moment de sortir de la salle de conférence, cet après-midi-là.

— Bryant et moi avons rompu, m'annonça-t-elle après avoir hésité.

Et je m'arrêtai net.

— Qu'est-ce qui s'est passé ?

Julia soupira.

— J'ai décidé de tout arrêter. Si je ne voulais pas d'une relation exclusive avec lui, c'était que quelque chose n'allait pas, n'est-ce pas ? Même si je ne savais pas quoi.

J'acquiesçai en essayant toujours de digérer la nouvelle.

— Oui, je suis d'accord avec toi. Tu ne devrais pas te sentir coincée dans une relation. Tu devrais avoir envie d'être avec l'autre personne, et penser tout le temps à elle. Tu ne devrais pas avoir envie d'être avec quelqu'un d'autre.

— Exactement. Alors... c'était ma révélation d'hier soir. J'ai décidé de l'appeler tôt ce matin pour le lui dire. Si j'avais un peu la tête ailleurs aujourd'hui, c'est parce que je me sens triste de lui avoir fait du mal, même si ça m'a enlevé un énorme poids.

— Je vois.

C'était un sentiment étrange. J'attendais depuis très longtemps que Julia rompe avec son petit ami, mais à présent, je ne savais pas comment réagir.

— Et maintenant ? demandai-je.

— Je ne sais pas, répondit-elle en battant des cils. À toi de me le dire. Comment je devrais marquer cette occasion ?

— Je pense qu'on devrait boire un verre. Ou deux.

Declan l'opportuniste.

— Ça me va, accepta-t-elle en souriant. Mais d'abord, je veux rentrer me changer si ça ne te dérange pas. La journée a été longue.

— Oui, pas de souci. Je vais en faire autant. Je passe te chercher chez toi à dix-neuf heures ?

— Parfait.

Pour quelqu'un qui venait juste de rompre avec son petit ami, Julia semblait rebondir assez vite.

***

Molly se préparait pour son rencard avec le docteur Petite Bite lorsque je rentrai à l'appartement. Ma réaction à son message de l'autre soir où elle m'annonçait qu'il lui avait proposé de sortir avec lui m'avait surpris. Il y avait définitivement eu une connexion entre nous depuis le soir où elle avait enfilé cette tenue canon pour rendre Julia jalouse. Cependant, je n'avais sûrement pas pris conscience que ce changement avait quelque chose à voir avec ce que *je* ressentais pour elle jusqu'à ce fameux message.

Mais le fait que son rencard me rende jaloux n'avait aucune importance. Il ne pouvait rien se passer entre Molly et moi. Elle obtenait ce qu'elle désirait avec Will, et nous habiterions bientôt chacun à un bout du pays.

Je restai sur le seuil pendant qu'elle se maquillait. Une fois encore, elle avait mis ces fameux longs cils. La robe rouge qu'elle portait ce soir était encore plus sexy que la noire de la dernière fois.

— Will ne va pas en croire ses yeux quand il te verra.

Elle sursauta.

— Tu m'as fait peur.

— Désolé, m'excusai-je en avançant un peu dans sa chambre.

— Je ne pensais pas que tu rentrerais si tôt.

— Notre réunion s'est terminée plus tôt que prévu, alors Julia et moi avons quitté le bureau. Je vais la chercher plus tard pour aller boire un verre.

Elle plissa ses lèvres pour appliquer du rouge à lèvres.

— Bon sang, son petit ami ne doit pas être ravi qu'elle passe tant de temps avec toi.

— Eh bien, c'est drôle que tu dises ça...

— Pourquoi ? demanda-t-elle en fermant son rouge à lèvres, avant de se retourner.

— Elle a rompu avec lui.

— Vraiment ? s'étonna Molly en écarquillant les yeux.

— Oui.

Elle marqua une pause.

— Mince, alors.

— Comme tu dis. C'est bizarre qu'on ait obtenu tous les deux ce qu'on voulait presque en même temps.

— Oui, enfin... Bon sang. Quelles étaient les probabilités, hein ? ajouta-t-elle en soupirant. Tu dois être heureux.

Je m'allongeai sur son lit et calai mes mains sous ma tête en observant le plafond.

— Je ne sais pas. C'est un peu étrange.

— Comment ça ?

— Je l'ai désirée pendant longtemps, et maintenant que le plus gros obstacle a disparu... ça ne me fait pas vraiment l'effet que j'avais imaginé.

— Je comprends ce que tu veux dire. Il m'est arrivé la même chose quand Will m'a proposé de sortir avec lui. Ce n'était pas aussi trépidant que dans mes pensées.

Je me tournai pour la regarder, et mes yeux se posèrent sur les chaussures sexy qu'elle portait.

— Bref... repris-je en me raclant la gorge. Tout va bien, n'est-ce pas ?

Nos regards se croisèrent pendant quelques secondes.

— Oui, tout va bien, confirma-t-elle en souriant.

— Comment va ton père? l'interrogeai-je pour changer de sujet.

Son expression s'assombrit lorsqu'elle s'assit au pied du lit.

— Je lui ai parlé aujourd'hui. Il n'avait pas l'air d'aller très bien, pour être honnête. Sa voix était très rauque. Ça me fait peur.

Merde.

— Essaie de rester positive. Je sais que c'est difficile, mais rester optimiste vaut mieux pour tout le monde. Ton père se sentira beaucoup mieux s'il ne pense pas que tu es déprimée à cause de lui.

— Je sais, mais c'est tellement difficile, avoua-t-elle, alors que des larmes se formèrent dans ses yeux. Le risque de le perdre est réel, et je ne pense pas encore en avoir totalement conscience.

C'était ma faute. C'était moi qui avais abordé le sujet.

Je m'assis et m'approchai d'elle pour essuyer ses larmes avec mon pouce.

— Je suis désolé, Mollz. J'aimerais pouvoir faire quelque chose. Je ferais disparaître ta douleur si je le pouvais.

— Merci. J'ai commencé à voir une psy, révéla-t-elle en essuyant ses yeux.

— Ah bon? Tu ne m'as pas dit que tu y pensais. C'est une bonne chose.

— Bizarrement, c'est le fait de savoir que mon père en voit une qui m'a donné le courage de le faire.

— Je suis fier de toi. Tu as commencé quand?

— Cette semaine. Je lui ai raconté ce que la psy de mon père a dit à propos de mon besoin de perfection. Puisque ces comportements ont commencé après le départ de mon père, elle est d'accord sur le fait qu'il pourrait y avoir un lien entre les deux. Elle veut que je pratique le lâcher-prise concernant certaines de ces habitudes, pour que je puisse accepter qu'on ne peut pas tout contrôler dans la vie. Elle dit que ça va aussi m'aider à accepter sa maladie.

— Elle te demande de faire quoi, par exemple ?

— C'est ça, le truc. Elle n'a rien suggéré de précis. Je dois identifier les moments où je cherche à avoir le contrôle ou à atteindre la perfection, et je dois créer mes propres exercices. Tu as des idées ? me demanda-t-elle.

— Je suis sûr que je peux trouver quelque chose.

Je suivis mon premier instinct, me levai du lit et ouvris le premier tiroir de sa commode.

— Qu'est-ce que tu fais ?

— Je t'aide.

Sans regarder à l'intérieur, j'attrapai les vêtements et les jetai en l'air. Malheureusement, quelque chose qui n'était pas du linge atterrit sur le sol avec tout le reste : un foutu vibromasseur.

— Oh, mince, je suis désolé, m'excusai-je en le ramassant. Je ne voulais pas...

— Donne-moi ça, s'il te plaît, ordonna-t-elle en tendant sa main.

— Je t'assure que je ne...

— Je *sais* que tu ne savais pas. Contente-toi de me le donner.

— Je pense que cet exercice était suffisant pour cette semaine, annonçai-je en me frottant les mains.

— Oui, je suis d'accord, confirma-t-elle en rougissant. Même suffisant pour un mois entier !

Je me demandai si je serais capable de penser à autre chose ce soir qu'à Molly en train de masser son clitoris avec ce sexe en caoutchouc.

CHAPITRE
11

Molly

Will se leva de sa chaise lorsque j'entrai chez Mykonos.

— Tu es magnifique, Molly.

— Merci.

Je me penchai, et il déposa un baiser sur ma joue.

Il était beau dans son pantalon kaki et sa chemise bleue. C'était toujours agréable de le voir sans sa blouse.

Je m'assis, récupérai la serviette devant moi et la plaçai sur mes cuisses.

— J'ai toujours eu envie de tester cet endroit, avouai-je.

— On peut sentir que la nourriture va être incroyable, tu ne trouves pas ? demanda-t-il en prenant une grande inspiration.

— Si, mon ventre gargouille.

— Tu sais, j'ai un quart de sang grec.

— Sans blague ! m'exclamai-je en souriant.

Le restaurant bondé était animé. Un groupe se préparait à jouer dans le coin, et l'odeur de l'ail, de la menthe et d'autres épices saturait l'air. C'était un vrai régal pour les sens. Cependant, mes yeux et mes oreilles étaient surtout concentrés sur le médecin séduisant en face de moi.

Will commanda la moussaka, tandis que je choisis la salade grecque au poulet grillé. La discussion se fit naturellement durant l'heure qui suivit. Il partagea certains de ses accouchements les plus fous, et nous comparâmes nos expériences avec certains collègues. Nous ne manquions définitivement pas de sujets de conversation, et je me mis à penser qu'il pourrait vraiment y avoir un avenir entre Will et moi si toutes nos soirées se passaient comme celle-ci.

Toutefois, de temps en temps, mes pensées dérivaient vers Declan. Savoir qu'il était de sortie avec Julia pour la première fois depuis sa rupture trottait clairement dans mon esprit. Je me demandais s'ils étaient vraiment compatibles, ou s'il était seulement attiré par le fait de réussir à décrocher la fille. Seul le temps nous le dirait.

À un moment donné, Will changea de sujet, faisant basculer l'ambiance de la soirée.

— Je dois t'avouer quelque chose… commença-t-il en essuyant sa bouche avec la serviette en tissu bleu.

— D'accord…

Je remuai sur ma chaise.

— J'ai un énorme faible pour toi depuis un moment.

— Waouh. Eh bien, merci, répondis-je en sentant mes joues s'enflammer. Je t'admire beaucoup aussi.

— Comme tu le sais probablement déjà, je viens juste de sortir d'une relation, ajouta-t-il.

— Oui, je suis au courant.

— Cette relation s'est en partie terminée parce qu'elle voulait quelque chose que je ne pouvais pas lui donner pour l'instant.

Je déglutis.

— Comment ça ?

— Eh bien, elle voulait un engagement plus important le plus tôt possible, pour à terme se marier et avoir des enfants.

— Oh. Tu… ne désires pas ce genre de choses ? demandai-je en sentant mon ventre se nouer.

— Pas dans un avenir proche. Mais au-delà de ça, ce n'était pas la bonne personne pour moi.

Même si le restaurant était bruyant, tout sembla silencieux à ce moment-là.

— Je vois…

— L'une des choses qui m'a attiré chez toi, c'est ta vision insouciante des relations, poursuivit-il. Tu vois, tu ne sembles pas avoir envie de quelque chose de sérieux dès le départ. J'ai besoin de temps pour respirer après ma dernière histoire, alors je me suis senti rassuré à l'idée de t'inviter à sortir.

Rassuré ? Je hochai la tête, car j'avais besoin d'un instant pour digérer ça.

Ce qui l'attirait chez moi, c'était le fait que je sorte avec quelqu'un d'autre ? C'était pour ça qu'il m'avait invitée ?

Ce n'était pas ma personnalité.

Pas nos intérêts communs.

Mais le fait que je le laisserais voir d'autres femmes ?

— Oh, je vois, finis-je par répondre.

— J'espère que mon honnêteté ne te dérange pas. Je sais que c'est notre premier rendez-vous, mais je crois en la transparence totale.

Je me forçai à sourire.

— Oui… eh bien… j'apprécie ton honnêteté, en effet.

— Merci. Et j'apprécie que tu sois honnête avec moi.

C'est ce qui m'a décidé à me lancer et à faire quelque chose dont j'avais envie depuis longtemps.

Mon estomac se souleva. J'avais l'impression que cette histoire était terminée avant même d'avoir commencé. Dire que j'étais déçue ne résumerait même pas la moitié de ce que je ressentais.

Mais là encore, c'était ma faute, pas vrai ? Je lui avais donné l'impression que je ne voulais rien de sérieux.

Après être sortis du restaurant, j'allais monter dans mon Uber quand Will posa ses mains sur mes joues et m'embrassa. Lorsqu'il glissa sa langue dans ma bouche, je ne fis que me dire que c'était différent de ce que j'avais imaginé. C'était agréable, mais ce n'était rien comparé à ce que j'aurais pu ressentir s'il n'avait pas anéanti tous mes espoirs ce soir. Ça me faisait prendre conscience plus que jamais que je voulais vraiment trouver un partenaire – l'homme de ma vie. La question était : est-ce que je pourrais sortir avec Will sans que ce soit sérieux, dans l'espoir que son attitude change une fois que nous aurions mieux appris à nous connaître ? J'avais l'impression d'avoir besoin de l'avis de Declan.

Toutefois, quand je rentrai à l'appartement, mon colocataire n'était pas là. Ce qui n'était pas surprenant. Je savais qu'il avait prévu de voir Julia. J'aurais juste aimé que sa soirée se termine tôt également, pour que je puisse lui parler.

Il était presque deux heures du matin lorsque la porte finit par s'ouvrir.

— Salut, l'accueillis-je en me levant du canapé.

Je le remarquai immédiatement. Les cheveux de Declan étaient décoiffés, et il avait du rouge à lèvres sur la bouche. Je n'étais pas préparée à être frappée par un tel niveau de jalousie.

— Salut, répondit-il avec un sourire en coin.

— On dirait que tu as passé une bonne soirée.

— C'était sympa. Pourquoi tu dis ça ?

— Regarde-toi dans le miroir.

Declan s'approcha de celui qui était accroché dans le couloir.

— Oh, mince. En effet.

— J'imagine que Julia avait besoin d'être consolée après sa rupture, lançai-je d'un ton énervé.

— On a un peu trop bu et on s'est embrassés dans le taxi, m'apprit-il en essuyant ses lèvres.

J'avais des bouffées de chaleur.

— Waouh. Elle tourne vite la page, hein ? rétorquai-je sèchement.

Il choisit de ne pas répondre et changea de sujet.

— Comment s'est passé ton rendez-vous ?

Bizarrement, je n'avais plus envie de me plaindre à présent. Non pas que ce soit une compétition, mais je ne voulais pas admettre à quel point mon rencard avait été nul à côté du sien – qui s'était visiblement très bien passé.

Alors, je minimisai ma déception.

— C'était bien. On a testé le nouveau restaurant grec, Mykonos.

— C'était bon ?

— Oui. La nourriture était délicieuse.

— Super.

Il marqua une pause pour me regarder, puis plissa les yeux.

— Tout va bien ? m'interrogea-t-il.

Apparemment, je n'étais pas très douée pour essayer de paraître nonchalante. Je ne contrôlais plus mes émotions, alors il fallait que j'aille me coucher pour mettre fin à cette journée.

— Oui, ça va.

— Tu es sûre ?

— Certaine, lui assurai-je en me forçant à sourire. Je vais au lit. Je suis crevée.

Declan ne bougea pas d'un pouce en m'observant m'éloigner en direction de ma chambre.

— Bonne nuit, Mollz, lança-t-il.

Je me tournai une dernière fois et souris.

— Bonne nuit.

***

Les quelques jours qui suivirent, je ne croisai pas beaucoup Declan. Il avait passé plus de temps à l'extérieur – probablement avec Julia. En raison d'un changement de planning, j'avais travaillé ces deux derniers jours, mais mon vendredi était libre.

Je me levai et trouvai un mot.

TGIF[2] ! Profite bien de ton jour de repos, coloc. J'ai préparé des pâtes hier soir, mais en fin de compte, je suis allé dîner dehors à la dernière minute. Mange-les pour le déjeuner sans risquer de sanction. C'est moi qui offre ;-)

Bises,

Declan

Curieusement, ce simple mot me serra la poitrine. Cette semaine avait été très longue et il me manquait. C'était fou à quel point il me manquait.

---

2 TGIF est l'abréviation de « Thank God It's Friday », qui peut se traduire par « Dieu merci, c'est vendredi ». (NdT)

Au fond de moi, je savais que ces périodes où je ne le voyais pas étaient une bonne chose, parce que, de toute façon, j'allais devoir m'y habituer après son départ. Mais ça craignait.

***

Le vendredi soir, je rejoignis mes collègues pour l'*happy hour* au centre-ville. Will était assis en face de moi, mais il aurait été impossible de deviner que nous avions eu un rencard récemment. Il n'avait pas proposé de remettre ça. Et ce soir, même s'il jetait quelques coups d'œil aguicheurs dans ma direction, il n'était même pas venu me faire un bisou sur la joue. Il laissait clairement la porte ouverte à toutes les options.

Je n'étais pas sûre d'accepter une autre invitation de sa part. Des relations sexuelles occasionnelles avec Will Daniels ne seraient pas la pire chose au monde, mais je ne voulais pas gâcher mon temps avec quelqu'un qui avait déjà abandonné la possibilité d'une relation. Alors, s'il me demandait de ressortir avec lui, il faudrait voir comment je sentais les choses.

Mon téléphone vibra.

Declan : J'espérais te croiser ce soir. J'ai l'impression de ne pas t'avoir vue depuis une éternité.

Mon cœur s'emballa.

Molly : Je suis à l'*happy hour*.

Declan : Avec Will ?

Molly : Il est là, mais on n'est pas vraiment ensemble. Il y a d'autres personnes.

Declan : Quoi de neuf de ce côté-là ?

Mon premier réflexe aurait été d'être honnête et de lui raconter le rencard. Cependant, mon côté égoïste voulait une excuse pour voir Declan ce soir et faire payer Will par la même occasion.

Molly : Je crois que j'aurais bien besoin que tu sois là, si ça ne te dérange pas de venir.

Declan : Tu veux dire, en tant que ton « copain » ?

Molly : Je sais que tu fréquentes Julia à présent, alors ce n'est pas grave si tu n'es plus à l'aise avec notre dernier accord.

Les points de suspension s'agitèrent pendant qu'il tapait sa réponse.

Declan : Julia n'est pas ma petite amie. Elle n'est pas prête pour ça. On ne fait que s'amuser pour l'instant.

Molly : Alors, ça ne l'embêtera pas si je t'emprunte ? ;-)

Mon cœur cogna dans ma poitrine en attendant son message.

Declan : Je serai là dans vingt minutes.

***

— Fais comme si tu étais surprise de me voir, me murmura Declan à l'oreille, alors qu'il enroulait son bras autour de ma taille, par-derrière.

Il posa sa bouche sur ma joue et y déposa un petit baiser.

— Oh... Declan, te voilà ! C'est une... belle surprise.

Je me tournai dans ses bras, et il repoussa une mèche de cheveux sur mon visage en souriant.

— C'est vrai ? J'espère que ça ne te dérange pas que je passe sans prévenir. Tu as mentionné la dernière fois que tu venais ici pour l'*happy hour*. Je n'étais qu'à quelques rues d'ici, alors je me suis dit que j'allais te faire une surprise.

— Oui, je t'assure. Je suis contente que tu sois venu.

Je me trouvais à côté de mon amie Emma, et je l'aperçus du coin de l'œil rester bouche bée. C'était logique étant donné que je venais juste de la mettre au courant du rencard que j'avais eu avec Will, et voilà qu'un autre homme posait ses mains sur moi de manière familière. Un autre homme séduisant.

— Euh, Declan... je te présente mon amie Emma. On travaille ensemble à l'hôpital.

Il lui adressa son sourire éclatant et lui tendit sa main.

— Ravi de te rencontrer, Emma. Désolé de vous interrompre.

— Tu n'as rien interrompu. Molly et moi venions juste de finir de discuter. J'étais en vacances ces deux dernières semaines, ajouta-t-elle en me faisant les gros yeux. C'est fou ce qu'on peut rater en seulement quatorze jours.

— J'en suis sûr. Je vais me commander à boire. Est-ce que c'est ton pinot habituel ? demanda Declan en désignant mon verre presque vide.

— Oui.

— Qu'est-ce que je t'offre, Emma ? l'interrogea-t-il.

— Oh, tu n'es pas obligé de faire ça.

Il lui sourit.

— Bien sûr que si. Règle numéro un : s'assurer de toujours garder ivres et heureuses les amies de la femme pour laquelle on a un faible.

— J'aime cette règle, affirma Emma en riant. Je prendrai une vodka cranberry, merci.

Declan s'écarta pour parler au barman.

— Euuh... est-ce que tu as oublié de me parler de quelque chose ? me murmura-t-elle.

Emma était une bonne amie, mais ce n'était ni le moment ni l'endroit de lui expliquer la vérité sur ma relation avec Declan. Et puis j'étais un peu gênée d'avoir eu recours à ces enfantillages.

— C'est... récent. On ne prend pas les choses au sérieux, on ne fait que s'amuser.

— S'amuser, hein ?

J'acquiesçai.

— Tu sais qui n'a pas *du tout* l'air de s'amuser en ce moment même ? ajouta-t-elle en portant son verre à ses lèvres.

— Qui ça ?

Son regard se dirigea par-dessus mon épaule.

— Docteur Dandy. Et il se dirige vers nous.

CHAPITRE 12

Declan

Eh bien, il n'aura vraiment pas fallu longtemps.

Lorsque je me retournai, les boissons que j'avais commandées à la main, le docteur Tête de Gland avait déjà rappliqué, prêt à pisser sur Molly comme si elle était une bouche d'incendie. Bon sang, je n'aimais pas ce type.

— Declan, c'est ça? demanda-t-il quand je m'approchai.

J'offris son verre à Emma, avant de tendre ma main à Will. Je la lui serrai très fermement en souriant.

— Exact. Comment ça va, Bill?

— C'est Will, rétorqua-t-il en fronçant les sourcils.

— Will... ah oui, d'accord. Désolé.

Je me tournai vers Molly et lui tendis son verre de vin.

— Tiens, bébé.

Elle écarquilla les yeux. Elle semblait à deux doigts de se faire dessus, alors même si j'avais envie de poser ma main libre sur ses fesses devant ce type, je me retins de le faire pour son bien à elle.

Nous nous observâmes tous les quatre, tandis que je sirotais mon verre. *On ne peut plus gênant.*

— Alors, Declan, tu habites dans le centre-ville ?

— Non, dans la partie ouest.

— Ah… comme Molly.

— Oui, on vit *très* près l'un de l'autre, précisai-je en croisant le regard de cette dernière.

— C'est comme ça que vous vous êtes rencontrés ?

Le bon vieux Will était très curieux, n'est-ce pas ?

— En fait, oui. Je la mettrais sûrement mal à l'aise si je racontais cette histoire, pas vrai, Mollz ?

Les yeux de ma colocataire s'arrondirent davantage.

— Tu ferais peut-être mieux de ne pas la raconter, Declan.

Je ne pus résister à la tentation.

— Je rentrais chez moi en métro un soir, et Molly était assise en face de moi, en train de lire un livre. Je n'arrivais pas à la quitter des yeux. Elle n'arrêtait pas de pincer ses lèvres en lisant, comme si elle avait très envie de sourire. Comme un idiot, je l'ai laissée sortir de là sans essayer de lui parler. Mais ce soir-là, je n'ai fait que penser à elle. Alors, le lendemain, j'ai pris le même métro à la même heure en espérant la recroiser. Elle n'était pas dedans, tout comme le lendemain et le jour d'après. Et puis un soir, une semaine plus tard, je m'apprêtais à prendre le métro à une heure totalement différente. En chemin, je suis passé devant une librairie, et le livre que je l'avais vue lire était en vitrine, alors je suis entré pour l'acheter. Le vendeur m'a dit que le deuxième tome venait juste de sortir, alors je l'ai pris aussi. Quand je suis monté dans le métro, vingt minutes plus tard, elle était là.

Je fixai Molly avec adoration.

— Je me suis assis à côté d'elle, je lui ai offert le deuxième tome, et je l'ai invitée à boire un verre.

— C'est la chose la plus romantique que j'aie jamais entendue, déclara Emma avec des cœurs dans les yeux.

— Je suis content qu'elle ne m'ait pas pris pour un pervers, plaisantai-je en faisant un clin d'œil à Molly.

Je dus boire une gorgée de mon verre pour ne pas éclater de rire en voyant la tête du docteur Débile. J'avais déjà entendu parler de l'expression être *vert de jalousie*, mais je ne l'avais encore jamais vue en vrai. Sa peau avait l'air un peu jaunâtre.

— Hé, Will, tu as une minute ? demanda un type en s'approchant de nous. Mark et moi envisageons de faire un voyage humanitaire avec Médecins sans frontières. On voulait avoir ton avis sur la zone où on devrait aller étant donné que tu l'as déjà fait plusieurs fois.

— Oui, bien sûr.

J'avais été fier de moi ces dernières minutes, mais apprendre que le docteur Débile faisait du bénévolat me prit un peu de court. La seule fois où j'avais aidé à sauver une vie, si on pouvait dire ça, c'était quand j'avais crié « attention » lorsqu'une balle de baseball avait volé en direction de la tête de ma sœur. Comment je pouvais rivaliser avec ça ? Pire encore, pourquoi j'avais l'impression d'être obligé de rivaliser avec lui ? Peut-être que je me glissais un peu trop dans la peau de mon personnage.

Après le départ de Will, Emma s'excusa pour aller aux toilettes, ce qui me permit de passer un peu de temps seul avec Molly.

— Tu m'as vue dans le métro et tu es tombé follement amoureux ? lança-t-elle en riant. Tu n'aurais pas pu en rajouter encore plus, Roméo ?

— Hé, je ne suis qu'un éternel romantique, répliquai-je en haussant les épaules. Tu as beaucoup de chance.

Elle soupira.

— On n'a pas eu l'occasion de se parler ces derniers temps, mais les choses ne se sont pas vraiment passées comme je l'avais espéré avec Will lors de notre rendez-vous.

— Il s'est passé quoi ?

— En fait, c'est ma faute. J'ai insisté sur le fait que j'avais une relation sans engagement avec toi, alors Will en a déduit que j'étais pour les relations sans attaches.

Mon cœur s'emballa.

— Tu veux dire qu'il veut que tu sois son plan cul ?

— Il n'a pas dit ça ouvertement, répondit-elle en haussant les épaules. Mais il m'a dit qu'il ne m'avait jamais proposé de sortir avec lui avant parce qu'il pensait que je n'étais pas le genre de femme à aimer les relations sans engagement. Pour résumer, il a décidé de m'inviter après avoir découvert que j'étais ouverte à ce genre de choses. Mais le problème, c'est que ce n'est pas du tout le cas. Imaginer être avec quelqu'un, surtout Will, qui pourrait aussi coucher avec d'autres femmes, ça ne m'attire pas du tout. Ne te méprends pas, je ne cherche pas un homme qui me demanderait en mariage, mais une fois que j'ai des sentiments pour quelqu'un, je suis monogame.

Mes paumes devinrent moites.

— Alors vous deux, vous êtes...

— Non, on n'a pas couché ensemble lors de notre premier rendez-vous.

Je ressentis une énorme vague de soulagement.

— Je suis désolé, Moll. Qu'est-ce que tu vas faire ? Tu comptes lui dire ce que tu ressens ?

— Je ne suis pas vraiment sûre d'avoir besoin de dire quelque chose puisqu'il ne m'a pas proposé de deuxième rencard. Je ne pense pas qu'il soit intéressé par une relation sans attaches avec moi, encore moins par une relation plus sérieuse.

Est-ce qu'elle était aveugle ? Je secouai la tête.

— Oh que si, il est intéressé. Il avait presque de la fumée qui lui sortait par le nez quand il m'a vu à côté de toi.

— Je n'en suis pas si sûre...

— Crois-moi, Moll. Je le sais.

— Je suppose que seul le temps nous le dira, déclara-t-elle en mordillant sa lèvre.

Oui, mais j'étais prêt à parier que ça arriverait rapidement. Il était impossible que ce type ne passe pas à l'action. Il se sentait menacé.

J'avalai d'une traite le reste de mon verre, en ayant le sentiment qu'il m'en faudrait encore quelques autres pour réussir à me détendre.

— Tu veux un autre verre de vin ?

— En général, je me limite à deux quand je sors, mais puisque tu es là avec moi et que je ne rentrerai pas seule dans le noir, pourquoi pas ?

Emma revint lorsque j'apportai une nouvelle tournée. Molly me présenta à d'autres amis, ce qui fut l'occasion d'échanger quelques rires. Cependant, au cours de la soirée, je surpris le docteur Débile poser les yeux sur elle au moins une dizaine de fois. À un moment donné, il se mit à discuter avec sa collègue, Daisy. Celle-ci flirtait ouvertement avec lui en créant autant de contacts corporels que possible, tout en remuant ses cheveux blonds à tout-va. Molly jeta un coup d'œil dans leur direction et les vit aussi, et mon cœur se serra en lisant la déception sur son visage. Alors j'enroulai mon bras autour de ses épaules et l'attirai contre moi. Visiblement, monsieur Plan Cul n'aimait pas trop ça puisque, quelques minutes plus tard, il était de nouveau à nos côtés.

— Je vais partir, annonça-t-il. Tu as une minute, Molly ?

J'étais obligé de reconnaître que le type avait du courage de demander à lui parler en privé alors que mon bras était posé sur ses épaules.

Molly me regarda. J'avais terriblement envie de la serrer plus fort et de dire à ce crétin d'aller se faire voir, mais au lieu de ça, je la laissai décider de la façon de gérer les choses.

— Euh... bien sûr. Tu veux bien m'excuser une minute, Declan ?

Mon cœur se serra.

— Oui... évidemment, acceptai-je en la relâchant à contrecœur.

Ils passèrent environ quinze minutes à parler seuls dans un coin. Pendant ce temps, je bus deux autres verres. Même si je discutais avec certains de ses collègues, mes yeux ne s'éloignèrent jamais vraiment de Molly.

Lorsqu'elle revint, elle affichait un grand sourire. Et le mien s'évanouit.

— Eh bien, les choses ont pris une tournure intéressante... commenta-t-elle.

— Il s'est passé quoi ?

— Will a admis qu'il était jaloux de nous voir ensemble. Il m'a demandé de dîner avec lui demain soir pour discuter.

Quel abruti.

Oui, le plan initial était de se servir de la jalousie pour que les personnes qui nous intéressaient remarquent qu'elles pourraient manquer leur chance. Toutefois, quelque chose chez ce type me faisait penser qu'il ne s'agissait pas de manquer sa chance avec Molly, mais plutôt de vouloir gagner la compétition. Enfin, ma colocataire avait l'air heureuse, alors je ne voulais pas gâcher son plaisir.

— C'est super. Est-ce qu'il est parti ? demandai-je en notant l'absence du docteur Débile.

— Oui, il commence tôt demain matin, alors il est rentré chez lui.

— Tu ne travailles pas demain, n'est-ce pas ?

— Non. J'ai trois magnifiques jours de repos.

J'avais déjà bu pas mal de verres, mais j'eus soudain l'envie de me saouler.

— Est-ce que ça te dirait un shot pour fêter ça ?

— Oh, bon sang... Je ne tiens pas vraiment l'alcool.

— Ce n'est pas grave, assurai-je en lui faisant un clin d'œil. Je suis fort. Je peux te porter.

***

— Est-ce que tu as des ratouages ?

Je fis tomber la clé de notre appartement pour la deuxième fois, alors que nous nous tenions devant la porte.

— Ratouages ?

— Tu as dit ratouages ! gloussa Molly, complètement ivre.

Je me mis à rire.

— Je ne fais que répéter ce que tu as dit. C'est *toi* qui as dit ratouages.

— Je n'ai pas dit ça. J'ai dit ratouages, rectifia-t-elle avant de hoqueter. Oh, mon Dieu ! Tu as raison, je l'ai dit. Pourquoi je n'arrive pas à prononcer ratouages ?

Je ramassai la clé par terre et plissai les yeux en essayant de la faire entrer dans la serrure pour la troisième fois.

— J'ai réussi !

J'ouvris la porte et laissai Molly entrer avant moi.

Sur le seuil, elle se tourna pour me faire face.

— Ta... Tou... Ages, prononça-t-elle lentement en exagérant chaque syllabe. Est-ce que tu as des ta-tou-ages ?

— Ah, des *ta*touages. Oui, j'en ai. Mais je n'ai pas encore de ratouages.

Molly retira ses chaussures juste devant la porte et se rendit aussitôt dans la cuisine.

— Qu'est-ce que tu as laissé ici, aujourd'hui ? Je meurs de faim.

— Je pense qu'il y a des restes de *penne alla vodka*.

Elle ouvrit brusquement la porte du frigo et récupéra le Tupperware.

— Mangeons ça froid.

— Et si je le réchauffais pour nous ? proposai-je en riant, tout en lui prenant le récipient des mains. Ça ne prendra que cinq minutes.

— C'est quatre minutes trente de trop, répliqua-t-elle en faisant la moue.

Je transférai les pâtes dans une petite casserole et allumai la cuisinière. Nous avions tous les deux beaucoup trop bu, mais Molly était appuyée sur le comptoir de la cuisine et avait l'air d'en avoir besoin pour tenir debout.

— Pourquoi tu n'irais pas te mettre à l'aise au salon ?

— Je veux te regarder cuisiner. C'est sexy un homme qui me prépare à manger.

— Ah oui ?

Je me tournai pour la regarder, juste au moment où son coude glissa du comptoir et faillit la faire tomber.

— Oh là. Fais attention ! m'exclamai-je en l'attrapant par la taille pour la redresser. Et si tu t'asseyais ici, alors ?

Molly rapprocha le pot de M&M's roses. Elle en prit une poignée, en mit une partie dans sa bouche, puis me tendit le reste.

— Tu en veux ?

— Non, merci. Je peux attendre cinq minutes.

Elle me tira la langue, ce qui me fit sourire.

— Alors, il est où ? m'interrogea-t-elle, la bouche pleine.

— Quoi donc ?

— Ton ta-touage.

— Ah, c'est un secret. Si tu veux le savoir, il faudra que tu me confies quelque chose de personnel. Un secret contre un secret.

— D'accord ! accepta-t-elle, et son visage s'éclaira. Toi d'abord.

— Comme tu veux. En fait, j'ai deux tatouages : un sur mon omoplate gauche et l'autre sur mes côtes.

— Oh, waouh. Ils représentent quoi ?

— Pas si vite, mademoiselle Fouineuse, déclarai-je en agitant un doigt devant elle. Ça fait deux secrets. Il faut d'abord que tu m'en confies un.

Molly tapota sa lèvre avec son index.

— Oh ! Je sais ! Moi aussi, j'ai un tatouage !

— Ah bon ? m'étonnai-je en arquant les sourcils.

— Oui, confirma-t-elle en acquiesçant.

— Il est où ?

— Pas si vite, monsieur Fouineur, répliqua-t-elle en souriant. Ça fait deux secrets. Il faut d'abord que tu m'en confies un deuxième.

Je souris.

— D'accord. Comme tu veux. Le tatouage dans mon dos représente une boussole. Ne me demande pas pourquoi parce que je n'en ai absolument aucune idée. Je l'ai fait quand j'avais dix-huit ans et je trouvais ça joli. Celui sur mes côtes représente une croix avec l'inscription *Dimittas tua consilia*. C'est du latin. Ça signifie *Lâcher prise*. Je l'ai fait faire le soir où ma sœur est devenue nonne. Il y a eu une belle cérémonie le jour où elle a prononcé ses vœux. Avant ça, je n'arrivais pas à comprendre comment quelqu'un pouvait se lever un matin et décider d'entrer dans les ordres. Mais le prêtre qui a présidé la cérémonie a beaucoup parlé du fait que l'un des plus grands obstacles dans la vie, c'est de dépasser notre vision de l'avenir. Il a dit que si on pouvait laisser tomber nos projets, on était capables de tout.

Je secouai la tête.

— Ça m'a aidé à comprendre qu'on n'est pas tous obligés d'avoir les mêmes projets dans la vie. J'étais très fier de Catherine ce jour-là. Je voulais lui rendre hommage d'une certaine manière.

— C'est magnifique.

— Merci, mais revenons-en au plus important, lançai-je en redressant la tête. Où se trouve ton tatouage ?

— Il est sur ma hanche, révéla-t-elle en riant. Il représente trois petits merles. Je l'ai fait faire après la mort de ma grand-mère. On était très proches et c'était une grande fan des Beatles. *Blackbird* était sa chanson préférée. On l'a jouée à ses funérailles. Je connaissais les paroles, mais je ne les avais jamais comprises avant cet après-midi-là. Je me suis fait tatouer quelques jours plus tard.

— C'est vraiment sympa.

La sauce se mit à bouillir dans la casserole, alors je baissai le feu et la remuai.

— Je peux voir les tiens ? demanda Molly.

Je déposai la cuillère sur une feuille de papier absorbant à côté de la cuisinière, en prenant note pour la dixième fois de penser à lui acheter l'un de ces repose-cuillères, puis je me retournai.

— Tu peux... mais tu sais ce que ça veut dire. Si je te montre les miens, tu seras obligée de me montrer le tien.

Elle mordilla sa lèvre inférieure et y réfléchit pendant un moment. L'imaginer ouvrir son pantalon pour me montrer sa hanche fit accélérer mon cœur. Il valait sûrement mieux que personne ne commence à se déshabiller.

Toutefois, alors que je venais d'accepter que cette solution était plus prudente, Molly reprit la parole :

— Toi d'abord.

Merde. D'accord, comme tu voudras...

Je déboutonnai ma chemise et la retirai. Je portais un T-shirt dessous, alors je saisis le tissu et le fis passer au-dessus de ma tête. Le tatouage sur mes côtes n'était pas visible quand mon bras était baissé, alors je le levai et fis pivoter mon corps pour qu'elle puisse mieux le voir.

Sans que je m'y attende, Molly tendit sa main et passa son doigt le long de ma peau. Elle dessina les contours de la croix avec son ongle, ce qui me donna la chair de poule.

Bon sang, ce que c'était agréable. J'en vins à espérer qu'elle appuie un peu plus fort, voire même qu'elle laisse des marques.

— C'est très beau, Declan.

— Euh... merci.

Nos regards se croisèrent, et si je n'avais pas su qu'elle était ivre, j'aurais pu croire qu'elle était excitée. Ses paupières semblaient lourdes, et le bleu clair de ses yeux s'était assombri. Lorsque les miens se posèrent sur ses lèvres, je compris qu'il était temps de me retourner. Je lui montrai mon épaule gauche et me mis à genoux pour qu'elle puisse voir la boussole. Je ne savais pas si j'étais soulagé ou déçu qu'elle ne touche pas ce tatouage. Sentir ses ongles sur mon dos aurait peut-être été trop pour moi.

Quand je me tournai de nouveau, Molly parcourut mon torse du regard. Elle passa une bonne minute à me reluquer dans un silence total. Ensuite, elle se mit à ouvrir son pantalon, et pendant une demi-seconde, j'oubliai qu'elle devait me montrer son tatouage. Mon cerveau en manque de sexe s'était laissé emporter et avait pensé qu'elle se déshabillait pour moi.

Je déglutis avec peine quand elle baissa le tissu pour me montrer sa peau pâle. Peut-être que l'alcool me désinhibait, ou peut-être que je n'étais pas assez fort pour m'en empêcher, mais je tendis la main et fis exactement la même chose qu'elle. Je dessinai doucement le tatouage avec mon doigt, en traçant le contour des trois petits oiseaux. Sa peau était douce, chaude, et j'avais une envie furieuse de glisser ma main dans son jean pour sentir une autre partie de son corps *douce et chaude*.

Pas bien.

J'observai son visage en touchant sa peau. Molly avait les yeux fermés et la bouche entrouverte.

Putain.

Elle était magnifique.

Carrément magnifique.

Et j'avais terriblement envie de l'embrasser.

Juste un petit baiser… pour goûter sa langue.

Je savais que c'était stupide.

Nous étions tous les deux ivres.

Je savais qu'il y avait une réelle possibilité qu'une fois que j'aurais posé mes lèvres sur elle, je ne puisse plus m'arrêter.

Sans parler du fait que…

J'étais torse nu.

Son pantalon était grand ouvert…

Ma respiration faisait bouger ma poitrine, alors que j'essayais de me dissuader de faire autre chose que de remettre ma chemise et de remplir nos bouches de nourriture.

Mais quand Molly rouvrit les yeux et qu'elle les posa sur mes lèvres, je sus que j'étais à cinq secondes de perdre la bataille. Sa langue rose vint alors humecter sa lèvre inférieure.

Putain.

J'avais *tellement* envie d'elle.

Elle leva les yeux pour croiser les miens.

— Declan... prononça-t-elle d'une voix suave.

Je fis un pas en avant et posai ma main sur sa hanche.

— Molly...

Toutefois, quelque chose attira son regard par-dessus mon épaule, et elle écarquilla les yeux.

— Oh, mon Dieu, Declan... retourne-toi ! L'essuie-tout a pris feu !

CHAPITRE
13

Molly

Lorsque j'ouvris les yeux le lendemain matin, je fus surprise de me souvenir assez clairement d'hier soir, vu la quantité d'alcool que j'avais bue.

Ma tête me faisait mal, tout comme mon estomac.

Je me rappelais que nous avions failli faire brûler l'immeuble, mais Declan avait réagi rapidement et avait éteint les flammes.

Je me rappelais aussi Will me proposant de sortir de nouveau avec lui.

Oh, mon Dieu. J'ai rendez-vous avec Will ce soir.

Ce dont je me souvenais le plus à propos de cette soirée, c'était que ça faisait longtemps que je n'avais pas été aussi excitée que lorsque j'avais touché la peau de Declan pour dessiner les contours de son tatouage. C'était un simple contact, mais ça avait été diablement érotique.

Je grimaçai en me rappelant aussi avoir baissé légèrement mon pantalon pour lui montrer mon tatouage.

Argh.

Que se serait-il passé si le feu n'avait pas interrompu notre petit jeu du « montre-moi le tien et je te montre le mien » ? Nous serions-nous embrassés ? Ça aurait sûrement été inévitable. Visiblement, les dieux là-haut pensaient que c'était une mauvaise idée.

Il est quelle heure ?

L'horloge indiquait onze heures du matin.

Quand je sortis de ma chambre pour aller à la cuisine, Declan était introuvable.

Un mot était posé sur le comptoir.

Salut, coloc,

Je suis parti rejoindre Julia pour un brunch. Je ne voulais pas te réveiller, mais la cafetière est prête. Tu n'as plus qu'à appuyer sur démarrer. Je me suis dit que tu en aurais besoin le plus vite possible. On a tous les deux trop bu hier soir.
Au cas où tu ne t'en souviens pas, on a failli jouer dans un épisode de **Chicago Fire***, et tu as inventé un nouveau mot : ratouage.*

Bises,
Declan

Il savait toujours comment me faire rire, même quand j'avais l'impression d'être passée sous un camion.

Je vérifiai mon téléphone et aperçus un message d'Emma.

Emma : On n'a pas eu assez de temps pour discuter hier soir. Je veux savoir tout ce qui s'est passé après que tu es partie avec Declan !

Je pris une grande inspiration et réfléchis à la façon de gérer ça. Je ne voulais pas lui mentir. Emma était mon amie la plus proche au travail, et je lui faisais confiance. C'était déjà assez horrible de ne pas avoir été honnête avec Will.

Après m'être servi du café, j'y réfléchis encore et décidai de proposer à Emma de me rejoindre pour le déjeuner, afin de pouvoir tout lui expliquer correctement. Ça me ferait aussi du bien de pouvoir me confier à quelqu'un à propos de toute cette situation.

Une heure plus tard, mon amie me retrouva dans un restaurant à mi-chemin entre mon appartement et le sien.

Une fois que la serveuse nous apporta nos plats, Emma ne perdit pas de temps et insista pour que je parle.

— D'accord, alors raconte-moi tout. Il se passe quoi avec Declan le beau gosse ? Tu couches avec lui ?

Je secouai la tête en jouant avec l'une de mes frites.

— C'est une histoire un peu folle, mais il faut que tu me promettes de n'en parler à personne.

— Tu m'intrigues, déclara Emma en plissant les yeux. Mais pas de souci.

Elle se pencha en avant.

— Alors, il se passe quoi ? demanda-t-elle.

Je passai les minutes qui suivirent à lui raconter comment Declan était venu vivre avec moi, jusqu'à l'accord que nous avions passé.

Elle secoua la tête, incrédule, tout en mélangeant du sucre à son thé glacé.

— Donc si j'ai bien compris, vous avez passé cet accord, et maintenant tu ne sais plus qui tu essaies de rendre jaloux entre Declan et Will ? Tu es tombée amoureuse de ton faux petit ami ?

Je pris une énorme bouchée de mon burger.

— Je ne voulais pas que les choses soient si compliquées, avouai-je, la bouche pleine. Mon attirance pour Declan a augmenté progressivement, et il n'est pas du tout au courant de ce que je ressens. Ce n'est que lorsqu'il s'est mis à fréquenter Julia que je me suis rendu compte de l'ampleur de mes sentiments.

Mon regard se perdit au loin.

— C'est juste qu'on s'entend tellement bien. C'est un très bon ami. Mais hier soir, avant qu'on soit interrompus par le feu, je suis quasiment certaine qu'il allait se passer quelque chose.

— Alors, tu as des sentiments pour deux hommes différents, résuma-t-elle en hochant la tête. Et ce soir, tu sors avec le docteur Dandy. Peut-être que ça va jouer en sa faveur.

— On verra ce qui se passera, soupirai-je. Comme je te l'ai dit, Declan partira dans quelques mois de toute façon, alors c'est une situation temporaire.

— Alors, tu as ta réponse. Concentre-toi sur Will. De toute évidence, le fait qu'il ait avoué être jaloux hier soir signifie que tes chances avec lui sont plus élevées que tu ne le pensais.

— Oui, mais et si ce n'était que pour la compétition ? Je ne sais pas si je peux avoir confiance en la sincérité de son intérêt pour moi. Je suppose que je ne le saurai pas à moins de continuer pour voir où ça nous mène.

Elle se mit à rire.

— Il y a définitivement pire comme problèmes. Tu vis avec un homme sublime et tu sors avec un deuxième.

Je souris, même si aucun de ces scénarios ne me convenait. Je ne voulais pas vivre avec un homme ou juste sortir avec. Je voulais être l'amour de la vie de quelqu'un.

J'ai envie d'amour.

***

Je ne croisai pas Declan ce jour-là. Il n'était pas à la maison quand je rentrai pour me préparer pour mon rendez-vous avec Will.

Plus tard ce soir-là, ce dernier était déjà arrivé au petit restaurant italien que nous avions choisi quand je fis mon apparition. Il se leva et tira une chaise pour moi, alors que je m'approchais de la table.

— Tu es absolument magnifique, Molly, observa-t-il en me regardant de haut en bas. Merci d'avoir accepté de me voir aussi rapidement.

Il se pencha pour déposer un baiser sur ma joue, et ce contact me fit frissonner.

— Pour être honnête, je ne m'attendais pas à ce que tu m'invites à nouveau, avouai-je.

Et ma réponse directe me choqua un peu.

Il sembla perplexe lorsqu'il se remit assis et qu'il approcha sa chaise de la table.

— Pourquoi ça ?

— Eh bien, tu n'en as pas reparlé avant que Declan se joigne à nous hier soir.

Il poussa un long soupir et hocha la tête.

— J'ai passé un très bon moment avec toi la dernière fois. En fait, je n'ai pas arrêté de penser à toi et à ce baiser. Alors si tu penses que mon absence de contact signifiait quelque chose, ce n'était pas le cas. C'était une semaine folle, très stressante, avec beaucoup plus de naissances compliquées que d'habitude, c'est tout, m'apprit-il, avant de marquer une pause. Mais... comme je te l'ai confié hier soir au bar, te voir avec lui m'a fait un déclic. Ça m'a fait prendre conscience que mes sentiments pour toi sont plus forts que je ne voulais bien l'admettre.

Son comportement me troublait toujours. Je ressentis le besoin de me livrer tant que j'avais son attention, mais la serveuse nous interrompit en venant prendre la commande. Je n'avais pas encore eu l'occasion de regarder le menu, alors elle nous accorda quelques minutes pour le consulter.

Lorsqu'elle revint, Will commanda les lasagnes, tandis que je réfléchis encore, avant de finir par opter pour les *pasta primavera*. Elle nous apporta deux verres de vin peu de temps après.

Une fois seuls, je bus une grande gorgée de mon pinot et décidai de reprendre la conversation là où nous l'avions laissée.

— Will... La vérité, c'est que... même si je fréquente Declan, je n'ai pas l'intention de sortir avec plusieurs hommes éternellement. Je cherche la stabilité à long terme. Je suis désolée si je t'ai donné l'impression que ce n'était pas le cas. Tu m'as déjà dit qu'une relation sérieuse ne t'intéressait pas. Je respecte ton honnêteté, c'est pourquoi je suis aussi honnête avec toi en ce moment. Je ne veux pas te faire perdre ton temps si tu ne veux rien de sérieux. Je...

— Molly... intervint-il en levant la main. Je pense qu'il faut que je clarifie quelque chose. Il est vrai que je ne veux pas me lancer dans quelque chose de sérieux *pour le moment*, mais je pense aussi que je me suis mal exprimé lors de notre premier rendez-vous. Il semblerait que tu penses que la *seule* raison pour laquelle je voulais sortir avec toi est le fait que tu sois ouverte à une relation sans attaches. Ce n'est pas vrai. Je te trouve absolument géniale, intelligente, belle... Voilà pourquoi tu m'attires.

Ses yeux s'attardèrent sur les miens.

— J'apprécie que tu dises ça, mais je ne pense pas qu'on devrait continuer à se voir après cette soirée si tu ne veux pas d'une relation sérieuse par la suite, déclarai-je en sentant mon cœur s'emballer.

Il regarda un moment en direction de l'entrée, avant de croiser de nouveau mon regard.

— Que dis-tu de ça ? ... Je n'ai pas envie d'arrêter de te voir. Pas du tout. Je pense qu'on devrait y aller doucement, avec l'objectif de garder l'esprit ouvert. Si on a tous les deux l'impression que les choses se passent bien entre nous, j'aimerais pouvoir avoir une relation exclusive avec toi. Cependant, il faudrait que tu détermines ce que tu ressens pour cet autre type.

Je clignai des yeux en essayant de digérer ce qu'il venait de dire.

— J'adorerais prendre les choses au jour le jour, mais tu as aussi dit que tu ne voulais pas te marier ni avoir d'enfants. Je sais qu'il est très tôt pour parler de ça, mais ce sont des choses que je voudrais absolument un jour. Alors, si tu es sûr de ne pas vouloir de ce genre d'avenir, ce serait rédhibitoire pour moi.

Will prit ma main et me regarda plus intensément.

— Laisse-moi t'expliquer. Le mariage et les enfants ne sont pas quelque chose que je désire dans un futur proche. J'aimerais avoir un peu de temps pour voyager et profiter de la vie. Ma dernière petite amie voulait tout ça très vite. C'est la raison principale de notre rupture. Cela dit, si je tombe amoureux de la bonne personne, je ne lui refuserai pas l'occasion d'être mère. Je serai ouvert à l'idée d'avoir un enfant tant que c'est au bon moment et avec la bonne personne.

Ses propos contradictoires entre notre dernier rendez-vous et celui-ci me troublaient clairement. Toutefois, ce soir, il m'avait redonné un peu d'espoir.

— Je sais que ça paraît bête de parler de telles choses à un deuxième rencard, ajoutai-je. Mais je ne veux pas perdre mon temps avec quelqu'un qui fermerait la porte à un avenir dès le départ, et honnêtement, c'est l'impression que tu m'as donnée.

— Compris, répondit-il en souriant. J'espère que j'ai apaisé certaines de tes préoccupations à l'idée de continuer à sortir avec moi.

— C'est le cas. Merci.

Je poussai un long soupir, avant de boire une autre gorgée de vin.

— Eh bien, c'était une discussion sacrément sérieuse pour une heure si peu tardive, remarquai-je.

Il se mit à rire.

— C'est vrai, mais tu vois, maintenant on s'en est débarrassés et on peut passer le reste de la soirée à profiter l'un de l'autre.

Peu de temps après, nos plats arrivèrent. C'était le moyen parfait de passer à une ambiance plus légère. Je partageai alors un fantastique repas sans stress avec Will.

Après avoir mangé, aucun de nous n'avait envie que la soirée se termine. Puisque son appartement était plus près du restaurant (et que le mien était inaccessible étant donné que je vivais avec mon soi-disant deuxième homme), nous nous rendîmes chez Will pour passer du temps ensemble.

Il ouvrit une bouteille de vin et diffusa du jazz qui provenait de sa collection impressionnante de vinyles.

Nous échangeâmes des baisers intenses, mais les choses n'allèrent pas plus loin que ça. Will était un parfait gentleman, mais il restait à voir s'il était l'homme qu'il me fallait.

***

Les jours qui suivirent, je repris mes horaires de nuit. Will était en repos, alors je ne le croisai pas au travail, tout comme je ne croisai pas Declan à la maison. Ne pas être focalisée sur ce que je ressentais pour l'un et l'autre était appréciable.

Toutefois, lors de mon premier jour de repos, je rentrai à l'appartement après avoir fait des courses et trouvai Declan torse nu en train de cuisiner.

— Fais attention à ne pas déclencher un incendie, plaisantai-je par-dessus la musique.

Il se tourna vers moi et me fit un clin d'œil.

— Parce que je suis chaud comme la braise ?

Il déposa la spatule et me surprit en se précipitant vers moi pour me prendre dans ses bras, son torse musclé collé à moi, me rendant bien trop consciente de l'attirance que je ressentais pour lui.

Il s'écarta pour me regarder.

— J'ai l'impression de ne pas t'avoir vue depuis une éternité, coloc.

Je savais qu'il avait passé au moins une nuit chez Julia cette semaine, alors je supposais qu'ils couchaient ensemble. Ça me mettait mal à l'aise, mais au moins il n'insistait pas pour qu'elle vienne dormir chez nous.

— Tu as faim ? me demanda-t-il.

L'odeur du pain perdu flottait dans l'air. Tout comme l'odeur délicieuse et musquée de Declan.

Je déglutis.

— Très.

Bon sang. C'était différent d'être avec lui après ce qui s'était passé l'autre soir, comme si la tension sexuelle était passée d'un niveau bas au niveau le plus élevé.

— Eh bien, il se trouve que je suis en train de préparer ce que tu préfères : un petit déjeuner pour le dîner, annonça Declan, avant de se rendre rapidement dans sa chambre.

Il en ressortit en portant un T-shirt, puis reprit sa place devant la cuisinière. C'était comme s'il savait que le fait de le voir torse nu m'avait mise mal à l'aise.

Il retourna le pain perdu et le saupoudra de cannelle. Je passai les minutes qui suivirent à le regarder cuisiner. C'était devenu l'un de mes passe-temps préférés.

Je lui parlai de la pénurie de personnel à mon travail, pendant qu'il me confia qu'une de ses sœurs avait des problèmes avec son mari. J'avais l'impression que la tension sexuelle s'était un peu dissipée depuis que nous avions engagé la conversation.

Il nous servit deux grandes tranches de pain chacun, puis nous nous installâmes pour les dévorer ensemble.

— C'est le meilleur pain perdu que j'aie jamais mangé, déclarai-je.

Mon regard se porta sur les pots posés sur le comptoir, et je m'arrêtai de mâcher.

— Qu'est-ce que tu as fait ? l'interrogeai-je.

Je n'en revenais pas de m'en apercevoir seulement maintenant, mais j'avais été un peu distraite quand j'étais arrivée. Mes M&M's pastel triés par couleur avaient été remplacés par un méli-mélo de couleurs arc-en-ciel, toutes mélangées ensemble dans chaque pot. J'étais à deux doigts de faire de l'urticaire.

— Je t'ai juste aidée, répondit-il. Tu as dit que ta psy voulait que tu t'habitues aux choses en désordre. Cette idée m'est venue en passant devant la boutique de bonbons.

— C'est tellement gentil de ta part d'avoir failli me provoquer une crise cardiaque.

Même si c'était gonflé, je savais qu'il avait eu de bonnes intentions. Et je m'étais relâchée sur mes exercices dernièrement. En réalité, je ne m'étais pas du tout mise au défi.

— Qu'est-ce que tu as fait des autres M&M's ?

— Ne t'inquiète pas, je les ai entreposés en lieu sûr. Tu les retrouveras quand tu les auras mérités, ajouta-t-il en me faisant un clin d'œil.

— Oh, bon sang. Génial.

— Inutile de te dire que Julia n'était pas ravie que je lui fasse faire un arrêt dans ce magasin pour acheter plus de deux kilos de bonbons. Cela dit, je pense que c'était parce qu'elle savait pour qui je les achetais.

Mon pain se coinça un peu dans ma gorge.

— Elle est encore jalouse de moi ?

— Je lui ai dit que tu sortais avec Will à présent, mais elle semble toujours inquiète à l'idée qu'on habite ensemble.

Mon cœur s'emballa et plusieurs secondes de silence s'écoulèrent.

— Est-ce qu'elle a des raisons de l'être ? murmurai-je.

J'aurais pu entendre une mouche voler. Je regrettai ma question, mais je ne pouvais plus revenir en arrière.

Il me fixa d'un regard perçant.

Des flashbacks de la dernière fois me revinrent en mémoire – mes doigts effleurant son corps musclé, la chair de poule sur sa peau. Je me rappelais chaque seconde de ces moments.

Au lieu de répondre à ma question, il posa brusquement sa fourchette.

— Je n'ai pas eu l'occasion de te demander comment s'était passé ton rendez-vous avec Will.

Je me raclai la gorge.

— Ça s'est très bien passé. On a dîné ensemble, puis il m'a fait venir chez lui et m'a montré sa collection de vinyles.

— Et tu as dû faire semblant d'être intéressée ? demanda-t-il en riant.

Mais je ressentis son manque de sincérité.

— J'ai... bien aimé, révélai-je en haussant les épaules. Il a des goûts musicaux éclectiques.

Declan hocha la tête.

— Est-ce qu'il t'a montré plus que sa collection ?

Cette question était un peu culottée, mais il fallait dire que je l'avais été un peu aussi ce soir, alors je choisis d'être honnête.

— Non. Et je ne lui ai rien montré non plus. Il est encore trop tôt.

— Parfait, soupira-t-il. Je ne suis pas sûr de faire confiance à ce type. Je n'aime pas trop qu'il ait changé brutalement de comportement en me voyant te rejoindre au bar. Il a changé de discours sacrément vite.

Je ressentis le besoin de prendre la défense de Will.

— Je ne vais pas reprocher à Will son honnêteté ou sa jalousie. Je respecte le fait qu'il ait admis ne pas vouloir de relation sérieuse pour le moment. Il aurait simplement pu me mener en bateau. Mais quand on s'est revus, il a clarifié certaines choses. Il a dit qu'il pourrait être ouvert à une relation sérieuse par la suite. Il veut qu'on avance doucement.

— Comme c'est noble de sa part, ricana-t-il. N'importe quoi. Tu mérites quelqu'un qui n'est pas si indécis, Molly. Enfin, ce mec dit une chose un jour et le contraire le lendemain ? Qu'est-ce que ça te dit de lui ?

Au fond de moi, j'avais moi-même ressenti ces signaux d'alerte, mais même si j'appréciais que Declan prenne ma défense, ses propos avaient touché une corde sensible.

— Et Julia n'est pas insipide peut-être ? Elle a flirté avec toi pendant des semaines alors qu'elle avait un petit ami. C'est l'opposé de l'honnêteté, et elle me semble bien indécise aussi.

— Je n'ai pas non plus dit qu'elle était parfaite.

— C'est ce que tu pensais à un moment donné. Tu me l'as décrite comme une fille incroyable la première fois que tu m'en as parlé, répliquai-je en levant les yeux au ciel.

Il arqua les sourcils.

— Est-ce que ça t'a dérangée ?

— Non, pourquoi ? demandai-je en sentant mes joues s'empourprer.

— Je ne sais pas. Tu as semblé énervée en disant à l'instant que je trouvais Julia parfaite. Est-ce que ce que je ressens pour elle te contrarie ?

— Non, redescends sur terre. Pourquoi ce serait le cas ?

— Je ne sais pas. À toi de me le dire.

— Qu'est-ce que j'en aurais à faire de ce que tu ressens pour quelqu'un ? lâchai-je d'un ton défensif. Je ne t'apprécie pas de cette façon-là.

Grosse. Erreur. Toutefois, il était trop tard pour revenir en arrière. Mes paroles se retournèrent tout de suite contre moi.

— Tu as l'air de m'apprécier énormément quand tu as bu, ironisa-t-il.

Mince. Je n'aime pas la direction qu'emprunte cette conversation.

— On était tous les deux ivres, Declan. Si je me rappelle bien, c'est toi qui as suggéré que je te montre mon tatouage si tu me montrais les tiens.

Il ne dit rien pendant quelques secondes, puis il se pencha jusqu'à ce que je puisse sentir son souffle sur mon visage.

— C'est bizarre comme on était tous les deux censés être *tellement ivres*, alors qu'on se rappelle nos actions si clairement.

Mon téléphone sonna, interrompant cet échange tendu. Le soulagement m'envahit... avant que mon ventre se noue.

C'est Kayla, la femme de mon père. Elle ne m'appelait jamais.

CHAPITRE 14

Declan

— Comment ça va? demandai-je en me levant brusquement de mon siège à la seconde où Molly passa la porte.

— Il va bien, soupira-t-elle. Ils pensent qu'il s'est évanoui à cause d'une anémie. C'est un effet secondaire fréquent de la chimiothérapie. Les premières analyses sanguines sont arrivées, mais ils vont l'hospitaliser pour pouvoir faire d'autres examens. Il a aussi une vilaine bosse sur la tête, car il s'est cogné sur la table en tombant, alors ils suivent le protocole pour les commotions cérébrales, juste pour être sûrs.

— D'accord. Tout a l'air traitable, n'est-ce pas? l'interrogeai-je en passant une main dans mes cheveux.

Molly acquiesça.

— Oui, l'anémie se traite. Ils viennent de lui faire une transfusion sanguine, et il va devoir prendre des comprimés de fer pendant un moment, m'apprit-elle, avant de secouer la tête. Il a déjà l'air si fragile. Ça ne fait qu'un peu plus d'un mois que son diagnostic a été posé, et ça ne fait que deux semaines que je ne l'ai pas vu, pourtant je peux voir la vitesse à laquelle les choses évoluent. Il a perdu beaucoup de poids, sa peau est pâle et il a l'air épuisé. Kayla m'a dit qu'il envisageait déjà d'arrêter la chimio.

— À cause de ça ? Il ne peut pas reprendre une fois qu'il ira mieux ?

Molly resta silencieuse un moment. Je l'observai alors qu'elle déglutit en essayant de retenir ses larmes.

— Il a un cancer pulmonaire à petites cellules et des métastases sont déjà présentes dans les autres organes, alors les chances de survie sont...

Elle tenta une nouvelle fois de déglutir et de ravaler ses larmes, mais l'une d'entre elles roula sur sa joue.

— Sa qualité de vie avec la chimio...

— Viens par ici.

Je la serrai contre ma poitrine et la pris dans mes bras. Je caressai ses cheveux et je voulus dire quelque chose, mais l'entendre s'effondrer me noua la gorge. Ses épaules tremblèrent quand elle succomba à ses émotions dans un gémissement déchirant. Je m'en voulais de ne rien pouvoir faire de plus que la serrer plus fort en souhaitant pouvoir prendre sa douleur.

Après environ dix minutes passées dans la salle d'attente, Molly s'écarta, puis essuya ses yeux en reniflant.

— Merci, Declan.

— Ne me remercie pas. Je suis content d'être là pour toi, affirmai-je en déposant un baiser sur son front. Et maintenant ? S'ils l'hospitalisent, il va avoir besoin de vêtements, non ? Il y a un magasin ouvert sans interruption à environ quinze minutes d'ici. Je peux y passer pour lui prendre des pyjamas, des affaires de toilette et d'autres choses.

— C'est très gentil de proposer, mais j'ai dit à Kayla que je passerais chez eux pour récupérer ses affaires, comme ça il se sentira plus à l'aise. Ils ne l'installeront pas dans sa chambre avant encore une heure ou deux, et ils n'aiment pas qu'il y ait plus d'une personne avec le patient dans la salle des urgences de toute façon. Personne n'a rien dit parce que je suis amie avec certaines des infirmières, mais je ne veux pas profiter du fait que je travaille ici. Je vais passer chez lui pendant qu'ils règlent l'hospitalisation, maintenant que je sais qu'il est stable. Mais il est tard, alors je peux te déposer à l'appartement en chemin.

Hors de question que je la laisse traverser la ville seule dans son état actuel.

— Je viens avec toi.

— Je vais sûrement rester ici toute la nuit après avoir récupéré ses affaires.

— Ce n'est pas grave, insistai-je en lui faisant un clin d'œil pour tenter de détendre un peu l'atmosphère. Tenir toute la nuit est l'une de mes spécialités.

Elle leva les yeux au ciel, mais je vis son sourire dans son regard. Quelques minutes plus tard, nous étions de retour dans la voiture. Le père de Molly habitait à quarante minutes de l'hôpital. Il était au restaurant quand il s'était évanoui en sortant des toilettes. J'étais déjà allé dîner chez lui quelques semaines plus tôt, mais j'avais seulement vu le rez-de-chaussée, pas les chambres qui étaient situées à l'étage. À notre arrivée, je proposai à Molly d'attendre dans le salon pendant qu'elle irait lui préparer ses affaires, mais elle me demanda de l'accompagner. Apparemment, elle n'était allée dans sa chambre qu'une seule fois, plusieurs années auparavant, quand il avait acheté cet endroit.

J'attendis près de la porte de la chambre parentale, tandis que Molly se dirigea vers la commode et ouvrit le premier tiroir. Quelques photos encadrées semblèrent attirer son attention, et elle en prit une dans ses mains.

— Oh, mon Dieu. Je n'en reviens pas qu'il ait encadré ça. Je vais le tuer.

J'entrai pour jeter un coup d'œil par-dessus son épaule.

— C'est quoi ?

— C'est une vieille photo de ma sœur et moi. Je crois que je devais avoir six ans et elle sept.

Le cliché était adorable. Il était évident vu ses grands yeux bleus qu'une des petites filles était Molly. Elle rejetait la tête en arrière en riant, ses couettes n'étaient pas à la même hauteur, et elle avait le plus grand sourire sans dents que j'aie jamais vu. Rien que le voir me fit sourire à mon tour.

— Pourquoi tu veux tuer ton père ? Je te trouve mignonne.

— Euh... parce que mon short est mouillé ?

J'avais fixé son immense sourire et je n'avais même pas remarqué ses vêtements. Mais en effet, lorsque je baissai les yeux, j'aperçus son short mouillé. Et pas comme si elle y avait renversé quelque chose.

— Tu t'es fait pipi dessus ? demandai-je.

— Oui ! confirma-t-elle en se couvrant le visage. Il a encadré une photo de moi avec un short souillé ! Pourquoi il voudrait afficher ça ?

Je me mis à rire.

— Ça t'arrivait souvent ? Tu as l'air un peu trop grande pour te faire pipi dessus.

— Mon père et ma sœur venaient juste de me chatouiller. Je les ai prévenus d'arrêter, mais ils ne m'ont pas écoutée. Je n'arrive pas à croire qu'il ait gardé ça et qu'il ait encadré ce moment.

C'était *vraiment* un peu étrange d'afficher une photo de sa petite fille qui venait de se faire pipi dessus, mais je comprenais pourquoi il l'avait fait.

— Il aime ton sourire sur cette photo et ça lui rappelle les bons moments.

Elle soupira.

— Oui... Il faut croire.

Elle reposa la photo sur la commode en secouant la tête, puis elle observa les autres clichés. Elle en prit un où elle portait une blouse et un stéthoscope.

— C'est la photo du jour où on m'a remis mon diplôme d'infirmière. Je ne la lui ai pas donnée, c'est ma mère qui a dû le faire.

— Eh bien, on dirait qu'il est fier de toi s'il l'a encadrée.

Molly prit un air grave en passant son doigt sur le cadre.

— Je ne l'ai même pas invité. Ma mère m'avait dit de le faire, mais j'avais l'impression que le faire venir serait en quelque sorte irrespectueux vis-à-vis d'elle. Il a manqué tellement de choses dans ma vie et celle de ma sœur parce que je n'ai pas été capable de lui pardonner son départ.

— Ne fais pas ça, Moll. Ne te mets pas ça sur le dos. Tu souffrais et tu avais tes raisons. On ne peut pas changer le passé, mais on peut en tirer des leçons. Tu es là pour lui à présent, et je suis sûr que ça représente beaucoup pour lui.

— Merci, répondit-elle en souriant sans grande conviction.

Après avoir préparé un sac et récupéré quelques affaires de toilette, nous traversâmes le couloir pour rejoindre les escaliers. Cependant, lorsqu'elle atteignit la première marche, elle s'arrêta et fit demi-tour.

— Attends une seconde. Je veux voir quelque chose.

Je la suivis jusqu'à la porte devant laquelle nous venions de passer. Elle l'ouvrit et alluma la lumière. Le lit était couvert d'une couette rose et l'habillage des fenêtres était rose et blanc à rayures. C'était ordonné, mais presque vide.

— C'est la chambre de ta demi-sœur ?

Elle secoua la tête.

— Sa chambre est au bout du couloir. C'était censé être la mienne. J'avais seize ans quand il a acheté cette maison. Il m'a fait venir pour me la montrer, et cette pièce avait été installée, juste comme ça. Je ne suis jamais restée dormir, mais on dirait qu'il n'a rien changé depuis toutes ces années.

— Waouh. Je suppose qu'il n'a jamais cessé d'espérer que tu viennes passer du temps ici.

— Il faut croire.

Elle soupira, éteignit la lumière, puis ferma la porte. Toutefois, elle garda la main sur la poignée et baissa la tête.

— Je suis contente d'être venue ce soir, déclara-t-elle.

— Je suis content d'être venu aussi, Molly P. Corrigan, affirmai-je en posant ma main sur son épaule.

Elle se retourna d'un air confus.

— P ? Mon deuxième prénom est Caroline.

— Plus maintenant, affirmai-je en remuant les sourcils. À partir d'aujourd'hui, c'est Molly Pipi-Culotte Corrigan.

Elle leva les yeux au ciel, mais sourit tout de même.

— Bon sang, on dirait que tu as deux ans.

— Peut-être, mais moi au moins je sais me retenir.

***

Il était quatre heures du matin quand Molly revint dans la salle d'attente cette fois-ci. Son père avait été admis dans le service des soins intensifs, et je m'étais assoupi dans la salle d'attente au bout du couloir.

— Désolée, je ne voulais pas te réveiller, s'excusa-t-elle en pointant du doigt les distributeurs de nourriture et de boissons au fond de la pièce. J'ai soif, je venais chercher de l'eau.

— Je ne dormais pas vraiment, affirmai-je en frottant mes paupières. Je reposais juste mes yeux.

Elle sourit, puis elle sortit deux billets de son portefeuille et les introduisit dans la machine pour acheter une bouteille d'eau.

— Tu veux quelque chose ? demanda-t-elle.

— Non, merci. J'ai déjà mangé deux sachets de frites, des Twizzlers, et une barre chocolatée qui a bien failli m'arracher un plombage.

Molly s'assit sur la chaise à côté de moi.

— Ils sont en train de l'aider à se changer. Je me suis dit que j'allais lui laisser un peu d'intimité et le laisser dormir un moment. En général, les visites des médecins commencent vers sept heures dans cette unité. Il est déjà très tard, il n'y a plus aucun intérêt à rentrer maintenant. Je veux être là pour parler aux médecins quand ils arriveront.

— Alors on reste. Ces chaises sont plutôt confortables.

— Tu devrais y aller, Declan. Tu dois aller travailler dans quelques heures. Je pourrai rentrer en Uber quand je serai prête à partir.

— Non, refusai-je en haussant les épaules. Je peux jongler avec mon emploi du temps. Je ne suis attendu nulle part à une heure précise.

Les yeux de Molly s'arrêtèrent sur la table basse à côté de moi et s'écarquillèrent.

— Qu'est-ce que tu as fait ?

J'avais complètement oublié mon projet. Je levai le grand gobelet en plastique que j'avais trouvé au bureau des infirmières, et lui tendis l'encas que j'avais préparé pour elle.

— Uniquement les rouges pour mademoiselle Pipi.

Elle regarda ce qu'il contenait.

— Où est-ce que tu as eu ça ?

Je désignai du menton le distributeur qui ne proposait désormais plus aucun paquet de M&M's.

— Ils les vendaient dans cette machine.

— Il doit bien falloir dix paquets pour obtenir autant de rouges. Et où sont passées les autres couleurs ?

— En fait, c'est treize, rectifiai-je en frottant mon ventre. Et ne t'en fais pas, aucune mauvaise couleur n'a été maltraitée au cours de cette opération. Elles ont toutes été utilisées à bon escient – même si mon estomac n'a pas l'air d'accord en ce moment. Tu sais, heureusement que ces distributeurs acceptent les cartes de crédit. Un dollar soixante-quinze pour un paquet de bonbons ? Une vraie arnaque.

Molly continua à me fixer.

— Quoi ? Je me suis bavé dessus pendant ma petite sieste ? l'interrogeai-je en essuyant mon visage.

— Non, tu n'as rien, me rassura-t-elle en secouant

la tête. C'est juste que... Pourquoi tu as acheté tous ces paquets pour faire ça ?

Je ne comprenais pas sa question.

— Comment ça ? Parce que tu aimes manger une seule couleur. Pourquoi j'aurais fait ça si ce n'était pas le cas ?

— Mais tu devais bien savoir que je n'allais pas manger cet énorme gobelet de M&M's tout de suite.

En réalité, je n'y avais pas pensé.

— Je ne voulais pas suggérer que tu devais tout manger.

— Je sais, je m'en rends compte. Tu n'as pas dépensé plus de vingt dollars et tu n'es pas resté assis ici à séparer toutes les couleurs parce que j'allais peut-être en faire mon repas.

— En effet...

Je ne la suivais pas.

— Tu l'as fait parce que tu savais que je n'avais pas le moral et que ça me plairait.

— Oui, et ? ajoutai-je en haussant les épaules.

Molly prit ma main et entrelaça nos doigts.

— Tu es un très bon ami pour moi, Declan.

Je savais que c'était censé être un compliment, mais l'entendre dire que j'étais un *ami* ne me convenait pas vraiment. Notre conversation de tout à l'heure semblait désormais remonter à une éternité. Cependant, mes sentiments pour Molly avaient changé au cours des dernières semaines. Au départ, j'avais pensé que c'était juste une attirance sexuelle naturelle. Enfin, il était impossible de nier que c'était une belle femme. Mais ces derniers temps, j'avais eu envie de passer tout mon temps libre avec elle, et j'avais remis en question les sentiments que j'avais pensé avoir pour Julia.

Évidemment, ce n'était ni le moment ni l'endroit pour continuer notre discussion. Néanmoins, l'entendre me qualifier de bon ami me donnait l'impression d'avoir reçu un coup.

Je serrai tout de même sa main.

— Je fais juste ce que tu ferais pour moi si les rôles étaient inversés.

— C'est vrai, répondit-elle en posant sa tête sur mon épaule. Je serais là pour toi.

***

— Molly?

Je me réveillai en entendant la voix d'un homme vers six heures du matin. J'ouvris les yeux et aperçus la dernière personne que j'avais envie de voir : le docteur Irrésistible dans la salle d'attente. Heureusement, Molly dormait profondément. Nous nous étions endormis tous les deux une ou deux heures plus tôt. J'étais resté assis, mais Molly s'était allongée sur trois chaises et avait posé sa tête sur moi. Puisque cet enfoiré n'avait pas l'air de se soucier qu'il pourrait la réveiller, je parvins à soulever doucement sa tête et à la poser sur la chaise pour pouvoir me lever.

— Laissons-la dormir, murmurai-je en désignant la porte d'un signe de tête. On peut discuter dehors.

Une fois dans le couloir, je passai une main dans mes cheveux et étendis mes bras au-dessus de ma tête.

— Son père s'est évanoui dans un restaurant à quelques rues d'ici. Elle est restée éveillée toute la nuit.

Le docteur Débile posa ses mains sur ses hanches.

— Je viens de l'apprendre. Elle aurait dû m'appeler.

Puisque le problème ne venait pas du vagin de son père, je n'étais pas d'accord.

— Pour quoi faire ?

— Eh bien, pour commencer, je suis médecin, répondit Will.

Et je vis sa mâchoire se contracter.

— Tu ne le croiras jamais, mais ce grand bâtiment en *regorge*, répliquai-je en croisant mes bras.

Il leva les yeux au ciel.

— J'aurais pu lui tenir compagnie.

— Je m'en suis occupé. Ta présence n'était pas nécessaire.

— Écoute, je ne vais pas jouer à celui qui pisse le plus loin avec toi, déclara-t-il en soupirant. Molly et moi avons beaucoup de choses en commun. Quelque chose couvait entre nous depuis des années. Je comprends que ça puisse blesser ton ego qu'on ait commencé à sortir ensemble après que tu as commencé à la fréquenter, mais la vérité, c'est qu'elle ne sortirait pas avec moi si tu faisais l'affaire.

Je serrai les poings.

— Écoute, abruti. Je ne t'aime pas, mais on s'en fiche pour l'instant. Le plus important, c'est Molly. Elle traverse une épreuve difficile. La question n'est pas de savoir celui qui pourra lui tenir la main, mais plutôt que quelqu'un soit là pour le faire. Alors, quand elle se réveillera, ne lui prends pas la tête.

Le bruit de la porte de la salle d'attente qui s'ouvrait attira notre attention. En voyant Molly dans les vapes, Will passa devant moi.

— Salut. Daisy m'a dit que tu étais ici et ce qui est arrivé à ton père. Je viens de renvoyer un faux travail chez elle, alors je me suis dit que j'allais venir te voir.

Molly jeta un coup d'œil dans ma direction, avant de revenir à Will.

— Son hémoglobine était à trois quand il est arrivé.

— Qui est le titulaire ? demanda-t-il en fronçant les sourcils.

— Le docteur Marks. Je ne le connais pas si bien que ça, mais il a été très gentil.

— Je joue au golf avec lui de temps en temps. Je présume qu'ils lui ont fait un scanner ?

Molly acquiesça.

— De sa tête à cause de la chute, et du torse.

— Et si on allait parler au docteur Marks ensemble avant de passer à l'imagerie médicale ? On pourrait récupérer les images et voir par nous-mêmes ce qu'il en est.

Les épaules de Molly se détendirent.

— Ce serait génial, Will.

Même si j'étais ravi d'entendre que Molly allait avoir de l'aide pour obtenir des informations, je détestais l'origine de cette aide. Toutefois, je fis de mon mieux pour le cacher.

— Declan, je vais aller voir s'il y a du nouveau si ça ne te dérange pas.

— Bien sûr que non, lui assurai-je en secouant la tête. Fais ce que tu as à faire. Je serai juste là.

Will posa sa main dans le dos de Molly, et je me sentis soudain mis à l'écart.

— En fait, Declan, je prends le relai, déclara-t-il. Merci d'avoir tenu compagnie à Molly. Je suis sûre qu'elle va vouloir rester pour les visites des médecins qui commenceront bientôt. Puisque j'ai fini mon service, je pourrai la raccompagner plus tard. Tu as l'air d'avoir besoin de dormir.

Molly me regarda en fronçant les sourcils.

— Il a raison, Dec. Pourquoi tu ne rentrerais pas ? Je vais rester encore quelques heures au moins, et tu es resté ici avec moi toute la nuit.

Je ne voulais pas partir, surtout pas alors que le docteur Irrésistible essayait de la ramasser comme si elle était une sorte de balle perdue. Cependant, je me rendais compte aussi qu'il pouvait lui donner accès à des choses qui m'étaient inaccessibles. Sans parler du fait que, si je faisais une scène, la seule personne que je blesserais serait Molly.

Alors je hochai la tête à contrecœur.

— D'accord, j'y vais. Appelle-moi si tu as besoin de quoi que ce soit, Moll.

— Merci pour tout, Declan, ajouta-t-elle en faisant un pas vers moi pour m'embrasser sur la joue.

Mon regard croisa celui du docteur Débile, et je vis ses yeux briller d'un air victorieux. *Bon sang, je n'aime pas ce type.*

— Merci, Declan. Prends soin de toi.

Il me tendit la main qui n'était pas posée dans le dos de ma copine, puis je les observai s'éloigner ensemble, une sensation de vide me retournant l'estomac. Lorsqu'elle arriva au niveau de la double porte du service des soins intensifs, Molly se retourna et m'adressa un sourire conciliant. Je lui fis signe de la main et fis comme si tout allait bien.

Alors que ce n'était pas le cas.

Une fois la porte fermée, je pris conscience de ce qui me rendait dingue plus que tout le reste. Ce n'était pas le fait que le docteur Débile puisse lui proposer l'aide que je ne pouvais pas lui apporter. Je tenais suffisamment à Molly pour faire passer ses besoins avant tout et pour accepter ce qu'il y avait de mieux pour elle. Ce n'était pas non plus le fait qu'il ait posé sa main dans son dos alors qu'ils traversaient le couloir. Ce qui me fichait la trouille, c'était que j'avais été contrarié de le voir poser sa main sur *ma copine*.

Ma copine.

Voilà comment j'avais pensé à elle.

Mais elle ne l'était pas, pas vrai ?

Quoi qu'il en soit, je la laissais entre les mains du type avec qui elle était censée être depuis le départ.

CHAPITRE 15

Molly

Mon appartement m'avait tellement manqué.

Après quelques jours, mon père avait pu quitter l'hôpital et j'avais décidé de prendre des congés pour passer une semaine chez lui. Je savais que si quelque chose lui arrivait et que je ne faisais aucun effort pour passer du temps là-bas, je le regretterais. Alors j'avais dormi dans la chambre rose autrefois interdite.

Heureusement, son état s'était stabilisé et il était de nouveau comme avant la chute. Aujourd'hui, je rentrais enfin chez moi après presque sept jours, tout en ayant promis à mon père que je reviendrais bientôt dormir chez lui.

Je n'avais pas dit à Declan que je revenais ce soir. Il se trouvait dans la cuisine quand j'ouvris la porte. Je m'attendais à ce qu'il m'accueille avec son grand sourire habituel, surtout après une absence aussi longue, mais il ne leva même pas les yeux lorsque j'entrai.

— Salut, lançai-je. Je n'étais pas sûre que tu serais là.

— Salut. Bon retour chez toi, répondit-il avec un sourire qui paraissait forcé. Oui, je suis là. Je n'avais pas vraiment la tête à sortir ce soir.

Mon ventre se noua.

— Est-ce que tout va bien ?

Il hésita.

— Oui, tout va bien.

Je l'étreignis et inspirai profondément son odeur. La chaleur de ses bras était très agréable, même si son corps était nettement plus tendu que d'habitude. J'avais l'impression que quelque chose n'allait pas.

— Je suis contente que tu sois là, lui confiai-je en m'écartant. Je préfère largement ne pas être seule avec mes pensées pour l'instant.

Il hocha la tête, mais ne répondit rien. J'avais espéré qu'il me dise à quel point il était ravi de pouvoir passer du temps avec moi ce soir, mais à cet instant, j'avais plutôt la sensation que mon retour était venu perturber sa tranquillité. Depuis que je le connaissais, Declan ne m'avait jamais donné l'impression de ne pas être ravi de me voir, jusqu'à aujourd'hui.

— Comment ça s'est passé chez ton père ? me demanda-t-il après un moment.

Je haussai les épaules.

— C'était bien, je suis vraiment contente de l'avoir fait. Il va un peu mieux. Je sais qu'il aime quand je suis chez lui. Mieux vaut tard que jamais, n'est-ce pas ?

— Absolument.

— Je passais tout mon temps avec lui, et quand il se reposait, j'allais dans ma chambre pour lire. Je ne me suis pas vraiment forcée à discuter avec Kayla. J'ai pu emmener ma sœur Siobhan déjeuner une fois, ce qui nous a permis de nous rapprocher un peu. Elle a peur aussi. Je pense que la seule chose dépassant la peur de perdre son père en ayant la vingtaine serait de perdre son père pendant l'enfance.

— Elle a de la chance de t'avoir comme grande sœur.

— Oui, on peut dire ça.

Je me laissai tomber sur le canapé et fixai le plafond.

— À quoi tu penses ? m'interrogea-t-il.

— J'ai tellement de regrets en ce qui concerne mon père, Declan.

Il s'assit près de moi.

— On a tous des regrets dans la vie. Personne n'est parfait, répondit-il en prenant un air sombre.

— Est-ce que tu vas bien ?

— Oui, ça va.

Il ne se rend pas compte que je peux lire en lui ?

— Tu as l'air... déprimé.

— Ce n'est rien, affirma-t-il en secouant la tête. Ne t'en fais pas pour moi.

— Il s'est passé quelque chose au travail ?

— Non, il ne s'est rien passé, m'assura-t-il d'un ton un peu sec, avant de pousser un long soupir. Je suis la dernière personne pour qui tu devrais t'inquiéter, d'accord ?

Il m'adressa un autre sourire forcé qui n'atteignit pas ses yeux.

— Parle-moi de ce que tu disais. Quels regrets as-tu en particulier ?

Il semblait déterminé à éviter ce sujet pour revenir sur moi.

Je marquai une pause pour examiner son expression, avant de répondre à sa question.

— Eh bien, je crois que ce que je veux dire, c'est que j'étais très jeune quand mon père est parti. Je ne comprenais pas à quel point les relations pouvaient être compliquées. Je lui en ai voulu de nous avoir laissées, alors que c'était son mariage avec ma mère qui ne fonctionnait plus, et qu'il n'a jamais voulu abandonner ses enfants. Il n'était pas heureux. Est-ce que j'avais besoin qu'il reste dans un mariage sans amour pour mon bien ? Je ne suis pas d'accord avec la façon dont il a géré les choses, mais l'avoir tenu à l'écart pendant toutes ces années pour avoir pris la décision de faire passer son bonheur avant le reste ? Je trouve ça très dur avec le recul.

Declan secoua la tête.

— D'accord, mais comme tu le dis, tu étais jeune, tu souffrais… on ne peut pas contrôler ce qu'on ressent, m'assura-t-il en posant son bras le long du dossier du canapé, avant de se rapprocher de moi de quelques centimètres. Et tu sais quoi ? Tu es *encore* jeune. Tu es encore en train de comprendre toutes ces choses alors que ton père est toujours là. Il n'est jamais trop tard pour demander pardon tant que la personne est encore avec nous.

J'acquiesçai en essuyant mes yeux.

— C'est ce que j'ai vraiment l'impression d'avoir essayé de faire ces dernières semaines.

— C'est vrai. Et ton père t'aime malgré tout. Il l'a prouvé, que ce soit avec la chambre qu'il a gardée pour toi, ou sa façon de te regarder. On peut toujours voir les vrais sentiments d'une personne à sa façon d'observer l'autre. Il ne t'en veut pas.

C'était ironique que Declan dise ça, parce que l'une des seules choses qui m'amenaient à me poser des questions sur *ses* sentiments pour moi était la façon dont il me regardait de temps en temps. J'aimais la façon dont il semblait oublier tout le reste sauf moi. Il était toujours pleinement engagé dans notre conversation, comme si tout ce dont nous parlions était très important, même si nous ne faisions que discuter de la météo. Toutefois, ce regard était absent en ce moment. Au lieu de ça, ses yeux étaient vides et distants.

— Tu es sûr que ça va ? insistai-je.

— Oui, répondit-il avant de revenir à moi. Dis-moi ce que tu as d'autre en tête.

J'étais tentée de continuer à chercher pourquoi il avait l'air mélancolique, mais je savais qu'il ne ferait que me repousser, alors je soupirai et répondis à sa question.

— Toute cette histoire avec mon père m'a poussée à réfléchir sur moi-même. Mon père est trop jeune pour être confronté à la mort. Il n'a pas eu le temps d'accomplir tout ce qu'il voulait, et ça me donne l'impression de ne pas en faire assez dans ma vie.

Il hocha la tête.

— Oui, parfois on a besoin d'une épreuve comme celle-ci pour réfléchir à certaines choses, affirma-t-il en regardant au loin pendant un moment, avant de revenir à moi. Je peux te dire que si je devais mourir demain, je n'aurais pas l'impression d'en avoir fait assez dans ma vie. Enfin, je travaille dans la publicité et je force les gens à acheter des produits avec des allégations exagérées. En quoi ça aide le monde ? En rien du tout. Ça aide à faire gagner de l'argent à des dirigeants déjà bien trop payés. Ma sœur Catherine est complètement à l'opposé et consacre sa vie à faire de bonnes actions. Mais j'essaie de faire de petites différences là où je peux, tout en espérant qu'elles s'additionnent d'un point de vue global.

Je souris.

— On dit toujours que ce que les gens retiennent le plus à propos d'une personne, c'est ce qu'elle leur a fait ressentir. Tu donnes vraiment l'impression aux gens qui t'entourent de t'investir pleinement avec eux. C'est ce que tu *me* fais ressentir. Tu es un bon ami.

— Et dire que tu as failli passer à côté de moi parce que j'ai un pénis, plaisanta-t-il en me faisant un clin d'œil.

Je ris, soulagée de voir son premier sourire sincère de la soirée.

— Ça aurait été nul.

— Plus sérieusement, être un bon ami est une façon d'avoir un impact. Il n'est jamais trop tard pour appeler cet ami qu'on avait l'intention d'appeler, ou pour faire de petites choses qui vont s'additionner. Pour proposer un repas à un sans-abri par exemple. Il est inutile de porter le poids du monde sur ses épaules pour contribuer au changement. On peut le faire petit à petit.

— Depuis quand tu es si clairvoyant ? demandai-je en souriant, tout en serrant un des coussins contre ma poitrine. D'ailleurs, je n'ai pas eu l'occasion de te remercier d'avoir été là pour moi le soir où mon père a été conduit à l'hôpital.

— Avec plaisir.

J'hésitai un instant.

— Will a eu l'air paniqué de te voir avec moi, mais je ne peux pas vraiment lui en vouloir vu ce qu'il pense savoir de ma relation avec toi.

— Est-ce qu'il t'a parlé de notre combat de coqs devant la salle d'attente avant que tu te réveilles ?

— Non, mais j'ai senti qu'il y avait quelque chose quand je vous ai vus discuter, avouai-je, avant de marquer une pause. Je comprends pourquoi il te déteste. Il pense être en compétition avec toi. Mais... pourquoi *toi* tu le détestes ?

Declan contracta sa mâchoire.

— Je te l'ai déjà dit. Je ne sais toujours pas quoi penser du docteur Irrésistible. Je n'aime pas sa façon de changer rapidement d'avis sur certaines choses, me confia-t-il en haussant les épaules. Mais écoute, je veux seulement ton bonheur. S'il parvient à te rendre heureuse, c'est tout ce qui compte.

C'est toi qui me rends heureuse. J'avais les mots sur le bout de la langue, alors que la tension entre nous devint perceptible.

Declan se leva brusquement et tapa dans ses mains, comme s'il voulait se forcer à sortir de sa déprime.

— Tu sais ce qui manque à cette soirée ? demanda-t-il.

— Quoi donc ?

— Un petit déjeuner pour le dîner. Tu as faim ?

— En fait, je suis affamée, répondis-je en souriant, tout en me frottant le ventre.

— Va te détendre, je vais passer au magasin parce qu'on n'a plus d'œufs. Je reviens d'ici vingt minutes.

— Ça me va.

Après avoir passé tant de temps chez mon père, j'étais contente d'être de retour dans mon havre de paix. Une soirée décontractée avec Declan était exactement ce dont j'avais besoin. La seule chose qui cassait un peu l'ambiance était l'humeur étrange de ce dernier. Peut-être que je réagissais de manière un peu excessive. Tout le monde avait le droit de se sentir mal sans avoir à s'expliquer. Peut-être que j'avais juste été trop habituée au comportement enjoué qu'il avait eu avant aujourd'hui.

En attendant son retour, je pris une bonne douche bien chaude. Je fermai les yeux en laissant l'eau couler sur moi, et je réfléchis à notre conversation en me demandant quelles petites choses je pourrais faire à partir de maintenant : être une meilleure fille pour mes parents, une meilleure grande sœur pour Siobhan, offrir mes services en tant qu'infirmière une fois par semaine pendant un de mes jours de repos. Declan avait tout à fait raison. Il y avait plein de petites façons de donner plus de sens à ma vie, en l'honneur de mon père.

Je sortis de la douche en me sentant revigorée, et j'espérai que Declan serait de meilleure humeur en rentrant. Je venais de sécher mes cheveux quand la sonnette retentit. Je trouvai un peu bizarre qu'il sonne, mais peut-être qu'il avait oublié sa clé.

Enroulée dans ma serviette, j'avançai jusqu'à la porte et ouvris en affichant un grand sourire. Cependant, il s'évanouit lorsque je me rendis compte que ce n'était pas Declan qui rentrait des courses. C'était Julia.

Je serrai davantage ma serviette contre mon corps.

— Oh... salut. Je pensais que c'était Declan.

Elle m'observa de la tête aux pieds.

— Tu pensais que c'était Declan, alors tu as ouvert la porte en serviette ?

Elle est sérieusement en train de me juger dans mon propre appartement ?

— Non. J'ai ouvert la porte en serviette parce que je vis ici et que ça a sonné juste au moment où je suis sortie de la douche.

— Évidemment.

Elle hocha la tête, avant d'entrer sans y avoir été invitée.

— Où est-il ? demanda-t-elle en regardant partout d'un air suspicieux.

— Il est parti faire des courses.

— Ah. Ça te dérange si je l'attends ici ? m'interrogea-t-elle en passant son doigt sur le comptoir en granite.

Qu'est-ce que je suis censée répondre à ça ?

— Pas du tout.

Je partis me changer dans ma chambre. Bon sang, ça craignait. Je ne voulais pas avoir affaire à elle ce soir.

Dès que je revins dans le salon, la porte d'entrée s'ouvrit, et je tournai la tête en même temps que Julia.

— Julia, qu'est-ce que tu fais là ? lança Declan en écarquillant les yeux.

— Je rentrais chez moi après un rendez-vous tardif chez l'esthéticienne. Puisque ton appartement est plus près que le mien, je me suis dit que j'allais passer te voir. Je sais que tu as dit que tu voulais juste rester tranquille chez toi ce soir, mais tu me manquais.

Il afficha un sourire, mais je vis bien qu'il n'était pas sincère.

— Pourquoi tu ne m'as pas envoyé de message pour me dire que tu venais ?

— Parce que je voulais te faire une surprise.

Il jeta un coup d'œil dans ma direction, et je vis qu'il était mal à l'aise.

— Je venais de sortir de la douche quand j'ai entendu sonner, expliquai-je. Elle t'a attendu pendant que je m'habillais.

Il m'adressa un sourire compatissant et se tourna vers elle.

— D'accord. J'aurais préféré savoir que tu allais passer, comme ça j'aurais pu acheter du pain. J'ai seulement pris des œufs.

— Oh, je ne me suis pas rendu compte que j'interrompais... le dîner ? ajouta-t-elle en nous observant tour à tour.

Mince. Je me sentais vraiment mal pour Declan. Elle soupçonnait réellement quelque chose alors que ce n'était qu'un repas platonique entre deux colocataires. Il essayait d'être gentil avec moi, et elle allait probablement lui prendre la tête à cause de ça.

— Declan allait juste préparer un petit déjeuner en guise de dîner. Rien d'extraordinaire, la rassurai-je.

— Molly a passé une semaine compliquée, et c'est son repas préféré.

— Mais... commençai-je en le regardant. Il devrait y avoir assez pour tout le monde, n'est-ce pas ?

Julia fit mine de ne pas s'en soucier.

— Je ne mange pas de glucides de toute façon, précisa-t-elle.

Comme c'est étonnant. Sale garce maigrichonne.

— Je peux te faire une bonne omelette, proposa Declan. On a des légumes dans le frigo. Tu aimes les épinards, les tomates et la feta ?

— J'adorerais ça. Tu es trop gentil.

Il est gentil parce qu'il n'a pas d'autre choix. Tu l'as forcé à l'être en arrivant à l'improviste.

Declan frappa dans ses mains.

— OK, une omelette végétarienne en préparation, annonça-t-il, avant de se tourner vers moi. Du pain perdu pour nous, ça te va ?

— Tu connais la réponse. Évidemment, répondis-je, avant de m'excuser. Je reviens, je vais sécher mes cheveux.

Une fois dans ma chambre, mon téléphone bipa.

Declan : Je suis vraiment désolé qu'elle soit venue sans prévenir.

Molly : Ce n'est pas grave.

Declan : Si, c'est grave. Je sais que tu voulais passer une soirée tranquille.

Molly : Eh bien, elle est là et je ne te demanderais jamais de lui dire de partir. Ça va, je t'assure. Tu es aussi chez toi, et tu as été bien plus respectueux que nécessaire. Tu ne la fais quasiment jamais venir ici. Tout va bien.

Declan : Je te suis redevable.

Je soupirai et allumai le sèche-cheveux.

Après avoir terminé, je revins dans la cuisine.

— Comme toujours, ce pain perdu à la cannelle sent divinement bon.

— Bon sang, tu as raison, admit Julia en prenant une grande inspiration. Si seulement je me fichais de mon apparence.

C'est une insulte ?

Declan agita la spatule.

— Tu sous-entends que les hommes n'aiment pas un peu de chair sur les os d'une femme ?

Merci, Declan.

— Aux dernières nouvelles, tu avais l'air de *beaucoup* apprécier ces os, plaisanta Julia.

Argh. J'ai envie de vomir.

Declan ne répondit pas. Il retourna le pain perdu et

s'occupa de l'omelette végétarienne ennuyeuse de Julia sur l'autre feu.

Il déposa le tout sur des assiettes, et nous nous installâmes tous les trois à la table de la cuisine.

Il avait acheté mon jus d'orange préféré avec plein de pulpe, alors il en versa dans des verres à vin pour lui et moi. Julia opta pour de l'eau, puisque le jus d'orange contenait apparemment trop de sucre.

— Qu'est-ce que tu en penses? me demanda mon colocataire, la bouche pleine, en se tournant vers moi.

— C'est délicieux, merci.

Il m'offrit un sourire qui ressemblait à des excuses silencieuses.

— Alors, Declan m'a dit que tu sortais avec un médecin avec qui tu travailles? m'interrogea Julia.

J'essuyai le sirop d'érable au coin de ma bouche.

— Oui, c'est encore très récent.

— C'est excitant.

— Je ne me réjouis jamais trop vite, répondis-je en haussant les épaules. Ce serait bête de le faire. Je cherche plus qu'une personne avec qui m'envoyer en l'air.

— Mais tu es jeune. Pourquoi tu veux te poser? insista-t-elle, l'air confus.

— Ce n'est pas vraiment une question de vouloir se poser, mais plus le désir d'être avec quelqu'un qui ne voit que moi. C'est important à mes yeux.

Declan croisa mon regard un instant, avant de retourner à son pain perdu.

Après plusieurs minutes à manger en silence, Julia brisa de nouveau la glace.

— Cette omelette était délicieuse, déclara-t-elle en frottant son ventre. Ça m'a rappelé celle que je trouve à la maison. Tous mes restaurants *healthy* de Californie me manquent. J'ai hâte de rentrer.

Declan plissa les yeux.

— Il y a de la nourriture saine ici aussi.

— Oui, mais ce n'est pas pareil. On ne peut pas trouver des smoothies à chaque coin de rue dans cette ville. C'est un vrai défi de trouver un restaurant qui ne propose que du bio. D'ailleurs, il n'y a pas que ça. Je pense que la Californie me manque. Le soleil. L'air frais. L'océan Pacifique. Et évidemment, ma famille.

— Moi aussi, ma famille me manque, révéla Declan en hochant la tête. Mais *j'adore* Chicago.

Il jeta un coup d'œil dans ma direction.

— J'apprécie beaucoup de choses ici.

— Ce n'est pas si mal, je suppose, concéda-t-elle. Mais je suis prête à rentrer.

Elle est prête à rentrer et à emmener Declan avec elle.

— J'ai aussi envie d'avoir un chien, ajouta Julia. J'étais sur le point d'en adopter un avant d'avoir cette mission, alors c'est la première chose que je vais faire en arrivant.

— Et si tu as une mission dans une autre ville ? demandai-je.

— Ma sœur pourra le garder, répondit-elle en haussant les épaules.

J'arquai un sourcil.

— Ta sœur serait d'accord avec ça ?

— Je sais qu'elle le fera.

Julia était une enfant pourrie gâtée. Ou peut-être que c'était juste une impression étant donné que je la détestais plus globalement, parce qu'elle batifolait avec l'homme qui me plaisait énormément.

— Ma sœur aime autant les animaux que moi.

Je posai les yeux sur ses bottes de marque qui, j'en étais certaine, étaient faites en vraie fourrure.

— Si tu aimes les animaux, tu devrais envisager de ne pas porter de fourrure. Un animal est mort pour ces bottes.

Elle regarda ses pieds.

— Je suppose que tu as raison. Je n'y ai pas vraiment pensé.

— Oui, juste une petite chose à prendre en compte, ajoutai-je en prenant une autre bouchée de pain perdu.

Declan afficha un sourire en coin et tenta de changer le ton légèrement hostile de la soirée.

— Quelqu'un est partant pour un cocktail? Je voudrais tester le mélange à margarita que j'ai acheté l'autre jour.

J'aurais bien besoin d'un peu d'alcool, là, maintenant.

Julia lécha ses lèvres.

— Hmmm... quelle délicieuse idée.

Venant de la fille qui faisait attention à sa ligne? Oui, c'était logique. Il fallait croire que les margaritas ne comptaient pas.

La suite de la soirée fut pire encore. Julia colla Declan alors qu'il préparait nos boissons au comptoir. Elle enroula ses bras autour de sa taille et resta accrochée à lui.

Il parvint à se libérer juste assez longtemps pour me tendre mon verre.

— Tiens, Mollz. Comme tu l'aimes, bien salée.

— Merci.

Je bus une gorgée de la margarita glacée. Il y avait la dose parfaite de sucre pour compenser l'acidité du citron. Mais même si ce cocktail était excellent, j'en avais assez de voir Julia se frotter contre mon homme.

Mince.

Quoi ?

Mon homme ?

C'était une pensée tellement bizarre et inappropriée.

Et pourtant elle m'avait traversé l'esprit.

Oui, il était vraiment temps de partir, Molly.

— Vous savez quoi ? Je pense que je vais aller boire ça dans ma chambre, si ça ne vous dérange pas, annonçai-je en levant mon verre. Je commence à être fatiguée. Avec un peu de chance, l'alcool va m'assommer.

L'expression de Declan s'assombrit.

— D'accord. Si tu en veux une autre, fais-le-moi savoir. Il y en a encore plein dans le mixeur.

— Ça marche, merci, répondis-je en souriant. Bonne nuit, Julia.

— Bonne nuit, Molly.

J'adressai un dernier sourire à Declan, avant de rejoindre ma chambre.

Je poussai un long soupir de soulagement en refermant ma porte, puis lançai une série sur Hulu en buvant le reste de ma boisson.

Je m'assoupis à plusieurs reprises, et la dernière fois que je me réveillai, je remarquai que je n'entendais plus le bruit étouffé de leur conversation.

J'avais aussi manqué le message de Declan qui était arrivé environ quinze minutes plus tôt.

Declan : Tu es réveillée ?

Je tapai une réponse.

Molly : Oui.

Declan : Tu as une tenue décente ?

Molly : Oui.

Quelques secondes plus tard, il frappa à ma porte.
— Entre.

CHAPITRE 16

Declan

— Salut, lança Molly en s'appuyant contre la tête de lit. Julia est partie ?

Je confirmai d'un hochement de tête.

— Je peux m'asseoir ?

— Oui, bien sûr, accepta-t-elle en pliant ses jambes et en enroulant ses bras autour de ses genoux pour me faire de la place.

Assis au pied du lit, j'étais tenté de lui avouer pourquoi j'avais semblé déprimé quand elle était rentrée tout à l'heure. Cette semaine avait été compliquée, à tel point que j'avais cédé et que j'avais appelé le docteur Spellman en Californie. Molly avait clairement remarqué que je n'étais pas moi-même, et je ne voulais pas qu'elle pense que ça avait quelque chose à voir avec elle. Cependant, elle venait juste de passer une période difficile avec son père, alors je n'avais pas envie de lui ajouter ce fardeau. Il fallait que je me reprenne.

— Je voulais encore m'excuser que Julia se soit invitée comme ça.

— Ce n'est rien. Tu n'as pas à être désolé que ta petite amie passe te voir.

Je passai une main dans mes cheveux.

— Ce n'est pas ma petite amie.

— Ah bon ? s'étonna Molly en inclinant la tête. Est-ce qu'elle le sait ?

Je poussai un grand soupir en sentant mes épaules s'affaisser.

— Je ne sais pas ce que je fais, Moll.

— Comment ça ?

Je décidai de reprendre depuis le début.

— Je craque pour Julia depuis un an. On a pas mal voyagé ces derniers mois, on a passé beaucoup de temps ensemble, et comme tu le sais, j'avais espéré que notre alchimie puisse la faire réfléchir sur sa relation avec le type qu'elle fréquentait. Finalement, c'est ce qui s'est passé, et désormais elle a l'air dingue de moi. Et pourtant, maintenant, c'est moi qui fais ralentir les choses.

Molly mordilla sa lèvre.

— On ne dirait pas que vous y allez doucement vu sa façon d'être pendue à ton cou et le fait qu'elle dise que tu adores ses *os*.

— On n'a pas... Tu vois... avouai-je en secouant la tête.

Molly prit un air surpris.

— Tu es en train de dire que vous n'avez pas couché ensemble ?

J'acquiesçai.

— Je suis surprise. Vous avez l'air plutôt proches.

— Je ne sais pas ce qui s'est passé. Elle me plaisait tellement, et ensuite... ça a tourné court.

Ce n'était pas totalement vrai. Je savais exactement ce qui était arrivé. *Molly.* Le plus dingue, c'était que je n'avais eu aucun problème à fréquenter d'autres filles pendant que je craquais pour Julia. Je n'étais pas resté célibataire pendant un an en attendant d'avoir une chance avec elle. Peut-être que c'était nul de l'admettre, mais c'était la vérité. Toutefois, mon faible pour Molly semblait me rendre incapable de conclure avec Julia. J'avais dormi chez elle une fois, mais seulement parce que je m'étais endormi pendant que nous regardions un film. Même si dernièrement, Julia m'avait demandé de rester chez elle et s'était chargée de m'informer qu'elle prenait la pilule. Je ne doutais pas une seconde que si je ne freinais pas les choses, j'aurais déjà couché avec elle.

— Peut-être que tu la désirais seulement parce que tu ne pouvais pas l'avoir, suggéra Molly. C'est humain de vouloir des choses interdites.

Je baissai les yeux pendant un long moment en y réfléchissant. Lorsque je relevai la tête, mon regard croisa celui de ma colocataire.

— Je suis presque sûr que ce n'est pas ça.

Elle entrouvrit les lèvres, et mes yeux se posèrent dessus. Sa respiration sembla accélérer et devenir irrégulière, et je pris pleinement conscience que j'étais assis sur son lit. *Sa chambre a toujours été aussi petite ?* Plus je restais ici, à observer ses lèvres pulpeuses, plus j'avais l'impression que les murs se refermaient sur moi.

Il fallait *vraiment* que la conversation que nous étions sur le point d'avoir quand son père avait fini à l'hôpital ait lieu. Et j'avais *vraiment* besoin qu'elle ait lieu dans une pièce plus sûre.

— Est-ce que tu penses qu'on pourrait parler... au salon ? demandai-je en me levant.

Molly sembla confuse, mais elle baissa ses jambes et commença à se lever du lit. Ce fut à ce moment-là que je remarquai qu'elle avait retiré son soutien-gorge.

Je me raclai la gorge.

— Hé, Moll ?

— Oui ?

— Est-ce que tu peux me rejoindre dans le salon *après* avoir enfilé un soutien-gorge ?

Ses lèvres s'étirèrent.

— Oui, bien sûr. J'arrive.

***

— Tu veux une autre margarita ? proposai-je.

— Tu vas en prendre une ?

J'avais déjà bu et je savais que ce n'était pas très intelligent de faire ça, étant donné que mon traitement venait d'être ajusté.

— Je ne devrais pas. Je dois me lever tôt demain.

— Prends-en une avec moi, m'implora-t-elle en faisant la moue.

Il était presque impossible de lui résister. Et puis mince. De toute façon, j'étais déterminé à sortir de cet état de déprime dans lequel j'avais été toute la soirée – enfin, dans lequel j'avais été depuis plus d'une semaine à présent.

— D'accord. Une seule.

Pendant que je me rendis à la cuisine pour préparer une nouvelle tournée, Molly s'installa à une extrémité du canapé. Après avoir terminé, je me dirigeai vers elle et lui tendis l'une des boissons dans un verre aux rebords recouverts de sel.

— C'est pour toi.

— Merci.

Je m'apprêtai à m'asseoir à côté d'elle, mais je me ravisai. Le fauteuil situé à côté du canapé était probablement une meilleure idée, principalement parce que je ne pouvais pas m'installer plus loin d'elle sans quitter la pièce.

Elle sirota son verre, et prit la parole sans l'éloigner de ses lèvres.

— Tu es sûr de ne pas vouloir t'asseoir à la cuisine ? Je pense que ça pourrait ajouter encore plus d'un mètre entre nous.

Je la fixai en plissant les yeux, tout en affichant un sourire en coin.

— Petite maline.

Elle but une gorgée et posa son verre sur la table basse.

— Je peux te poser une question, Declan ?

— Bien sûr. Tout ce que tu voudras.

— Qu'est-ce qui se passe entre nous ?

Merde. D'accord. Nous allions avoir *cette* conversation. Peut-être que j'aurais dû prendre un shot de tequila à la cuisine au lieu de siroter cette margarita.

— C'est une grande question.

— Je sais. Et je n'en reviens pas de l'avoir posée comme ça. Mais je suis vraiment perdue ces derniers temps.

Je poussai un grand soupir.

— Quand tu étais petite, est-ce que tu jouais à « finis la phrase » ?

— Je ne crois pas, répondit-elle en fronçant les sourcils. Comment on joue ?

— C'est facile. Une personne commence une phrase, puis les autres la complètent chacun leur tour.

C'est parfois utilisé lors d'événements d'entreprise, pour que les participants puissent faire connaissance. Par exemple, quelqu'un peut dire « quand j'étais petit, je voulais être... », puis chacun complète en disant *pompier* ou autre chose.

Molly hocha la tête.

— Ça a l'air facile.

— En général, on fait ça en groupe, mais ça fonctionnera très bien à deux.

— J'imagine que tu veux jouer tout de suite ?

Je confirmai en acquiesçant.

— Avec quelques conditions : on ne dit que la vérité, on ne peut éviter aucune question, et dans quinze minutes, chacun va dans sa chambre. *Seul.*

— Waouh. OK, attends une seconde. Je crois qu'il faut que je me prépare, déclara-t-elle en avalant une grande gorgée de sa margarita, avant de la reposer sur la table et de se redresser. Je sens que je vais le regretter, mais je suis prête. Allons-y.

— Je vais commencer en douceur.

— Ce serait gentil.

— Laisse-moi d'abord programmer le minuteur sur mon téléphone.

Je le réglai sur quinze minutes, tout en réfléchissant à une question sympa et facile.

— Ma couleur préférée est...

— Je dois finir la phrase, c'est ça ? demanda-t-elle.

— Oui.

— C'est facile. Ma couleur préférée est le rose.

— Parfait. À ton tour.

Je pouvais voir qu'elle se creusait la tête.

— Si je pouvais avoir un super-pouvoir, ce serait...

— La télépathie avec les animaux, répondis-je sans hésiter.

Molly se mit à rire.

— Pas du tout ce à quoi je m'attendais.

— Qu'est-ce que tu veux que je te dise ? répliquai-je en haussant les épaules. J'étais fan des films du *Dr Dolittle* quand j'étais petit.

— J'imagine. À toi.

Je pourrais jouer à ce jeu toute la nuit avec Molly, mais j'avais besoin de vraies informations, alors je pris une autre direction.

— Ce soir, quand j'ai vu Julia toucher Declan, je me suis sentie...

Elle mordilla sa lèvre inférieure.

Je savais qu'elle se demandait si elle devait filtrer sa réponse, ce qui allait à l'encontre de l'objectif.

— Finis juste la phrase, Moll, l'encourageai-je en lui donnant un petit coup de coude. Ne réfléchis pas trop. Il n'y a pas de bonne ou de mauvaise réponse.

Je m'étais dit qu'elle allait répondre *jalouse*, mais je trouvai sa réponse bien plus amusante.

— Prête à commettre un meurtre. Ce soir, quand j'ai vu Julia toucher Declan, je me suis sentie prête à commettre un meurtre.

— Sympa, acquiesçai-je en souriant.

Elle leva sa margarita et avala la moitié de ce qui restait dans son verre.

— À moi. J'ai demandé à Molly de venir dans le salon pour parler parce que...

Ce fut à mon tour de boire. Je me mis à réfléchir à ce que je pouvais dire, mais elle comprit très vite.

— Euh... pas de filtre, me rappela-t-elle. Tu viens de le dire, tu te rappelles ?

— Je ne suis pas très sûr que ce soit une bonne idée.

— C'est ton jeu. J'ai accepté de suivre les règles, alors tu dois t'y plier aussi. Crache le morceau, Tate.

— D'accord. Mais tu ne pourras pas dire que je ne t'aurais pas prévenue, ajoutai-je en rivant mon regard au sien. J'ai demandé à Molly de venir dans le salon pour parler parce que, lorsque j'étais assis sur le lit si près d'elle, je n'arrêtais pas de m'imaginer en elle.

Molly se mit à rire nerveusement.

— Oh... waouh.

Je finis ma margarita et posai mon verre. Mes médicaments intensifiaient l'effet de l'alcool. Je n'avais bu que quelques verres et je me sentais déjà ivre, ce qui expliquait pourquoi je n'avais plus aucun filtre.

— Je vais juste te le dire, Molly. Oublie le jeu. Je suis extrêmement attiré par toi. Je l'ai été dès que j'ai posé les yeux sur toi. Mais ces derniers temps... Il devient plus difficile de résister, avouai-je en secouant la tête. D'habitude, il se passe plutôt le contraire. Je suis attiré par une personne, et une fois que j'apprends à la connaître, ça s'estompe un peu. Mais avec toi, c'est tout le contraire. Plus j'apprends à te connaître, plus mon attirance physique se renforce.

Molly baissa les yeux, puis les releva vers moi.

— Et Julia ?

— Je ne sais pas. Elle m'attire, je ne vais pas mentir, mais c'est différent.

— Différent comment ?

— Elle est jolie... et sans vouloir être irrespectueux, je peux l'avoir facilement. Mais mon instinct primitif ne prend pas le dessus quand je la regarde. Je n'ai pas envie de revendiquer chaque partie de son corps.

— C'est ce que tu ressens avec moi ? m'interrogea-t-elle en clignant des yeux.

— Oui, admis-je en hochant la tête. Est-ce que je te plais, Molly ?

— Beaucoup.

— Peut-être que je ne devrais pas l'admettre, mais si tu étais n'importe quelle autre personne dans ce monde, j'arrêterais de lutter. Je ne serais pas assis si loin, ajoutai-je en passant une main dans mes cheveux. Bon sang, je ne serais même pas sorti de ta chambre pour venir dans le salon... Je resterais dans ta chambre pendant des jours entiers.

Molly déglutit.

— Et pourtant, on est là, tu es assis là-bas...

— Est-ce que tu te rappelles ce que tu as dit à Julia tout à l'heure, quand elle t'a posé une question sur Will ?

— Non, qu'est-ce que j'ai dit ? demanda-t-elle en fronçant les sourcils.

Je me souvenais de sa réponse mot pour mot, même si elle ne m'apprenait rien. J'avais su presque dès le départ quel genre de femme était ma colocataire.

— Tu as dit « je cherche plus qu'une personne avec qui m'envoyer en l'air ». Je ne suis là que pour quelques mois, Molly. Je vis et je travaille en Californie. Ta vie est ici, à Chicago. Est-ce que je pense qu'on pourrait profiter l'un de l'autre pendant le temps qu'il me reste dans cette ville ? *Carrément.* Mais je ne peux rien te promettre au long terme, et même si je me sens... prêt à commettre un meurtre en t'imaginant avec Will, je ne veux pas non plus me mettre entre toi et un homme que tu apprécies depuis longtemps. Et si je gâchais tes chances d'avoir une belle relation durable pour seulement quelques mois incroyables ?

Molly resta silencieuse un long moment.

— Si tu ne m'avais jamais rencontrée et que les choses avec Julia étaient devenues ce qu'elles sont aujourd'hui, est-ce que vous seriez... ensemble ?

Nous connaissions tous les deux la réponse à cette question, alors je la lui retournai.

— Si tu ne m'avais jamais rencontré et que les choses avec Will étaient devenues ce qu'elles sont aujourd'hui, est-ce que tu serais heureuse avec lui ?

Molly fronça les sourcils. Nous nous fixâmes jusqu'à ce que le minuteur de mon téléphone se mette à sonner.

— Je pourrais rester ici à te parler toute la nuit, Moll. Je pense qu'aucun de nous deux n'est surpris des choses qu'on vient d'avouer, mais maintenant qu'on a dit ce qu'on avait à dire, on a besoin de temps pour réfléchir à tout ça... chacun de son côté. Voilà pourquoi j'ai mis le minuteur.

— Tu es un petit malin, plaisanta Molly avec un sourire triste.

— Ne le dis à personne, répondis-je en lui faisant un clin d'œil. Je préfère être sous-estimé et laisser les gens penser que je ne suis qu'un bel homme.

Je marquai une pause.

— Et si tu allais dormir ? repris-je ensuite. Je pense qu'on mérite quelques jours pour réfléchir à tout ça.

— Oui, c'est sûrement une bonne idée, confirma-t-elle en hochant la tête.

Molly se leva, et pendant quelques secondes gênantes, elle hésita sur la façon de me souhaiter bonne nuit. Finalement, elle me rejoignit et me prit dans ses bras.

— Bonne nuit, Declan.

Bon sang, elle sentait si bon. Elle me rendait vraiment dingue.

Elle se dirigea vers sa chambre. Lorsqu'elle arriva devant sa porte, elle s'arrêta et reprit la parole sans regarder en arrière.

— Hé, Dec ?

— Oui ?

— Tu devrais peut-être fermer ta porte à clé cette nuit. Cette margarita m'est vraiment montée à la tête.

Je souris.

— Toi aussi, bébé. Toi aussi.

PENELOPE WARD & VI KEELAND

— Hé, Dec ?

— Oui ?

— Tu devrais peut-être fermer ta porte à clé cette nuit. Cette margarita m'est vraiment montée à la tête.

Je souris.

— Toi aussi, bébé. Toi aussi.

CHAPITRE
17

Molly

— Alors, quoi de neuf dans la vie trépidante de Molly ? demanda Emma en faisant tourner sa fourchette dans son récipient rempli de spaghettis, avant de la porter à sa bouche.

— Pas grand-chose. Comme d'habitude. Je suis censée sortir avec Will vendredi soir, et hier soir, Declan et moi nous sommes avoués que s'il n'y avait pas Will et Julia, nous serions en train de nous envoyer en l'air dans tout l'appartement.

Emma écarquilla les yeux et se mit à tousser.

— Oh, mon Dieu. À cause de toi, j'ai avalé mes pâtes de travers.

Ses yeux se mirent à larmoyer, tandis qu'elle attrapait sa bouteille d'eau.

— Désolée, mais c'est toi qui as posé la question, répondis-je en riant.

Puisque nous avions les mêmes horaires, mais dans des services différents, nous parvenions parfois à prendre notre pause repas en même temps. Si nous n'avions pas pu nous voir ce soir, je lui aurais sûrement proposé d'aller boire un café après notre service, parce que j'avais besoin de parler à quelqu'un.

— La semaine dernière, tu as dit qu'il te plaisait, mais qu'il ignorait ce que tu ressentais.

Je soupirai.

— Oui, j'avais tort.

— Alors, les sentiments sont réciproques? m'interrogea-t-elle en secouant la tête.

— Apparemment...

— Et vous en avez parlé, mais il ne s'est rien passé physiquement?

J'acquiesçai.

— On s'accorde quelques jours pour y réfléchir.

— Qu'est-ce que tu vas faire?

— Je n'en ai aucune idée.

— Ça fait des années que tu es raide dingue de Will.

— Je sais. Et honnêtement, s'il n'y avait pas Declan, je serais probablement super heureuse de la façon dont les choses évoluent entre Will et moi. Au départ, il a dit qu'il ne voulait pas s'engager, mais depuis il m'a dit qu'il pouvait voir les choses aller plus loin entre nous, et qu'*un jour*, il voudrait une femme et des enfants.

— Ce n'est pas exactement ce que tu veux? Un homme dont tu es dingue qui veut se poser avec la femme de sa vie?

— Si, mais... commençai-je, avant de secouer la tête. Je ne sais pas. Je suis perdue.

— Eh bien, faisons la liste des pour et des contre de chaque relation. Dis-moi ce que tu aimes chez Will.

— On a beaucoup de choses en commun. C'est un obstétricien, je suis infirmière en salle de travail et de naissance. Il est beau et il a la tête sur les épaules. J'aime sa façon d'être si bon sous la pression, et la passion qu'il a pour son métier. Il est intelligent, pourtant il n'essaie jamais de frimer comme beaucoup d'autres médecins le font.

— D'accord, tout ça semble génial. Maintenant, parlons des contre.

Je ne trouvai pas grand-chose.

— Si on devait avoir une relation sérieuse et qu'on se séparait, ce serait bizarre au travail.

— C'est vrai. Et Declan ? Dis-moi ce que tu aimes chez lui.

— J'aime comme il est attentionné. Quand j'ai appris pour la maladie de mon père, Declan venait d'emménager. Pourtant, il me demandait toujours comment allait mon père et s'assurait d'être présent quand il pensait que je pourrais être triste et avoir besoin de parler. On dirait qu'il sait quand j'ai besoin de soutien, et il se rend disponible sans jamais me donner l'impression d'être un fardeau. Il est très drôle et me fait tout le temps rire, et...

Je pointai du doigt les roulés d'aubergine devant moi.

— C'est aussi un très bon cuisinier, ajoutai-je. Et évidemment, n'oublions pas qu'il est incroyablement canon.

— Et les contre ?

Contrairement à Will, il y avait quelques inconvénients flagrants quand il s'agissait de Declan.

— Pour commencer, il vit à plus de trois-mille kilomètres d'ici, en Californie. Il voyage aussi tout le temps pour le travail, et il voyage avec Julia – la femme avec qui il batifole et après qui il court depuis à peu près aussi longtemps que je rêve d'une relation avec Will. On n'a pas tant que ça en commun. Il est du genre à laisser les couverts propres dans le lave-vaisselle « parce qu'on va les utiliser de toute façon », alors que je suis plutôt du genre à ranger les choses à leur place.

Emma hocha la tête.

— Ils ont tous les deux beaucoup de pour, mais Declan a beaucoup plus de contre. Et l'un d'eux semble assez important – il vit en Californie, Molly. Il lui reste combien de temps ici ?

— Un peu plus de quatre mois, l'informai-je en fronçant les sourcils.

— Sa famille vit là-bas ? Il ira travailler où quand sa mission ici sera terminée ?

— Il a quatre sœurs et ses deux parents là-bas, ainsi que des nièces et des neveux, ajoutai-je. Chicago n'est qu'une affectation temporaire. Il espère obtenir une promotion à son retour au siège social en Californie.

— Alors, envisageons que tu choisisses Declan. Que se passera-t-il quand son temps ici sera écoulé ? Est-ce qu'il quitte tout pour venir vivre ici ? Ou est-ce que tu laisses ta mère, ta sœur et ton père malade ?

Je soupirai. Aucune des deux solutions ne semblait idéale. Sans parler du fait que nous ne nous étions même pas embrassés, alors parler de tout ça revenait à mettre la charrue avant les bœufs.

— Je vois ce que tu veux dire.

Le choix aurait dû être simple. Pourtant, il ne l'était pas.

— Tu veux savoir ce que je pense ?

Je sentais qu'elle ne m'apprendrait rien que je ne savais déjà, mais je hochai tout de même la tête.

— Si tu choisis Declan, tu vas finir par souffrir dans quatre mois, et tu vas t'en vouloir.

Après le dîner, Emma et moi retournâmes au travail, mais je n'arrêtai pas de repenser à notre conversation. Faire une liste des pour et des contre était tout à fait dans mes cordes, une façon d'organiser mes pensées pour prendre la bonne décision. Alors un peu plus tard, quand tout était calme dans le service, je sortis un carnet et refis une liste des avantages et des inconvénients de chaque homme. Ceux de Declan étaient presque les mêmes que j'avais cités à mon amie, mais lorsque je listai de nouveau les contre de Will, je me rendis compte que j'avais oublié d'admettre le plus grand obstacle qui se dressait actuellement devant moi.

Il n'est pas Declan.

***

Ce vendredi soir, Will et moi étions à l'arrière d'un taxi, en direction de notre rendez-vous.

— On va où ? demandai-je.

Il posa sa main sur mon genou, les yeux brillants.

— C'est une surprise.

— Tu m'intrigues.

Une demi-heure plus tard, il m'emmena dans un restaurant chic en *rooftop*... sauf qu'il n'y avait personne à part nous. Seule une table était dressée au milieu d'un superbe décor composé de lanternes et de petites lumières blanches.

— Will, qu'est-ce que tu as fait ?

— Cet endroit est à nous pour la soirée, m'informa-t-il en ouvrant ses bras.

Je restai bouche bée.

— Comment tu as réussi à faire ça ?

— Disons juste que le propriétaire avait l'impression

de m'être redevable puisque j'ai mis au monde sa fille qui se présentait en siège.

— Waouh. C'était qui ?

— Richard Steinberg. Il possède Steinberg Financial et ce restaurant. En fait, cette naissance remonte à quelques années, mais je n'ai jamais envisagé d'accepter son offre avant d'avoir rencontré une personne spéciale à faire venir ici. Le *rooftop* est réservé aux soirées privées. Et il est tout à nous.

Mon cœur se mit à battre la chamade.

— Waouh. Je ne sais pas quoi dire.

— Tu n'as pas à dire quoi que ce soit, ma belle. Profitons juste de la soirée.

Je rayonnais lorsque nous nous installâmes à notre table éclairée à la bougie.

Après le passage de notre serveur qui nous apporta de l'eau, Will déplia sa serviette et la posa sur ses genoux.

— Comment va ton père ?

— Il pourrait aller mieux, répondis-je en fronçant les sourcils. J'ai pris de ses nouvelles tous les jours. Pour l'instant, il est stable, mais c'est dur pour lui moralement. En tant que collègue médecin, je suis sûr que tu peux comprendre. Il a toujours eu l'impression que son travail est de prendre soin des autres, alors maintenant qu'il ne peut plus le faire – et qu'il ne peut même plus prendre soin de lui-même –, tu peux imaginer à quel point c'est compliqué.

Will ferma les yeux un instant et secoua la tête.

— Je comprends parfaitement, Molly, et tu sais, il est très important que tout le monde se rassemble autour de lui en ce moment. Le distraire est sûrement le meilleur traitement. La dernière chose qu'il devrait éprouver, c'est un sentiment d'infériorité. Il a besoin de toute la force qu'il puisse obtenir.

— Je suis d'accord avec toi.

— Si je peux faire quoi que ce soit pour lui, fais-le-moi savoir, ajouta-t-il en prenant ma main sur la table. Si tu n'obtiens pas les réponses dont tu as besoin, je connais pas mal de monde.

— Merci, Will. Ça me touche énormément.

Peu de temps après, le serveur apporta les fruits de mer les plus délicieux qu'il m'ait été donné de sentir : des pattes de crabe royal, et du homard qui avaient été décortiqué au préalable. D'après nos conversations antérieures, Will savait que j'adorais les fruits de mer, alors il avait dû planifier le menu étant donné que nous n'avions rien commandé.

— C'est le dîner le plus romantique de ma vie, lui confiai-je au moment de commencer à manger. Merci infiniment.

Sa réponse fut assez brutale.

— Tu fréquentes toujours Declan ?

Eh bien, allons droit au but. Je dus prendre une décision en une fraction de seconde, et ce qui me sembla être le meilleur choix était de me délester du mensonge que j'avais créé.

— Non. En réalité, on ne se voit plus.

Il soupira.

— C'était la réponse que j'espérais.

— Vraiment ? m'étonnai-je en cassant une patte de crabe.

— Oui. Te voir avec lui à l'hôpital m'a atteint d'une façon inattendue. Ça m'a poussé à me demander pourquoi je perdais mon temps à ne pas te dire ce que je ressens réellement.

Je posai mon crabe et m'essuyai la bouche.

— Le timing est parfait, parce que j'avais besoin d'en savoir plus en ce qui nous concerne.

— Je ne veux plus simplement *sortir* avec toi, Molly, annonça-t-il franchement. Je veux une relation exclusive.

Oh, waouh.

— D'où ça vient, aussi soudainement ?

— Ce n'est pas si soudain que ça. Ça fait un moment que j'ai des sentiments pour toi, bien avant qu'on commence à se fréquenter. Je me suis rendu compte que mes craintes au sujet de l'engagement venaient du fait que je n'avais pas trouvé la bonne personne. Plus je passe du temps avec toi, plus je suis certain de ne pas vouloir te partager.

— Je dois admettre que je suis surprise que tu désires ça si rapidement, confiai-je après avoir bu une grande gorgée d'eau.

— Je comprends. Je t'ai dit dès le début que je ne voulais rien de sérieux...

— Exactement. Je crois que je ne sais toujours pas quoi penser de ton changement d'avis.

Il hocha la tête.

— Il n'y a rien de tel que la menace de perdre quelqu'un pour nous pousser dans la bonne direction. Si ce n'est pas ce fameux Declan, ce sera quelqu'un d'autre. Je sais reconnaître une bonne chose quand j'en vois une. Tu mérites d'être choyée. Je veux être cet homme. Je ne veux pas que tu hésites à l'idée d'être avec moi parce que tu penses que j'ai envie de fréquenter d'autres personnes. Ce n'est pas le cas. Il n'y a que toi qui m'intéresses, me confia-t-il, avant de marquer une pause. Acceptes-tu une relation exclusive avec moi ?

J'avais besoin d'un instant pour réfléchir, alors je levai les yeux sur les magnifiques lanternes qui nous entouraient. C'était quelque chose que j'avais attendu, pourtant je voulais prendre le temps de digérer tout ça avant de m'engager avec lui.

— Ça fait beaucoup à assimiler. Je t'apprécie vraiment, Will. Je pense qu'on a beaucoup en commun, et tu m'attires énormément. Je suis juste un peu surprise.

— Je comprends.

— Je sais que ce n'est probablement pas la réponse que tu espérais, mais est-ce que je peux prendre le temps de réfléchir à tout ça ?

— Bien sûr. J'ai eu quelques jours pour y penser, alors ça me paraît normal que tu puisses en faire autant.

CHAPITRE 18

Declan

J'adorais embêter ma sœur quand je l'appelais au couvent.

— Comment vont le sexe, la drogue et le rock and roll ?

— Oh, tu sais, comme d'habitude...

— Quand je rentrerai, la première chose que je ferai, c'est venir te voir, déclarai-je.

— Tant que tu n'essaies pas de corrompre sœur Mary Jane comme tu l'as fait la dernière fois.

— Arrête. C'était marrant et tu le sais.

Elle soupira.

— Quoi de neuf ? Je sais qu'il se passe quelque chose. En général, tu ne m'appelles pas au beau milieu de la journée.

— Tu me connais si bien, ma bonne sœur.

— Parle-moi.

Je m'assis sur le canapé et relevai les jambes.

— D'accord. Je t'ai parlé de la fille avec qui je vis la dernière fois qu'on s'est appelés, pas vrai ?

— Oui. Molly, c'est ça ? Vous vous entendez toujours bien ?

Par où commencer ? Je passai les minutes suivantes à raconter à Catherine ma relation compliquée avec ma colocataire, ainsi que les jeux auxquels nous avions joué avec Will et Julia. Je terminai l'histoire avec la conversation à moitié alcoolisée que nous avions eue une semaine plus tôt.

— Alors vous vous êtes avoué vos sentiments. En quoi c'est une mauvaise chose ? me questionna-t-elle.

— Eh bien, je ne t'ai pas parlé de la semaine où elle n'était pas là.

— OK...

— Pour résumer, elle est allée passer une semaine chez son père quand il est sorti de l'hôpital. Pendant son absence, j'ai... traversé une période difficile.

— Tu veux dire qu'elle t'a manqué ?

— Non, je veux dire que... j'ai en quelque sorte eu un nouvel épisode.

— Oh non, Declan. Il s'est passé quoi ?

— Rien. J'ai juste passé deux jours au lit. J'ai dû manquer le travail, mais j'ai fini par appeler le docteur Spellman.

— D'accord, c'est une bonne chose. Est-ce que ça t'a aidé ?

— Il a ajusté mon traitement, et je pense que ça a fonctionné.

— Très bien. Je suis désolée que ce soit arrivé, mais je suis contente que tu l'aies reconnu et que tu t'en sois occupé. On dirait que tu as bien géré les choses. Comment ça s'est passé quand Molly est rentrée et qu'elle t'a vue dans cet état ?

— Elle ne m'a pas... Enfin, pas vraiment, en tout cas. J'ai fait de mon mieux pour me ressaisir. De toute façon, je commençais à me sentir mieux à ce moment-là et je savais qu'elle avait besoin de me parler de son père, qui est très malade. Mais elle a remarqué que quelque chose clochait parce qu'elle n'a pas arrêté de me demander ce qui n'allait pas.

— Est-ce que tu as peur de lui en parler, Declan ?

— Ce n'était pas le bon moment pour le faire. J'ai fini par boire un peu, et l'alcool n'a pas fait bon ménage avec mes médicaments, ce qui a réduit mes inhibitions, d'où notre conversation à propos de sexe.

— Mince, s'esclaffa-t-elle. Tu ne devrais pas boire d'alcool et tu le sais.

Je soupirai.

— Le truc, Cat, c'est que je sais qu'ignorer ce que je ressens pour Molly est la bonne chose à faire. Le fait que je vive en Californie et elle ici, à Chicago, est clairement un problème, mais je lui ai laissé penser que la distance était la principale raison pour laquelle on ne pouvait pas être ensemble. Au fond de moi, je sais que ce n'est pas ça. C'est plutôt le fait que je ne lui ai même pas raconté tous les trucs fous qui me passent parfois par la tête.

— Tu n'es pas fou, d'accord ? rétorqua-t-elle en levant la voix. Alors enlève-toi ce terme de l'esprit. Tu dois affronter des périodes sombres de temps en temps, et tu t'inquiètes aussi beaucoup trop de ce que ça pourrait signifier pour l'avenir, le lien que ça pourrait avoir avec maman. Et ça te paralyse. Tu n'es pas notre mère. S'il te plaît, ne laisse pas tes peurs faire tout rater si tu apprécies vraiment cette fille.

— Après ma conversation avec elle, dès que je suis retourné dans ma chambre, j'ai eu envie de me convaincre de mettre mes peurs de côté. Je me suis dit : et si je pouvais faire en sorte que ça fonctionne ? Pourquoi est-ce que ça devrait être si compliqué ?

— On dirait que tu as *vraiment* envie de faire en sorte que ça fonctionne, mais laisse-moi te poser une question, Declan. Tu avais un faible pour la femme avec qui tu travaillais, et tu as eu des petites amies ces dernières années. Est-ce que tu as évité d'avoir des relations durables avec elles à cause de ta situation ?

— Non, mais c'était différent.

— Pourquoi ça ?

— Parce que... C'est Molly. Je ne veux pas la faire souffrir.

— Exactement. Je pense que ça en dit beaucoup sur ce que tu ressens pour elle. Tu veux ce qu'il y a de mieux pour *elle* et non ce qu'il y a de mieux pour toi.

— Oui, c'est pour ça qu'il faut que tu me raisonnes. J'ai besoin que tu me dises « Declan, cette fille traverse une période difficile. Elle n'a pas besoin de tes problèmes mentaux en plus du reste. Sans parler du fait que tu sors avec une fille après qui tu cours depuis un an et qui n'a pas l'air d'exiger un engagement. Ne bouleverse pas la vie de tout le monde en fricotant avec ta colocataire ».

Catherine soupira.

— Sauf qu'elle est plus qu'une simple colocataire, pas vrai ?

J'y réfléchis un instant.

— Elle est avant tout une très bonne amie. Et c'est aussi pour ça que c'est si compliqué. Je tiens énormément à elle et je ne veux pas lui compliquer la vie en donnant suite à tout ça. Mais je...

— Tu ne peux pas contrôler ce que tu ressens.

— Visiblement.

— Comment tu réagirais si ton patron te disait que tu devais revenir immédiatement en Californie, genre tout de suite ? Que tu devais tout laisser derrière toi à Chicago et ne plus jamais y revenir ?

C'était facile.

— Ce serait vraiment nul. Je serais dévasté.

— Est-ce que tu penses que ce sera différent quand tu partiras dans quelques mois ?

— Probablement pas, admis-je en poussant un long soupir.

— Alors peut-être que tu devrais reconsidérer les choses. Si tu as de vrais sentiments pour cette fille, il faut que tu les écoutes. Et il faut que tu lui parles de tes peurs, de toutes les choses que tu *penses* qu'elle ne pourra pas supporter.

Catherine ne m'aidait pas. D'habitude, c'était une personne très raisonnable. Voilà pourquoi c'était elle que j'avais appelée et non pas une autre de mes sœurs. Cependant, aujourd'hui, elle m'avait conseillé d'écouter mes sentiments.

— Je crois que je ne me fais pas confiance, Cat. Peut-être qu'elle serait mieux avec cet idiot de médecin. Je suis une bombe à retardement et je ne suis certainement pas doué en matière de relations sérieuses. Et c'est ce qu'elle désire.

— Comment tu peux savoir que tu n'es pas doué dans ce domaine si tu n'en as jamais eu ?

— Pourquoi tu me poses des questions difficiles ?

— C'est mon boulot de te faire réfléchir quand tu as l'air d'avoir besoin de te bouger le cul.

— Est-ce que les nonnes sont autorisées à prononcer le mot *cul* ?

— Chaque fois que tu m'appelles, je manque de me faire virer de cet endroit.

— Ton petit frère sera toujours là pour t'accueillir, même quand le Grand Monsieur là-haut ne voudra plus de toi.

Elle se mit à rire.

— Tu te souviens du jeu auquel on jouait, où je te disais un mot et que tu devais répondre par le premier mot qui te venait à l'esprit ?

— Oui.

— C'est un bon moyen d'évaluer ce que tu ressens vraiment face à certains sujets. Associer deux mots est très révélateur. On peut y jouer maintenant. Tu es prêt ?

— D'accord. Je suis prêt, confirmai-je, toujours partant pour jouer.

— Chicago, commença Catherine.

— Pizza.

— Papa.

— Après-rasage.

— Ça fait deux mots, fit-elle remarquer.

— Tu comptes m'attaquer en justice ? plaisantai-je.

— Publicité, poursuivit Catherine.

C'était facile.

— Mensonges.

— Bière.

— Pompette.

— Nonne.

— Catherine.

— Declan.

— Foutu, répondis-je en riant.

— Océan.

— Maison.

— Julia.

— Belle.

— Maman.

— Ceinture.

Catherine marqua une pause.

— Ceinture ? répéta-t-elle.

— La fois où je me suis enfui, elle m'a fouetté le derrière. Je n'ai jamais oublié. Alors oui, ceinture.

— Café.

— Vie.

— Sœur.

— Scooter.

— Chocolat.

— Lécher.

— Je ne veux même pas savoir ce que tu as fait et qui a pu déclencher cette association.

— Quelque chose que tu ne fais *pas*, ma chère sœur. Elle s'esclaffa.

— Molly, reprit-elle.

— Mienne.

Merde. Mienne ? C'était la première chose qui m'était venue à l'esprit pour Molly ?

— Hmmm… ricana Catherine.

— D'accord. Je sais à quoi tu penses.

— Tu crois, hein ?

— Tu penses que je suis bête d'avoir eu besoin de cette discussion.

— Écoute, je suis la dernière personne qui devrait donner des conseils en matière de relations amoureuses, mais ça me semble évident. Tu tiens à elle. Ça devrait éclipser tout le reste.

Néanmoins, il y avait Julia.

— Je tiens aussi à Julia, mais d'une manière différente je pense, déclarai-je en soupirant. Je ne veux pas la blesser non plus.

— Tu ne m'as pas appelée pour parler de Julia, souligna Catherine. Ça veut tout dire, mon frère.

***

Molly et moi étions parvenus à n'aborder aucun sujet pendant plus d'une semaine. Je savais qu'elle devait travailler dimanche soir, alors j'espérais pouvoir la croiser avant qu'elle parte. De cette manière, si nous disions ou faisions quelque chose de bizarre, elle partirait tout de suite après pendant douze heures.

Lorsque je me réveillai le dimanche matin, Molly dormait. Malgré ma nervosité, ça faisait un moment que je ne m'étais pas senti aussi bien moralement. J'avais repris mes esprits et retrouvé mon énergie, alors je passai la journée à la salle de sport et à faire quelques courses.

À mon retour à l'appartement en fin d'après-midi, Molly n'était pas là. Je me demandai si elle allait rentrer avant d'aller au travail. Je pris une douche, puis attendis avec impatience de le découvrir.

Je ne savais toujours pas ce que j'allais lui dire, et je savais encore moins où elle en était. Je décidai de lui répondre en fonction de ce qu'elle dégagerait. Peut-être qu'elle me donnerait un signe. Je la laisserais parler la première, et si elle exprimait le moindre doute, ce serait fini.

Je profitai de ce moment seul pour commencer à noter sur un carnet ce que j'avais envie de lui dire. Je dus bien écrire une centaine de choses différentes.

Et puis merde. Essayons.

Je n'arrête pas de penser à ce que ça ferait d'être en toi, Molly. Mais c'est tellement plus que ça.

Peut-être qu'on devrait avancer au jour le jour et voir où ça nous mène.

Je suis fou de toi, Molly. Alors jetons-nous à l'eau.

La porte s'ouvrit, et je glissai le carnet sous mon lit.

Je rejoignis nonchalamment le salon, comme si je ne venais pas d'écrire des mots doux, tel un foutu lycéen.

— Salut ! Ça fait longtemps.

— Oui, j'ai l'impression que ça fait une éternité, répondit Molly. Tu m'attendais ?

Apparemment, je n'avais pas l'air aussi décontracté que ce que je pensais. Où était passé le type cool ?

— Oui, je me suis dit qu'on pourrait finir la discussion qu'on a commencée la dernière fois.

Elle regarda autour d'elle d'un air nerveux.

— D'accord. Je vais juste prendre une douche, enfiler ma blouse, et ensuite on pourra discuter.

— Ça me va. Tu veux que je fasse couler du café ? Je sais que tu aimes en boire en allant au travail.

— Ce serait parfait.

Pendant les quelques minutes qui suivirent, je m'assis à la cuisine et inspirai l'odeur du café frais en espérant que ça me calmerait. Toutefois, rien n'aurait pu m'aider. Quand Molly arriva, vêtue de sa blouse violet foncé, je n'étais pas plus prêt qu'avant à avoir cette conversation.

Je sautai le pas.

— Tu veux commencer ou tu veux que ce soit moi qui le fasse ?

— Je peux commencer, affirma-t-elle en s'asseyant en face de moi. Alors, je pense que tout ce que tu as dit la dernière fois était tout à fait sensé.

Oh oh. La dernière fois, j'avais souligné toutes les raisons pour lesquelles nous n'étions *pas* faits l'un pour l'autre. *Pourquoi j'avais fait ça ?*

— Tu as parlé du fait que tu ne pensais pas pouvoir m'offrir une relation durable, et tu as exprimé ton inquiétude à propos d'interférer dans ma relation avec Will.

Je poussai un soupir angoissé.

— J'ai vraiment dit ça, hein ?

Ce qu'elle prononça ensuite me secoua.

— La semaine dernière, quand j'ai dîné avec lui, Will m'a proposé une relation exclusive.

— Ah bon ? m'étonnai-je, le cœur serré.

— Oui. Pour être honnête, ça m'a choquée.

J'avais l'impression que les murs s'effondraient autour de moi, alors je me contentai d'acquiescer en silence, pendant qu'elle poursuivait :

— Je lui ai dit que j'avais besoin d'y réfléchir, mais plus je pense à ce que tu m'as dit, plus je me rends compte que je devrais être réaliste. Will est quelqu'un de bien. Je sais que tu as des réserves à son sujet, mais c'est seulement parce que tu tiens à moi.

— C'est vrai, murmurai-je.

— Bref... J'ai beaucoup réfléchi ces derniers jours, et je... vais accepter sa proposition. Je pense que je n'aurais pas pu prendre une décision si tu n'avais pas été si réaliste avec moi. Ce qui se passait entre nous, peu importe ce que c'était, m'aurait empêché d'avancer si nous n'avions pas eu cette discussion. Alors, merci de m'avoir donné ce dont j'avais besoin pour aller de l'avant.

J'étais sans voix.

Complètement abasourdi.

Tout ce que j'avais prévu de lui dire resta bloqué dans ma gorge, prêt à m'étouffer. Comment je pouvais lui déballer tout ça, à présent ? Bon sang, ça craignait.

Molly soupira, comme si elle était soulagée de s'être libérée de tout ça.

— Tu voulais me dire quoi ? me demanda-t-elle.

On aurait pu entendre une mouche voler, et je pouvais presque entendre les rouages de mon cerveau s'activer. Je pouvais être honnête avec elle et la prendre au dépourvu, ou je pouvais mentir et lui apporter la paix qu'elle méritait. Je choisis la seconde solution, même si je savais que je risquais de le regretter toute ma vie.

— Tu ne peux pas savoir à quel point je suis content qu'on soit sur la même longueur d'onde. Je ne reviendrai pas sur ce que j'ai dit à propos de ce que je ressens pour toi, mais je pense qu'il vaut mieux le reconnaître et passer à autre chose. Alors, même si je charrie Will, je suis ravi pour toi. Sincèrement.

— Merci, Declan.

Molly sourit lorsqu'elle se leva de sa chaise pour venir me prendre dans ses bras.

Ensuite, le silence se fit quand elle se dirigea vers la cafetière pour remplir sa bouteille isotherme. Elle jeta un coup d'œil dans ma direction, et même si nous venions soi-disant de régler la situation, rien ne semblait résolu.

Je m'appuyai contre le comptoir et tentai d'être décontracté.

— Alors, tu n'as pas encore accepté sa proposition d'exclusivité ?

— Non, révéla-t-elle en secouant la tête. On est censés sortir de nouveau ensemble en milieu de semaine. Nos horaires ne coïncident pas ces prochains jours, alors je le verrai mercredi. Je me suis dit que j'attendrais jusqu'à ce qu'on puisse se voir en personne. Et puis je ne voulais pas qu'il pense que la décision avait été facile.

Elle me fit un clin d'œil.

— Pas faux.

Elle me fixa plus attentivement.

— Est-ce que tu vas bien ? s'enquit-elle.

— Oui, ça va, lui assurai-je en détournant un instant les yeux. Je suis juste soulagé que cette conversation soit passée.

***

Quand je croisai Molly le lendemain soir, je venais juste de rentrer du travail et elle portait déjà sa blouse, presque prête à partir à l'hôpital.

— Salut, coloc.

— Salut, répondit-elle en souriant.

J'avais espéré ne pas ressentir la même chose en la revoyant, mais c'était encore plus difficile de la regarder maintenant qu'avant. Pour ne rien arranger, le tissu fin de sa blouse était étrangement révélateur. Voir le cul de Molly dans son pantalon de travail me faisait souvent de l'effet.

Je me sentais jaloux et en colère – en colère contre moi-même, principalement. Toutefois, je savais que je prenais la bonne décision. Malgré ça, je restais quand même un peu sur ma faim. Je méritais une sorte de cadeau d'adieu.

Molly était en train de préparer son sac repas lorsque j'ouvris le placard juste à côté d'elle, en faisant mine de prendre un verre pour me servir de l'eau.

— Je suppose que tu n'as toujours pas parlé à Will au sujet de sa proposition ?

— Non. Rappelle-toi, je t'ai dit que je ne le verrais pas avant notre rendez-vous de mercredi soir.

— Alors, techniquement, tu es encore célibataire, indiquai-je en croisant les bras.

— Oui, confirma-t-elle en souriant. Pour encore quelques jours.

Elle dut remarquer la façon dont je la regardais, car elle rit nerveusement et ses joues s'empourprèrent.

— Quoi ? me questionna-t-elle.

— Puisque tu es toujours célibataire...

Je déglutis et me forçai à prononcer le reste de la phrase.

— Je voudrais t'embrasser. Juste une fois.

Molly resta bouche bée. Au lieu de prendre son choc comme une invitation à laisser tomber, je me mis à fixer intensément ses lèvres. Elles étaient si pulpeuses et attirantes, si roses et souples. J'avais l'envie furieuse de prendre celle du bas entre mes dents pour la mordre et tirer dessus fermement.

Sa respiration s'accéléra, et je fus émerveillé par les mouvements de sa poitrine. Observer son excitation monter juste sous mes yeux était la chose la plus sexy qu'il m'ait été donné de voir, et je me sentais aussi grand qu'une montagne.

Je me déplaçai pour me tenir devant elle, face à face, puis je l'emprisonnai en posant mes mains sur le comptoir de chaque côté de ses hanches. J'avais envie plus que tout de la plaquer contre les placards et de la goûter, comme je mourais d'envie de le faire depuis que j'avais emménagé. Cependant, il s'agissait de Molly, que je respectais et que j'adorais, alors j'avais besoin qu'elle fasse quelque chose – n'importe quoi – pour me faire savoir qu'elle en avait envie aussi.

— Parle-moi, soufflai-je d'une voix tendue et rauque.

J'avançai légèrement, glissai deux doigts sous son menton et relevai doucement sa tête pour que nos regards se croisent.

— Dis-moi que tu es d'accord, que tu veux que je t'embrasse.

Elle déglutit.

— D'accord.

Mon cœur s'emballa. Je fis disparaître le peu de distance qui restait entre nous, et sa poitrine chaude et douce appuya contre mon torse.

— D'accord pour quoi, Molly? Dis-le. Dis-moi ce que tu veux.

— Je... Je veux que tu m'embrasses.

— Ah oui? lançai-je avec un sourire malicieux.

Elle avait une queue de cheval, comme souvent quand elle allait travailler, alors je l'enroulai lentement autour de ma main jusqu'à l'empoigner complètement.

— Dis-le encore, gémis-je, en approchant mon visage du sien pour que nos nez s'effleurent.

Jusqu'ici, elle avait semblé pensive, mais il fallait croire qu'elle s'impatientait autant que moi. Elle humecta ses lèvres et me fixa droit dans les yeux.

— Bon sang, Declan, embrasse-moi une bonne fois pour toutes. Je dois partir au travail dans quelques minutes et je sais déjà que ça va arriver trop vite.

J'arquai brusquement les sourcils. Néanmoins, elle avait raison, il fallait que j'arrête de gâcher ce temps précieux. Et puis j'aurais pu me perdre dans ses grands yeux bleus.

— À vos ordres, madame, répondis-je en souriant.

Je posai ma paume sur sa joue, inclinai sa tête avec ma main enroulée dans ses cheveux, puis écrasai mes lèvres sur les siennes. Dès ce premier contact, tout mon corps s'éclaira comme un foutu sapin de Noël. *Bon sang.* Je pensais que ce serait bon d'être avec elle, mais la réalité dépassait déjà largement mon imagination. En général, lors d'un premier baiser, il y avait toujours ce petit temps de découverte où on apprenait le style de l'autre personne, et où la logistique mettait un petit moment à se mettre en place. Mais pas avec Molly. Nous étions en totale synchronisation dès le départ.

Je glissai mes mains sur ses fesses, prêt à l'inviter à enrouler ses jambes autour de moi pour que je la porte, mais je n'eus le temps de rien faire qu'elle était déjà en train de me grimper dessus. Molly enfonça ses ongles dans mes épaules en se soulevant. J'avais besoin d'un appui pour pouvoir la coller davantage à moi, alors j'avançai avec elle autour de ma taille, jusqu'à ce que son dos heurte le frigo dans un bruit sourd. Nos lèvres ne se quittèrent pas un instant lorsque mon corps s'écrasa contre le sien, et je poussai mon bassin entre ses jambes pour lui montrer exactement l'effet qu'elle me faisait.

Molly haleta dans ma bouche, et je faillis perdre la tête.

J'avais tellement accumulé de frustration, de désir et de colère, que je ne pouvais pas être doux. Je tirai fermement sa queue de cheval pour la forcer à pencher la tête en arrière, et pouvoir ainsi descendre plus bas. Mes dents éraflèrent son menton, et je me servis de ma langue pour suivre son pouls, de sa mâchoire à sa clavicule.

— Declan... gémit-elle.

Bon sang, j'aurais aimé avoir eu la bonne idée d'enregistrer ce son. Celui où elle gémissait mon prénom pourrait se révéler utile quand elle ne serait plus souvent là.

Quand elle ne serait plus souvent là.

Cette pensée – l'imaginer ne plus être là, car elle était avec un autre homme – me transperça. Ça me rendait possessif et furieux. Cependant, si ce moment était le seul que nous pourrions avoir, je refusais de laisser le docteur Irrésistible le gâcher. Alors je repoussai les pensées négatives et laissai le désir que je ressentais pour elle se déverser dans notre baiser.

J'ignorais combien de temps il dura, car le temps sembla s'arrêter. Quand nous finîmes par reprendre notre respiration, nous étions tous les deux haletants. Je tins ses joues dans mes paumes alors que mon pouce essuyait ses lèvres humides.

— Waouh... murmura-t-elle, d'un air un peu abasourdi. C'était...

Je souris.

— Oui, ça l'était.

Molly cligna plusieurs fois des yeux, comme si elle tentait de reprendre ses esprits.

— Est-ce que c'était... Est-ce que tu... C'est ta façon habituelle d'embrasser, ou est-ce que c'était quelque chose de spécial ?

J'étais un homme après tout, alors évidemment, j'avais envie de m'en attribuer le mérite, de lui dire que j'étais très doué en matière de baisers. Toutefois, ça aurait été des conneries.

— C'était vraiment spécial. Ce n'était pas moi... c'était nous.

— Je vois, répondit-elle en déglutissant.

Trop rapidement, la réalité refit surface. Les yeux de Molly se posèrent au-dessus de mon épaule, et elle dut voir l'heure sur le micro-ondes.

— Mince, je dois y aller, annonça-t-elle en fronçant les sourcils. Je vais être en retard au travail. C'était... Ça a pris plus de temps que prévu.

Ses jambes étaient encore enroulées autour de ma taille, et j'appréhendais de la relâcher, surtout parce que je savais que c'était terminé. J'allais la laisser partir de plus d'une manière après ça.

— Je vais t'y conduire.

— Non, ça ira, refusa-t-elle en secouant la tête. Je crois que j'ai besoin de passer quelques minutes seule pour me vider la tête.

Je voulais profiter de chaque seconde qui me restait avec elle, mais je la fis descendre à contrecœur.

— Bon, eh bien... je vais y aller, reprit-elle en fixant le sol.

Je ne pus résister à l'envie de l'embrasser une dernière fois, alors je saisis son menton, puis inclinai sa tête en arrière jusqu'à ce que nos regards se croisent à nouveau. Je m'approchai doucement, posai mes lèvres sur les siennes et les y laissai un long moment. Mon cœur se serra quand je m'écartai.

— Au revoir, Molly.

— Tu parles comme si tu n'allais plus être là à mon retour, fit-elle remarquer en m'observant bizarrement.

— Non, je serai là, lui assurai-je avec un sourire forcé.

En train de panser mes blessures et de réparer mon cœur brisé.

— OK, alors passe une bonne soirée.

— Toi aussi, Mollz. Toi aussi.

CHAPITRE 19

Molly

— J'allais te demander comment les choses se passaient entre le docteur Daniels et toi, mais je vois que ça se passe plutôt bien, déclara Daisy en riant, tout en désignant mon cou d'un signe de tête.

Nous étions en train de faire un lit ensemble pour une patiente qui allait arriver, et le haut de ma blouse s'était décalé. Je baissai les yeux, mais je ne voyais pas de quoi elle parlait.

— Comment ça ?

— Tu as une marque rouge, un suçon, juste sur ta clavicule.

J'écarquillai les yeux, puis me précipitai dans la salle de bains attenante pour regarder dans le miroir. Effectivement, j'avais un suçon. Declan avait dû me le faire tout à l'heure, et je ne m'étais doutée de rien. Je redressai mon haut, et heureusement, il couvrait la marque. Cependant, je me dis que Will aurait pu le découvrir à la place de Daisy, et ça me donna mal au ventre.

Qu'est-ce que je faisais ? J'étais dingue de Will depuis une éternité, pourtant j'avais eu du mal à prendre la décision d'avoir une relation exclusive avec lui. Et ensuite, j'avais fini par choisir d'accepter, et moins de quarante-huit heures avant de m'engager avec lui, j'embrassais Declan et le laissais me faire un suçon.

Pourquoi j'aurais fait ça si le choix que j'avais fait était le bon ? J'étais plus perdue que jamais.

Submergée, mes émotions prirent le dessus et les larmes me montèrent aux yeux. *Parfait. Vraiment génial. Maintenant j'allais avoir les yeux gonflés, le nez rouge, et la marque de la bouche d'un autre homme sur mon corps.* J'avais l'impression d'être une horrible personne, comme si j'avais trahi quelqu'un, même si je n'avais pas encore dit à Will que nous pouvions avoir une relation exclusive. Je tentai de retenir mes larmes, mais une tristesse écrasante s'infiltra dans ma poitrine, et apparemment, pleurer était le seul moyen de l'évacuer. De grosses larmes roulèrent sur mes joues, malgré mes efforts pour essayer de les arrêter.

Puisque je n'avais pas fermé la porte de la salle de bains, Daisy n'hésita pas à entrer.

— Molly, est-ce que tu sais où est le...

Elle aperçut mon visage et se figea. Visiblement, elle ne savait pas quoi faire. Nous nous entendions bien, mais ce n'était pas comme si je lui racontais mes problèmes. Elle semblait partagée entre l'envie de me réconforter et celle de sortir de la salle de bains pour s'enfuir aussi loin que possible.

— Est-ce que... tu vas bien ?

— J'ai juste besoin de quelques minutes, répondis-je en reniflant.

— Bien sûr, aucun souci. Tu veux... que je reste ? Est-ce que tu veux parler de quelque chose ?

Je secouai la tête.

— Non, je suis désolée. J'ai juste eu une longue journée. Je te rejoins dans cinq minutes.

— Ne dis pas de bêtises. Prends tout ton temps. Je m'occuperai du bureau aussi longtemps que nécessaire. C'est calme pour l'instant, de toute façon.

— Merci, Daisy.

***

Le lendemain matin, je n'étais pas prête à rentrer chez moi après mon service. Je n'étais pas allée voir mon père depuis quelques jours, alors après avoir envoyé un message à Kayla pour m'assurer que ça ne les dérangerait pas, j'achetai des bagels et me rendis chez eux.

— Salut, papa.

Je l'embrassai sur la joue à mon arrivée. Il avait de l'oxygène à domicile à présent, mais le masque en plastique était accroché au dos de la chaise sur laquelle il était assis dans la cuisine.

— Euh... Je t'assure que ça fonctionne mieux quand il est posé sur ton visage, lançai-je en le pointant du doigt.

— Petite maline, lança mon père en secouant la tête. Tu parles comme Kayla. Je bois mon café, je me sens bien.

Chaque fois que je venais le voir, il avait l'air d'aller un peu moins bien. En tant qu'infirmière, j'étais habituée à voir l'état des patients malades se dégrader, mais le déclin de mon père ne suivait pas la norme. La différence entre les cancers à petites cellules et les autres cancers était vraiment impressionnante. C'était presque comme si on pouvait observer la propagation rapide de la maladie de l'extérieur.

Je déposai le sac de bagels sur la table.

— J'ai apporté ton préféré.

— Ah oui? Tu t'en souviens? demanda-t-il en souriant.

— Bien sûr que oui. Plus il y a de sel, meilleur c'est. Ce n'est probablement pas la meilleure chose à t'apporter vu ce que ça peut faire à ta tension.

— C'est le dernier de mes soucis, répliqua-t-il en balayant mon commentaire d'un geste de la main.

— Je vais te le préparer, proposai-je en piochant dans le sac. Fromage frais ou beurre?

— Beurre, s'il te plaît.

Kayla vint nous rejoindre au rez-de-chaussée pendant que je préparais le petit déjeuner de mon père. Elle me salua, puis embrassa son mari sur le front.

— Je pars faire quelques courses, annonça-t-elle.

— D'accord, ma chérie.

— Je serai de retour dans une heure environ. Tu peux rester aussi longtemps, Molly?

— Je n'ai pas besoin de baby-sitter, grommela mon père en répondant pour moi.

Elle leva les yeux au ciel. Visiblement, ce n'était pas la première fois qu'il lui donnait du fil à retordre à ce sujet.

— Je sais bien, mais le médecin a dit que tu avais besoin de repos, au moins jusqu'à ce que ton bilan sanguin redevienne normal. Je me sentirais mieux de te savoir avec quelqu'un, au cas où tu aurais encore des vertiges.

— Les médecins ne font que protéger leurs arrières, rétorqua-t-il.

— Tu en sais quelque chose, plaisantai-je.

Après le départ de Kayla, je pris le petit déjeuner avec mon père. Nous discutâmes un peu, et je pensais parvenir à dissimuler le chaos qui faisait rage en moi. Néanmoins, après avoir fini de manger, il s'adossa à sa chaise et m'observa en plissant les yeux.

— Tu t'inquiètes pour moi ou il y a autre chose ?

Je fronçai les sourcils.

— Comment ça ?

— Tu mordilles ton pouce quand tu es stressée, indiqua-t-il en regardant mes mains.

C'était vrai, mais je ne m'étais pas rendu compte que mon père était au courant. Je serrai le poing pour m'empêcher de continuer, puis je soupirai.

— La nuit a été longue.

— Un accouchement s'est mal passé ?

— Non, ça n'a rien à voir, déclarai-je en secouant la tête.

— D'accord...

Mon père attendit. Je ne voulais pas qu'il pense que mes soucis avaient un lien avec lui. Enfin, évidemment, c'était toujours dans un coin de ma tête, mais ce n'était pas pour ça que j'étais dans cet état aujourd'hui. Alors je me dis qu'il serait peut-être mieux de me confier à lui.

— C'est... à cause d'un homme.

Il sirota son café.

— D'accord. Eh bien, crois-le ou non, mais j'en suis un aussi, alors raconte-moi tout.

C'était difficile à expliquer, et je n'étais pas sûre de vouloir parler de cette situation avec mon père. Nous n'avions jamais abordé ma vie sentimentale.

— C'est juste que j'ai du mal à être sûre de prendre la meilleure décision pour moi.

— Ça tombe bien, je suis expert dans ce domaine, affirma mon père en acquiesçant.

Au départ je fus confuse, mais ensuite, je pris conscience qu'il faisait référence à ma mère et Kayla. J'avais toujours observé la situation du point de vue de l'enfant abandonnée que j'étais, mais jamais de celui de l'homme du couple.

— Qu'est-ce qui s'est passé entre maman et toi ? Je n'ai toujours eu que sa version des faits.

Mon père soupira.

— Tu as combien de temps devant toi ? Je pense que cette histoire pourrait prendre un moment.

— Raconte-moi la version simplifiée, répondis-je en souriant.

— Très bien. Comme tu le sais, ta mère et moi nous sommes rencontrés à la fac. On s'est mariés à vingt-et-un ans. Les gens nous disaient qu'on était trop jeunes, mais on ne les a pas écoutés.

Il regarda ailleurs un instant, et un sourire mélancolique étira ses lèvres.

— Elle était la plus belle fille du campus, reprit-il en secouant la tête. Bref, c'est censé être la version courte, alors je vais passer quelques années. Ta mère travaillait beaucoup pendant que j'étais à la fac de médecine. Ensuite, quand j'ai obtenu mon diplôme et que ta sœur et toi êtes arrivées, elle est restée à la maison et c'est moi qui travaillais beaucoup. Au fil des années, on s'est en quelque sorte éloignés. Au départ, nos filles nous liaient. Je rentrais à la maison et ta mère me racontait ce qui s'était passé avec ta sœur et toi. Mais au fil du temps, c'est devenu notre seul sujet de discussion. Alors quand vous êtes devenues un peu plus âgées et que vous avez commencé à passer du temps avec vos amies pour des soirées pyjama ou autres, on avait l'impression d'être devenus des étrangers. Parfois, on était assis à la table de la cuisine pour manger, en tête à tête, et on n'avait rien à se dire, même si on n'avait pas passé la journée ensemble. Ça créait de la frustration, et cette frustration menait à des disputes. Je suis sûr que tu te souviens de cette partie-là. C'était presque comme si on avait grandi ensemble, sans pour autant apprendre à communiquer.

— Et Kayla ?

Mon père soupira de nouveau.

— Je sais que tu penses que Kayla est la cause de ma rupture avec ta mère, mais ce n'est pas du tout le cas. Enfin, elle n'a rien fait pour que ça arrive. Je jure devant Dieu que je n'ai jamais trompé ta mère – du moins pas physiquement. Je mentirais si je disais que je ne m'étais pas rapproché d'autres femmes pendant ces années difficiles, même si ce n'était pas de manière physique. Avec du recul, je pense que je cherchais un lien émotionnel que je n'avais pas avec ta mère. J'aurais dû travailler là-dessus plutôt que de le chercher chez d'autres femmes. Et je l'assume. Dans une relation, tromper n'est pas seulement une relation physique. J'ai développé des sentiments pour Kayla. À l'époque, ils n'étaient pas réciproques. Elle n'en savait rien. C'est juste qu'il était tellement facile de parler avec elle au travail. Et une fois que c'est arrivé, j'ai pris conscience que les choses n'allaient pas avec ta mère. Je culpabilisais beaucoup, mais j'étais aussi un crétin égoïste. Alors plutôt que de consacrer du temps à essayer de réparer ce qui n'allait plus avec ta mère, j'ai choisi la solution de facilité en la quittant.

Waouh. J'ignorais à quoi je m'attendais, mais ce n'était pas à ça. Toutefois, ça ressemblait à la vérité.

Mon père secoua la tête, et ses yeux s'emplirent d'émotion.

— Je suis désolé de t'avoir déçue. J'aurais dû être un homme meilleur.

— Tu es humain, le rassurai-je en prenant sa main dans la mienne. Et quand tu es parti, je ne pense pas que je le comprenais. À mes yeux, tu étais mon père, pas une personne, si tu vois ce que je veux dire. J'avais seize ans et je ne comprenais pas encore les garçons, alors je n'aurais pas pu comprendre la complexité de faire fonctionner un mariage, ou encore le fait qu'on puisse ne plus être amoureux. Je voulais juste trouver quelqu'un à qui en vouloir parce que mon père était parti et que ma mère était triste, et c'était plus facile de t'en vouloir à toi.

Nous restâmes silencieux un moment, mais je finis par reprendre la parole :

— Et si Kayla n'avait pas été là ? Tu serais resté avec maman ?

— Ce n'est vraiment pas une question facile, puisque Kayla est là, mais je suis presque sûr que la réponse est non. Si ce n'avait pas été elle, ça aurait fini par être quelqu'un d'autre. Le problème, ce n'était pas le fait que je sois tombé amoureux d'une femme précise, Molly. Le problème, c'était *moi*. Est-ce que je peux te poser une question ?

— Oui.

— Est-ce que ton problème d'homme concerne Declan et Will ?

Je confirmai d'un hochement de tête.

— Je sais que je suis probablement la dernière personne qui devrait te donner des conseils en matière de relations amoureuses, mais parfois, avoir du recul sur la situation permet de voir plus clairement les choses que lorsqu'on les vit. Alors si je peux te donner un conseil, c'est de ne pas t'engager à moins d'être sûre de toi et d'être prête à te consacrer à cette relation.

CHAPITRE 20

Declan

— Comment ça se passe par ici ? demanda Ken, dont la voix rugit dans le haut-parleur.

Julia et moi devions faire une conférence téléphonique avec notre patron chaque semaine, presque toujours le vendredi, mais plus tôt dans la journée, il nous avait envoyé un e-mail pour demander à nous parler à seize heures cet après-midi, alors que nous étions seulement mardi.

— Bien, répondis-je. On est toujours un peu en avance sur le planning, alors on a commencé à travailler sur le plan médiatique.

— Magnifique. Je suis ravi de l'entendre. Ça va rendre les choses bien plus faciles.

Je jetai un coup d'œil à Julia en face de moi pour voir si elle savait de quoi il parlait, mais ses sourcils étaient tout aussi froncés que les miens.

Elle haussa les épaules, alors je pris la parole :

— Rendre *quoi* plus facile, Ken ?

— Vous connaissez Jim Townsend ?

Nous hochâmes tous les deux la tête.

— Oui, bien sûr. Est-ce qu'il va bien ? le questionnai-je.

— Oui, mais il m'a donné sa démission ce matin, avec seulement une semaine de préavis. Apparemment, on lui a fait une offre qu'il n'a pas pu refuser et qui ne nécessite pas de voyager, alors puisque sa femme et lui viennent d'avoir un bébé, il n'a pas pu la laisser passer. Ils avaient besoin de lui tout de suite.

— Oh, waouh, lança Julia. Il travaillait sur la grosse campagne de produits laitiers, c'est ça ?

— Oui, dans le Wisconsin. Il a deux autres membres de l'équipe avec lui, mais ils sont trop peu expérimentés pour prendre en charge un dossier aussi important que celui de Border's Dairy, alors j'ai bien peur de devoir envoyer l'un d'entre vous sur place pour prendre les rênes pendant un moment.

Je passai une main dans mes cheveux.

— Pour combien de temps ?

— La campagne doit être lancée dans un peu moins de neuf semaines, alors je dirais pour deux ou trois mois.

Merde.

— Et qu'en est-il de notre mission ? m'enquis-je. C'est beaucoup trop de travail pour une seule personne.

— J'enverrai un remplaçant à Chicago. Même deux assistants si vous pensez que c'est nécessaire. Quand on aura fini dans le Wisconsin, et s'il y a encore du travail à Chicago, celui qui sera parti pourra revenir pour prêter main-forte. Je sais que vous avez créé ensemble votre vision pour cette campagne et qu'il y a une certaine satisfaction à la concrétiser, alors je suis désolé. Mais l'un de vous va devoir aller acheter de gros pulls et se rendre dans le Wisconsin.

Je croisai le regard de Julia. Nous pensions tous les deux à la même chose, mais ce fut elle qui posa la question :

— Lequel de nous y va ?

— Eh bien, Declan est le plus ancien directeur marketing, même si vous occupez le même poste, alors je lui laisse prendre cette décision.

***

Ma sœur, Catherine, sembla surprise que je la contacte à nouveau.

— Tu me rappelles déjà ? Qu'est-ce qui me vaut cet honneur, cher frère ?

— Ma bonne sœur, j'ai vraiment besoin de ton aide.

— Oh, oh, c'est à propos de Molly ?

— J'aimerais que ce soit juste ça.

— Il s'est passé quoi ?

Je lui racontai la bombe que mon patron avait lâchée au travail aujourd'hui. J'étais encore partagé sur le fait d'accepter la mission dans le Wisconsin ou d'y envoyer Julia. Toutefois, au fond de moi, je connaissais la bonne décision.

— Il vous a laissé le choix ?

— Non, il *m'a* laissé le choix, rectifiai-je. Et ça craint. J'aurais aimé qu'il choisisse lui-même.

— Julia a dit quoi ?

— Elle a tenté d'être gentille en disant qu'elle était partante pour y aller, mais je ne suis pas dupe. Newport Beach lui manque énormément depuis notre arrivée ici. Elle commence seulement à s'acclimater un peu à Chicago, à trouver des endroits où manger sainement. Devoir rester dans le Wisconsin pendant deux mois lui mettrait le moral à zéro, qu'elle en ait conscience ou non.

— Alors tu vas te porter volontaire ?

— Je pense que je suis obligé de le faire. Je n'en ai pas envie. Vraiment pas du tout. Contrairement à Julia, j'aime être ici. Aucune partie de moi n'a envie de partir, mis à part le fait que vous me manquiez.

Catherine soupira.

— Je trouve ça vraiment minable de la part de ton patron de te mettre dans cette situation. Et si vous faisiez un pile ou face ?

— Ça laisse encore une possibilité que Julia soit obligée d'y aller. Elle m'en voudrait trop.

— Alors dans ce cas, il n'y a plus vraiment de discussion à avoir. On dirait que ta décision est prise. Tu ne veux pas faire de mal à Julia, alors tu préfères t'en faire à toi.

Je poussai un soupir.

— Elle a rompu avec son petit ami pour être avec moi, je ne me suis pas engagé avec elle, même si elle semble très impliquée avec moi émotionnellement parlant, et il faudrait que je l'envoie dans le Wisconsin ? Ce serait tordu, tu ne trouves pas ?

— Je suis d'accord sur le fait que tu n'aies pas vraiment le choix si tu veux prendre en considération les sentiments de Julia, confirma-t-elle, avant de marquer une pause. Et Molly ? Qu'est-ce qu'elle en pense ?

Cette question m'angoissa.

— Je ne lui ai encore rien dit. C'est arrivé aujourd'hui. Molly est au travail en ce moment.

— Comment s'est passée la conversation que tu devais avoir avec elle ?

Je grimaçai en fermant les yeux.

— Ça a mal tourné. Pour faire court, j'ai trouvé le courage de lui avouer que je voulais qu'on se laisse une chance, mais avant de pouvoir le lui dire, elle m'a confié que le fichu médecin lui a proposé une relation exclusive. Elle a dit qu'elle allait accepter.

— Quelle a été ta réponse ?

— Je l'ai embrassée.

— Tu quoi ? lança-t-elle en riant.

— Je l'ai embrassée, et c'était le meilleur baiser de ma vie.

— Désolée, je suis perdue.

— Moi aussi, Catherine.

— OK, dis-m'en plus.

— Molly est censée accepter sa proposition demain soir. Une fois qu'elle a annoncé ça, j'ai décidé que je ne me mettrais plus sur son chemin. Tu m'as dit d'agir en fonction de l'impression qu'elle me donnait. Eh bien, elle a facilité les choses. Mais... puisque techniquement elle était toujours célibataire, et que je n'aurai peut-être plus l'occasion de l'embrasser, je lui ai demandé si je pouvais le faire juste une fois. Elle a accepté. C'était génial. Fin de l'histoire. C'était hier soir.

— Donc, en quarante-huit heures, tu décides de te lancer, tu te fais briser le cœur, tu embrasses quand même la fille, puis tu découvres que tu dois déménager dans le Wisconsin pendant deux mois. On dirait que tu mérites un peu d'alcool ce soir, petit frère.

J'ouvris le frigo et en sortis une bière.

— Je l'ouvre tout de suite.

— Est-ce que refuser ce changement est envisageable ? m'interrogea-t-elle.

J'ouvris la bouteille, bus une gorgée, puis secouai la tête.

— Pas si je veux garder mon travail. Et certainement pas si je veux pouvoir obtenir la promotion pour laquelle j'ai travaillé si dur.

— D'accord, reprit ma sœur en poussant un long soupir. Prenons un peu de recul pour voir la situation plus globalement.

— OK.

— Molly a pris sa décision. Elle va sortir avec le médecin. Tu n'es plus vraiment attiré par Julia. Est-ce que ce séjour temporaire dans le Wisconsin pourrait être une bonne chose ? Tu n'aurais pas à voir Molly aller de l'avant, et ça résoudrait ta situation avec Julia sans que tu aies besoin de la décevoir. Peut-être qu'une fois que tu auras tout remis à zéro et que tu rentreras en Californie après le Wisconsin, tu pourras tourner la page toi aussi.

— Tu fais paraître ma vie désastreuse bien plus simple.

— Pourquoi ce serait forcément compliqué ?

— Eh bien, il y a une *petite* complication : le timing. Je serai peut-être obligé de revenir à Chicago pour terminer la mission une fois que j'aurai fini dans le Wisconsin. À ce moment-là, qui sait ce que je trouverai en rentrant. Mais tu sais quoi... plus j'y pense, plus je me rends compte que ce que je ressens maintenant n'a aucune importance. Je suis obligé d'aller dans le Wisconsin.

J'avalai une grande gorgée de ma bière.

— Bon sang, je suis obligé d'y aller.

CHAPITRE 21

Molly

Le conseil de mon père n'avait cessé de tourner dans mon esprit depuis que j'étais partie de chez lui. J'avais dit à Will que je lui donnerai ma décision ce soir, mais était-ce vraiment nécessaire ? Pourquoi étions-nous obligés de précipiter les choses ? Si je n'étais pas sûre de moi, je devais certainement faire ce que mon père m'avait conseillé, à savoir prendre plus de temps avant de m'engager.

Je me regardai dans le miroir, déboutonnai le haut de ma blouse et le poussai sur le côté. La marque que Declan avait laissée dans mon cou était toujours là. J'allais devoir la camoufler avec du maquillage avant d'aller à mon rendez-vous. Le suçon était l'une des nombreuses choses dont j'allais devoir m'occuper avant ce soir. Je ne me sentais pas prête à faire face à Will sans avoir parlé à Declan avant.

Ce dernier m'avait informée par message qu'il rentrait à la maison et qu'il espérait me croiser. Je me demandais s'il voulait parler de ce qui s'était passé entre nous lundi.

À première vue, ce baiser semblait être un simple au revoir, une occasion de profiter de la situation. Toutefois, la *façon* dont il m'avait embrassée disait tout autre chose. C'était un baiser désespéré, passionné, qui ne ressemblait à aucun autre baiser que j'avais pu vivre. Et il m'avait laissée encore plus perdue qu'avant.

Je repensai à la conversation que j'avais eue avec mon père. Il y avait bien plus d'une manière de faire du mal à quelqu'un. Si je devais m'engager avec un homme, il fallait que je sois certaine de ne penser à aucune autre personne. À ce stade, je ne voyais pas comment le fait de dire oui à Will pourrait automatiquement faire disparaître mes sentiments pour Declan. Comment je me sentirais si les rôles étaient inversés ? Si Will acceptait d'être mon petit ami, mais qu'il éprouvait toujours des sentiments compliqués pour une autre femme ? Je détesterais ça.

Mes pensées furent interrompues par le bruit de la porte d'entrée qui s'ouvrait. Je restai dans ma chambre en me disant que Declan viendrait me trouver.

Une minute plus tard, dans le miroir, je le vis se tenir sur le seuil de ma chambre. Cependant, je ne m'attendais pas à son air mélancolique.

— Qu'est-ce qui ne va pas ? l'interrogeai-je en me tournant vers lui.

Il se laissa tomber sur mon lit et atterrit sur le dos.

— Je ne sais pas comment dire ça, commença-t-il en passant une main sur son visage.

Mon cœur se serra, alors que j'allai m'installer au bord du lit.

— Qu'est-ce qui se passe ?

Des tas de pensées se bousculèrent dans ma tête. Allait-il me dire qu'il avait des sentiments pour moi ?

Est-ce que notre baiser avait changé quelque chose ? Est-ce qu'il s'était passé quelque chose avec Julia ? Toutefois, ce qu'il prononça ensuite était mille fois pire.

— Je dois quitter Chicago, Mollz.

— Quoi ? Est-ce qu'il s'est pa…

— Je suis réaffecté pour une autre campagne dans le Wisconsin. Le type qui la gérait a quitté la société, et mon patron a besoin de quelqu'un pour prendre le relai dès que possible. Il veut que ce soit Julia ou moi, et il m'a chargé de décider qui irait.

Julia ou lui ?

Mon cœur s'emballa.

— Alors pourquoi ce n'est pas *elle* qui y va ?

— Julia supporte à peine Chicago, révéla-t-il en fermant brièvement les yeux. Elle ne fait rien d'autre que se plaindre à propos du fait que la Californie lui manque. Cette mission se trouve au milieu de nulle part. Je suis quasiment certain que ces deux mois la tueraient.

— Alors tu pars ?

— Oui, confirma-t-il en acquiesçant. Je suis obligé, Mollz. Mais c'est la dernière chose dont j'ai envie.

— Je n'arrive pas à y croire. J'ai toujours su que ton temps ici était limité, mais j'ai l'impression qu'on vient de me voler quelque chose.

— Moi aussi. Je me suis senti mal toute la journée. Après avoir dit à Ken que je m'en chargerais, je me suis senti horriblement déprimé.

Il s'assit, alors il se retrouva juste à côté de moi.

— Il y a peut-être une petite lueur d'espoir, reprit-il. Selon la date à laquelle je terminerai les choses là-bas, il se pourrait que je revienne ici pour terminer la mission de Chicago avant de retourner en Californie.

Ça me redonna un peu d'espoir.

— Alors tu pourrais revenir ?

— Je ne sais pas vraiment comment ça va se passer, mais c'est une vraie possibilité, oui. J'ai parlé à mon patron pour que la société continue à couvrir mon loyer ici jusqu'à la fin de mon engagement. Je ne voulais pas que tu aies des problèmes. Il a accepté de me rembourser.

Declan coinça une mèche de cheveux derrière mon oreille.

— Est-ce que je peux garder ma chambre ici ? demanda-t-il. Comme ça je sais que j'aurai un endroit où vivre quand je reviendrai.

Ça me semblait encore surréaliste.

— Bien sûr, Declan. Évidemment.

Il secoua la tête en fixant mon couvre-lit.

— Le timing est merdique. Je t'embrasse et je pars.

Il leva les yeux vers moi en m'adressant un sourire en coin qui me fit mal au cœur, puis il prit ma main dans la sienne. C'était un geste innocent, mais la chaleur se répandit en moi.

— Peu importe à quel point on est perdus en ce moment, Declan, tu es l'un des meilleurs amis que j'aie jamais eus, confiai-je en observant nos doigts entrelacés. J'espère qu'on ne perdra pas contact, parce que je suis vraiment triste rien qu'à l'idée d'y penser.

Il serra ma main.

— Je te promets de te donner des nouvelles, Molly. J'adorerais ça.

— Tu m'as aidée à traverser une période très difficile de ma vie. Ton amitié, tes petits déjeuners en guise de dîners, ton sourire... énumérai-je en souriant à mon tour. Avant que tu emménages avec moi, ça faisait des années que je ne m'étais pas sentie aussi vivante.

Il étudia mon visage. Peut-être que j'en avais un peu trop dit.

— Ça craint, murmura-t-il.

Le silence s'abattit dans la pièce.

— Tu dois partir quand ? le questionnai-je.

— Il veut que je sois là-bas en début de semaine.

Je fis le calcul. J'étais en repos ces trois prochains jours, mais je devais travailler de samedi à lundi, ce qui signifiait qu'il ne me restait plus que quelques jours à passer avec lui avant son départ.

J'avais envie de pleurer.

— C'est si rapide.

— Je sais, souffla-t-il en fronçant les sourcils.

— Qu'en est-il de Julia et toi ? Que va devenir votre relation ?

— Elle sera sûrement en suspens, mais ça ne change pas vraiment de la situation actuelle, révéla-t-il en haussant les épaules. Je pense que la distance nous fera du bien. Je suis content qu'on ne se soit fait aucune promesse avant que cette histoire arrive.

Declan voulait certainement être libre pour pouvoir sortir avec qui il voulait dans le Wisconsin. Y penser me donna la nausée et me rappela une fois de plus les sentiments que j'éprouvais pour lui.

— J'aimerais pouvoir tout envoyer balader et rester. Je t'assure. J'aime être ici, et je ne suis pas du tout prêt à partir, reprit-il, avant de soupirer. J'ai fait un sacré chemin avec cette société, et si je refuse cette mission, ça me fera passer pour quelqu'un qui n'a pas l'esprit d'équipe. Ça réduirait mes chances d'avoir une promotion.

— Je comprends parfaitement. C'est le moment pour toi de travailler dur pour pouvoir relâcher la pression plus tard.

Il lâcha ma main et s'allongea pour fixer le plafond.

— Mon besoin de réussir est profondément ancré en moi. Mes parents sont très vieux jeu, surtout mon père. J'ai grandi en entendant qu'il fallait que je réussisse parce que je suis un homme, alors qu'ils étaient d'accord pour que mes sœurs se marient et se posent. L'ironie dans tout ça, c'est que mes sœurs excellent toutes dans leurs carrières. Malgré tout, mon père m'a toujours mis la pression parce que je suis le seul garçon. Je l'ai déçu quand j'ai choisi de ne pas aller en fac de droit comme il le voulait, alors j'ai fait tout mon possible pour lui montrer que je suis capable de laisser mon empreinte dans l'industrie de mon choix, et non pas dans celle qu'*il* avait choisie pour moi.

— Ton père est avocat ?

— Oui. Je ne te l'ai jamais dit ?

— Non.

— Voilà. Alors il voulait que je suive ses traces, mais ça ne m'a jamais rien dit. Quand j'ai fini par décider d'aller dans le marketing, je lui ai promis que je ferais mes preuves, que je pourrais créer ma propre réussite.

— Tu parles beaucoup de tes sœurs, mais tu ne parles pas beaucoup de tes parents.

— C'est un peu un point sensible, mais c'est aussi ce qui me motive.

— Je comprends.

Il m'observa et me sourit.

— Il y a quelque chose chez toi qui me donne envie de partager des choses dont je ne parle pas habituellement. Nos discussions vont me manquer. Du moins, les discussions en personne. Je te promets qu'on continuera à parler.

— J'y compte bien.

Il hocha la tête.

— Tu sors toujours avec Will ce soir, n'est-ce pas ?

Je soupirai. La nouvelle de son départ avait bouleversé mes projets de lui parler de mes sentiments contradictoires ce soir.

— Oui. Je suis censée le rejoindre chez lui.

— Et tu vas répondre à sa proposition ?

— Je ne sais pas, hésitai-je.

— Je dois t'avouer quelque chose... commença-t-il.

— Je t'écoute...

Il se redressa pour me faire face.

— Ce baiser... Je ne le regrette pas. Pas une seule seconde. Mais ce n'était pas malin de faire ça. Tu venais juste de me dire que tu avais pris une décision qui te convenait, et j'ai agi comme un homme primitif parce que j'étais jaloux.

Je souris et le laissai continuer.

— Je n'avais pas le droit de jouer avec toi comme ça. Je suis désolé.

— Je ne regrette pas ce baiser, affirmai-je aussitôt. Cela dit, je regrette peut-être un peu de t'avoir laissé sucer mon cou si fort, parce que je me retrouve à devoir porter cette chemise boutonnée jusqu'en haut ce soir. Je ressemble à une nonne.

Je retirai les deux premiers boutons et décalai le tissu pour lui montrer la marque.

— Ne prends pas mal le commentaire sur la nonne, ajoutai-je.

— Aucun souci, me rassura Declan en passant son doigt sur ma peau. Merde.

Ce contact me fit frissonner.

— Bon sang, j'adore voir ça sur toi. Je ne suis pas si désolé que ça. Est-ce que c'est mal de vouloir que le docteur Débile le voie ? demanda-t-il. C'est comme si je m'étais mis en tête que la compétition qu'on a inventée entre lui et moi était réelle.

Si seulement il se rendait compte à quel point elle avait été réelle pour moi depuis le départ. Tout ce que j'avais envie de faire ce soir, c'était passer du temps avec Declan parce que notre temps ensemble était limité.

J'étais à deux doigts de proposer d'annuler mon rendez-vous quand il reprit la parole :

— Amuse-toi ce soir. Ne laisse pas l'annonce de mon départ te miner le moral. Commande le plat le plus cher du menu. Bois un peu, mais pas trop. Et suis ton instinct, Molly. Si tu ne te sens pas prête, ne lui dis rien ce soir. Personne n'a le droit de te donner un délai pour avoir une réponse.

— Mon père m'a donné le même conseil, révélai-je en souriant.

— Les grands esprits se rencontrent, alors.

***

Finalement, je ne dînai même pas avec Will. Il fut appelé pour une urgence à l'hôpital et dut annuler à la dernière minute. Ce fut un soulagement, ce qui me poussa de nouveau à me poser des questions sur mes sentiments. J'étais rentrée à la maison, mais Declan était parti, alors je m'étais servie de ce temps calme pour réfléchir encore à la situation. J'avais décidé que, pour déterminer si j'avais vraiment envie d'avancer avec Will, il fallait que Declan parte. Ce n'était pas juste de prendre une décision maintenant, alors que tout ce à quoi je pensais, c'était son départ.

Will et moi avions reporté notre dîner en déjeuner cet après-midi. Nous devions nous retrouver à un restaurant près de chez moi, ce qui me mettait beaucoup plus à l'aise que de manger chez lui comme c'était prévu au départ. Jusqu'à présent, nous n'avions échangé que quelques baisers les soirs où nous nous étions vus, mais la progression naturelle d'une relation physique se profilait à l'horizon, et je ne voulais pas avoir cette pression avant d'avoir les idées bien en place.

Nous étions vendredi matin. Declan était au travail, mais nous avions prévu de passer du temps ensemble en soirée, étant donné que c'était mon dernier soir de repos avant quelques jours. Il partirait lundi.

Quand je me rendis à la cuisine, j'aperçus un seul M&M's rose sur le comptoir, ainsi qu'un mot.

Mollz, j'ai pensé qu'avant de partir, je devrais probablement te rendre tes M&M's, mais j'ai décidé de les laisser un peu partout dans l'appartement. Comme ça, quand je serai parti, tu penseras à moi et tu souriras chaque fois que tu les trouveras. Ce sera comme si j'étais encore là. (Ou pas.) Voici le premier. Je te souhaite de passer une bonne journée. On se voit ce soir.

CHAPITRE 22

Declan

— Vous savez quoi ? Je vais prendre celles-ci aussi.

Je désignai un bouquet de fleurs multicolores.

Je m'étais arrêté à un stand de fruits frais afin d'acheter des fraises pour le dessert que j'avais prévu de préparer à Molly.

La vieille dame qui travaillait ici me sourit.

— Très bon choix. Elles viennent juste d'arriver. Les couleurs sont jolies, n'est-ce pas ?

— C'est vrai. D'habitude, je ne suis pas du genre à acheter des fleurs.

— Oh, oh, répondit la femme d'un ton désapprobateur. Quelqu'un vous en veut, alors ? Qu'est-ce que vous avez fait ?

— Non, tout va bien, lui assurai-je en riant.

— Vous les offrez sans raison ?

— Oui, je crois. Je prépare un dîner pour... mon amie, et j'ai pensé qu'elles seraient jolies sur la table.

La vendeuse glissa les fraises dans un sac et je payai la note. Elle me fit un clin d'œil en me tendant mon achat.

— Bonne chance avec votre *amie* ce soir.

Le stand de fruits était le dernier des cinq arrêts que j'avais faits en rentrant à l'appartement. Puisque c'était sûrement le dernier repas que je pourrais préparer pour Molly, j'avais décidé de quitter le travail plus tôt et de la surprendre en faisant des mini portions de tous ses plats préférés. Je savais que ça la ferait sourire, ce qui en retour me mettait de bonne humeur. C'était la première fois que j'avais pu penser à autre chose que mon départ de Chicago. En fait, je me sentais tellement joyeux sur le chemin du retour que je ne m'étais même pas rendu compte que je sifflais.

À environ une rue de l'appartement, je me tenais au passage piéton en attendant que le feu vert apparaisse. Alors que je sifflais l'air de la chanson *Don't Worry, Be Happy*, je jetai un coup d'œil au restaurant italien de l'autre côté de la rue, dans lequel Molly et moi avions commandé à manger quelques fois. Et mon sifflement s'arrêta net.

Molly.

Elle était à l'intérieur du restaurant, assise à une table contre la vitrine. Et elle n'était pas seule. *Will* était assis en face d'elle. Le feu que j'attendais passa au vert, et les gens autour de moi se mirent à traverser. Toutefois, je ne pouvais pas bouger. Je restai simplement là à la fixer. Molly souriait. Un vrai grand sourire éclairait son joli visage. Le crétin en face d'elle se pencha pour dire quelque chose, et elle pencha la tête en arrière en riant.

C'était comme un accident de voiture au bord de la route. On sait qu'on ne devrait pas regarder, pourtant on ne peut pas s'empêcher de le faire — même quand ce qu'on voit nous fait mal à la poitrine. Enfin, non, ce n'était *pas du tout* ce que je ressentais. J'avais plutôt l'impression d'être celui qui avait percuté un arbre à cent-trente kilomètres heure. Mon cœur se serra, tout comme ma gorge, et j'eus du mal à respirer.

Putain.

Putain.

Putain !

Ma Molly. Avec Will. Et elle avait l'air... heureuse. Même si c'était ce que je voulais pour elle, c'était physiquement douloureux de voir qu'un autre homme en était la cause. Deux minutes plus tôt, j'étais en train de rapporter des fleurs à la maison en sifflant, mais à présent, tout mon monde s'était écroulé autour de moi. Je n'étais pas idiot, je savais que j'avais des sentiments pour Molly. Mais à ce moment-là, je me rendis compte que c'était bien plus que ça.

J'étais tombé amoureux d'elle.

***

Un message arriva lorsque je rangeai un autre pantalon dans ma valise.

> **Molly : Je devrais rentrer vers 19 h 30. Je suis passée chez mon père cet après-midi pour prendre de ses nouvelles, et on n'a pas vu le temps passer. Tu veux que je rapporte quelque chose sur le chemin ?**

Quand j'étais rentré tout à l'heure, j'étais resté assis à me morfondre, en essayant de décider ce que je devais faire. Presque quatre heures plus tard, la décision que j'avais prise semblait un peu précipitée, mais au fond de moi, je savais que c'était la bonne chose à faire... pour nous deux.

Plutôt que de dire à Molly que j'avais avancé mon vol, je choisis d'attendre qu'elle rentre. Je ne voulais pas qu'elle revienne plus vite que prévu et l'empêcher de rester avec son père.

Declan : Non, c'est tout bon. Profite de ton temps avec ton père.

Une heure plus tard, j'étais en train de fermer ma dernière valise quand j'entendis la porte d'entrée s'ouvrir. J'avais prévu de l'accueillir dans le salon pour pouvoir discuter avec elle avant qu'elle remarque tous mes bagages, mais elle entra dans ma chambre avant que je puisse terminer.

— Hé, ça te dit de...

Molly ne finit pas sa phrase, et elle fronça les sourcils en apercevant les valises sur mon lit.

— Tu as déjà préparé tes affaires ?

— Oui.

Elle avança vers un tiroir vide de la commode resté ouvert et le ferma, puis elle ouvrit celui du dessous.

Vide.

Elle le referma sans rien dire et passa à celui encore en dessous.

Encore vide.

— Qu'est-ce qui se passe, Declan ? Tu n'as laissé aucune affaire.

Elle avait posé la question, mais son visage me disait qu'elle connaissait déjà la réponse.

Je m'assis sur le lit et tapotai la place à côté de moi.

— Viens t'asseoir.

Pendant les mois que j'avais passés ici, j'aurais dû lui mentir au moins à cinq reprises, comme la fois où je lui avais avoué que Julia et moi avions batifolé, ou mieux encore, quand je lui avais avoué que j'avais des sentiments pour elle. Cependant, j'avais été plutôt honnête, alors les conneries que je lui racontai à cet instant me laissèrent un goût amer dans la bouche.

— Il y a eu un changement de plan. Le type qui travaille avec notre client dans le Wisconsin a eu une urgence, alors mon patron m'a dit que je devais y aller plus tôt que prévu.

— Quand ? demanda Molly d'un air paniqué.

Je déglutis.

— Ce soir. Je prends le dernier vol qui part de l'aéroport de Chicago. Il décolle un peu avant vingt-trois heures.

— Mais... Mais... Ça veut dire que tu dois partir pour l'aéroport à vingt heures trente ?

— Vingt heures quinze en fait. Une voiture vient me chercher.

— Oh, mon Dieu, Declan. Non ! C'est beaucoup trop tôt. On n'a même pas pu passer un peu de temps ensemble.

— Je sais. Je suis désolé, m'excusai-je en baissant les yeux.

Elle regarda sa montre.

— Pourquoi tu ne m'as pas appelée ou envoyé un message plus tôt ? Je serais rentrée à la maison au lieu d'aller voir mon père ce soir.

— Passer du temps avec lui est important. Je ne voulais pas que tu te dépêches.

— Passer du temps avec *toi* est important aussi.

Elle prit ma main dans la sienne. Ça me semblait tellement normal que ça rendait ce que j'allais faire encore plus difficile.

Je me raclai la gorge.

— Viens, allons dans la cuisine. Je t'ai préparé à manger et j'ai mis de l'eau à bouillir. Laisse-moi te nourrir une dernière fois avant de partir.

Nous restâmes silencieux lorsque je la fis sortir de ma chambre. J'avais changé mes plans et avais remplacé mon idée d'amuse-bouches en gnocchis faits maison, alors ils avaient juste besoin de cuire dans l'eau bouillante trois à quatre minutes. L'eau frémissait déjà, alors j'augmentai un peu le feu, avant de réchauffer la sauce à la crème.

— Ça ne prendra que cinq minutes. J'ai acheté le vin que tu aimes. Tu en veux un verre ?

Molly s'assit à table. Elle avait l'air triste, mais elle hocha la tête en tentant de sourire, et échoua lamentablement.

— Tiens, soufflai-je en posant le verre de son vin préféré devant elle.

L'ambiance était lugubre pendant que je préparais le dîner. Je dressai deux assiettes et les posai sur la table.

— Mange. Ça pourrait bien être ton dernier bon repas avant un moment, maintenant que tu vas être obligée de cuisiner toi-même, tentai-je de plaisanter.

Elle repoussa le contenu de son assiette avec sa fourchette, puis elle finit par me regarder.

— Tu aurais fait quoi si je n'étais pas rentrée ?

— Comment ça ?

— Je t'ai dit que je rentrerais vers dix-neuf heures trente, mais si le métro était tombé en panne ou qu'il était arrivé autre chose ? Est-ce que tu serais parti sans me dire au revoir ?

Je ne m'étais pas servi de vin, mais je changeai d'avis et me remplis un verre.

— Je ne sais pas. Cela dit, tu es rentrée, alors ça n'a pas vraiment d'importance, pas vrai ?

— Si, c'est important ! rétorqua-t-elle en levant la voix, ce qui me surprit.

— D'accord... Très bien, repris-je en levant les mains. Je suppose que je t'aurais appelée pour te dire au revoir.

Elle secoua la tête.

— Vraiment ? Après ces derniers mois, tu aurais passé cette porte sans même me dire au revoir en personne ?

— Je ne sais pas, Molly, avouai-je en passant une main dans mes cheveux, avant de secouer la tête. Ça ne s'est pas passé comme ça, alors je ne peux pas être sûr de ce que j'aurais fait.

Elle repoussa sa chaise, faisant crisser les pieds sur le sol lorsqu'elle se leva.

— Si, tu peux en être sûr. Parce que tu viens de me dire que tu serais parti sans dire au revoir !

Elle fit demi-tour et se dirigea vers sa chambre.

— Tu vas où ? l'interrogeai-je.

— Je veux être seule. Puisque tu te fiches de me dire au revoir en personne, on n'a pas besoin de passer du temps ensemble.

— Molly, attends !

Elle me répondit en claquant la porte – si fort que les murs du salon tremblèrent. Je fermai les yeux. *Putain.*

Je restai assis à la cuisine pendant quelques minutes, mais ensuite, j'aperçus l'heure sur le micro-ondes et une vague de panique m'envahit. *Dix-neuf minutes.* Il me restait dix-neuf foutues minutes avec Molly, et qu'elle soit en colère ou non, il était hors de question que je les passe seul. Alors je rejoignis sa chambre, frappai doucement, et attendis.

Aucune réponse.

Je frappai une seconde fois et entrouvris la porte.

— Moll...

— Va-t'en.

La douleur s'entendait dans sa voix.

— J'entre.

Je lui laissai dix secondes pour m'en empêcher, mais lorsqu'elle ne le fit pas, j'ouvris complètement la porte.

Putain. Elle était en train de pleurer.

Je fermai les yeux et déglutis, puis j'avançai jusqu'au lit et m'assis à côté d'elle.

— Molly, je suis vraiment désolé. Je ne voulais pas te contrarier. C'est juste que... Je ne sais pas comment faire ça. Je ne sais pas comment te dire au revoir. Ces derniers mois, tu es devenue une partie si importante de ma vie.

Ses épaules se mirent à trembler quelques secondes avant que les sanglots n'arrivent.

— Viens par ici... l'invitai-je en la faisant tourner pour la prendre dans mes bras.

Je caressai ses cheveux.

— Ne pleure pas, trésor. Je t'en supplie, ne pleure pas, soufflai-je.

— Tu vas tellement me manquer.

— Je sais. Tu vas me manquer aussi.

Je pris son visage en coupe et essuyai les larmes sur ses joues.

— Je pars peut-être, mais je laisse un morceau de moi derrière, Molly, affirmai-je en la regardant droit dans les yeux. Et j'emporte un morceau de toi avec moi.

On aura toujours ça. On ne sera pas physiquement au même endroit, mais ça ne change rien au fait que je tiens énormément à toi.

Molly renifla.

— On parlera tous les jours ?

— Le docteur Débile va sûrement détester ça, plaisantai-je. Pire que ça, même.

Elle rit à travers ses larmes. Tout ce que j'avais envie de faire, c'était d'embrasser son joli visage rouge, mais je savais que ça ne ferait que rendre les choses plus difficiles encore.

— Plus sérieusement, Moll, repris-je en prenant ses mains et en entrelaçant nos doigts. Merci pour ces derniers mois. Je ne sais pas comment tu as fait, mais j'ai l'impression que tu m'as changé en tant que personne.

Elle hocha la tête.

— Je vois ce que tu veux dire. Je ressens la même chose.

Avant que je puisse dire autre chose, mon téléphone vibra dans ma poche. Je voulais l'ignorer, mais j'avais le sentiment que ça pourrait être le chauffeur, alors je lâchai une de ses mains à contrecœur et le sortis.

Je fronçai les sourcils en lisant le message.

— Ma voiture est arrivée. Elle a quelques minutes d'avance. Il n'y a pas de place pour se garer, alors le chauffeur va faire la tour du quartier en attendant que je descende.

De nouvelles larmes emplirent les yeux de Molly.

— Plus de pleurs, ma belle, l'implorai-je en coinçant une mèche de cheveux derrière son oreille. On ne va même pas se dire au revoir. Je reviens dans deux mois, tu te rappelles ? Alors ça ressemble plutôt à un à plus.

Même s'il était vrai que j'allais revenir, les choses ne seraient plus pareilles. Elle aurait passé beaucoup de temps à se rapprocher de Will, et... eh bien, ce serait sûrement la fin de ce que nous représentions l'un pour l'autre à ce moment-là.

— On se voit bientôt, Mollz, ajoutai-je en l'embrassant sur le front.

J'étais très fier qu'elle ne se remette pas à pleurer en m'accompagnant à la porte. Je la pris une dernière fois dans mes bras et sortis mes bagages.

— Prends soin de toi, trésor.

Je dus prendre sur moi pour mettre un pied devant l'autre et m'éloigner. Mon cœur mourait d'envie de rester, mais je parvins étrangement à rejoindre la voiture qui m'attendait. Une fois à l'intérieur, je regardai droit devant moi, même si je sentais le regard de Molly sur moi à la fenêtre. Je savais qu'elle attendait que je la regarde, mais je ne pouvais pas lui faire ça. Ça ne ferait que rendre les choses plus compliquées si elle voyait les larmes sur mon visage. Alors je baissai la tête. *Au revoir, Molly.*

CHAPITRE 23

Molly

Une semaine plus tard, mon père était à l'hôpital pour passer un scanner. C'était mon jour de repos, alors je l'accompagnais. Je voulais passer autant de temps que possible avec lui, et je voulais aussi laisser du temps à Kayla pour faire ce qu'elle avait à faire. Elle était à son chevet presque constamment depuis son diagnostic.

Ils avaient appelé mon père quelques minutes plus tôt, alors j'étais assise toute seule dans la salle d'attente vide. Alors que je feuilletais un magazine, Will entra avec un café dans chaque main.

— Salut, je ne pensais pas que tu travaillais aujourd'hui, déclarai-je.

— Je ne travaille pas. Je suis venu te tenir compagnie, m'apprit-il en déposant un baiser sur ma joue, avant de s'installer sur la chaise inoccupée à côté de moi.

— C'est vrai ? Merci, c'est gentil.

Il tendit un des gobelets en plastique, avant de changer pour me tendre l'autre.

— En fait, c'est celui-ci le tien. Il est noir. Il y a du lait et du sucre dans l'autre.

Sa prévenance me fit culpabiliser. Je l'avais presque évité depuis une semaine, depuis le départ de Declan. Je n'avais pas eu la tête à passer du temps avec un autre homme. En réalité, j'avais dû prendre sur moi pour sortir de mon lit presque tous les jours, alors faire semblant d'être heureuse était beaucoup trop pour moi.

Will retira l'opercule sur son café.

— Comment va ton père ?

Je soupirai.

— Il a perdu beaucoup de poids et sa peau est pâle, mais il fait de son mieux pour garder le moral.

Will hocha la tête et prit ma main. Le geste était adorable, mais ça me rappelait aussi la force avec laquelle Declan l'avait serrée le soir de son départ. Ce qui, par conséquent, me fit culpabiliser davantage. J'étais assise à côté d'un homme qui faisait tout son possible pour être là pour moi, et pourtant, je pensais à quelqu'un d'autre.

— J'espère que tu ne le prendras pas mal, mais on dirait que tu as perdu un peu de poids aussi, remarqua-t-il. Je t'ai entendu dire plus d'une fois aux jeunes pères qu'il est important de prendre soin des soignants. J'aimerais faire ça pour toi, Molly. Tu n'as pas à porter tout ça sur tes épaules.

Bon sang, je suis une personne horrible. L'homme avec qui j'étais censée sortir avait proposé de prendre soin de moi parce que j'étais triste, et une partie de cette tristesse était due à un autre homme.

— Merci. Ça signifie beaucoup pour moi, affirmai-je en serrant sa main.

Pendant la demi-heure qui suivit, notre conversation se concentra sur des sujets plus légers. Nous discutâmes du travail, de ceux qui avaient secrètement couché ensemble ce mois-ci, et Will continua à me divertir en me parlant des dessins bizarres qu'il avait vus dans les poils des parties intimes des femmes ces dernières années.

— Quelqu'un s'est vraiment fait le logo Chanel à cet endroit ?

— Comment je pourrais inventer ça ?

Je me mis à rire et me rendis compte que c'était la première fois que je le faisais cette semaine. Mais ensuite, mon téléphone sonna, et mon sourire s'évanouit. Le nom de Declan s'afficha à l'écran. Et je n'étais pas la seule à l'avoir remarqué.

Will me regarda brièvement et sirota son café.

— Tu ne décroches pas ?

— Je le rappellerai plus tard, répondis-je en secouant la tête. Il savait que mon père avait un rendez-vous, alors il appelle sûrement pour savoir comment ça s'est passé.

Will acquiesça, mais ne dit rien.

Puisque je l'avais évité, il ne savait pas que Declan était parti. Je me dis que c'était peut-être le bon moment pour le mettre au courant.

— Il a déménagé dans le Wisconsin, révélai-je.

— Declan a déménagé ? répéta-t-il en arquant les sourcils.

Je confirmai d'un hochement de tête.

— Il a eu un changement d'affectation au travail.

— C'est un déménagement permanent ?

— Non. Mais en fait, Declan habite en Californie. Il reviendra peut-être pour quelques semaines quand il aura fini dans le Wisconsin, mais ensuite il rentrera définitivement à Newport Beach.

— Je ne m'étais pas rendu compte qu'il ne vivait pas ici.

Évidemment, étant donné je m'étais servi de Declan pour rendre Will jaloux, je n'avais pas mentionné ce détail.

— Oui, il n'a jamais été question qu'il vive ici de manière permanente.

Il sirota encore un peu son café en silence, et quand il reprit la parole, il se tourna sur sa chaise pour me regarder.

— Comment tu te sens à ce sujet ?

— Par rapport au départ de Declan ?

Il hocha la tête.

Ma relation avec Will avait commencé par un mensonge, quand Declan et moi avions fait semblant d'être en couple. S'il y avait la moindre chance que les choses fonctionnent entre nous, il fallait que je sois honnête. Alors je le fus, même si ce n'était pas ce qu'il voulait entendre.

— Je suis triste qu'il soit parti. On s'était rapprochés. Mais c'est un bon ami, et on veut garder contact, lui confiai-je, avant de marquer une pause. Est-ce que ça te contrarie ?

Will me regarda droit dans les yeux.

— C'est tout ce que vous êtes à présent ? Des amis ?

Que mon cœur désire plus ou non, c'était ce que nous étions désormais, alors j'acquiesçai.

— Alors non, je ne laisserai pas cette amitié me contrarier, affirma-t-il en secouant la tête. Je mentirais si je te disais que je n'étais pas un peu jaloux de ta relation avec lui. Mais si tu me dis que vous êtes seulement amis, ça me va. En ce moment, tu as besoin du soutien de tous tes amis, même si l'un d'eux se révèle être bien trop séduisant à mon goût.

Je souris.

— Merci pour ta compréhension, Will.

Il serra ma main.

— Mais souviens-toi que je peux être là pour toi, moi aussi. Tout ce que tu as à faire, c'est m'en laisser l'occasion.

CHAPITRE 24

Molly

J'ouvris le flacon d'Advil, et un M&M's rose en sortit. Je ne comptais plus le nombre de fois où j'étais tombée sur des bonbons partout dans l'appartement. Je pensais toujours à Declan quand ça arrivait, et ça me faisait sourire, comme il l'avait prédit.

Ça faisait un mois qu'il était parti, et il me manquait toujours. Énormément. La seule différence entre maintenant et la période juste après son départ, c'était que je me forçais désormais à avancer, à passer du temps avec Will en lui permettant d'être là pour moi à bien des égards. Je n'avais pas été capable de le faire quand Declan était là.

Je glissai le M&M's rose dans ma bouche, avant de me servir de l'eau pour prendre deux vrais comprimés. Ensuite, je récupérai mon téléphone et écrivis à mon ami.

Molly : J'ai trouvé celui dans le flacon d'Advil. Ça m'a fait sourire :-)

Il répondit avec une photo de lui, prêt à croquer dans un gros morceau de fromage.

Declan : Dis *cheese*.

Molly : Je vois que tu profites du Wisconsin.

Declan : Tu vas bien ?

Molly : Oui, pourquoi ?

Declan : L'Advil...

Oh. Évidemment.

Molly : Juste un mal de tête. Journée stressante.

Quelques secondes plus tard, mon portable se mit à sonner, alors je décrochai.

— Salut.

— Est-ce que ça va ? demanda Declan d'un air inquiet.

— Oui, rien de grave. J'ai juste rendu visite à mon père. Il ne se sentait pas bien, mais au moins il n'a pas été obligé de rester à l'hôpital. Je dois aller travailler ce soir, mais c'est la dernière chose dont j'ai envie. Je suis épuisée, mais je vais aller prendre une douche et me motiver à y aller.

— Tu ne t'absentes jamais, hein ?

— Non. Je culpabilise trop de laisser mes collègues en plan à la dernière minute.

— Je parie qu'eux ne se gênent pas pour le faire.

Je pris un moment pour y réfléchir.

— Tu as raison. Ça arrive bien plus souvent que ça ne le devrait.

— Alors tu mérites bien une pause. Je pense que tu devrais appeler pour dire que tu seras absente et te reposer ce soir.

— Je ne sais pas si j'y arriverais, lui confiai-je en mordillant ma lèvre inférieure.

— Bien sûr que tu vas y arriver. Et je déclare ce jour « la journée nationale du Rien À Foutre ». Je pense qu'on devrait le célébrer au moins une fois par an. Pour toi, cette journée, c'est aujourd'hui. Note-la sur le calendrier pour t'en souvenir l'année prochaine.

— Et en quoi consiste cette fête ? l'interrogeai-je en riant.

— En ce que tu veux. C'est toute la beauté de la chose. Alors prends ta soirée, accorde-toi une pause. Sérieusement, la dernière fois que tu as loupé le travail remonte à quand ?

— Ça n'est jamais arrivé.

— Tu plaisantes. Jamais ? Pas une seule fois ?

— Jamais, je t'assure. Je ne me suis jamais absentée, que ce soit parce que j'étais malade ou autre.

— Molly. Putain, il est temps. Tu te dois bien ça. Fais-le. Appelle l'hôpital tout de suite et rappelle-moi après.

— Tu es sérieux ?

— Oui, très sérieux. Je sais que ça va être difficile pour toi, mais c'est un bon exercice pour te faire passer avant le reste. C'est parfois nécessaire. La psy que tu voyais ne voulait pas que tu sois moins rigide ? C'est l'occasion parfaite. Maintenant, passe cet appel, et ensuite, prends une bonne douche bien chaude pour décompresser. Rappelle-moi après. J'ai besoin de savoir que tu l'as vraiment fait.

J'inspirai profondément, puis expirai. Je n'en revenais pas d'envisager de le faire. Si Declan n'avait pas insisté, je n'aurais jamais pensé à faire ça.

— D'accord, soupirai-je. Très bien, je vais les appeler.

— Parfait. On se reparle tout à l'heure.

Après avoir raccroché, je fixai le téléphone un moment en débattant intérieurement. Toutefois, j'en arrivai à la conclusion que plus j'y réfléchirais, moins je laisserais de temps à mes collègues pour s'adapter, et c'était nul, alors je me forçai à passer l'appel.

Mes mains tremblèrent quand je composai le numéro. Lorsque ma collègue Nancy décrocha au bureau des infirmières, je l'informai que je ne me sentais pas bien et que je ne pourrais pas assurer mon service ce soir. Ça me fit mal de mentir. Elle eut l'air de compatir et me répondit que je devrais *vraiment* me sentir mal si j'en venais à ne pas venir travailler, parce que je ne l'avais encore jamais fait. Je ne relevai pas, car je ne pouvais pas mentir davantage. Je la remerciai simplement, avant de raccrocher. Mais ensuite, je ressentis... un petit soulagement.

Je pris la longue douche chaude que Declan m'avait suggérée. Je n'avais probablement plus besoin de me doucher maintenant que je n'allais plus travailler, mais il avait raison, ça me détendit, et lorsque je sortis, je ne culpabilisais plus autant qu'avant.

Après m'être séchée, je rappelai Declan.

— Tu as tout envoyé balader ? demanda-t-il.

— Oui. Du moins, j'ai essayé. C'est fait. C'était très gênant pour moi, mais je me sens bien mieux depuis que je me suis douchée.

— Youpi ! Bienvenue dans le côté obscur.

Je ris en tortillant mes cheveux mouillés entre mes doigts.

— Et maintenant ?

— Tu as toute ta soirée de libre. Les possibilités sont infinies.

Je savais que Will travaillait ce soir. Il m'enverrait sûrement un message dès qu'il se rendrait compte de mon absence pour savoir si j'allais bien. Est-ce que je lui mentirais à lui aussi ? Je supposais que je pouvais être honnête avec lui et lui avouer que je n'étais pas vraiment malade, que j'avais seulement besoin d'une pause pour ma santé mentale. Ce qui était vrai.

Quelqu'un frappa chez moi.

— Attends, il y a quelqu'un à la porte.

Lorsque j'ouvris, je me retrouvai face à un livreur.

— Livraison pour Molly.

— Je n'ai rien commandé, répondis-je, les yeux plissés.

— Moi, oui, révéla Declan dans mon oreille.

Je restai bouche bée.

— Declan, tu as fait quoi ?

Je récupérai le sac et me dépêchai de sortir mon portefeuille, mais l'homme leva une main.

— Le pourboire est déjà réglé, m'informa-t-il en hochant la tête. Passez une bonne soirée. Bon appétit.

L'odeur de la sauce marinara flotta dans l'air. Je connaissais cette odeur. Cette nourriture venait de mon restaurant italien préféré en bas de la rue.

— Comment tu as réussi à faire ça ? Je ne savais même pas que Chez Nonna livrait.

— J'ai appelé pendant que tu étais sous la douche, et... eh bien, ils livrent si la fille du patron a le béguin pour vous.

— Ah.

Je ressentis une pointe de jalousie, mais je secouai la tête pour chasser cette pensée.

— Je savais que tu serais restée assise pendant des heures à te demander ce que tu allais manger, alors je t'ai facilité la tâche. Ce ne sont pas mes gnocchis, mais il faudra que ça fasse l'affaire. Et puis je n'ai pas réussi à trouver un endroit qui puisse livrer assez vite un petit déjeuner en guise de dîner.

— De toute façon, je suis trop habituée à ton pain perdu. Personne ne pourrait l'égaler.

Je soupirai en ouvrant le sac, et sortis les boîtes en aluminium. En plus des gnocchis, il m'avait commandé un cheesecake.

— Declan, sérieusement, c'est beaucoup trop gentil. Je ne...

— OK, le dîner, c'est réglé. La journée du Rien À Foutre bat son plein. Maintenant, il faut qu'on te trouve quelque chose à faire pour le reste de la soirée, annonça-t-il, avant de marquer une pause. Je présume que tu veux rester seule si tu ne te sens pas bien ?

Il se demandait peut-être si l'homme que je fréquentais allait venir. Declan ne me posait jamais aucune question sur ma relation avec Will, alors je ne lui en parlais pas. Est-ce que ça le dérangeait ? Moi aussi j'évitais de lui poser certaines questions, comme par exemple s'il avait rencontré quelqu'un ou s'il avait couché avec une fille depuis son arrivée dans le Wisconsin. Peut-être qu'il était distant avec moi à ce sujet parce qu'il ne voulait pas me confier ce qu'il se passait pour *lui*.

— Will travaille ce soir, l'informai-je.

— Ah, d'accord. Bon, eh bien, je ne peux pas venir te tenir compagnie non plus, mais je peux quand même te proposer une conversation autour d'un dîner.

— Ce serait parfait, acceptai-je en souriant.

Il resta au téléphone avec moi pendant plus d'une heure, pendant que je dégustais le délicieux repas qu'il avait commandé. Même si nous avions discuté brièvement à quelques reprises depuis son départ, ça faisait un moment que je n'avais pas passé autant de temps avec lui. Et il me manqua encore plus.

Après avoir raccroché, j'étais en train de rejoindre ma chambre quand je décidai de faire un petit détour et d'aller dans la sienne, avant de m'allonger sur son lit vide. À ma grande surprise, même s'il était parti depuis un mois, ses draps sentaient encore son parfum. Je serrai son oreiller contre moi et m'assoupis, me sentant reposée et sincèrement aimée.

***

Plus tard dans la semaine, Will me rendit visite chez moi pour la toute première fois. On aurait pu penser qu'après tant de semaines à le fréquenter, il serait déjà venu, mais je ne le lui avais jamais proposé quand Declan habitait ici, et j'avais parfaitement réussi à éviter cette situation comme la peste. Alors il était grand temps qu'il vienne.

Lorsque j'ouvris la porte, Will était très beau et tenait un énorme bouquet de fleurs. Il me les tendit, avant de me prendre dans ses bras.

— Bonjour, ma belle. Comment tu vas ?

— Bien. Merci beaucoup pour les fleurs, répondis-je en sentant la composition faite de lys et d'hortensias.

— C'est un grand jour de pouvoir enfin découvrir ton appartement, déclara-t-il en regardant autour de lui. Bel endroit.

— Merci.

Je me dirigeai vers l'évier, sortis un vase qui était rangé en dessous, et arrangeai les fleurs tandis que Will s'appuyait contre le comptoir.

— Tu as dit que ton colocataire était parti récemment, c'est ça?

Je ravalai la boule dans ma gorge. Évidemment, Will n'avait jamais su que mon mystérieux colocataire et Declan étaient une seule et même personne. Je détestais lui mentir, mais je ne pouvais pas prendre le risque de tout lui avouer aujourd'hui.

— Oui... Il est parti, et maintenant je dois trouver quelqu'un d'autre. Cela dit, il a payé le loyer jusqu'à la fin de son engagement, alors il me reste encore deux mois avant de devoir trouver quelqu'un.

— Ça va te faire du bien de ne pas avoir à partager ton espace, observa Will, en continuant à examiner l'appartement.

— Je préfère clairement vivre seule, mais mes finances m'obligent à vivre en colocation.

Il m'adressa un regard compatissant.

— Je comprends. C'est cher d'habiter en ville, et c'est un chouette endroit, dans un super quartier. Avant d'avoir remboursé mes prêts étudiants, j'ai toujours dû vivre en colocation aussi, révéla-t-il en souriant. En tout cas, je suis content de t'avoir pour moi tout seul ce soir. Viens par ici.

Il tendit les bras pour me prendre contre lui. Je pensais qu'il allait m'embrasser, mais au lieu de ça, il me retourna et posa ses mains sur mes épaules.

— Qu'est-ce que tu fais ?

— Tu as l'air tendue. Je veux t'aider à te détendre, répondit-il en se mettant à me masser.

Je fermai les yeux et savourai la sensation de ses mains puissantes dans mon cou, puis sur mon dos. Je me dis que j'avais beaucoup de chance d'avoir ces mains sur moi, des mains qui donnaient la vie presque tous les jours, et qui faisaient une pause juste pour me faire du bien.

— Tu sais ce qui craint ? demanda-t-il en continuant à masser mes épaules.

— Quoi donc ?

— J'aurais vraiment aimé savoir cuisiner. Je meurs d'envie de te préparer à manger ce soir, de prendre soin de toi, mais je ne sais même pas faire cuire un œuf.

Il fit descendre ses paumes et dessina des cercles dans le creux de mes reins.

C'était tellement agréable. Je fermai de nouveau les yeux.

— Tu as déjà des tas de qualités. Si en plus de ça, tu étais bon cuisinier, ça te rendrait presque trop beau pour être vrai.

— Ça, je n'en suis pas sûr, s'esclaffa-t-il.

— Je t'assure.

— J'ai une idée, annonça-t-il en me faisant tourner. Et si on commandait dans le super restaurant italien en bas de la rue, et qu'on faisait comme si c'était moi qui avais cuisiné ? C'est moi qui te servirai.

Je sentis mes joues s'enflammer un instant. La nourriture de Chez Nonna me rappelait mon dîner à distance avec Declan. Je ne savais pas vraiment pourquoi je me sentais coupable, mais c'était pourtant le cas. Toutefois, c'était bête. Il fallait juste que je profite de ce moment.

— Je trouve que c'est une très bonne idée, confirmai-je.

Quand Will partit pour récupérer la commande, je me rendis à la salle de bains pour rafraîchir mon maquillage. Je lançai du jazz, la musique préférée de Will, et au fur et à mesure que les minutes s'écoulèrent, je me sentis ravie à l'idée qu'il allait revenir.

Après son retour, il disposa la nourriture sur des assiettes en insistant pour que je le laisse me servir, tandis que je restais à table.

— Pourquoi tu es si gentil avec moi ce soir ? le questionnai-je.

— Parce que je sais que tu subis beaucoup de stress, alors je veux te faire penser à autre chose, répondit-il en utilisant une pince pour servir les linguine. Je travaille beaucoup, et nos emplois du temps ne sont pas toujours compatibles, alors il faut que je profite de chaque occasion qui s'offre à moi pour te montrer à quel point tu commences à être importante à mes yeux.

La chaleur se répandit en moi.

— Toi aussi, tu commences à prendre de l'importance à mes yeux.

Will apporta nos assiettes.

— Du vin avec le dîner, n'est-ce pas ?

— J'adorerais. Je vais l'ouvrir, proposai-je en me levant.

— Non, refusa-t-il en levant une main. C'est moi qui te sers, tu te rappelles ? Laisse-moi faire.

Il se dirigea vers le comptoir pour sortir d'un sac les deux bouteilles de vin qu'il avait achetées.

— Je ne savais pas si tu avais envie de rouge ou de blanc, alors j'ai acheté un sauvignon blanc et un cabernet.

— Le blanc sera parfait.

— C'est comme si c'était fait, lança-t-il en me faisant un clin d'œil.

— Le tire-bouchon est dans le deuxième tiroir à gauche, indiquai-je en le pointant du doigt.

Will le récupéra et sortit deux de mes plus beaux verres à vin. C'étaient ceux que je réservais aux invités, alors je me dis qu'il était logique de les sortir ce soir.

— Euh... hésita-t-il en examinant le verre.

— Quoi ?

— Il y a un M&M's rose là-dedans.

Mon cœur se serra. Declan était venu pour dire bonjour – ou peut-être *va te faire foutre* – à Will. C'était probablement la première fois que j'avais passé tant de temps sans penser à lui.

Mon invité porta le bonbon à sa bouche et le mangea. Ça semblait mal, presque symbolique d'une certaine manière, comme s'il avalait ce qu'il restait de mes sentiments pour cet autre homme.

Il s'approcha avec les deux verres.

— Tiens, ma belle.

— Merci, prononçai-je, avant de boire une grande gorgée.

Nous écoutâmes du jazz en mangeant la délicieuse nourriture. Comme toujours, nous discutâmes beaucoup du travail pendant le repas.

Ensuite, Will remplit nos verres et nous nous installâmes sur le canapé. C'était reposant de rester simplement assise avec lui, et d'écouter de la musique sans avoir à parler sans cesse.

— Est-ce que je peux t'avouer quelque chose ? demandai-je en fixant son visage magnifique.

— Bien sûr, accepta-t-il en me prenant la main.

— J'avais un énorme faible pour toi avant qu'on commence à sortir ensemble.

Il sourit en serra ma main.

— Ça fait plaisir à entendre.

— C'était principalement basé sur ton apparence et sur le fait que j'admirais ta façon de traiter tes patientes. Mais l'impression que j'ai de toi n'est rien comparée à la réalité. Tu es un bon médecin, mais au-delà de ça, tu es un homme bien, Will.

— Maintenant, je vais être obligé de t'embrasser.

Il se pencha pour capturer ma bouche.

Je sentis aussitôt le goût du vin quand nos langues s'emmêlèrent. Il embrassait très bien. Quand je finis par m'écarter de lui, je caressai mes lèvres gonflées.

Il posa son verre de vin et m'invita à poser ma tête sur son torse, avant de déposer un baiser sur mes cheveux.

— Dis-moi à quoi tu penses.

— Je ne sais pas... je suis enthousiaste, répondis-je d'une voix étouffée puisque je parlais contre sa poitrine. Enthousiaste pour l'avenir, je crois, mais j'ai aussi peur des mois à venir en ce qui concerne mon père.

Il caressa le haut de mon bras.

— Je pense qu'il te faut quelque chose à attendre avec impatience.

— Comment ça ? m'enquis-je en levant les yeux vers lui.

— Faisons un pacte. Si tout se passe bien entre nous pendant six mois, on prendra nos vacances en même temps et on ira dans un super endroit.

Il veut voyager avec moi ?

— Je ne sais même pas à quand remontent mes dernières vacances, avouai-je.

— Ça doit faire deux ans pour moi.

— Tu voudrais aller où ? le questionnai-je, grisée.

Un sourire étira ses lèvres.

— Je pense à un endroit comme... Hawaï. Tu en dis quoi ?

Hawaï ? Hawaï avec Will s'apparentait à un rêve. Toutefois, il y avait un petit problème. Je n'étais pas sûre d'avoir les moyens de me le payer.

— C'est moi qui paierai, évidemment, ajouta-t-il, comme s'il pouvait lire dans mes pensées.

Je secouai la tête.

— Tu n'es pas obligé de faire ça, je peux économiser. Je...

— J'en ai envie. Ce n'est pas discutable. Si je ne peux pas dépenser mon argent pour une personne à qui je tiens, à quoi ça sert ? Ce sera un voyage inoubliable, et je ne veux pas que tu aies à t'inquiéter de l'aspect financier. Je veux juste qu'on s'amuse.

Je restai bouche bée.

— Eh bien, je ne sais même pas quoi dire.

— Dis que tu viendras avec moi, proposa-t-il en arquant un sourcil.

— D'accord ! acceptai-je en me redressant pour le prendre dans mes bras. Bien sûr que je viendrai. Enfin, en supposant que la situation avec mon père me le permette.

— Je ne veux pas non plus que tu stresses pour ça. Si on réserve des billets, je prendrai une assurance au cas où on soit obligés de changer nos plans.

Génial. Will semblait bien décidé à s'engager ce soir, et j'avais l'impression d'avoir gagné le gros lot.

CHAPITRE 25

Declan

Je ne savais pas quoi faire.

Nous étions jeudi soir, et je ne reprenais le travail que mardi matin. En général, la fête du Travail impliquait un week-end de trois jours, mais Border's Dairy avait aussi fermé vendredi pour offrir un jour supplémentaire à leurs employés, étant donné que leurs bénéfices avaient atteint un nouveau record cette année. Évidemment, j'aurais pu en profiter pour travailler, comme je le faisais la plupart des week-ends, mais je n'avais pas trop eu le moral cette semaine, alors je m'étais dit que je devrais peut-être sortir pour changer un peu d'air. Une femme du service de comptabilité m'avait invité à venir avec elle et ses amis à un grand lac. Elle avait l'air gentille et était assez mignonne, mais fréquenter une troisième femme était bien la dernière chose dont j'avais besoin.

Julia et moi avions gardé contact, et elle me cassait les pieds pour que je revienne à Chicago pour le long week-end. Elle avait même été jusqu'à dire que ça en *vaudrait la peine*, ce qui aurait dû me faire sauter sur cette occasion puisque ça faisait une éternité que je ne m'étais pas envoyé en l'air. Néanmoins, ça me fit l'effet inverse. Passer du temps loin de Julia m'avait fait prendre conscience que nous n'avions pas d'avenir à long terme. Je ne pensais pas tout le temps à elle comme ça aurait dû être le cas – contrairement à *l'autre* femme présente dans ma vie à qui je ne devrais *pas* penser, et qui était constamment dans ma tête.

Molly.

Ces six semaines loin d'elle m'avaient fait me rendre compte que ce que je ressentais était sérieux. J'avais toujours été une personne déterminée, capable de voir où je voulais être dans six mois, un an, et même cinq ans. Mais depuis que j'avais quitté Chicago, je n'arrivais pas à savoir où aller pour ce foutu week-end. Je ne pouvais plus imaginer où je serais dans six mois, parce que c'était trop douloureux d'imaginer que peu importait l'endroit, Molly ne serait pas avec moi.

Plutôt que de rester assis dans ma chambre d'hôtel à m'apitoyer sur mon sort, je décidai d'aller me promener. Il y avait un bar à quelques rues d'ici. Peut-être que je pourrais y aller pour boire une bière. Le Spotted Cow ressemblait à un bar de vieux vu de l'extérieur, mais à l'intérieur, l'endroit était rempli de femmes. En fait, alors que je me frayais un chemin jusqu'à un tabouret vide au coin du bar, je me rendis compte que j'étais presque le *seul* homme ici.

La serveuse devait avoir la petite soixantaine. Elle avait une chevelure rousse flamboyante et les yeux verts les plus clairs qu'il m'ait été donné de voir. Elle déposa une serviette en papier devant moi.

— Tu n'es pas du coin, hein?

Je n'avais pas encore prononcé un mot, alors sa supposition ne se basait pas sur mon accent.

— Non, confirmai-je en secouant la tête. Mais comment vous le savez ?

Elle me tendit sa main en riant.

— Coup de chance. Je m'appelle Belinda. Qu'est-ce que je te sers, cowboy ?

— Je vais prendre une bière. Une Stella si vous en avez. Et je m'appelle Declan, répondis-je en acceptant sa poignée de main.

— Très bien, Declan. Accorde-moi un instant.

Quand elle revint avec ma boisson, elle la glissa devant moi et posa ses coudes sur le bar.

— Tu cherchais de la compagnie pour la nuit ?

Je fronçai les sourcils. Était-elle en train de me faire une *proposition* ? Est-ce que c'était ce genre d'endroit ? Pourquoi c'était rempli de femmes ?

— Euh... non, pas vraiment. Je travaille dans le coin. J'avais besoin de sortir un peu de ma chambre d'hôtel. Je me suis juste dit que j'allais venir boire un verre ici.

Belinda acquiesça.

— Très bien, alors. Je ne voulais pas que tu sois déçu si tu cherchais à rencontrer quelqu'un. Ne te méprends pas, tu es le bienvenu ici, mais le bar d'en face répondrait peut-être plus à tes attentes, indiqua-t-elle en désignant la porte d'un signe de tête.

Je regardai autour de moi, perdu. Deux femmes se tenaient près de moi, et l'une d'elles caressait le bras de l'autre. J'examinai la pièce un peu plus attentivement, et je m'aperçus que des tas de femmes semblaient très proches les unes des autres. Je plissai les yeux et remarquai que deux d'entre elles étaient en train de s'embrasser dans un coin.

Oh, putain.

Belinda m'observa assimiler la situation. Je me mis à rire, puis je secouai la tête en avalant une gorgée de ma bière fraîche.

— Et moi qui pensais que vous étiez proxénète.

Pardon ?

— Vous m'avez demandé si je cherchais de la compagnie.

Belinda s'esclaffa en rejetant la tête en arrière.

— Chéri, même avec tout l'or du monde tu ne parviendrais pas à ramener l'une de ces femmes chez toi ce soir.

— Ça me va. J'ai suffisamment de problèmes avec les femmes.

— Comme nous tous, chéri. Comme nous tous.

Une cliente assise un peu plus loin leva la main, alors Belinda s'excusa. Elle revint quinze minutes plus tard, et remplaça ma Stella vide par une bouteille pleine.

— Bon, raconte-moi tout, m'intima-t-elle en se penchant sur le comptoir.

— Quoi donc ?

— Tes problèmes avec les femmes.

— Merci, mais ça ira, refusai-je en souriant.

— Écoute, trésor, je côtoie des femmes depuis toujours. J'ai vécu avec une demi-douzaine d'entre elles que j'adore, et je tiens ce bar depuis trois décennies. J'ai aussi au moins vingt ans de plus que toi, ajouta-t-elle avec un clin d'œil. Alors crois-moi quand je dis que tu ne peux pas avoir un problème que je n'ai pas déjà entendu. Visiblement, tu ne cherches pas à t'envoyer en l'air, sinon tu serais parti après avoir compris que tu ne trouverais pas ton bonheur ici. Alors je me dis que tu cherches à boire quelques verres pour y voir un peu plus clair. Mais l'alcool ne t'offrira pas ça. Contrairement à une barmaid.

Elle se redressa et tapota sa poitrine.

— C'est très gentil de votre part, mais je vais bien... je vous assure. Il n'existe pas de solution à mon problème, alors je ne veux pas vous faire perdre votre temps.

— Tout problème a une solution. Parfois, on a juste besoin d'ouvrir les yeux pour voir la réponse.

— Vous ne tournez pas autour du pot, n'est-ce pas, Belinda ? lançai-je en riant.

— Non. Alors, allons-y. Qu'est-ce qui te tracasse ?

Je supposai qu'il n'y avait aucun mal à discuter avec elle. Elle ne connaissait ni Molly ni Julia, alors je pris une grande inspiration et tentai de trouver par où commencer.

— Il y a quelques mois de ça, j'ai craqué pour une femme avec qui je travaille. Elle s'appelle Julia. On était en mission ensemble, et on devait vivre à Chicago pendant six mois. Je partageais un appartement avec Molly, qui avait un faible pour Will, un type avec qui elle travaille. J'ai eu la brillante idée de rendre Julia et Will jaloux en proposant à Molly de faire semblant de sortir avec moi.

— Oh, bon sang, ça sent déjà le bazar cette histoire.

Je souris.

— Pour résumer, j'ai décroché la fille que je désirais. Molly a décroché le type qu'elle désirait. Mais ensuite, je me suis rendu compte que je ne voulais pas la fille avec qui j'étais. Je voulais Molly.

— Alors tu fais partie de ceux-là, hein ? De ceux qui veulent seulement ce qu'ils ne peuvent pas avoir.

— Honnêtement, j'adorerais vous dire que vous avez tort, avouai-je en fronçant les sourcils. Mais je pense que c'est en partie ce qui m'a attiré chez Julia au départ. Elle était belle, déjà prise, et peut-être que c'était un défi dont j'avais envie. Est-ce que ça fait de moi un enfoiré ?

— Plus ou moins, confirma-t-elle en acquiesçant.

— Merci, m'esclaffai-je. Bref, ce n'est pas comme ça avec Molly. Molly est...

Il n'existait pas de façon simple de décrire ce qu'elle représentait pour moi, mais je finis par regarder Belinda et être honnête.

— ... Tout. Molly est tout pour moi.

Belinda m'adressa un sourire chaleureux.

— Je vois. J'en avais une comme ça, moi aussi.

— Qu'est-ce qui lui est arrivé ? l'interrogeai-je en buvant une gorgée de ma bière.

— Elle est morte il y a douze ans. Accident de voiture, révéla-t-elle, avant de détourner le regard un instant. Je pense encore à elle tous les jours.

— Je suis désolé.

Belinda se racla la gorge.

— Merci. Alors, est-ce que cette Molly aime le fameux Will ?

— Je n'en suis pas sûr, lui confiai-je en haussant les épaules.

— Mais elle l'a choisi lui plutôt que toi ?

— Il ne s'agissait pas vraiment de choisir l'un ou l'autre. Elle sait que je vis à l'autre bout du pays, mais au-delà de ça, je ne lui ai jamais vraiment laissé la possibilité de me choisir parce que je ne lui ai jamais dit ce que je ressentais. Je ne pense pas pouvoir lui offrir ce qu'elle mérite.

Belinda fronça les sourcils.

— Tu n'as pas de pénis ?

J'éclatai de rire.

— Si, tout va bien de ce côté. C'est juste que... Molly est spéciale. Et je...

Je secouai la tête.

— Je ne suis pas aussi fiable que Will. C'est un médecin, il vit à Chicago avec elle, et il est posé. Elle mérite d'être avec une personne stable.

— Tu changes souvent de travail ?

— Non, ça fait cinq ans que je suis dans cette société.

— Alors pourquoi tu ne peux pas être aussi stable que ce Will ?

— C'est... compliqué.

— Sans déconner. La vie est toujours compliquée. C'est pour ça que ce sont ceux qui persévèrent qui récoltent les récompenses. Tu sais ce qu'obtiennent les gens qui choisissent la facilité et ne dépassent pas leurs problèmes ?

— Quoi donc ?

— Ils obtiennent ce qu'ils méritent.

— Je vois, soupirai-je.

— Alors qu'est-ce qui se passe vraiment, Declan ? Tu as l'air d'avoir un bon travail, et tu certifies que ta queue fonctionne bien, alors en quoi tu n'es pas fiable ?

Je restai silencieux un long moment, alors Belinda attendit patiemment en m'observant. J'aurais pu jeter un billet de vingt dollars sur le bar et partir, mais il allait bien falloir que j'avoue à quelqu'un ce qui me faisait peur, alors pourquoi pas à Belinda ? J'avalai le reste de ma bière et poussai un soupir nerveux.

— Ma mère est bipolaire.

— D'accord...

Elle insista en voyant que je n'ajoutais rien.

— Est-ce que ton père a laissé ta mère en plan, ce qui t'a dégoûté de l'engagement ou quelque chose comme ça?

— Pas du tout. Il est resté à ses côtés, indiquai-je en secouant la tête. Ils sont mariés depuis trente-cinq ans. Je suis le plus jeune de leurs cinq enfants.

— Alors qu'est-ce que j'ai raté?

— Mon père est un homme bien. Il ne quitterait pas ma mère. Mais ça a changé sa vie. Il porte un énorme poids sur les épaules tous les jours. Quand j'étais plus jeune, ma mère passait des mois entiers dans son lit et ne pouvait pas garder un emploi. Alors il a beaucoup travaillé, et quand il ne travaillait pas, il essayait d'aider avec les enfants, ou alors il s'occupait de ma mère.

Elle acquiesça.

— Ça a l'air difficile. Cela dit, tu ne peux pas passer ta vie à éviter de t'attacher à quelqu'un parce que ton père a dû affronter tout ça. Ça n'a rien à voir avec ta vie et tes relations.

— Ce n'est pas ce qui m'inquiète.

— Alors il va falloir que tu sois plus clair, parce que j'ai passé trente ans à écouter les gens à moitié bourrés me raconter leurs problèmes, et j'ai plus de mal à te suivre après seulement deux bières que n'importe lequel d'entre eux. Pourquoi tu as peur de courir après la femme que tu aimes?

Je n'avais jamais prononcé ces mots à voix haute auparavant. Et puis merde...

— Je souffre de dépression, révélai-je en regardant Belinda droit dans les yeux. Ça a commencé au lycée, même si, d'après la plupart de mes camarades, j'étais un vrai boute-en-train. J'ai traversé quelques périodes difficiles avant d'en parler à une de mes sœurs et de demander de l'aide. C'est sous contrôle à présent, même si je dois prendre des médicaments et suivre une thérapie pour que ça reste ainsi.

— D'accord, eh bien, personne n'est parfait, mais on dirait que tu gères les choses.

Je secouai la tête.

— Quand ça a commencé pour ma mère, les médecins pensaient aussi que ce n'était qu'une dépression. Il a fallu des années pour que tous les signes de sa maladie apparaissent.

— Alors tu penses que parce que l'état de ta mère s'est aggravé, ça pourrait t'arriver aussi ?

J'acquiesçai.

— Les troubles bipolaires sont héréditaires.

CHAPITRE 26

Declan

— Salut, papa.

— Declan ! Qu'est-ce que tu fais là ?

Mon père retira ses lunettes, et se leva de son fauteuil inclinable pour venir me prendre dans ses bras.

— Je croyais que tu étais en vadrouille pour ton super boulot ?

— Je travaille encore dans le Wisconsin, affirmai-je en souriant. Je suis juste rentré pour le long week-end. Je suis désolé de ne pas avoir appelé, c'était une décision de dernière minute.

Je me suis levé ce matin et je suis parti à l'aéroport sans même avoir de billet ni connaître les horaires des vols.

— Tu n'as pas besoin d'appeler, mais ta mère vient juste de partir. Elle est partie rendre visite à ta tante Gloria. Elle s'est fait opérer du pied, alors ta mère l'aide tous les jours.

Je posai mon sac de voyage par terre et m'assis sur le canapé, face au fauteuil préféré de mon père.

— Je l'ignorais. Comment elle va ?

— Tu connais ta tante Gloria... Elle en fait toujours tout un plat et elle adore attirer l'attention, mais le médecin dit qu'elle se remet très bien.

Il n'avait pas tort. Tante Gloria aimait faire des histoires pour rien.

— Et maman ? Comment elle va ?

— Bien. Elle a eu un début d'arthrite dernièrement, mais c'est normal à notre âge.

Je hochai la tête.

— Et pour sa... santé mentale ?

Mon père fronça les sourcils comme s'il ignorait de quoi je voulais parler.

— Ta mère va bien.

Il aimait faire comme si tout allait bien, alors nous ne parlions pas vraiment de la maladie de ma mère avec lui — surtout pas moi, étant donné que j'étais le plus jeune. C'étaient mes sœurs qui m'avaient expliqué ce qui se passait quand j'avais huit ou neuf ans et que j'avais commencé à me rendre compte que les autres mères ne passaient pas plusieurs mois au lit, suivis de trois mois passés à chanter, à bricoler, à cuisiner, et à faire le ménage sans cesse à toute heure de la nuit.

Je passai une main dans mes cheveux.

— Je sais qu'on n'en parle pas, mais je m'inquiète pour la santé mentale de maman.

— Tu n'as pas à t'en faire pour ça.

— Si, papa.

— Non, pas du tout, rétorqua-t-il en m'adressant un regard d'avertissement.

Je soupirai. C'était un bon père. Un père génial, même. Quand j'étais petit, il rentrait à la maison après avoir travaillé seize heures d'affilée, et il prenait tout de même le temps de jouer au ballon avec moi dans le jardin. Il était présent à chaque match de baseball, de hockey et de natation, et il n'avait même jamais manqué aucun concert de flûte, aussi pénibles soient-ils. Il s'assurait que le dîner soit servi tous les soirs même si ma mère était couchée, et il prenait sa place sans rien dire pendant ses périodes sombres.

Toutefois, ce qu'il ne faisait pas, c'était en parler. Et encore aujourd'hui, je ne savais pas qui il essayait de protéger – ma mère, mes sœurs ou moi.

— Papa... Est-ce qu'on peut en parler une minute ?

— Il n'y a rien à dire, déclara-t-il en se levant. Je vais nous faire du thé.

Je le suivis dans la cuisine. Appuyé contre le comptoir, je l'observai s'occuper à remplir la bouilloire et préparer les tasses avec les sachets de thé. Si je n'insistais pas, cette conversation n'aurait jamais lieu. En fait, il se pourrait qu'elle n'ait pas lieu même si j'insistais. Pourtant, il fallait que j'essaie. Il était plus que temps.

— Est-ce que tu savais comment était maman avant de te marier avec elle ?

— Je ne parlerai pas de ça.

— Mais j'en ai besoin.

— Non, pas du tout.

La bouilloire se mit à siffler, alors il la souleva et versa l'eau dans les tasses. Après avoir laissé le thé infuser, il posa le sucre sur la table et s'assit.

— Papa...

Il poussa un long soupir.

— Quelle différence ça fait pour toi ? Peu importe ce que je savais ou non, tu as vécu la vie que tu as eue, et je pense qu'on t'a offert une belle enfance malgré tout.

— C'est vrai. Absolument. J'ai eu une belle enfance.

— Alors pourquoi tu as besoin de venir fouiner ? Ça ne changera rien. Laisse les choses comme elles sont.

Je m'installai en face de lui et attendis qu'il lève les yeux pour avoir toute son attention, puis je pris une grande inspiration.

— Je... Je m'inquiète parfois que ma dépression évolue, ou de ne pas avoir encore développé tous les symptômes que j'aurai dans le futur. La bipolarité est héréditaire. Je sais que tu es au courant.

— *Merde*, jura mon père en fermant les yeux.

Il prit une minute, puis hocha la tête.

— Est-ce que les choses empirent de ton côté ?

— Rien que je ne puisse gérer. J'ai encore quelques bas parfois, mais mon médecin est super, alors une fois qu'il ajuste mon traitement, je reprends le dessus. Je ne passe pas des mois en étant au plus bas, avant de passer les mois suivants à être hyperactif... enfin, pas encore.

— Et ton sommeil ?

— Tout va bien. Aucun souci de ce côté.

Mon père fixa sa tasse, puis il finit par soupirer.

— Ta mère et moi nous sommes mariés très jeunes. J'avais vingt-et-un ans, et elle vingt. Il y a toujours eu des périodes où elle était pleine d'énergie, où elle n'avait pas besoin de plus que quelques heures de sommeil, mais ensuite, il arrivait toujours un moment où elle s'effondrait.

— Alors, tu étais au courant pour ses troubles bipolaires avant de l'épouser ?

— Non, révéla mon père en fronçant les sourcils. Je savais qu'elle était différente, mais je ne connaissais pas l'ampleur de la situation. Il a fallu environ cinq ans avant que ça évolue au point où nous ne pouvions plus mettre ça sur le dos de simples sautes d'humeur.

J'avais lu suffisamment d'articles à ce sujet pour savoir que l'âge moyen d'apparition de la maladie était fixé à vingt-cinq ans, alors apparemment ma mère entrait parfaitement dans la norme.

— Est-ce que... ça aurait changé les choses si tu avais su ?

— Pourquoi tu me demandes ça ? m'interrogea-t-il.

Je secouai la tête.

— Je ne sais pas, papa.

Il me fixa un moment.

— Je vais être honnête avec toi. Vivre avec une personne bipolaire peut être très difficile, mais pas une seule fois j'ai regretté d'avoir demandé à ta mère de m'épouser.

— Je sais que vous avez eu Catherine avant vos vingt-cinq ans, alors peut-être que *regretter* n'est pas le bon mot.

— Non, vraiment pas. Mais je pense que je comprends où tu veux en venir. Si j'avais été au courant de l'état de ta mère, est-ce que je me serais enfui ? La réponse est absolument pas.

— Comment tu peux en être si sûr ?

— Parce que je supporterais trois-cent-soixante-quatre mauvais jours juste pour en partager un bon avec ta mère, Declan. Elle me rend heureux. On a des hauts et des bas, peut-être plus que la plupart des couples, mais c'est mon rayon de soleil. Je pensais que tu le savais vu le nombre d'enfants qu'on a.

Sa remarque me fit rire.

— Oui... Il faut croire.

— Est-ce que tu as parlé de tes inquiétudes à ton médecin ? me demanda-t-il en touchant mon bras.

— Non.

— Tu sais que tu dois le faire, n'est-ce pas ? insista-t-il en acquiesçant.

Je poussai un long soupir.

— Oui, je sais.

— Très bien. Il y a beaucoup de choses qu'on ne peut pas contrôler dans la vie, mais tu ne peux pas rester assis là à attendre quelque chose qui n'arrivera peut-être pas. Parce que dans ce cas, tu ne vis pas vraiment, tu fais du surplace.

— Je sais, soupirai-je.

Mon père m'étudia.

— C'est vrai ? Alors je veux que tu me promettes quelque chose.

— Quoi donc ?

— Ne te sous-estime pas. Je présume qu'il y a une raison qui explique cette conversation. Et que cette raison est une fille.

Je souris.

— Elle s'appelle Molly.

— Eh bien, Molly aurait beaucoup de chance de t'avoir. Tel que tu es, fiston. Peu importe où te mène la vie. Crois-moi, je le sais mieux que d'autres. Parfois, une route cahoteuse te conduit aux plus beaux endroits.

Même si je n'étais pas totalement d'accord avec lui, je savais qu'il avait de bonnes intentions. Alors je fis comme s'il m'avait aidé à résoudre mon problème.

— Merci, papa.

***

Mon temps en Californie était limité, mais il était hors de question que je vienne jusqu'ici sans aller voir ma sœur préférée. Le dimanche, je décidai de faire un *road trip* jusqu'au couvent pour rendre visite à Catherine. Elle était à quatre heures de route en direction du nord, à San Luis Obispo.

À mon arrivée, des religieuses étaient en train de jouer au basketball dans la cour près de l'entrée de la propriété. C'était tordant de les voir faire rebondir le ballon sur le bitume, la plupart d'entre elles vêtues de jupes arrivant aux genoux ou plus longues. Si quelqu'un pensait que les nonnes ne faisaient que rester assises à prier, cela leur prouvait le contraire. Certaines de ces femmes pourraient m'humilier sur le terrain. Catherine me parlait aussi tout le temps de leurs sorties. Elles prenaient des cours de sport ensemble, allaient prendre la parole dans les écoles, et faisaient du bénévolat dans des tas d'endroits. C'était un mode de vie très actif. Ce qui était une bonne chose, car si j'étais forcé à rester abstinent, j'aurais bien besoin de distractions, moi aussi. Toutefois, soyons réalistes, je ne pourrais *jamais* vivre ainsi. J'ignorais comment ma sœur faisait, mais c'était la vie qu'elle avait décidé de mener.

Je devais toujours attendre à l'extérieur que Catherine vienne me rejoindre. Puisqu'elle n'avait pas de portable, je dus appeler la ligne principale et demander à ce que quelqu'un la prévienne que j'étais là.

Catherine finit par sortir, et ouvrit ses bras pour m'accueillir, alors que je me levais en bas des escaliers.

— Comment s'est passé le trajet, petit frère ? me demanda-t-elle en me serrant contre elle.

— C'était long, mais ça en valait la peine pour te voir, ma bonne sœur.

Elle portait une robe grise simple et une petite croix autour du cou. L'ordre de Catherine était moins strict que certains autres. Elles n'étaient pas obligées de porter l'habit traditionnel. Disons qu'elles étaient aussi stylées que possible.

— Comment ça se fait que tu ne sois pas en train de jouer ? la questionnai-je en désignant le terrain.

— C'est à mon tour de cuisiner le dîner ce soir. J'ai dû commencer à le préparer, répondit-elle en haussant les épaules. J'ai joué hier.

Je lui posai ensuite la question que je lui posais toujours quand je venais lui rendre visite.

— Je suis garé devant et j'ai laissé le moteur tourner. Tu es sûre que tu ne veux pas quitter cet endroit sans un regard en arrière ?

Elle leva les yeux au ciel.

— Jamais de la vie.

Bien sûr, je plaisantais. Elle le savait à présent. Même s'il y a quelques années, j'aurais pu être sérieux.

Catherine avait pris soin de choisir un ordre qui l'autorisait à voir ses amis et sa famille. Dans d'autres couvents, certaines religieuses étaient séparées de leurs proches. J'étais peut-être obligé de prendre rendez-vous, mais j'étais reconnaissant d'être le bienvenu ici. Je ne pouvais pas imaginer ce que ce serait de ne pas être autorisé à la voir.

Nous traversâmes le terrain gazonné qui entourait cet endroit.

— J'étais surprise quand tu m'as dit que tu étais revenu ici pour si peu de temps, avoua-t-elle.

— Oui, eh bien, j'avais besoin de quitter un peu le Wisconsin.

— Trop de... produits laitiers ? lança-t-elle en inclinant la tête.

— Non. Le fromage est ce qu'il y a de meilleur là-bas, m'esclaffai-je. *Pas assez* de tout le reste, comme ma famille.

— Tu repars quand ?

— Demain, soupirai-je. Mais j'aimerais bien rester en Californie quelques jours de plus.

— La maison te manque tant ? C'est pour ça que tu es venu ? C'est un sacré long chemin à parcourir pour seulement quelques jours.

— J'avais aussi besoin de faire une introspection. Et je voulais aussi parler à papa en particulier – et te voir, évidemment.

Catherine était la seule à qui j'avais longuement parlé de mes épisodes de dépression au fil des années. Malgré cela, je ne lui avais jamais exprimé ma plus profonde inquiétude : celle de devenir comme ma mère. Ma sœur ne se rendait pas compte à quel point ça me tourmentait.

Un air inquiet se lut sur son visage lorsqu'elle désigna un banc près du monument de sainte Marie.

— Asseyons-nous.

Je levai les yeux vers deux oiseaux rassemblés sur la tête de la Vierge, avant de reprendre la parole :

— Je vais parler au docteur Spellman. Je n'arrête pas de m'attendre à ce que les choses empirent.

— Empirent comment ? s'enquit-elle en penchant la tête.

Je regardai ma sœur droit dans les yeux.

— Tu sais comment...

— Non, je ne sais pas, affirma Catherine en ajustant la croix en or autour de son cou. Qu'est-ce que tu es en train de dire ?

J'hésitai.

— J'ai l'impression que ce n'est qu'une question de temps avant que je nettoie le sol de la salle de bains à la brosse à dents à deux heures du matin, Cat. Et si je finissais avec les mêmes troubles bipolaires que maman ?

Je déglutis, tandis qu'elle fronçait les sourcils.

— Ce n'est pas parce que tu as des problèmes de dépression que tu as la même chose que maman.

— Le mois dernier, ils ont encore dû ajuster mon traitement. J'ai raté quelques jours de travail et je n'avais vraiment pas le moral.

— Oui... eh bien, ça ressemble toujours à une dépression. Tu sais que le traitement doit être ajusté de temps en temps. C'est le cas pour la plupart des maladies.

— Ou alors, la mienne pourrait progresser. J'ai parlé à papa, et maman n'a pas changé du jour au lendemain.

Elle poussa un long soupir.

— Tu ne peux pas tirer une telle conclusion juste parce que tu as eu besoin d'un ajustement. Mais envisageons ça rien qu'un instant. Que se passerait-il si le pire des scénarios se réalisait et que tu étais diagnostiqué bipolaire un jour ? Qu'est-ce qui t'inquiète vraiment là-dedans ?

— Je ne veux pas être malade, Cat.

— Être dépressif ou bipolaire ne fait pas de toi une personne malade, répliqua-t-elle en plissant les yeux. Ça signifie juste qu'il faut que tu apprennes à vivre avec.

Elle marqua une pause.

— Mais qu'est-ce qui te dérange tant à l'idée d'être malade, d'ailleurs ? On le sera tous un jour ou l'autre, que ce soit mentalement ou physiquement. Personne ne sort indemne de cette vie.

— C'est vrai, murmurai-je en observant de nouveau les oiseaux qui gazouillaient.

Ma sœur posa sa main sur mon bras.

— Personne ne pourrait savoir que tu souffres intérieurement. La plupart des gens pensent sûrement que tu es un homme insouciant et boute-en-train. On peut cacher beaucoup de choses derrière un sourire.

— Oui, j'essaie.

— Tu ne devrais pas être obligé de faire autant d'efforts pour plaire aux autres ou leur donner une image de toi qui n'est pas réelle. Cela dit, tu n'es pas le seul à être dans cette situation. Beaucoup de personnes cachent leur dépression derrière des personnalités charismatiques. On ne sait jamais ce que quelqu'un traverse intérieurement.

Ça me rappelait Molly. Elle connaissait des tas de choses sur moi, mais elle ne savait rien de ma lutte contre la dépression. Et c'était ma faute. Alors qu'elle avait toujours parlé ouvertement de ses angoisses et du fait qu'elle voyait une psy, je n'avais jamais fait allusion à mes propres difficultés. Non seulement j'avais été malhonnête envers elle en ce sens, mais à présent, je me rendais compte à quel point le fait de me sentir obligé de cacher cette partie de moi avait fini par avoir un impact sur ma relation avec elle.

— J'ai eu une révélation dans ce bar lesbien dans le Wisconsin...

Catherine écarquilla les yeux.

— Je ne vais pas te demander ce que tu faisais dans ce genre de bar, mais dis-m'en plus, s'esclaffa-t-elle.

— Ma peur de finir comme maman est ce qui motive une grande partie de mes actions, en particulier la façon dont j'ai géré les choses avec Molly. Je pense que c'est pour ça que je l'ai laissée filer si facilement, que je ne lui ai pas avoué mes sentiments ou que je ne me suis pas battu davantage pour elle. Je me suis saboté moi-même pour ne pas avoir à lui raconter mes plus grandes peurs.

— Tu t'inquiètes de devenir comme maman, mais tu te rends compte que les risques que ça se produise sont minces, pas vrai ? Ce n'est pas parce que tu es son fils que tu vas vivre la même chose. Tout le monde est différent.

— Je comprends. Mais voir à quel point papa en a bavé quand on était petits m'a fait craindre de devenir un fardeau pour quelqu'un. Bon sang, même si mon cas était *deux* fois moins grave que celui de maman, ce serait quand même terrible. Je suis jeune. Tout peut arriver.

— Papa aime maman. Il ne la voit pas comme un fardeau.

— Je sais. Tu vois, je ne l'avais pas vraiment compris avant d'en avoir discuté avec papa hier. Mais il ne savait pas que maman était malade quand il a choisi d'être avec elle pour la vie. Quand les choses ont empiré, il s'était déjà engagé avec elle.

— Où tu veux en venir ? Que ça devrait t'empêcher de tomber amoureux et dissuader les gens de s'approcher de toi, dans l'hypothèse où tu finirais comme maman ?

— Eh bien... oui. Je crois que c'est là où je veux en venir.

— Ne sois pas bête, Declan. Je pense que tu devrais aussi avoir un traitement contre l'hypocondrie. Tu ne peux pas gâcher ta vie à cause de tes peurs. Je te garantis que la peur de finir comme maman est bien pire que *d'être* maman, ou de vivre à la place de papa. Oui, elle a traversé des périodes difficiles, et ça a été dur pour nous tous pendant notre enfance. C'était gênant et humiliant quand ça arrivait devant nos amis. Mais elle n'a pas eu de traitement pendant très longtemps. Tu as une bonne maîtrise des choses, et malgré tous les mauvais moments avec maman, il y a eu aussi des tas de merveilleux moments. Il y a des hauts et des bas dans la vie. Et si tu aimes quelqu'un, tu fais face à tout ça.

— Je comprends le message que tu essaies de me faire passer, mais je culpabilise quand même de faire entrer quelqu'un dans ma vie alors que j'ai parfois du mal à me sentir normal, confiai-je en poussant l'herbe avec mon pied. Je ne veux pas imposer ça à une femme, ou la faire se sentir impuissante quand elle n'arrivera pas à me sortir d'une dépression dans laquelle je tomberai inévitablement. Je ne veux pas que cette personne puisse penser qu'elle ne suffit pas à mon bonheur, parce que la vérité, c'est que lorsque je suis comme ça, *rien* ne me rend heureux, pas même les gens auxquels je tiens.

Elle haussa les sourcils.

— Mais ça passe toujours, n'est-ce pas ?

— Oui, acquiesçai-je en soupirant. Oui. Pour l'instant, c'est toujours passé.

— Eh bien, voilà. C'est passager et non pas permanent.

— Il faut croire.

Quelque chose me réconforta dans ce qu'elle venait de dire, et me permit de voir brièvement ma dépression comme quelque chose d'extérieur à moi-même. Quelque chose qui s'agrippait à moi, mais qui ne restait pas constamment en moi. *Qui ne faisait pas partie de moi.*

— Tu as dit que tu avais du mal à te sentir normal, reprit ma sœur en inclinant la tête. Qu'est-ce qu'être *normal*, d'ailleurs ? Est-ce que c'est la société qui s'attend à ce qu'on soit parfait ? Heureux ? Couronné de succès ? Personnellement, je trouve qu'il est plus *normal* d'avoir des défauts.

Elle regarda au loin un moment.

— J'ai grandi en entendant que les femmes étaient censées se marier et avoir des enfants, tu te rappelles ? Ce n'était pas très apprécié de dire qu'on ne voulait pas de ça. Et quand j'ai annoncé que je voulais abandonner tous mes biens matériels pour servir Dieu, tout le monde – y compris toi – a pensé que j'avais perdu la tête, ou que ce n'était qu'une passade. Tout le monde ne voit pas la normalité de la même manière. Pour moi, la liberté, c'était de laisser tous mes biens matériels pour vivre ma vie dans un but plus grand. C'est ce qui me rend heureuse. Et j'ai dû mettre de côté ma culpabilité de faire du mal aux autres pour accomplir ce qui me faisait envie.

— Il m'a fallu un moment pour accepter le fait que tu es là où tu étais censée être, admis-je.

— Ce que je veux dire, Declan, c'est que tu ne devrais pas laisser la culpabilité ou la peur dicter tes décisions. Seul Dieu peut te juger. Et Il te guide vers les personnes et les lieux que tu es censé croiser. Comme pour Molly. Mais Il choisit aussi quelles épreuves tu traverseras, sans jamais te donner plus que ce que tu peux supporter.

Elle me regarda droit dans les yeux.

— Tu peux supporter ça. Tu peux tout supporter tant que tu gardes la foi.

J'aurais aimé en avoir autant qu'elle. Toutefois, croire que tout allait s'arranger sans en avoir de preuve visible était toujours compliqué.

***

Le lundi soir, je me rendis directement dans mon nouveau bar préféré après avoir atterri dans le

Wisconsin. Ce n'était pas comme si j'avais autre chose à faire ici.

Belinda était en train d'essuyer le comptoir quand elle m'aperçut.

— Bon sang, tu dois vraiment aimer venir ici. On dirait que tu ne veux plus me lâcher.

— Eh bien, il s'avère que j'apprécie la musique et la compagnie.

— Et tu n'as pas à t'inquiéter de te faire draguer, ajouta-t-elle avec un clin d'œil.

— C'est vrai aussi.

— Qu'est-ce que je te sers ce soir ? demanda-t-elle, sa chevelure rousse encore plus flamboyante que la dernière fois.

— Une machine à remonter dans le temps ? m'esclaffai-je.

— Oh, oh. À ce point ?

Plus tôt dans la journée, en attendant mon vol, j'avais fait l'erreur d'aller sur la page Facebook de Molly, et j'y avais vu qu'elle avait actualisé son profil. Elle était à présent *En couple avec Will Daniels*. C'était officiel. Il y avait aussi de nouvelles photos qu'ils avaient prises ensemble à un concert de jazz.

J'avais évité de poser des questions à Molly sur l'évolution des choses avec Will pendant nos conversations téléphoniques, parce que je n'avais pas envie de l'entendre. Cependant, je savais désormais qu'ils avaient une relation exclusive. *Tu as raté le coche, Declan.* La situation m'avait tellement échappé que ce n'était même plus drôle.

Je passai les minutes suivantes à tout raconter à Belinda, comme j'en avais désormais l'habitude, de mon voyage en Californie au nouveau statut Facebook de Molly.

— Ouch, grimaça-t-elle. D'accord, mais il y a toujours de l'espoir, non ? Ça ne veut pas dire que ça durera une éternité. Les relations sont compliquées, mon grand. Ce type peut facilement merder. Tu pourrais encore avoir une chance un jour.

Je secouai la tête en fixant mon verre.

— Je ne sais plus ce que j'espère, Belinda. Peut-être qu'elle sera plus heureuse avec lui, mais...

— Mais tu veux quand même cette machine à remonter le temps, compléta-t-elle avec un sourire compatissant. Bon, parlons-en. Qu'est-ce que tu ferais différemment si tu pouvais revenir en arrière et changer les choses ?

— Énormément de choses, marmonnai-je.

— Comme...

— J'ai eu des tas d'occasions de lui dire ce que je ressens, et je les ai toutes laissées passer. J'aimerais revenir à l'un de ces moments. Je pense que je prendrais le risque de tout lui dire malgré ces horribles voix qui me disent de ne pas le faire.

— Et tu ne peux plus du tout le faire ? Tu ne peux plus lui dire ce que tu ressens ?

— Elle va penser que je le fais seulement parce qu'elle n'est plus disponible. Elle a déjà vu ce qui s'est passé quand j'ai commencé à fréquenter cette autre fille, Julia. Avec *elle*, c'était un défi... ou peut-être que j'ai commencé à avoir des sentiments pour Molly. Ce que j'éprouve pour elle est différent, mais je ne suis pas sûr qu'elle le verra de cette manière. Et c'est ma faute. J'ai attendu trop longtemps, soupirai-je. Et puis elle a une relation sérieuse avec ce type à présent. Je ne veux pas tout gâcher si elle est vraiment heureuse.

J'avalai le reste de mon verre et le posai brusquement sur le comptoir.

— En fait, ça craint.

— OK. Tu veux que je te donne le meilleur conseil que j'ai sous la main ? proposa-t-elle en me resservant.

Je bus une gorgée et lâchai un petit rot.

— J'écoute.

— Ne sois jamais très loin. Si tu tiens à elle, reste dans sa vie. De cette façon, si une occasion se représente, tu ne la rateras pas. Tu ne peux pas voir les fissures dans les fondations si tu es trop loin de la maison. Tu vois où je veux en venir ? N'aie pas peur de demander comment les choses se passent avec ce type, car c'est elle qui te donnera les plus gros indices. Garde le cap, mon ami. Si ça doit arriver, ça arrivera.

J'acquiesçai, alors que Belinda s'était éloignée pour s'occuper d'un couple de jeunes femmes à ma droite.

Même si je détestais être coincé dans le Wisconsin, il y avait quelques bénéfices. Ça me permettait d'être dans un endroit neutre pour régler mes problèmes, voir un médecin, et m'occuper de mes blocages sans être distrait. Cependant, Belinda avait raison. Si je voulais avoir une chance avec Molly, je ne pouvais pas m'éloigner parce que la voir avec un autre homme me contrariait. C'était lâche. Il me fallait le plus d'informations possible.

Heureusement que le bar n'était pas loin de mon hôtel, car j'avais définitivement trop bu. Ce qui signifiait aussi que je n'avais plus l'esprit très clair quand j'envoyai un message à Molly sur le chemin du retour.

Declan : Tu me manques trop.

Il était tard. J'ignorais si elle était en pleine garde ou non, mais elle répondit seulement quelques minutes plus tard.

Molly : Mon père vient d'être admis à l'hôpital et doit être placé sous assistance respiratoire.

SANS FAUX-SEMBLANT

Molly : Mon père vient d'être admis à l'hôpital et doit être placé sous assistance respiratoire.

CHAPITRE 27

Molly

— J'ai besoin de prendre l'air.

Will hocha la tête et se leva.

— Allons prendre un café et marcher dans l'hôpital.

— Est-ce que... ça te dérangerait de rester ici ?

— Oh. D'accord, pas de souci. Je t'enverrai un message s'il y a du changement, ou si Sam passe plus tôt pour les visites.

— Merci, Will. C'est gentil, répondis-je avec un sourire triste.

Il déposa un baiser sur mon front.

— Je suis désolé, Molly. J'aimerais pouvoir faire quelque chose. Ça me tue de rester assis ici sans rien faire. Je déteste me sentir si impuissant.

Je savais qu'il était sincère. C'était un médecin très bienveillant, ce qui était l'une des choses que j'admirais le plus chez lui. Tant de médecins arrêtaient de voir les patients comme des personnes, et se concentraient uniquement sur les symptômes cliniques d'une maladie. Mais pas Will. Il apprenait à connaître ses patientes et leurs familles, et il avait beaucoup d'empathie.

— Merci d'être là. Je sais que tu devrais être chez toi en train de dormir parce que tu dois travailler ce soir.

— Non, je ne devrais pas être chez moi en train de dormir, répliqua-t-il en fronçant les sourcils. Je suis là où je suis censé être, Molly.

Je traversai les couloirs de l'hôpital dans un état d'hébétude, jusqu'à sortir dans l'air frais du petit matin. Je me rendis compte que je ne me rappelais plus ce qui s'était passé après que j'ai passé la porte du service de soins intensifs, seulement quelques minutes plus tôt. Le chemin à travers le quatrième étage, l'ascenseur, et le passage dans l'entrée s'étaient perdus dans ma tête. Je pris une grande inspiration, puis décidai de suivre le sentier qui faisait le tour de l'hôpital et que j'empruntais parfois avec d'autres infirmières pendant mes pauses.

Hier soir, Kayla m'avait appelée un peu après vingt-trois heures pour me dire qu'elle se trouvait à l'arrière d'une ambulance et qu'elle se rendait à l'hôpital. Mon père et elle s'étaient endormis sur le canapé devant un film, et quand elle avait voulu le réveiller pour monter à l'étage, il était inconscient. Les secours lui avaient fait un massage cardiaque à leur arrivée et étaient parvenus à obtenir un pouls faible, mais presque six heures plus tard, les choses n'allaient pas vraiment mieux.

Kayla était repartie chez eux une demi-heure plus tôt pour voir si ma demi-sœur allait bien et pour lui donner des nouvelles, avant de la faire venir pour... Je ne pouvais même pas finir cette phrase dans ma tête. La faire venir pour quoi ? Dire au revoir ? Cette éventualité était toujours inconcevable.

Lorsqu'elle avait appelé, j'étais chez Will, en train de paniquer à l'idée de coucher enfin avec l'homme avec qui je sortais depuis quelques semaines. À ce moment-là, j'avais eu l'impression que c'était la plus grosse décision de ma vie, mais à présent, seulement quelques heures plus tard, je n'arrivais plus à imaginer avoir pensé que ma vie sexuelle était assez importante pour gâcher du temps à stresser.

Je n'avais plus les idées claires en arrivant à l'arrière du bâtiment. Quand mon téléphone vibra dans ma main, je retins mon souffle, puis je poussai un soupir de soulagement en voyant le nom de Declan. J'étais contente que ce ne soit pas l'hôpital, ou Will, qui m'appelait pour m'annoncer de mauvaises nouvelles. Je fis défiler l'écran pour lire le message.

Declan : Je veux juste prendre de tes nouvelles.

Je souris sans enthousiasme. Après la bombe que j'avais lâchée dans le message d'une seule ligne que je lui avais envoyé quand j'étais en chemin, je lui avais donné des nouvelles et avais promis de l'appeler s'il y avait du nouveau. Toutefois, j'avais vraiment envie de lui parler, alors plutôt que de lui écrire, j'appuyai sur le bouton d'appel.

Il décrocha à la première sonnerie.

— Hé, comment tu vas ?

Sa voix m'enveloppa comme une couverture chaude, et je sentis mes épaules se détendre un peu.

— J'ai vu mieux, répondis-je. Ça fait du bien d'entendre ta voix. Je suis désolée de t'appeler si tôt. J'espère que je ne t'ai pas réveillé.

— Tu plaisantes ? Je faisais les cent pas, je ne dormais pas. Comment va ton père ?

— Pas bien, avouai-je en sentant les larmes me monter aux yeux. Je ne pense pas qu'il tiendra le coup encore bien longtemps. Il a signé un refus de réanimation, alors il ne voulait pas être mis sous assistance respiratoire. Sans aide, son pouls est faible et sa respiration est lente.

— Bon sang, Mollz. Je suis vraiment désolé. Je savais qu'il était malade, mais je ne pensais pas que ce serait arrivé si vite, sinon je ne serais pas parti, déclara-t-il, avant de marquer une pause. J'aurais dû rester. Putain, j'aurais dû rester.

Je souris. Même si je ne pouvais pas le voir, je savais que Declan venait de passer une main dans ses cheveux.

— Il faut que tu travailles. Personne ne savait qu'on allait en arriver là si rapidement.

— Il ne... souffre pas ?

— Je ne pense pas. Il n'est pas éveillé pour nous le dire, mais son visage est détendu. En fait, il a l'air très apaisé pour l'instant.

— Bien. C'est une bonne chose. Tu es encore à l'hôpital ?

— Oui. J'avais besoin de prendre l'air, alors je suis partie me promener, faire un tour ou deux du bâtiment.

— Kayla est avec toi ?

— Non, pas pour l'instant. Elle est retournée chez elle pour parler à ma demi-sœur.

— Mince. J'aurais aimé pouvoir sauter dans ma voiture quand j'ai reçu ton message hier soir, mais j'avais bu alors c'était impossible. Tu ne devrais pas rester seule.

— Je ne le suis pas. Will est avec moi.

Il y eut un long moment de silence avant que Declan reprenne la parole :

— Oui, évidemment. Je suis content que tu sois accompagnée.

— Parle-moi du Wisconsin, lui demandai-je, car j'avais besoin de m'échapper l'espace de quelques minutes.

— Tu changes de sujet pour pouvoir t'évader un peu?

Il me connaissait si bien.

— Exact, confirmai-je avec un sourire.

— D'accord, eh bien... laisse-moi voir, par où commencer? Oh, je sais. J'ai rencontré une femme.

Mon cœur se serra.

— Ah bon?

— Oui, elle s'appelle Belinda. Elle a soixante-et-un ans et elle est lesbienne.

Je ris en me sentant aussitôt soulagée.

— Tu travailles avec elle dans l'entreprise de produits laitiers?

— Non, elle tient le bar près de mon hôtel. C'est un chouette endroit, les gens sont sympas. Je ne sais pas pourquoi je n'étais encore jamais allé dans un bar gay.

— Probablement parce que tu ne l'es pas?

— Ah oui, ça doit être ça.

Declan passa les dix minutes suivantes à me parler des gens qu'il avait rencontrés dans le Wisconsin. Ses descriptions physiques étaient hilarantes, car il comparait tout le monde à différents personnages de dessins animés. D'après sa façon de parler, j'imaginais l'État du Wisconsin un peu comme Narnia, sauf que je n'aurais qu'à franchir la limite de l'État plutôt que de passer par une armoire avant que tout s'anime soudain.

Seul Declan pouvait me faire rire dans un moment comme celui-ci.

— Bon sang, j'avais besoin de ça, soupirai-je.

— Besoin de quoi? D'entendre à quel point ma vie est ennuyeuse dans le Wisconsin?

— Juste d'oublier pendant quelques minutes.

Il poussa un soupir.

— J'aimerais pouvoir être là avec toi.

Lorsque je tournai au coin pour rejoindre l'avant du bâtiment, mon cœur s'arrêta brusquement en voyant Will avancer vers moi. Il dut me voir blêmir, car il leva les mains.

— Tout va bien, me rassura-t-il. Kayla est revenue avec ta demi-sœur, alors je les ai laissées seules avec ton père. Elle a promis d'envoyer un message s'il y avait du changement.

— Oh... prononçai-je avec peine. D'accord, merci.

Je retournai à ma conversation en me rappelant soudain que j'étais encore en communication.

— Désolée, j'ai paniqué l'espace d'un instant. J'ai pensé qu'il était arrivé quelque chose à mon père.

— Oui, j'ai entendu. C'est Will ?

— Oui.

Un silence gênant s'ensuivit.

— Tu veux que je te laisse ? s'enquit-il.

— Oui, je pense qu'il faudrait.

— D'accord, mais donne-moi des nouvelles. Promis, Mollz ?

— Promis.

— Au revoir, trésor.

— Au revoir.

Après avoir raccroché, Will me tendit un café. Je n'avais même pas remarqué qu'il en avait un dans chaque main.

— C'était qui ?

— Declan.

Il fronça les sourcils, mais tenta de ne pas le montrer.

— Comment va-t-il ?

— Bien. Il m'a envoyé un message pour prendre des nouvelles hier soir, quand on venait d'arriver à l'hôpital, alors il était inquiet.

Will acquiesça. Je me rendis compte que je lui avais demandé de ne pas m'accompagner pendant que j'allais prendre l'air. Il pensait probablement que j'avais fait ça pour pouvoir m'échapper et parler à Declan. Ce n'était pas ce que j'avais prévu, mais discuter avec ce dernier m'avait fait me sentir bien mieux que ces dernières heures – et ça me faisait culpabiliser un peu. Will avait été parfait en ce qui concernait mon père. Il avait été plutôt génial en général, ces derniers mois.

— Je n'avais pas prévu de parler à Declan quand je suis sortie du service des soins intensifs. Ce n'est pas pour ça que je t'ai demandé de rester là-bas.

Will étudia mon regard un instant, avant de hocher la tête.

— D'accord.

— Comment va Kayla ?

— Elle avait l'air de s'être ressaisie un peu. Je suis sûre qu'elle essaie de paraître forte pour Siobhan.

— Oui, je me doute.

— Tu veux qu'on fasse un tour de plus pour leur laisser un peu de temps avec ton père ?

— Oui, ça me semble être une bonne idée. Ma sœur a besoin de se préparer à la suite.

***

Robert Emerson Corrigan mourut à 18 h 38. Will et moi savions que ça allait arriver, alors il avait accompagné ma petite sœur à la cafétéria pour me laisser avec Kayla au chevet de mon père lorsqu'il avait rendu son dernier souffle.

En tant qu'infirmière, ce n'était pas la première fois que j'étais restée avec quelqu'un au moment de sa mort, mais le faire pour une personne qu'on aimait – son propre père ou son mari – était une première pour Kayla et moi. Le déclin régulier de ses constantes vitales m'avait fait comprendre que l'heure approchait, mais rien n'aurait pu me préparer au moment où le médecin avait prononcé son décès.

« Heure de la mort, 18 h 38. »

Kayla et moi étions restées dans les bras l'une de l'autre pendant les minutes qui avaient suivi. J'étais parvenue à rester forte, jusqu'à ce qu'un sanglot déchirant lui échappe. Ensuite, nous nous étions toutes les deux effondrées. Elle voulait pouvoir lui dire au revoir en premier parce qu'elle devait aller annoncer la nouvelle à Siobhan, alors j'avais attendu au bureau des infirmières pour qu'elle puisse être seule. Puis mon tour arriva.

Je pris la main de mon père et fixai son corps sans vie. C'était surréaliste qu'il soit parti. Je venais juste de reprendre contact avec lui, et voilà que je ne pourrais plus jamais voir son sourire ou entendre son rire. Les larmes se mirent à couler sur mon visage.

— Salut, papa. Je ne sais pas si tu peux m'entendre, mais il y a tant de choses que j'aurais aimé te dire.

Je secouai la tête et ravalai la boule dans ma gorge.

— Tu étais un homme bien. Je sais que je ne t'ai pas toujours donné l'impression que je le pensais, mais c'était le cas. Tu étais gentil et patient, indulgent et respectable. J'ai été stupide de laisser passer tant d'années sans t'avoir dans ma vie, mais je suis contente qu'on ait pu réapprendre à se connaître durant ces derniers mois.

J'essuyai mes larmes.

— Je sais que je ne peux pas effacer ce que j'ai fait, mais je veux que tu saches que j'ai appris de mes erreurs. Le temps est trop précieux pour ne pas le passer avec les gens qu'on aime, et je t'aime, papa, de tout mon cœur. J'aime aussi Kayla et Siobhan. Je sais que tu tiens beaucoup à elles, alors je vais m'assurer de faire partie de leur vie à partir de maintenant. Je sais que c'est ce que tu voudrais. Elles me relieront toujours à toi. Merci de les avoir fait entrer dans ma vie.

Je me levai et allai déposer un baiser sur son front.

— Je t'aime, papa. On se reverra un jour.

Will m'attendait derrière le rideau lorsque je sortis. Après avoir passé un peu de temps avec Kayla et Siobhan, il me reconduisit chez moi. Sur le trajet, j'appelai ma mère et envoyai un message à mes plus proches amis, y compris Declan, pour les prévenir que mon père était mort. Quand nous arrivâmes enfin chez moi, j'avais l'impression qu'il s'était écoulé une année entière. Je jetai un coup d'œil à l'heure en posant mon sac à main sur le comptoir de la cuisine.

— Oh, mon Dieu, Will. Il est presque vingt-trois heures. Ta garde commençait à vingt heures, non ?

— Kurt Addison était là ce soir. Il me devait un service, alors il va rester jusqu'à ce que j'arrive, m'apprit-il en caressant mes bras. J'irai prendre la relève tout à l'heure, et ensuite je ferai le nécessaire pour me trouver des remplaçants pendant quelques jours.

— Tu n'es pas obligé de faire ça.

— J'en ai envie, m'assura-t-il en déposant un baiser sur ma tête. La semaine va être compliquée pour toi.

Je m'appuyai contre son torse, soudain épuisée.

— Tu n'as pas mangé depuis plus de vingt-quatre heures, observa-t-il. Tu veux que je te prépare quelque chose ?

Je secouai la tête.

— Je suis trop fatiguée pour mâcher, mais je pense que je vais prendre une douche rapide.

— D'accord. Pendant ce temps, je te ferai de la soupe. Pas besoin de mâcher, ajouta-t-il avec un clin d'œil.

Je pris une longue douche brûlante et enfilai un peignoir en fourrure. Mon visage était gonflé à force d'avoir pleuré, et j'avais laissé mes cheveux enroulés dans la serviette car j'avais la flemme de les brosser. Pour résumer, j'étais horrible, mais je n'avais pas la force de m'en soucier.

Dans la cuisine, Will avait posé deux bols de soupe chaude sur la table. Il tira une chaise pour que je m'y installe quand j'entrai dans la pièce.

— J'ai trouvé de la soupe poulet vermicelles et de la soupe à la tomate. Je me suis dit que celle à la tomate ne demandait pas d'effort de mastication, mais vu qu'elle était périmée depuis un an et demi, j'ai pensé que tu préfèrerais quand même les quelques pâtes.

Je m'assis et lui souris.

— Merci.

— Oh, et j'ai failli oublier...

Il se tourna et récupéra quelque chose sur le comptoir.

— Il y avait aussi ça caché derrière les conserves, indiqua-t-il en posant un verre à shot rempli de M&M's sur la table. Est-ce que tu caches des bonbons en cas d'urgence ?

J'eus le cœur lourd. Encore une fois, Declan avait trouvé le moyen de me faire penser à lui – même s'il n'était jamais très loin de moi.

— J'avais oublié que je les avais mis là.

Après avoir mangé ma soupe, j'eus hâte de me rouler en boule dans mon lit. Will s'allongea et se blottit contre moi un moment, mais il finit par devoir partir à l'hôpital. Il dut penser que je m'étais endormie, puisqu'il quitta la chambre sans faire de bruit. Plutôt que de lui faire savoir que ce n'était pas le cas, je gardai les yeux fermés et ne fis aucun bruit.

Je n'avais pas dormi depuis plus d'un jour et demi alors j'étais épuisée physiquement et moralement, pourtant je n'arrivais pas à trouver le sommeil. Je n'arrêtais pas de penser à tout le temps que j'avais perdu, à toutes ces années où j'avais gardé mes distances avec mon père. Et voilà qu'il était parti. C'était un terrible rappel que la vie passait vite, et qu'il était très important de passer le plus de temps possible avec les gens qu'on aimait. Je ne pouvais pas revenir en arrière, mais je pouvais en faire une priorité à l'avenir.

CHAPITRE 28

Molly

Mon père avait un nombre impressionnant de connaissances.

Trois jours plus tard, ma sœur Lauren était arrivée de Londres, et nous étions assises au premier rang du salon funéraire, alors que ce qui ressemblait à un flux infini de personnes s'arrêtait pour nous offrir leurs condoléances pour le deuxième jour d'affilée. J'étais presque sûre que celui qui aurait une crise cardiaque cet après-midi n'aurait vraiment pas de chance, car tous les médecins et infirmières du pays se trouvaient à la veillée. Mon père et moi travaillions dans deux hôpitaux différents, et l'affluence était plus élevée que ce que j'avais prévu. Même ma mère était venue, ce qui me rendait heureuse.

La veillée avait lieu de quatorze à seize heures, suivie d'une pause de trois heures, puis d'une autre séance de dix-neuf à vingt-et-une heures. Entre-temps, Kayla avait organisé un dîner pour nous dans une salle privée d'un restaurant italien du coin. Puisque mon père était fils unique et que ses parents étaient déjà décédés, la majorité de la famille présente était celle de Kayla. Encore une fois, Will resta en permanence à mes côtés.

— Tu tiens le coup ? demanda-t-il, en déposant un baiser sur ma tempe après le repas.

— Ça va. Mais je n'en reviens pas de devoir recommencer ce soir.

Heureusement, cette séance serait la dernière. Les funérailles auraient lieu demain.

— Je suis désolé de ne pas pouvoir rester, s'excusa-t-il. Mais je resterai avec toi demain toute la journée.

— Ne sois pas bête. D'abord, tu as été là pour moi à chaque étape. Je ne sais même pas à quand remonte la dernière fois où tu as dormi. Et tu n'as vraiment pas à t'excuser de devoir travailler ce soir. Tu n'es pas obligé de venir me surveiller demain. Tu en as fait suffisamment, Will.

Il entrelaça nos doigts et porta ma main à ses lèvres.

— Je veux juste être là pour toi.

— Tu l'as été et c'est très gentil, affirmai-je en prenant son visage en coupe. Merci, Will.

La veillée du soir fut à peu près la même. Je n'avais jamais rencontré la moitié des personnes qui vinrent me parler, et ça me rappelait constamment que j'avais longtemps été séparée de mon père. À un moment donné, je me tenais entre ma sœur Lauren et Kayla. Je regardai cette dernière pour la présenter à une infirmière qui avait travaillé avec mon père quand nous étions petites, et quand je me retournai, au lieu de voir encore un autre soignant, j'aperçus ma sœur serrer la main d'un homme.

— Declan ? Oh, mon Dieu ! Tu es venu ? lançai-je en me jetant dans ses bras.

Il se mit à rire en titubant en arrière, pris au dépourvu par mon accueil enthousiaste.

— Bien sûr que je suis venu. Pourquoi je m'en serais privé avec un accueil comme celui-ci ?

Je tentai de me calmer un peu.

— Je ne savais pas que tu allais venir.

— Mon vol a été retardé. J'étais censé arriver pour la séance de l'après-midi.

— C'est une belle surprise. Merci beaucoup d'avoir fait tout ce chemin.

Nous discutâmes pendant quelques minutes, jusqu'à ce qu'il remarque qu'il bloquait la file.

— Je vais aller présenter mes respects et m'asseoir à l'arrière. Tu me retrouves quand tu seras disponible ? proposa-t-il.

— Oui, bien sûr.

Malheureusement, je ne fus *disponible* qu'environ une heure et demie plus tard, quand l'heure de fin sonna. Toutefois, j'avais beaucoup plus le moral depuis que Declan était arrivé. De temps en temps, je jetais un coup d'œil par-dessus mon épaule pour m'assurer qu'il était encore là, et chaque fois, il me souriait. C'était comme le médicament dont j'avais besoin pour continuer à aller de l'avant.

Quand la file ralentit enfin, Kayla frotta mon bras.

— C'est gentil de la part de Declan d'être venu. Ton père l'appréciait beaucoup.

— C'était réciproque.

— J'espère que tu ne m'en voudras pas de dire ça, mais le soir où vous êtes venus dîner, ton père m'a dit qu'il pensait avoir rencontré son futur beau-fils.

— Papa a dit ça ?

— Oui, acquiesça-t-elle. Je pensais aussi avoir vu quelque chose de spécial entre vous.

Je tournai les yeux vers Declan. Il était toujours assis au fond, mais cette fois-ci, quand il sourit, il leva un paquet de M&M's et le secoua, ce qui me fit rire.

Quand je me tournai de nouveau vers Kayla, elle m'adressa un sourire chaleureux.

— Amusez-vous bien ce soir. Tu as besoin d'une pause.

***

Je laissai tomber ma tête contre l'appui-tête de la voiture de location de Declan, et poussai un soupir.

— Quelle longue journée.

Il serra ma main.

— Tu dois être épuisée.

— Je confirme, répondis-je en bâillant.

— Qu'est-ce que je peux faire ? s'enquit-il.

— Je veux juste rentrer à la maison.

— Alors, faisons ça.

Il m'adressa un sourire chaleureux et réconfortant, puis démarra la voiture et prit la route.

— Est-ce que tu as mangé ? m'interrogea-t-il en m'observant.

— Je ne dirais pas non à un petit déjeuner en guise de dîner.

Il arqua les sourcils.

— Tu as des œufs et du pain ?

— Mon frigo est totalement vide.

— Je vais faire un arrêt rapide au magasin pour en acheter.

— Merci, tu es le meilleur, affirmai-je en souriant.

Pendant le trajet, je regardai par la fenêtre et une vague de tristesse m'envahit brusquement. Toute la journée, j'avais en quelque sorte réussi à ne pas penser au fait que mon père était vraiment parti, même pendant la veillée. Mais là, dans le silence de cette voiture, tout me retomba dessus. La pluie se mit à tomber, et ça ne fit qu'amplifier les choses.

Lorsque nous arrivâmes à l'appartement, je pris une longue douche chaude. À mon retour au salon, j'eus l'impression que Declan n'était jamais parti pour le Wisconsin. Alors que j'étais allongée sur le canapé, il était aux fourneaux, en train de préparer son fameux pain perdu. L'odeur de cannelle flottait dans l'air, et en ce jour malheureux, il y eut enfin un moment de joie.

J'inspirai en savourant ce parfum.

— Je n'arrive toujours pas à croire que tu aies fait tout ce chemin.

— Il n'était pas envisageable que je ne vienne pas, Mollz.

Un sourire étira mes lèvres, tandis que je l'observais retourner le pain perdu.

— C'est exactement ce que le médecin m'a prescrit : un petit déjeuner en guise de dîner et passer du temps avec toi ce soir.

Il se retourna.

— Eh bien, je ne sais pas de quel *médecin* on parle, mais je ne suis pas certain que le docteur Will aurait voulu que *je* sois là avec toi ce soir.

Je rougis en me sentant soudain coupable.

— Probablement pas, avouai-je.

— En parlant de ça, si le fait que je dorme ici pose problème, je peux aller à l'hôtel.

— Tu plaisantes ? répliquai-je en m'asseyant. Tu es chez toi. Tu as payé ton loyer, et la chambre est toujours à toi. Sans parler du fait que je n'ai pas envie d'être seule ce soir.

— Je comprends, mais est-ce qu'il va passer ? Tu n'as jamais dit à Will que j'étais ton colocataire pendant tout ce temps, alors ma présence ne lui semblerait pas logique. Je ne veux pas que tu aies des ennuis.

Je savais que Will ne serait pas ravi, mais il était hors de question que je dise à Declan de partir.

— Il travaille toute la nuit, l'informai-je en haussant les épaules. Il ne va pas venir ici. Et si pour une raison quelconque il le faisait, je lui dirais la vérité – que tu es venu à Chicago et que tu dors à la maison. Il faudrait qu'il l'accepte parce qu'il sait qu'on est toujours amis.

Declan acquiesça.

— D'accord, trésor. C'est juste que je ne veux pas compliquer les choses.

C'était la deuxième fois cette semaine qu'il m'avait appelée « trésor ». Peut-être qu'il fallait que je me demande pourquoi j'aimais autant le fait qu'un homme qui n'était pas mon petit ami m'appelle comme ça. Toutefois, j'étais trop fatiguée pour y réfléchir tout de suite.

— Tu ne compliques rien du tout, Declan. Tu me facilites les choses ce soir parce que je n'ai pas à rester seule.

— Eh bien, je suis super content d'être à la maison, déclara-t-il en souriant.

À la maison. Je n'étais pas sûre qu'il se soit rendu compte de ce qu'il venait de dire.

— À la maison, hein ?

Il marqua une pause.

— C'est drôle, c'est sorti comme ça. Mais je crois que c'est comme ça que je vois cet appartement. Ma deuxième maison, tout du moins.

Il dressa deux assiettes de pain perdu à la cannelle accompagné d'une grosse portion de bacon. L'appétit que j'avais perdu plus tôt revint avec force, et je me retrouvai soudain à vouloir tout dévorer.

Nous nous installâmes et il sourit en me regardant.

— Je suis content de voir que certaines choses n'ont pas changé.

En un rien de temps, il ne resta plus rien dans mon assiette, mais nous restâmes l'un en face de l'autre dans un silence confortable. Je finis mon verre de jus d'orange.

— Est-ce que tu as prévenu Julia que tu es en ville ? demandai-je, en sentant une pointe de jalousie à la simple évocation de son prénom.

— Non, m'apprit-il en secouant la tête. Elle n'a pas besoin de savoir que je suis là. Je ne cherche pas à recommencer quoi que ce soit avec elle. Mieux vaut s'en abstenir. Je suis seulement venu pour toi.

Mon cœur se serra.

— Tu dois repartir quand ?

— Malheureusement, mon vol est prévu demain soir. Alors je serai là pour les funérailles, mais je dois repartir dans le Wisconsin juste après. J'ai une présentation importante le lendemain matin. J'aurais aimé pouvoir rester plus longtemps.

— Moi aussi, répondis-je en fronçant les sourcils.

Le silence s'installa entre nous, et l'euphorie que j'avais ressentie commença à s'estomper, ce qui n'échappa pas à Declan.

— Tu veux parler d'aujourd'hui ?

— Non, même si je devrais peut-être. Revivre cette journée est la dernière chose dont j'ai envie. C'était épuisant, et j'appréhende énormément celle de demain. Parlons d'autre chose que de la mort, tu veux bien ? proposai-je, en lui donnant un coup de pied taquin sous la table. Dis-m'en plus sur le fromage et les bars lesbiens.

Declan me raconta alors quelques histoires drôles sur sa vie dans le Wisconsin, et je me perdis dans son humour. Plus les minutes passaient, plus j'étais reconnaissante de l'avoir à mes côtés ce soir.

— Je ne suis pas la seule à apprécier ta présence ici, révélai-je. La femme de mon père a trouvé que c'était très gentil de ta part d'être venu, et elle s'est fait un devoir de me dire à quel point mon père t'adorait.

Declan serra ma main sur la table.

— Moi aussi, je l'appréciais beaucoup. J'aurais aimé pouvoir apprendre à le connaître.

— Même s'il ne te connaissait pas très bien, il a senti que tu étais quelqu'un de bien, tu sais ? Tout comme moi la première fois que je t'ai rencontré. Je pense qu'il a aimé le fait que tu sois si sociable et sympathique. Sérieusement, Declan, dès que tu es là, tu éclaires la pièce.

Son expression changea après ça. Elle s'assombrit, comme si mon compliment l'avait contrarié. C'était bizarre.

— J'ai dit quelque chose qu'il ne fallait pas ? m'enquis-je en écarquillant les yeux. C'était censé être un compliment, tu sais ?

— Non, tout va bien.

Il s'adossa à sa chaise et poussa un long soupir.

— C'était très gentil de dire ça, reprit-il en essuyant son front, alors qu'il rougissait.

Quelque chose n'allait pas.

— Tu vas bien ? le questionnai-je en me penchant vers lui.

Il cligna des yeux à plusieurs reprises, comme s'il ne savait pas quoi répondre, puis il tenta de balayer mon commentaire d'un geste de la main.

— Ce n'est pas le moment de parler de moi. Je ne suis pas là pour ça.

— Je veux savoir si quelque chose te tracasse, Declan, insistai-je, le cœur battant. Et puis parler de *moi* est la dernière chose dont j'ai envie, alors s'il te plaît, dis-moi ce qui se passe.

— Ce n'est rien, répondit-il en baissant les yeux sur ses mains, tout en faisant tourner ses pouces.

Plus il essayait de minimiser les choses, plus je m'inquiétais.

— Ton visage s'est transformé dès que je t'ai dit que tu éclairais une pièce. Ça a touché quelque chose. S'il te plaît, dis-moi quoi.

Il déglutit.

— D'accord... Il y a bien quelque chose, mais je ne pense pas que ce soir soit le bon moment pour aborder le sujet, me confia-t-il, avant de soupirer. Peut-être qu'on pourra en parler au téléphone quand les choses se seront calmées pour toi. Je ne veux pas...

— Je ne sais pas si tu te rends compte à quel point je tiens à toi, l'interrompis-je, étonnée par mon choix de mots. Si quelque chose te tracasse, Declan, je veux savoir. Maintenant. Je t'en supplie, tout va bien. Est-ce que j'ai l'air de devoir aller quelque part ce soir ?

Il me regarda droit dans les yeux pendant un temps anormalement long, puis il finit par hocher la tête.

— Allons sur le canapé.

Mon cœur se serra. Mon imagination tourna à plein régime en attendant qu'il s'installe avec moi. Est-ce qu'il s'était passé quelque chose dans le Wisconsin ? Avait-il mis une femme enceinte ? Envisager ça venait de nulle part, mais tout était possible. Il déposa nos assiettes dans l'évier, avant de me rejoindre sur le canapé.

Il s'assit près de moi et me fit face.

— Il y a quelque chose que je ne t'ai pas dit, commença-t-il. Quelque chose dont je me suis rendu compte seulement récemment à propos de moi-même.

Mon cœur s'emballa.

— D'accord...

Declan ne dit rien pendant trente bonnes secondes.

— Prononcer ces mots est plus difficile que ce que je pensais, reprit-il, avant de prendre une grande inspiration et d'expirer. Bon, je me lance.

Il ferma les yeux.

— Il y a des moments où je ne me sens pas bien, où je déprime, révéla-t-il, avant de marquer une pause. Je souffre de dépression, Molly. Je suis un traitement pour ça depuis le lycée. Ma mère souffre aussi de... troubles bipolaires.

Waouh. OK. Je ne l'avais pas vu venir.

— J'ai toujours eu peur que ma dépression soit le premier symptôme de la bipolarité, poursuivit-il. Ce n'est pas facile à diagnostiquer parce que ça progresse très lentement. Je n'ai parlé longuement de cette inquiétude que récemment avec mon médecin. Il n'a pas l'air aussi inquiet que moi, mais il n'a pas pu me certifier non plus que mes craintes n'étaient pas fondées. Je prends des médicaments pour la dépression, et dans l'ensemble, ça aide. Même si je traverse parfois des périodes creuses où c'est compliqué, et où mon médecin doit ajuster mon traitement. Le soir où tu es revenue après avoir passé une semaine chez ton père était l'un de ces moments difficiles. La partie la plus compliquée est de ne pas pouvoir reprendre le dessus tout de suite lorsque ça arrive.

Je me laissai le temps de digérer. Ça me faisait de la peine qu'il ait souffert en silence en ayant l'impression de ne pas pouvoir m'en parler. De plus, ça me faisait mal car j'avais été trop concentrée sur mes propres problèmes pour m'en rendre compte, même si j'avais vu les signes. Je savais que quelque chose le tracassait quand j'étais revenue de chez mon père, mais je n'avais jamais imaginé que ça pouvait venir de *lui-même*.

— Est-ce que tu te sens bien, maintenant? demandai-je.

— Oui, ça va. Même si j'ai toujours gardé dans un coin de ma tête la possibilité que mes problèmes puissent devenir plus sérieux, ces derniers temps, j'ai vraiment commencé à m'inquiéter à l'idée de devenir comme ma mère. L'inquiétude en elle-même est devenue un problème, et il a fallu que je l'admette à moi-même et à mon médecin.

— Tu as dit que tu avais parlé avec lui?

— Oui, j'ai discuté avec mon médecin en Californie. On a commencé à faire des séances de thérapie en visio, et il a apaisé un bon nombre de mes peurs. Il a l'air de penser que si j'étais bipolaire, ça se manifesterait différemment. Il pense que je suis juste dépressif. Même si, bien sûr, il ne peut pas en être certain.

— Tu n'as jamais vraiment parlé de ta mère. Maintenant, je me rends compte que c'est un sujet délicat.

— Grandir avec ses changements d'humeur et ses crises a été très compliqué. Ça n'a jamais été facile pour moi d'en parler. Et crois-moi, aborder ça *ce soir* n'était vraiment pas ce que je voulais.

— Je suis contente que tu l'aies fait, lui assurai-je en prenant sa main.

J'avais l'impression d'avoir enfin trouvé la pièce manquante à un puzzle. Même si nous étions devenus très proches, j'avais toujours eu l'impression de passer à côté de quelque chose. À présent, je savais.

— Declan, tu n'imagines pas ce que ça représente que tu partages ça avec moi. Je me suis toujours demandé s'il y avait des parties de toi que tu ne m'avais pas montrées, un peu comme si tu étais trop beau pour être vrai, ajoutai-je en riant un peu.

Il sourit.

— Oui, je comprends. Je suis devenu assez doué pour tout cacher derrière un sourire. Parfois, je pense que je compense en faisant rire les gens, pour qu'ils soient trop occupés pour essayer de lire en moi. Peu de personnes sont capables de deviner quand je dissimule mes sentiments, mais je me suis douté que tu pouvais voir au-delà de tout ça le soir où tu es rentrée de chez ton père. Je ne voulais pas te rajouter un fardeau, même si je savais que tu me soutiendrais.

— Je sais à quel point ça peut être compliqué de parler de choses comme celles-ci.

— Tu as toujours été honnête à propos de tes propres angoisses, déclara-t-il en acquiesçant. Il m'a juste fallu plus de temps pour en arriver là.

— J'aurais aimé être au courant pour pouvoir t'aider, soupirai-je.

— Le fait que tu le saches et que je n'aie plus besoin de le cacher me fait du bien.

Pendant la demi-heure qui suivit, Declan me parla un peu plus de sa mère et des défis qu'impliquait le fait de vivre avec un parent atteint d'une maladie mentale.

— Je me répète, mais je suis contente que tu te sois confié à moi.

— Moi aussi, répondit-il avec un sourire hésitant. J'ai passé ces dernières semaines à gérer mes problèmes comme j'aurais dû le faire il y a un moment. J'ai même passé quelques jours en Californie.

— Oh, waouh. Je ne m'en étais pas rendu compte. Tu es sûr que tu te sens bien ce soir ? Tu as voyagé toute la journée, et ensuite tu es resté assis pendant des heures à la veillée.

Il prit ma main dans la sienne.

— Je me sens particulièrement bien ce soir, parce que je suis avec toi – même compte tenu des circonstances terribles qui m'amènent ici. Tu m'as beaucoup manqué. Je ne pense pas que je m'étais rendu compte à quel point avant de te voir tout à l'heure.

Ses mots me firent fondre. *Qu'est-ce qui est en train de se passer ?* Je pensais avoir commencé à tourner cette page. Les choses s'étaient si bien passées avec Will. Mais là, tout ce que je voyais, tout ce que je ressentais, c'était Declan.

— Tu m'as manqué aussi.

J'avais envie de lui dire des tas d'autres choses, mais ce fut tout ce que je parvins à prononcer.

Il prit une grande inspiration et frappa doucement ma jambe.

— On a assez parlé de ça, d'accord ? Il faut qu'on discute de choses plus joyeuses pour le reste de la soirée.

— Pour information, sache que parler des choses difficiles ne me dérange pas. J'adore en apprendre plus sur toi, même si c'est douloureux.

— Ce n'est pas que je pensais que tu ne m'accepterais pas ou quelque chose comme ça. J'étais juste dans le déni, et je ne voulais pas faire face à tout ça. Mon médecin pense que je pourrais avoir une sorte de stress post-traumatique à cause de mon enfance et des choses dont j'ai été témoin avec ma mère. Et même si la dépression est mon problème principal, ma peur de devenir comme elle a affecté ma façon de gérer certaines choses, comme mes relations amoureuses, les décisions que je prends... expliqua-t-il en me regardant droit dans les yeux.

Est-ce qu'il parlait de *nous*? De sa décision de ne pas s'engager avec moi? Ou est-ce qu'il faisait référence à Julia?

— Promets-moi quelque chose, lui intimai-je, plutôt que de lui demander de clarifier les choses.

— Quoi donc?

— Promets-moi que, maintenant que je suis au courant, tu te reposeras sur moi. Promets-moi que tu m'appelleras dès que tu auras besoin de parler de ce que tu ressens.

— D'accord, c'est promis, accepta-t-il en souriant.

Je pensais tenir à Declan avant ce soir, mais découvrir ce côté vulnérable de sa personnalité était bien plus intime que ce que nous avions partagé auparavant. Tous les sentiments compliqués que j'avais ressentis pour lui se ravivèrent en moi tel un feu qui se rallumait.

CHAPITRE 29

Declan

Je me réveillai le lendemain matin en me sentant complètement perdu.

Perdu parce que je m'étais confié à Molly.

Perdu parce que mes sentiments pour elle avaient atteint un niveau record.

Et perdu parce que je me réveillai dans son lit.

Il ne s'était rien passé. Du moins, pas physiquement.

Après notre discussion d'hier soir, mon cœur était prêt à exploser. Elle m'avait fait me sentir si accepté, si aimé. Ça me faisait regretter de ne pas m'être confié à elle bien plus tôt.

Même si j'avais eu envie de lui changer les idées, nous étions tous les deux épuisés. À un moment donné, elle s'était appuyée contre moi sur le canapé, et j'avais fini par la prendre dans mes bras jusqu'à ce que nous nous endormions. Quand j'avais ouvert les yeux et que je m'étais rendu compte que nous étions encore sur le canapé, je l'avais réveillée pour que nous puissions rejoindre nos chambres respectives. Toutefois, elle m'avait dit qu'elle ne voulait pas rester seule, alors je n'avais pas eu à y réfléchir deux fois. Je l'avais suivie dans sa chambre et je l'avais prise dans mes bras à nouveau, jusqu'à ce que nous nous rendormions dans son lit.

Alors j'étais là, le lendemain matin, complètement perdu d'avoir encore des sentiments pas du tout platoniques pour Molly. Sauf que cette fois-ci était encore plus merdique parce qu'elle avait un petit ami.

Pendant qu'elle dormait, je pouvais voir son téléphone recevoir des tas de messages de Will qui prenait de ses nouvelles. Je ne savais pas quoi faire. Je partais ce soir, et j'allais laisser un morceau de mon cœur derrière moi. Quelque chose avait changé entre nous. Ce que j'éprouvais pour Molly avait toujours été fort, mais ça n'avait jamais été comme ça.

***

Le plan était que tout le monde devait se retrouver à l'église pour faire leurs derniers adieux au père de Molly, avant d'aller au cimetière.

Molly avait eu l'air complètement engourdie toute la matinée. Je ne pouvais pas lui en vouloir. Peu importait ce que je pourrais dire ou faire aujourd'hui, ça n'enlèverait pas sa douleur. Nous arrivâmes en avance, alors je lui laissai un peu d'espace pour consoler sa petite sœur, mais sans jamais trop m'éloigner, au cas où elle aurait besoin de moi. J'avais prévu de rester là pour elle jusqu'au moment où je devrais partir à l'aéroport.

Quelques minutes avant le début de la messe, Molly vint vers moi. Ses yeux étaient brillants et distants. Je savais qu'elle s'efforçait encore de ne rien ressentir. Elle s'assit à côté de moi sur le banc et posa sa tête sur mon épaule. J'enroulai mon bras autour d'elle et la serrai contre moi. Elle avait l'air faible, comme si j'étais la seule chose qui l'empêchait de s'écrouler.

Je ne l'aurais jamais lâchée si quelqu'un ne m'avait pas donné une tape ferme sur l'épaule. Je me retournai et croisai le regard incendiaire de Will Daniels.

— Je prends le relai, déclara-t-il.

Je n'allais pas le contredire dans une église. Et puis, bon sang, c'était moi qui n'étais pas à ma place. Mon bras était enroulé autour de *sa* petite amie. Molly eut l'air paniquée, comme si elle ne savait pas comment gérer la situation, alors je lui facilitai la tâche. C'était la dernière chose que j'avais envie de faire, mais je me levai et tendis ma paume.

— Salut, Will. Ravi de te voir.

Il hésita, mais me serra la main.

— Je ne savais pas que tu allais venir, Declan. Je pensais que tu ne vivais plus dans cet État.

— Je suis arrivé hier soir pour la veillée.

Will fronça les sourcils et regarda Molly. Il était clairement agité, mais heureusement, lorsqu'il aperçut son visage, il mit de côté la compétition entre nous et s'accroupit pour se mettre à son niveau.

Il posa ses mains sur ses joues et fixa ses yeux larmoyants.

— Oh, Molly... Ça va aller. Pas tout de suite, pas dans une heure, peut-être même pas ces prochains jours... mais je te promets que ça deviendra plus facile. Cette journée est la partie la plus difficile, et tu as le droit d'en ressentir chaque moment. Tu n'es pas obligée de prendre sur toi. Laisse tout sortir, chérie.

Les larmes qu'elle retenait se mirent à couler sur son visage. Will se pencha pour la prendre dans ses bras. J'avais l'impression de tenir la chandelle, alors je fis ce que je pensais être juste et les laissai partager un moment privé. Je m'assis quelques rangs derrière et l'observai l'aider à essuyer ses larmes, avant qu'elle prenne appui sur lui lorsqu'il la conduisit au premier rang.

Je passai presque toute la messe à fixer l'arrière de leurs têtes. C'était affreusement douloureux de voir un autre homme assis à ma place, en train de réconforter ma copine. Mais en fin de compte, le plus important était Molly, et non pas mes désirs égoïstes.

Après le service, les porteurs firent sortir le cercueil, et Molly et sa famille suivirent le mouvement. Je gardai la tête baissée lorsque Will et elle passèrent à côté de moi, histoire de ne pas rendre les choses gênantes. À l'extérieur, un corbillard et une longue limousine attendaient. Je me dis que Will et Molly allaient monter ensemble dans la limousine avec sa famille, alors je fus surpris quand il déposa un baiser sur son front, sortit ses clés de sa poche, et se dirigea seul vers le parking. Molly regarda autour d'elle, et lorsque nos yeux se croisèrent, elle m'adressa un sourire triste. Je m'approchai en me disant que je devrais sûrement lui dire au revoir maintenant.

— Tu tiens le coup ? demandai-je en frottant ses bras.

— Je suis contente que ce soit fini.

— Oui, je me doute.

Par-dessus son épaule, j'aperçus Kayla aider sa fille et deux autres femmes plus âgées à monter dans la limousine, avant d'examiner la foule.

— Je crois que Kayla te cherche.

— Tu penses qu'elle m'en voudrait si je lui disais que je ne voulais pas faire le trajet dans la limousine avec elles ?

— Je pense qu'il faut que tu fasses ce qui est le plus facile pour toi. On dirait qu'elle a de la famille avec elle, alors elle ne sera pas toute seule.

— Tu veux bien m'accorder une minute, s'il te plaît ? me demanda-t-elle en levant un doigt.

— Bien sûr.

Je l'observai rejoindre la femme de son père et discuter avec elle. Molly me pointa du doigt, et Kayla se mit à sourire en croisant mon regard. Elles s'étreignirent, avant que Molly vienne me retrouver.

— Est-ce que tu vas au cimetière ? s'enquit-elle.

— J'y comptais bien.

— Est-ce que je peux faire le trajet avec toi ?

J'étais surpris, mais je n'allais pas refuser quelques minutes supplémentaires en tête à tête avec elle.

— Évidemment.

Les voitures étaient en train de s'aligner, phares allumés, derrière la limousine. Je remarquai que la deuxième d'entre elles était celle de Will, qui nous fixait.

— Will sait que tu viens avec moi ? demandai-je en désignant son véhicule d'un signe de tête. Parce qu'il nous regarde.

Molly soupira.

— Non, je devrais aller le prévenir.

J'acquiesçai.

— Je vais sortir la voiture du parking, l'informai-je.

— D'accord, merci.

Lorsque j'arrivai avec le véhicule, Molly s'installa à l'intérieur.

— Tout s'est bien passé ?

— Il a dit qu'il n'y avait pas de souci, répondit-elle en haussant les épaules.

Le corbillard à l'avant de la longue file prit la route, et le cortège suivit. Molly regarda par la fenêtre, alors que je me mis à avancer à mon tour.

— Je peux te poser une question ? m'interrogea-t-elle.

— Bien sûr. Tout ce que tu veux.

— Qu'est-ce qui te fait le plus peur dans le fait de mourir ?

Je jetai un coup d'œil dans sa direction, avant de revenir à la route.

— Je ne sais pas. Je ne pense pas qu'on souffre une fois que notre cœur arrête de battre, et j'aime à penser qu'il y a une vie après la mort. Alors je n'ai pas spécialement peur de la notion physique de la mort. Je pense que ce qui me fait le plus peur, c'est de mourir en ayant des regrets.

— Comme quoi ?

Je haussai les épaules.

— Je ne sais pas... Par exemple, si je regardais en arrière et que je me rendais compte que j'avais travaillé dur, mais que c'était au détriment des personnes que j'aime. Ou si je n'avais pas de femme ni de famille pour une raison quelconque.

Je marquai une pause et observai de nouveau Molly.

— Si j'avais manqué des occasions importantes parce que j'avais trop peur de prendre des risques, ajoutai-je.

Elle acquiesça et continua à regarder par la fenêtre.

— Je ne pense pas que mon père avait beaucoup de regrets... peut-être sur sa façon d'avoir géré les choses après son départ de la maison, mais j'ai l'impression qu'il a fait la paix avec ça récemment.

— Je pense que c'est toi qui lui as apporté cette paix, Molly, affirmai-je en prenant sa main.

— Je suis vraiment contente d'avoir pu avoir ces derniers mois avec lui, soupira-t-elle.

Je hochai la tête.

— Je pense que ça a aussi beaucoup représenté pour lui.

Quelques minutes s'écoulèrent, avant qu'elle ne reprenne la parole :

— Il y a quelques jours, Will m'a dit qu'il m'aimait. C'était la veille de la mort de mon père.

J'eus l'impression de recevoir un coup de poing en pleine poitrine, et j'eus le souffle coupé. Je dus prendre une minute avant de pouvoir répondre à ça.

— Ça t'a... fait plaisir ?

— Il a vraiment été super pendant toute cette période. Je sais que tu as douté de lui au début. Moi aussi, d'ailleurs. Mais je pense qu'il tient sincèrement à moi.

— Est-ce que tu es... amoureuse de lui ?

Je retins mon souffle.

— Je l'apprécie beaucoup, répondit-elle en observant ses mains sur ses genoux. Mais je n'ai pas pu le lui dire en retour. Pas encore. Je tiens à lui et on passe de bons moments ensemble. On a beaucoup de choses en commun.

Elle secoua la tête.

— Je ne sais pas. Peut-être que je ne sais plus où j'en suis à cause de tout ce qui se passe avec mon père, et que ça me fait douter de mes propres sentiments.

Je n'étais peut-être pas certain de grand-chose dans la vie, mais s'il y avait bien une chose que je savais, c'était que lorsqu'on était vraiment amoureux, on le savait. Et même si Molly ne finissait pas avec moi, je ne voulais pas qu'elle se contente de moins que ce qu'elle méritait.

— Je pense qu'on le sait quand on est amoureux, Molly.

— Mais comment ? Comment on le sait ?

Juste au moment où elle posa cette question, nous arrivâmes au portail en fer forgé à l'entrée du cimetière. Le cortège funèbre ralentit, alors que nous suivions tous le corbillard jusqu'à la tombe du père de Molly.

Heureusement que je n'avais pas à réfléchir et que je pouvais me contenter de suivre la voiture devant moi, car mon esprit était occupé à trouver comment répondre à ça. Trop rapidement, le corbillard ralentit et se gara sur le côté. La panique m'envahit lorsque je pris conscience que mon temps avec Molly était presque écoulé.

Une fois garé, elle se tourna vers moi et secoua la tête.

— Je suis désolée d'avoir passé le trajet à te poser des questions sur le sens de la vie. Il faut croire que voir mon père arriver à sa fin m'a fait prendre conscience qu'il est temps que je trouve mon commencement.

Les gens garés devant nous ouvraient leurs portes pour sortir.

— Merci pour le trajet, Declan, déclara Molly en posant sa main sur la poignée.

— Attends ! m'écriai-je quand elle s'apprêta à sortir.

Elle se retourna.

— Tu sais que tu es amoureuse quand toutes les petites choses qui t'ont toujours fait peur ne semblent plus aussi terrifiantes que l'idée de ne pas passer le reste de ta vie avec cette personne.

Les larmes lui montèrent aux yeux, alors que nous nous fixions, presque comme dans un état de transe. Je mourais d'envie de lui dire que je savais ce que c'était d'aimer, car elle était l'amour de ma vie. Toutefois, ce moment prit brutalement fin quand quelqu'un frappa à la fenêtre passager.

Will.

Je fermai les yeux. *Putain.*

Molly prit un air sombre.

— Merci encore d'être venu, Declan.

Je portai sa main à mes lèvres et y déposai un baiser.

— De rien. Je serai toujours là pour toi, trésor.

CHAPITRE 30

Molly

— Tout va bien entre nous ?

J'arrêtai de tracer le chiffre huit dans la condensation au fond de mon verre, et levai les yeux vers Will.

— Pardon, tu disais ?

Il m'adressa un sourire triste.

— Viens par ici.

Nous étions assis l'un à côté de l'autre sur mon canapé. Il tira doucement sur mon bras pour me faire venir sur ses genoux, puis repoussa une mèche de cheveux sur mon visage et me regarda dans les yeux.

— Est-ce que tout va bien entre nous ?

— Oui, bien sûr. Pourquoi ça n'irait pas ?

— Je ne sais pas, répondit-il en secouant la tête. Tu es distante. Je sais que ça ne fait qu'une semaine et demie que tu as perdu ton père et que tu as parfaitement le droit de ne pas avoir le moral, mais bizarrement, j'ai l'impression qu'il y a autre chose.

Je m'étais sentie mal dernièrement. Et même si une grande partie de mon état s'expliquait par ce qui était arrivé à mon père, il y avait aussi un lien avec Declan. Je n'avais pas eu de nouvelles de lui dans les jours qui avaient suivi les funérailles, et quand j'avais fini par en avoir, il n'était pas comme d'habitude. Ses messages étaient courtois, mais un peu distants. Ce qui me faisait prendre conscience que mon inquiétude pour Declan ressemblait énormément à l'inquiétude que ressentait Will à mon égard.

Je détestais mentir à Will, mais je pensais aussi que partager avec lui mes préoccupations pour un autre homme, surtout Declan, n'était pas une bonne idée. Alors je choisis une vérité partielle.

— Je suis désolée de t'avoir paru distante. Perdre mon père m'a fait beaucoup réfléchir, et j'ai l'impression d'avoir du mal à échapper à mes pensées, si tu vois ce que je veux dire.

— Bien sûr. Mais j'espère que tu sais que je suis là pour parler, si tu veux essayer de faire le tri dans ce qui occupe ton esprit, quel que soit le sujet.

— Je sais, Will. Tu as été parfait pendant tout ce temps. Si patient et toujours là à me soutenir.

— C'est parce que je t'aime, affirma-t-il en prenant mon visage en coupe.

C'était désormais la troisième fois que Will disait qu'il m'aimait, et que je ne disais rien en retour. Je ressentais de plus en plus de pression, mais je ne pouvais pas le dire sans être sûre de moi.

Je tournai la tête pour déposer un baiser sur sa paume.

— Merci.

Peu de temps après, il dut partir à l'hôpital pour commencer sa garde, alors nous nous souhaitâmes une bonne soirée. Après avoir fermé la porte, je me sentis un peu soulagée d'être seule. Je pouvais rêvasser autant que je le voulais sans avoir à prétendre que tout allait bien, ou à expliquer pourquoi ça n'allait pas. Alors je me servis un verre de vin en espérant que ça m'aiderait à me détendre, et récupérai l'album photo qui avait été posé sur la table basse du salon avant la veillée de mon père. Ma petite sœur avait fait des montages photo à exposer lors du service, alors j'avais emprunté un vieil album de famille à ma mère, dans lequel se trouvaient des clichés de mon père et moi.

Je soupirai en tournant les pages. Mon père et moi en train de pêcher, mon père essayant de m'apprendre à jouer au softball, mon père avec du vernis à ongles presque jusqu'en haut des doigts car il avait laissé sa fille de quatre ans lui faire une manucure. Ma mère, mon père, ma grande sœur et moi en train de choisir une citrouille. Des pages entières de souvenirs de mon enfance dont je ne me rappelais plus. En arrivant vers la fin, des larmes chaudes se mirent à couler sur mon visage. Et quand j'arrivai à la toute dernière page, je vis une photo à laquelle je ne m'attendais vraiment pas.

Au lieu d'un cliché de famille, c'était un morceau de papier sur lequel était imprimé un selfie de Declan. Il faisait une grimace où il louchait, les joues creusées et la bouche en cœur. Il tenait également un paquet d'un kilo de M&M's. J'éclatai de rire en lisant le mot écrit à côté de la photo.

Sèche tes larmes, ma belle. Je sais que ça n'a pas été facile de tourner ces pages, mais tu y es arrivée, alors tu mérites une récompense. Maintenant, lève tes fesses et regarde sous le canapé.

Amusée, je bondis presque de mon siège, avant de m'accroupir. Effectivement, je trouvai un paquet intact d'un kilo de M&M's. Je le ramassai, m'assis sur le canapé, et sortis mon téléphone pour envoyer un message à Declan.

Molly : Je viens de trouver mes M&M's ! Comment tu savais que j'en aurais besoin, et quand les as-tu mis sous mon canapé ?

Quelques minutes plus tard, les points de suspension commencèrent à s'agiter, et mon excitation n'avait pas été aussi élevée depuis des semaines.

Declan : Je l'ai fait quand je suis rentré à la maison pour les funérailles, la semaine dernière, avant que tu te réveilles. Ce sont les seuls que tu as trouvés jusqu'à présent ?

À la maison. Encore une fois, il avait appelé cet endroit sa maison. Je me demandai s'il s'en était rendu compte.

Molly : J'ai trouvé ceux que tu as cachés un peu partout. Mais c'est la première fois qu'il y a une photo de toi. Il y en a d'autres ?

Declan : Tu finiras par avoir la réponse à un moment donné...

Je ris et commençai à répondre, mais à la dernière seconde, au lieu d'envoyer le message, j'appuyai sur le bouton d'appel.

— Est-ce que tu savais que les verts étaient aphrodisiaques ? demanda-t-il en guise de bonjour.

Je m'esclaffai.

— Non, mais je pense que les gâteaux Twinkies survivront à l'apocalypse.

— Intéressant. Si tu devais quitter ton appartement avec un seul objet quand arrivera l'apocalypse, ce serait quoi ?

— Je ne sais pas. Peut-être une lampe torche ou un briquet ? Et toi ?

— Du ketchup, affirma-t-il d'un ton assuré. Une énorme bouteille.

— Mais pourquoi tu emporterais ça ?

— Pourquoi tu n'en emporterais pas ? Ce truc est délicieux avec tout.

Je ris.

— Bon sang, Declan. Cette conversation est ridicule, pourtant c'est exactement ce dont j'avais besoin.

— Malheureusement, ce n'est pas la première fois qu'une femme me dit ça.

Le bruit de fond disparut soudain.

— Tu viens d'éteindre la télé ? demandai-je.

— Non, je suis au bar près de l'hôtel.

— Le bar lesbien ?

— Oui. Je me suis fait de bonnes amies.

Ça me fit sourire. Declan pouvait se faire des amis partout où il allait.

— Je ne vais pas te retenir longtemps, alors.

— Ne t'en fais pas. Je suis juste sorti pour mieux t'entendre.

— Je voulais te remercier d'avoir fait ça. D'avoir su que j'arriverais à cette dernière page de l'album photo et que j'aurais besoin de réconfort.

— Avec plaisir, trésor. Avec plaisir.

Une vague de chaleur se répandit dans mon ventre en l'entendant m'appeler comme ça.

Je m'allongeai sur le canapé en tenant le paquet de M&M's contre mon cœur, le téléphone à l'oreille.

— Comment ça se passe au pays du fromage ?

— En fait, ça devient un peu flippant.

— Ah bon ? Comment ça ?

— Je commence à avoir une panoplie impressionnante de blagues fromagères.

— Des blagues fromagères ?

— Oui, des blagues sur le fromage. Que dit un DJ en entrant dans une fromagerie ?

— Je ne sais pas. Quoi donc ?

— Faites du briiie !

Je me mis à rire, ce qui, évidemment, l'encouragea à continuer.

— Quel est le fromage le moins chanceux ?

— Je ne sais pas.

— L'époisses.

— J'espère que ça ne fait pas partie du grand projet marketing sur lequel tu travailles.

— Si je ne quitte pas cet endroit bientôt, ça pourrait être le cas.

— En parlant de ça, tu auras fini quand ?

— À la fin du mois.

— Oh, waouh. Alors tu seras de retour à Chicago dans deux semaines ?

Declan resta silencieux un moment.

— En fait, il se peut que je retourne directement en Californie.

— Quoi ? Pourquoi ? Je pensais que tu reviendrais pour aider à finaliser le projet que tu as commencé ici ?

— C'était le cas, mais… Je pense qu'il vaut peut-être mieux que je retourne en Californie.

— Est-ce que c'est ton patron qui te force à le faire ?

— Non… Je pense que ce serait… Je ne sais pas. Je n'ai pas encore pris ma décision.

Je sentis soudain la panique m'envahir.

— Mais si tu ne reviens pas pour finir le projet à Chicago, quand est-ce que je te reverrai ?

— Je ne sais pas, Mollz, soupira Declan.

— Il faut que tu reviennes.

Il resta silencieux un long moment.

— Je ferais mieux d'y aller. Belinda va finir par se demander si je ne suis pas parti sans payer.

— Oh… OK.

— Prends soin de toi, d'accord ?

— Promis. Toi aussi, Declan.

Après avoir raccroché, je sentis un poids dans ma poitrine. Et si Declan ne revenait pas à Chicago ?

CHAPITRE 31

Declan

La sueur perlait sur mon front alors que je me laissais emporter par la musique. Une fois encore, j'étais le seul homme au Spotted Cow. Les haut-parleurs diffusaient *Whatta Man* de Salt-N-Pepa, tandis que je bougeais et remuais au milieu d'une marée de femmes. Elles avaient réclamé cette chanson rien que pour moi. J'étais honoré. C'était le samedi avant mon départ du Wisconsin prévu un peu plus tard dans la semaine. Belinda avait engagé un DJ comme petit cadeau de départ. C'était définitivement la meilleure fête d'au revoir que j'aurais pu espérer. Les boissons offertes par la maison n'étaient pas mal non plus. C'était une soirée d'évasion bien méritée, car les jours qui avaient suivi mon retour de Chicago n'avaient pas été faciles.

La déception dans la voix de Molly quand je lui avais dit que je ne reviendrais peut-être pas m'avait achevé. Sa réaction m'avait fait douter de ma décision. Toutefois, je savais que je ne pourrais pas supporter de la voir encore avec Will. C'était une chose de savoir que plus les jours passaient, plus Molly se rapprochait de lui, mais je ne pouvais pas m'infliger de le voir de mes propres yeux. Sans parler du fait qu'un retour si rapide paraîtrait suspect. Il lui prendrait la tête à ce sujet, et je ne voulais causer aucun stress à Molly.

Qu'elle s'en rende compte ou non, mon retour en Californie était la bonne décision à prendre. Cependant, ça ne m'empêchait pas de la remettre en question à la moindre occasion.

Lorsqu'une chanson au rythme plus lent commença, je quittai la piste de danse pour aller au bar.

— Bon sang, mon garçon. Je ne t'ai jamais vu danser comme ça, déclara Belinda avec un sourire jusqu'aux oreilles.

— Oui, eh bien, j'essaie d'oublier des trucs, tu vois ? La danse fait disparaître mes soucis, répondis-je en m'essuyant le front avec une serviette en papier.

— Tu as un vol quand, déjà ?

— Jeudi soir. Tu me verras encore jusque-là.

Belinda fit la moue.

— Tu vas me manquer.

— Il faut que tu prennes des vacances pour venir en Californie.

— Je le ferai, promis, m'assura-t-elle en me frappant sur la tête avec son torchon. Qu'est-ce qui t'arrive, Dec ? Je sais que tu n'es pas triste de quitter le Wisconsin, alors tu dois essayer d'oublier autre chose. Tu as eu l'air déprimé depuis ton retour de Chicago.

Je n'étais pas vraiment entré dans les détails depuis que j'étais revenu des funérailles du père de Molly. Toutefois, qu'est-ce que j'avais à perdre ?

— Est-ce que je peux te dire quelque chose que je n'ai jamais confié à personne ?

— Bien sûr. Mais est-ce que tu me le dis seulement parce que tu es à moitié bourré ?

— Non, m'esclaffai-je. Je te le jure.

— D'accord. Je ne voulais pas que tu le regrettes, ajouta-t-elle en se penchant vers moi. Quel est ce grand secret ?

— Je crois que je suis amoureux.

— De moi ? répliqua-t-elle sans sourciller.

Ça me fit glousser.

— De toi, bien sûr. C'est une évidence. Mais en l'occurrence, je faisais référence à quelqu'un d'autre.

— Molly... prononça-t-elle avec un sourire entendu.

Je poussai un soupir et acquiesçai.

— Oui.

— Tu ne t'en rends compte que maintenant ?

— J'ai toujours su que je tenais énormément à elle, mais après ce dernier passage à Chicago, je suis sûr à cent pour cent que je suis *amoureux* d'elle. Et je ne sais pas du tout quoi faire de ça.

— Alors tu t'es rendu compte que tu es amoureux de Molly, mais tu ne retournes pas à Chicago, récapitula-t-elle en se grattant exagérément la tête. Oui... c'est très logique.

— Je sais que ça paraît bizarre, mais la situation n'est pas aussi simple que ça.

— Quand on aime quelqu'un, il faut le lui dire.

— Pas si je sais que je ne suis pas ce qu'il y a de mieux pour elle. Quand on aime quelqu'un, on lui souhaite le meilleur, affirmai-je, avant de marquer une pause. Je t'ai parlé de ma dépression. Et si je n'arrivais pas à la contrôler ou que les choses empiraient avec le temps ?

— Tu lui en as parlé ?

Je soupirai.

— On en a discuté lors de ma dernière visite. Elle a été merveilleuse et elle m'a soutenu.

— Alors où est le problème?

— Le problème, c'est que même si elle l'accepte, elle ne comprend peut-être pas dans quoi elle pourrait s'embarquer.

Elle secoua la tête.

— Personne ne sait dans quoi il s'embarque au long terme, ou ce que l'avenir lui réserve. C'est un risque à prendre par amour. Je parie qu'elle est bien plus forte que tu ne l'imagines. Et si elle t'aime aussi, elle acceptera que tu aies des mauvais jours.

Les rouages de mon cerveau se retournaient encore contre moi.

— OK... eh bien, même si tu as raison, elle est avec quelqu'un d'autre en ce moment.

— Qu'est-ce qu'elle dit de ses sentiments pour cette autre personne?

— Aux dernières nouvelles, elle ne lui avait toujours pas dit qu'elle l'aimait, même s'il le lui avait déjà dit. Mais ça ne signifie pas qu'elle ne finira pas par l'aimer.

— Euh... Allô? réagit Belinda en écarquillant les yeux. Ça indique assez clairement qu'elle ne l'aime *pas*.

— Mais ça a pu changer entre-temps, indiquai-je en appuyant ma tête sur mes mains. Peu importe ce qu'elle ressent pour lui, j'ignore si mes sentiments pour elle sont réciproques. Elle tient à moi. On est de bons amis. Et je l'attire physiquement – du moins, c'était le cas à un moment donné. Mais ça ne veut pas dire qu'elle éprouve des choses aussi fortes que moi.

— Alors pose-lui la question. Quel est le pire qui puisse arriver?

— J'ai peur de bousculer sa vie, avouai-je. Elle a traversé beaucoup d'épreuves ces derniers temps. Je ne veux pas lui causer d'ennuis, ou l'embrouiller si elle est dans une situation stable et heureuse.

Belinda haussa les épaules.

— Elle n'a pas pu t'assurer qu'elle aimait ce type…

— Elle était dans une mauvaise passe quand elle me l'a confié. Son père venait de mourir. Je ne suis pas sûr qu'elle ressentait quoi que ce soit à ce moment-là.

— C'est la première fille que tu aimes ? me demanda Belinda en posant son menton sur ses mains.

La réponse était évidente.

— Oui. Sans l'ombre d'un doute.

— Qu'est-ce qui t'a convaincu que tu l'aimes ?

Je soupirai.

— À un moment donné, à l'église, j'ai dû m'asseoir derrière elle et son petit ami, révélai-je en secouant la tête. Ça m'a semblé si contre-nature… si douloureux. J'avais l'impression qu'un morceau de mon cœur battait en elle, et que je n'y avais pas accès. Je mourais d'envie d'être celui qui la consolait. Et j'ai vraiment eu mal. Mais ce n'est que dans l'avion du retour que j'ai compris que cette douleur… était en fait de l'amour.

Belinda me choqua en essuyant une larme sur sa joue.

— Declan, il faut que tu le lui dises.

J'écarquillai les yeux.

— Oh, mon Dieu. Je n'en reviens pas de t'avoir fait pleurer.

— Je pleure parce que ce que tu as dit est beau. Et je pleure parce que je m'en veux de devoir te botter le cul, déclara-t-elle, alors que ses larmes étaient remplacées par son rire. Dec, ce serait terrible que tu la laisses partir sans te battre.

— Je ne peux pas la laisser partir si elle ne

m'appartient pas.

Elle leva les yeux au ciel et me frappa de nouveau avec son torchon.

— Tu sais ce que je pense ?

— Quoi donc ?

— Je pense que tu as peur. Tu as dit que tu ne voulais pas créer de malentendu, mais si c'est ça qui t'inquiète, c'est qu'une partie de toi doit savoir qu'elle a des sentiments pour toi. Des sentiments qui voudraient dire qu'elle a un choix à faire.

C'était plutôt logique.

— Peut-être...

— En gardant le silence, tu restes en lieu sûr. Elle reste dans ta vie, mais jamais de la manière que tu aimerais. Tu laisses la peur prendre des décisions pour toi. Remue-toi et vois la réalité en face.

— Bon sang. Je vais perdre ma psy qui va droit au but dans quelques jours, hein ? lançai-je en m'esclaffant.

Belinda leva un doigt et m'abandonna un moment pour aller voir le DJ. Quand elle revint derrière le bar, la chanson *I'm The Only One* de Melissa Etheridge démarra.

— Écoute les paroles, m'invita-t-elle par-dessus la musique. C'est l'attitude que tu dois adopter avec Molly. Aucune autre personne ne l'aimera comme toi tu l'aimes, même si la vie ne sera pas toujours parfaite. Tu es le *seul*, Declan. Tu le sais au fond de toi. Et le premier moyen de le prouver est de risquer de te faire briser le cœur. Garder le silence, c'est vivre avec des regrets. Ne rien faire finit toujours pas en créer. Si tu ne dis jamais rien, tu ne le sauras pas.

Je frottai mes tempes. Belinda m'avait donné beaucoup à réfléchir ce soir. Elle le savait aussi, parce qu'elle arrêta de me parler et m'offrit un autre verre.

CHAPITRE 32

Molly

Ça faisait longtemps que je n'avais pas assisté à un accouchement naturel aussi épuisant. C'était également une preuve supplémentaire que Will Daniels était un obstétricien extraordinaire.

— C'est un garçon ! annonça fièrement Will derrière son masque chirurgical, lorsqu'il sortit le bébé du ventre de notre patiente, Karma.

Elle était en travail depuis plus de vingt-quatre heures et avait refusé toute médication. Karma et son mari, Joshua, avaient choisi de ne pas connaître le sexe du bébé, alors ils découvraient seulement maintenant qu'ils avaient un fils.

— Je n'arrive pas à y croire ! s'exclama Joshua.

Je ne me lassais pas de l'émotion que procurait la naissance d'un bébé. Peu importait le nombre de gardes que j'avais endurées. Chaque nouvelle vie était tout aussi incroyable que la précédente.

— Vous avez choisi un prénom ? demanda quelqu'un, quelques minutes plus tard.

La nouvelle maman sourit.

— Declan.

Je m'arrêtai net.

Declan.

Les larmes me montèrent aux yeux. Declan avait confirmé avoir choisi de ne pas revenir à Chicago après sa mission dans le Wisconsin, et je n'avais pas réussi à m'en remettre.

Je ne comprenais pas pourquoi sa décision avait un tel impact sur moi. Enfin, il avait toujours été question qu'il retourne en Californie. Toutefois, je savais qu'il était très probable que je ne le revoie plus jamais.

J'essuyai mes yeux.

— Declan est un très joli prénom.

Will revint après s'être lavé les mains, jeta un coup d'œil à mon visage, et plissa les yeux. Visiblement, il savait que j'avais pleuré, mais il ne posa aucune question.

Will Daniels était un homme bien. Je le savais plus que jamais. Il avait tout pour lui. Sérieusement. Et il m'avait répété encore et encore qu'il m'aimait... sans que je puisse le lui dire en retour.

Nous nous étions disputés quelques fois ces derniers temps en raison de ma morosité et de mon incapacité à expliquer pourquoi j'étais triste. Qu'est-ce que j'étais censée dire ? *Je suis triste parce que l'homme que tu détestes voir traîner autour de moi pourrait ne jamais revenir ? Je suis triste parce que je ne sais pas vraiment pourquoi je ne t'aime pas ?*

Toutefois, je me rendais compte que la raison pour laquelle je n'aimais pas assez Will pour le lui dire n'avait aucune importance. Ce qui comptait, c'était d'être honnête avec lui. Et la vérité était évidente. Ses sentiments n'étaient pas réciproques, et j'ignorais s'ils le seraient un jour.

Plus tard, lorsqu'il me croisa dans la salle de pause, je ne parvins pas à le regarder dans les yeux. Et à ce moment-là, je compris que j'avais franchi ma limite. Je ne pouvais plus faire ça. Will Daniels était peut-être l'homme parfait, mais il n'était pas fait pour *moi*. Il méritait d'être avec quelqu'un qui pourrait lui déclarer son amour sans aucune hésitation. Je savais que les femmes feraient la queue pour prendre ma place à la seconde où il serait de nouveau sur le marché. Pourquoi lui faire perdre son temps si ça ne fonctionnait pas ?

— Will... Est-ce qu'on peut aller dans la cour pour parler ?

La déception que je lus dans ses yeux me disait qu'il savait exactement ce qui allait se passer. Il hocha la tête et me suivit à l'extérieur.

Et je mis fin à mon histoire avec l'un des hommes les plus formidables qu'il m'ait été donné de rencontrer. Seul le temps me dirait si c'était la plus grosse erreur de ma vie.

***

J'étais en repos le lendemain soir, alors je décidai de faire quelque chose que j'avais repoussé : j'invitai ma petite sœur, Siobhan, à dormir chez moi. Elle venait juste d'avoir dix ans et n'avait toujours pas retrouvé la forme après le décès de mon père. Selon Kayla, Siobhan se sentait moins seule à mes côtés, car nous avions la perte de notre père en commun. Kayla pensait aussi que c'était une bonne idée que nous puissions passer un peu plus de temps ensemble. D'où la soirée pyjama. C'était aussi une bonne distraction pour moi.

Pendant que nous savourions une pizza, assises par terre dans le salon, ma sœur fourra son nez là où elle n'aurait pas dû.

— Il est arrivé quoi à tes deux petits copains ?

— Pardon ? répliquai-je en écarquillant les yeux.

— Tu as deux petits copains, non ? Will et Declan ? Ils sont venus tous les deux à l'enterrement de papa.

Ma sœur était plus perspicace que ce que je pensais. Et apparemment, elle pensait que j'étais polygame.

Comment lui répondre...

— Même si dans un monde imaginaire une femme pourrait avoir deux petits amis et s'en sortir très bien, dans ce monde, la plupart du temps, on ne peut en avoir qu'un seul. Will était mon petit ami. Declan est mon ami. Je ne sors avec aucun d'entre eux actuellement.

— Pourquoi ? m'interrogea-t-elle en penchant la tête.

Hors de question que j'entre dans les détails avec une fille de dix ans.

— C'est compliqué. Disons juste que je ne l'aimais pas comme j'aurais dû.

Elle croisa ses jambes.

— Pourquoi ça ?

— Je ne suis pas sûre, avouai-je en soufflant sur mes cheveux. On sait quand on aime quelqu'un, mais... il faut parfois un peu plus de temps pour comprendre qu'on n'aime *pas* une personne.

J'essuyai ma bouche avec une serviette.

— La plupart du temps, c'est juste une impression. Et une fois que je me suis rendu compte que Will n'était pas fait pour moi, je n'ai pas voulu lui faire perdre son temps.

— Alors, comment on sait qu'on aime quelqu'un ?

Ça me rappela les funérailles de mon père et ce qu'avait dit Declan quand je lui avais posé la même question que ma petite sœur. « Tu sais que tu es amoureuse quand toutes les petites choses qui t'ont toujours fait peur ne semblent plus aussi terrifiantes que l'idée de ne pas passer le reste de ta vie avec cette personne. »

Si je prenais le temps d'analyser ce que j'avais ressenti ces derniers jours, je pouvais affirmer que c'était de la peur. La peur d'avoir perdu Declan. Depuis qu'il m'avait annoncé qu'il ne reviendrait pas à Chicago, je n'arrivais pas à me concentrer sur autre chose.

Oh, mon Dieu.

Je finis par lui répondre :

— Siobhan, je pense qu'il y a plus d'une façon de savoir si tu aimes quelqu'un. Et l'une d'entre elles est de perdre cette personne. Parfois, on se rend compte qu'on aime quelqu'un seulement quand c'est trop tard. Quand cette personne est partie. Je pense que c'est peut-être ce qui m'arrive.

Ses yeux faillirent sortir de leurs orbites.

— Tu aimes quelqu'un ? Un autre homme ? Le numéro trois ?

Je secouai la tête en riant.

— Non. Pas le numéro trois. J'aime Declan, affirmai-je, avant de marquer une pause pour m'assurer que c'était le cas.

Waouh. Oui, c'est sûr.

— C'est Declan.

Elle poussa un petit cri.

— Tu vas le lui dire ?

— Peut-être. Je ne sais pas. Il me faut plus de temps pour y réfléchir. Je viens juste de le comprendre.

— D'accord.

Elle sourit et se remit à manger sa pizza, comme si tout ça n'était pas important.

Ça l'était pour moi.

Après ça, nous regardâmes un film en partageant un énorme pot de pop-corn. Toutefois, je ne pus penser à rien d'autre qu'à ma prise de conscience concernant Declan. Qu'est-ce que ça voulait dire ? Il allait quitter le Wisconsin pour rentrer en Californie dans quelques jours. J'avais encore une vie ici. Et puis, et s'il ne m'aimait pas en retour ? Alors mes sentiments n'auraient aucune importance.

Il ne me restait plus qu'à espérer avoir un signe dans les jours à venir. J'avais besoin d'indications sur la façon de procéder. Mais j'étais surtout contente d'avoir rendu sa liberté à Will. À présent, je savais pourquoi je n'étais pas capable de l'aimer. J'aimais quelqu'un d'autre.

***

Plus tard dans la soirée, Siobhan était partie se coucher dans la chambre de Declan (oui, ce serait toujours *sa* chambre), et je me retirai dans la mienne.

Environ dix minutes après avoir commencé ma routine de soins pour la peau, j'entendis ma sœur m'appeler dans le couloir.

— Molly !

— Oui ?

— Tu peux venir ?

Lorsque j'entrai dans la pièce, elle tenait un morceau de papier.

— J'ai trouvé un M&M's sous le lit quand j'ai voulu y déposer mes chaussures, alors j'en ai cherché d'autres et j'ai trouvé ça.

Je le lui pris des mains. C'était l'écriture de Declan. Et c'était explicite.

Mince.

Quelques phrases avaient été écrites, puis barrées d'une seule ligne.

Et puis merde. Essayons.

Je n'arrête pas de penser à ce que ça ferait d'être en toi, Molly. Mais c'est tellement plus que ça.

Peut-être qu'on devrait avancer au jour le jour et voir où ça nous mène.

Je suis fou de toi, Molly. Alors jetons-nous à l'eau.

Quoi ? Mon cœur se serra.

— Fais comme si tu n'avais rien vu, d'accord ? Va te coucher et on parlera demain matin.

— D'accord, répondit-elle en haussant les épaules. Bonne nuit, Molly.

— Bonne nuit.

Je pris le mot dans ma chambre et m'assis sur mon lit pour le relire encore et encore.

Quand Declan avait-il écrit ça ?

Je me creusai la tête sans parvenir à trouver la réponse. Toutefois, ça n'avait aucune importance. Ce mot était la preuve qu'il avait *voulu* être avec moi à un moment ou un autre, même si quelque chose l'avait empêché de me le dire. C'était la seule réponse dont j'avais besoin. J'avais obtenu le signe que j'avais demandé. Et maintenant... qu'est-ce que j'allais faire ?

CHAPITRE 33

Declan

J'ignorais totalement si je prenais la bonne décision. Assis dans l'avion, je regardais par le hublot, tandis que mon cœur cognait dans ma poitrine.

Et si j'arrive trop tard ?

Et si elle me dit qu'elle l'aime ?

Et si elle ne voulait pas que nous soyons autre chose que de bons amis ?

L'autre option aurait dû m'apporter un certain soulagement...

Et si elle m'aime aussi ?

Mais au lieu de ça, cette éventualité me fit encore plus transpirer.

Et si elle m'aime aussi ?

Et si elle abandonnait l'occasion d'une vie stable avec un homme bien, alors que tout ce que je pouvais lui offrir était de longues périodes sombres où sortir du lit pour aller au travail était la seule chose que j'arrivais à faire ?

Et si les choses s'aggravaient et qu'elles finissaient

par impacter mon travail, m'empêchant ainsi de subvenir à nos besoins ?

Je fixai la porte de la cabine. J'étais assis au septième rang, et des gens étaient encore en train d'embarquer dans l'avion. Le siège à côté de moi n'était pas encore occupé. Si je voulais, je pouvais encore récupérer mon sac dans le compartiment à bagages et m'enfuir. Molly ne savait pas que je venais, alors ce n'était pas comme si elle allait être déçue.

Des gouttes de sueur roulèrent sur ma nuque, malgré la climatisation dirigée droit sur moi. Je continuai à observer les passagers passer, et paniquai intérieurement en voyant l'appareil se remplir, faisant diminuer le temps qu'il me restait pour m'échapper. À un moment donné, un homme immense s'arrêta au niveau de mon rang. Il devait mesurer au moins deux mètres et peser cent-trente kilos de muscles.

Il souleva une valise pour la ranger dans le compartiment, puis s'installa dans le siège vide côté couloir à côté de moi.

— Désolé si j'empiète un peu, mec, s'excusa-t-il en attachant sa ceinture. En général, j'essaie de réserver en première classe pour avoir un siège plus large, mais il n'y avait aucune disponibilité.

— Pas de souci.

Je continuai à fixer la porte de la cabine.

— Peur de l'avion ? demanda-t-il.

Il fallait croire qu'il avait remarqué l'angoisse qui s'échappait de chacun de mes pores.

— En général, non, répondis-je en poussant un soupir exaspéré.

— La météo devrait être clémente aujourd'hui. Le vol devrait être tranquille. Essaie de ne pas stresser.

Je hochai la tête.

Toutefois, une minute plus tard, ma jambe se mit à remuer frénétiquement. Le flux de passagers qui entraient commença à se calmer. *C'est presque fini.* À tout moment, la porte allait se refermer. Je détachai ma ceinture et me levai, puis me rassis brusquement et passai mes mains dans mes cheveux.

— Tu es sûr que ça va ? m'interrogea mon voisin. Ton comportement me rend nerveux.

Merde. Je paniquerais aussi si je voyais quelqu'un agir de manière louche dans un avion.

— Désolé, je ne voulais pas t'inquiéter. C'est juste que... je vais voir quelqu'un, et je ne suis pas sûr de prendre la bonne décision.

L'homme baraqué sembla un peu soulagé.

— Ça doit être une femme.

— Oui...

— Eh bien, ça explique pourquoi tu as l'air terrifié, répliqua-t-il en souriant. On dirait que tu vas te faire dessus. Quand j'avais six ans, mes parents se sont disputés. Mon père était un type costaud. Je suis petit à côté de lui. Il avait merdé encore une fois – il avait perdu la moitié de sa paie dans des jeux d'argent – et ma mère l'a mis dehors. J'étais assis sur le perron, alors il s'est assis à côté de moi et a ouvert une bière. Encore aujourd'hui, je me souviens de ce qu'il a dit.

— Quoi donc ?

— Il m'a dit « Fiston, quand tu trouveras une femme qui te foutra la trouille, épouse-la », s'esclaffa-t-il. Ma femme mesure à peine un mètre cinquante et elle me terrifie. Parfois, avoir peur d'une femme se révèle être la meilleure chose de ta vie.

— Merci.

Je souris sans enthousiasme, et il hocha la tête.

Quelques secondes plus tard, le besoin urgent de m'enfuir comprima ma poitrine, alors je me tournai vers mon voisin.

— Tu peux me rendre un service ?

— Lequel ?

— Ne me laisse pas sortir de cet avion.

— Tu es sûr de toi ? s'enquit-il en arquant un sourcil.

Je poussai un long soupir.

— Absolument.

L'armoire à glace croisa ses bras et étira ses jambes musclées pour me bloquer le passage.

— C'est comme si c'était fait.

***

Je décidai de m'installer à l'hôtel. C'était bizarre puisque j'étais à Chicago, mais je ne voulais pas mettre la pression à Molly en restant chez elle. Si après notre discussion elle me disait qu'elle ne voulait pas être avec moi, que se passerait-il ? Je lui dirais bonne nuit et irais dormir dans la chambre à côté de la sienne ? Ce n'était pas terrible. Alors je m'enregistrai dans un Hampton Inn près de l'hôpital où elle travaillait. Puisqu'il était tard, je décidai d'essayer de faire une bonne nuit de sommeil et d'attendre le lendemain pour la contacter. Je ne savais pas si elle travaillait ou non, alors j'envisageais de l'appeler à l'heure où elle finissait en général sa garde.

Toutefois, *faire une bonne nuit de sommeil* se révéla être une attente irréaliste. Au lieu de ça, je passai la nuit à tourner dans mon lit, en me demandant encore si j'avais pris la bonne décision. Je voulais le meilleur pour Molly, et en fin de compte, il se pourrait que ce ne soit pas moi.

La lumière matinale ne m'aida pas vraiment à y voir plus clair. Je descendis prendre mon petit déjeuner à six heures, afin de boire le café dont j'avais grand besoin. Après avoir avalé ma dose de caféine, je fixai mon téléphone en me demandant ce que j'allais lui écrire. Au final, j'optai pour la simplicité.

Declan : Salut. Tu viens de sortir du travail ? J'espérais qu'on pourrait parler.

J'avais l'impression d'être un collégien en observant le message passer de *envoyé*, puis *reçu*, et enfin, *lu*. Mon cœur s'emballa, et je me remis à transpirer. Au moins, je n'aurais sûrement pas à attendre longtemps. En général, Molly répondait assez rapidement aux messages.

Cependant, une demi-heure plus tard, je n'avais toujours rien reçu. Plutôt que de rester assis à attendre que mon téléphone sonne, je pris une douche et me préparai pour le travail – ce qui était un tout autre guêpier. Mon patron était évidemment au courant que je revenais à Chicago. Deux jours plus tôt, je lui avais dit que je voulais venir voir comment les choses se passaient, avant de décider de rester ou non. Il avait bien réagi au changement de dernière minute, mais il m'avait laissé le soin de prévenir Julia, ce que je n'avais pas encore fait. Évidemment, j'avais aussi quelques détails à régler de ce côté.

À huit heures quarante-cinq, je dus partir au bureau, et je n'avais toujours pas eu de nouvelles de Molly. Je savais qu'elle avait lu mon message, alors je me dis qu'elle était peut-être coincée en plein accouchement ou quelque chose comme ça. Je détestais devoir partir au travail sans lui avoir parlé, mais la balle était dans son camp à présent.

Au bureau, je trouvai Julia dans la salle de conférence. Les murs étaient en verre, alors je pouvais la voir depuis le couloir. Toutefois, elle était occupée et ne me remarqua pas tout de suite.

— Toc toc, lançai-je en ouvrant la porte.

— Declan !

Son visage s'éclaira.

— Qu'est-ce que tu fais là ?

On aurait dit qu'elle se préparait pour une réunion. Un projecteur était installé en bout de table, et elle plaçait des paquets de feuilles devant chaque siège. Cependant, en me voyant à la porte, elle arrêta tout et se précipita vers moi. Puisque la salle était un bocal à poissons, elle regarda dans le couloir pour vérifier si la voie était libre, avant d'enrouler ses bras autour de mon cou. Julia écrasa ses seins contre mon torse et s'apprêta à m'embrasser, mais heureusement je parvins à tourner la tête juste à temps et ses lèvres atterrirent sur ma joue.

Ben, l'un des deux jeunes chargés de clientèle qui avaient été envoyés pour me remplacer, arriva dans le couloir, alors je me redressai et raclai ma gorge.

— Ben.

Julia supposa probablement que c'était pour ça que j'avais évité le baiser, et elle recula.

— Salut, Declan. Comment tu vas ? demanda Ben. Julia ne m'a pas dit que tu venais.

— Elle n'était pas au courant.

— Il m'a fait la surprise, déclara-t-elle d'un air rayonnant.

Génial. Voilà qu'elle pensait que j'avais voulu lui faire *une surprise* plutôt qu'éviter de lui parler.

— Est-ce que ça veut dire que je vais rentrer plus tôt que prévu ?

— Peut-être, acquiesçai-je. J'ai dit au patron qu'on se réunirait pour voir où en sont les choses, et pour savoir combien de paires de mains on a besoin ici avant le lancement.

Les yeux de Julia se mirent à pétiller.

— Oh, je sais exactement le nombre de mains dont j'ai besoin et pour quoi faire.

Merde.

Je fus soulagé quand les gens commencèrent à entrer dans la salle de conférence pour la réunion. Ça me permit d'échapper aux griffes de Julia, mais aussi et surtout, de vérifier mon téléphone. Ma collègue adorait sortir le grand jeu, alors je m'installai et la laissai être sous le feu des projecteurs, pendant que je fixais discrètement mon portable en espérant voir un message apparaître.

La réunion dura plus de deux longues heures, mais ce ne fut que cinq minutes avant la fin que mon téléphone vibra enfin. Mon cœur s'emballa. Cependant, ce n'était que Belinda qui prenait de mes nouvelles. Je ne voulais pas la décevoir, alors je répondis aussi vaguement que possible, sans lui mentir.

Belinda : Comment ça va, cowboy ?

Declan : Je tiens le coup. J'attends de pouvoir parler à Molly.

Belinda : Ne lâche rien, joli cœur. Fais-nous savoir comment tu t'en sors. On est toutes derrière toi.

Génial. Maintenant, j'allais devoir décevoir un bar lesbien entier si je me prenais une veste.

À la fin de la réunion, les personnes qui étaient arrivées en retard s'arrêtèrent pour me saluer et me souhaiter un bon retour. Lorsqu'il ne resta plus que Julia, deux autres chargés de clientèle et moi, elle se concentra de nouveau sur moi.

— Pourquoi on n'irait pas déjeuner tous les deux pour que tu me racontes tout ? proposa-t-elle.

— Euh...

Je jetai un coup d'œil à mon téléphone, qui n'affichait aucune nouvelle notification, et hochai la tête.

— Pourquoi pas. C'est une bonne idée.

Nous nous rendîmes dans une pizzeria à deux rues du bureau. Julia demanda une table, et une serveuse vint nous voir pour nous apporter de l'eau et le menu. Dès qu'elle s'éloigna, Julia se leva et vint se glisser sur la banquette de mon côté de la table.

— Qu'est-ce que tu fais ? m'enquis-je en l'observant, confus.

Elle m'adressa un grand sourire, et je sentis soudain une main sur ma cuisse, sous la table.

— Euh, ce n'est pas une bonne idée, ajoutai-je.

Elle remonta davantage sa main jusqu'à saisir mon entrejambe.

— Personne ne peut nous voir, souffla-t-elle.

Je couvris ses doigts et les retirai de mon corps.

— Est-ce que tu peux t'asseoir de l'autre côté pour qu'on puisse parler ?

— Toujours aussi sérieux, c'est presque ennuyeux, répliqua-t-elle en faisant la moue.

Cependant, lorsque je restai sur mes positions, elle leva les yeux au ciel et poussa un soupir, avant de retourner en face de moi.

— Écoute, Julia. Tu es une fille géniale, mais...

Elle cligna plusieurs fois des yeux, puis sa tête partit en arrière, comme si je l'avais giflée.

— Tu plaisantes ?

— Quoi ?

— Tu vas me faire le coup du *ce n'est pas toi, c'est moi* ?

— Eh bien... Je... On...

Je soupirai et décidai d'y aller franchement.

— Je suis désolé. J'ai rencontré quelqu'un et je suis fou d'elle.

— Dans le Wisconsin ? m'interrogea-t-elle en croisant ses bras. C'était rapide.

— Non, ici, à Chicago, rectifiai-je en secouant la tête.

— Comment ça, à Chicago ? Ça fait combien de temps que tu es de retour ?

— Je suis arrivé hier soir.

— Alors comment tu as pu rencontrer quelqu'un à Chicago ?

Je passai une main dans mes cheveux.

— Je suis amoureux de Molly.

Son visage se crispa.

— Molly ? Ta colocataire ?

J'acquiesçai.

— C'est arrivé quand ?

Bon sang, ça craignait. Toutefois, je devais la vérité à Julia.

— Je pense que c'est arrivé au fil du temps, pendant que j'habitais ici. Ça s'est fait lentement, mais ensuite, ça m'a frappé d'un coup.

— Alors tu es en train de me dire que, pendant qu'on se fréquentait, tu étais en train de tomber amoureux d'une autre femme ?

Ça semblait horrible dit comme ça, mais c'était aussi la vérité. Je baissai la tête et la laissai extérioriser. Elle en avait tous les droits.

— J'ai rompu avec mon petit ami pour toi ! s'écria-t-elle.

— Je suis désolé. Je t'aimais bien. Je t'assure. Ce truc avec Molly... était inattendu.

— Tu sais ce qui était inattendu aussi ?

Elle se leva, cala son sac à main sur son épaule, puis fit deux pas vers moi. Ensuite, elle saisit le grand verre d'eau glacée que nous avait apporté la serveuse, et le renversa sur mes genoux avant de partir précipitamment.

Eh bien, ça s'est bien passé.

***

Le lendemain matin, je me réveillai avec un mauvais pressentiment. Je n'avais toujours pas eu de nouvelles de Molly, même si je lui avais envoyé un deuxième message hier soir. Encore une fois, elle l'avait lu, mais n'avait pas répondu. Je commençais à m'inquiéter, alors je l'avais appelée, mais j'étais tombé directement sur sa messagerie. Ce n'était pas bon signe quand la femme à qui vous étiez venu déclarer votre amour ne vous répondait pas.

Néanmoins, curieusement, être de retour à Chicago avait un effet surprenant sur moi. J'étais plus sûr que jamais de vouloir tout avouer à Molly et mettre mon cœur en première ligne. Alors, plutôt que d'envoyer un troisième message qui me pousserait à passer la journée à fixer mon téléphone, je décidai d'aller la trouver.

Une garde normale de Molly se terminait à sept heures, alors je me rendis à l'hôpital et attendis devant.

Un tas de personnes vêtues de blouses entrèrent et sortirent, mais il n'y avait aucun signe de la femme que j'étais venu voir. Juste au moment où je m'apprêtais à partir, j'aperçus un visage familier passer la porte.

— Emma ? l'interpellai-je.

Elle fronça les yeux un instant, puis elle me reconnut.

— Declan, c'est ça ?

J'acquiesçai et m'approchai d'elle.

— Oui. Comment tu vas ?

Emma était sortie avec une autre infirmière, alors elle se tourna vers elle et lui dit qu'elle la verrait demain.

— Qu'est-ce que tu fais là ? Est-ce que tout va bien ? Tu viens voir quelqu'un ? m'interrogea-t-elle.

— En fait, je cherche Molly, répondis-je. Est-ce que tu l'as vue aujourd'hui ? Je ne sais pas si elle travaille ou non.

Elle fronça les sourcils.

— Elle n'était pas de garde cette nuit. J'ai pourtant vu son nom sur le planning un peu plus tôt dans la semaine, alors j'ai posé la question à notre responsable. Elle a dit que Molly avait demandé quelques jours de congé.

— Oh. Elle va bien ?

Emma me regarda avec un air qui ne pouvait être décrit que comme de la pitié.

— Oui, je lui ai envoyé un message pour prendre de ses nouvelles et savoir si tout allait bien. Elle m'a répondu qu'elle avait quitté la ville pour quelques jours, comme des petites vacances, je pense.

— Quitté la ville ? Elle t'a dit où elle est allée ?

Elle secoua la tête.

— La nuit a été mouvementée, alors je n'ai pas eu le temps de lui répondre. Une fois que j'ai su qu'elle allait bien, je me suis dit que je la recontacterais en sortant du travail.

Cette nouvelle craignait, mais voilà ce que je récoltais à vouloir venir sans prévenir.

— Merci, Emma.

— Est-ce que tu veux que je lui dise que tu la cherches quand je lui écrirai ?

Je compris soudain que Molly avait trouvé le temps d'envoyer un message à son amie, mais pas à moi. Ma théorie selon laquelle elle était trop occupée s'envola.

— Non, ça ira. Merci.

— D'accord. Prends soin de toi, Declan.

Elle se retourna, mais il fallait que je sache autre chose.

— Emma ?

Elle fit demi-tour.

— Est-ce que tu as vu Will Daniels cette nuit ?

— Non, m'informa-t-elle en fronçant de nouveau les sourcils. Il n'était pas de garde non plus. Désolée.

Après ça, je n'étais pas vraiment prêt à partir au bureau. Je décidai de me rendre au lac. En arrivant, je m'assis sur le mur en béton qui longeait le sable et observai l'eau.

Qu'est-ce que je devais faire maintenant ? Rentrer en Californie ? C'était bizarre, mais je n'avais plus l'impression que l'endroit où j'avais vécu toute ma vie était encore chez moi. Avant, je pensais que chez moi était l'endroit où toutes mes affaires étaient stockées, mais à présent, chez moi était l'endroit où mon cœur résidait. Et c'était à Chicago, avec Molly. Partir d'ici reviendrait à laisser mon cœur derrière moi. Je ne pouvais pas imaginer qu'il puisse servir à autre chose, alors peut-être que l'endroit où je le laissais n'avait pas d'importance.

Je finis par rester assis sur ce mur pendant des heures. Je ne prévins même pas Julia que je serais en retard au bureau. Je doutais qu'elle soit patiemment en train de m'attendre de toute façon, à moins peut-être qu'elle ait un autre verre d'eau glacée sous la main. À midi, mon téléphone vibra dans ma poche. C'était la première fois depuis ces quelques jours que je ne ressentis pas cette vague d'excitation en me disant que c'était peut-être Molly. Parce qu'à présent, je savais qu'elle était probablement partie avec Will. Néanmoins, je sortis mon portable.

Le nom de Belinda apparut à l'écran. J'hésitai à répondre, car après tout, qu'est-ce que j'allais lui dire ? Que j'avais attendu trop longtemps et que j'avais échoué ? Je m'en voulais de décevoir encore une autre personne. Toutefois, avant que je puisse me décider, l'appel s'arrêta. Quelques instants plus tard, il se remit à sonner et le même nom s'afficha à l'écran, alors je pris une grande inspiration et décrochai.

— Salut, Belinda.

— Où est-ce que tu es, cowboy ?

— À Chicago, au bord du lac.

— Eh bien, je viens juste d'ouvrir, et devine quoi ? Une femme magnifique a été ma première cliente. Cette petite créature a fait palpiter mon cœur.

— C'est génial, Belinda, répondis-je en souriant.

— Certainement. Une femme magnifique entre dans un bar lesbien et me sourit. Je pensais que c'était mon jour de chance, alors tu sais ce que j'ai fait ?

— Quoi donc ?

— Je l'ai draguée. J'ai utilisé ma meilleure réplique infaillible.

— C'est super pour toi.

— Pas vraiment.

— Pourquoi ?

— Parce que cette femme assise à mon bar ne cherche pas la femme de sa vie.

— Je suis désolé, Belinda.

— Ne sois pas désolé. Ce dont tu as besoin est ici, dans le Wisconsin.

Je ne la suivais pas.

— Pourquoi est-ce que je devrais revenir ?

— Parce que la femme assise à mon bar, qui vient juste de me rejeter, n'est autre que ta Molly.

CHAPITRE 34

Declan

J'avais commencé à prendre la direction de l'aéroport avec la voiture de location. Toutefois, en faisant le calcul, je me rendis compte que même si j'avais la chance de trouver un vol tout de suite, entre le temps de rendre la voiture, d'embarquer et de débarquer, de récupérer une autre voiture, et les quarante-cinq minutes de vol, je mettrais plus de temps à arriver que si je faisais le trajet en voiture. Alors au lieu de prendre la sortie pour l'aéroport, je me dirigeai vers le nord, vers Madison dans le Wisconsin. Je ne pouvais pas prendre le risque que mon vol soit retardé, ou qu'il n'y ait plus de siège disponible avant ce soir.

Au départ, le GPS m'indiqua que le trajet me prendrait environ trois heures, mais visiblement, il ne savait pas à quelle vitesse j'allais rouler. Parce que deux heures et demie plus tard, je me garais devant le Spotted Cow.

Je n'avais pas d'affaires, pas d'hôtel, et une voiture de location qui était censée se trouver dans un autre

État, mais rien de tout ça n'avait d'importance. J'avais demandé à Belinda de retenir Molly aussi longtemps que possible, mais de ne pas lui dire que j'étais à Chicago. Mon cœur cognait dans ma poitrine lorsque j'ouvris la porte et aperçus Molly assise à ma place habituelle.

J'eus l'impression de mettre une éternité à la rejoindre, même si elle était juste assise au fond du bar.

Molly bondit de son tabouret et atterrit maladroitement sur ses pieds.

— Oh, mon Dieu, j'ai cru que tu n'allais jamais venir.

Incapable de rester plus longtemps sans la toucher, j'enroulai mes bras autour d'elle et la serrai contre moi.

— Je n'en reviens pas que tu sois venue ici. Bon sang, Molly, tu m'as manqué.

— C'était une décision de dernière minute. Il fallait que je te voie.

Je reculai pour observer son visage.

— Pourquoi tu ne m'as pas dit que tu venais dans le Wisconsin ?

— Je ne sais pas, avoua-t-elle en haussant les épaules et en souriant. Je pense que je ne voulais pas que tu puisses dire quelque chose qui me ferait changer d'avis. Je voulais te rejoindre avant que tu m'en dissuades. Il fallait que je te voie avant que tu partes en Californie.

Je la repris dans mes bras.

— J'ai tellement de choses à te dire, lui soufflai-je à l'oreille. Mais il faut qu'on aille ailleurs pour discuter en privé.

— Pourquoi tu as mis si longtemps à arriver ? demanda-t-elle quand nos regards se croisèrent à nouveau. Tu étais où ce soir ?

— Eh bien, c'est drôle que tu me poses cette question… commençai-je en riant. Ça m'a pris une éternité pour arriver ici parce que j'étais à Chicago.

— Quoi ? s'étonna-t-elle en écarquillant les yeux.

— Je suis venu te voir.

— Tu plaisantes ?

— Non, ça ne s'invente pas. Je te cherchais. Tu ne répondais pas à mes messages. J'étais en train de perdre la tête, Molly.

Elle fit la rapprochement.

— Attends, est-ce que ça veut dire que tu as déjà libéré ta chambre ici ?

— Oui, confirmai-je. Pour le moment, je suis sans-abri.

— Pas du tout, intervint Belinda. Vous pouvez aller chez moi. Je passerai la nuit chez ma sœur. Je voulais passer du temps avec elle de toute façon.

— Je ne peux pas accepter. On peut retourner à l'hôtel. Je suis sûr qu'il y a de la place.

Belinda donna un coup de torchon sur le bar en bois.

— Hors de question que je vous laisse faire ce que vous avez à faire avec des punaises de lit en guise de public, insista-t-elle en sortant son trousseau de sa poche, avant de retirer l'une des clés. Prenez ça et allez à l'étage.

Belinda habitait juste au-dessus du bar, dans un loft. Même si je n'y étais jamais allé, je soupçonnais que c'était un endroit sympa. Je me doutais aussi que je perdrais mon temps si je pensais qu'elle accepterait que je refuse. Et c'était un soulagement de ne pas avoir à perdre du temps à trouver une chambre.

— Je ne vais pas m'opposer à toi, Belinda. Merci.

Lorsque Molly l'étreignit pour lui dire au revoir, la barmaid leva son pouce en l'air. Apparemment, j'avais son approbation.

Je posai ma main au creux des reins de Molly et la guidai vers la sortie.

Mon cœur s'emballa en montant les escaliers qui menaient chez Belinda. Je rassemblai mes esprits et me demandai ce qui avait poussé Molly à faire tout ce chemin. Est-ce qu'elle avait peur de ne plus me revoir, ou est-ce qu'il y avait autre chose ?

Je tournai la clé pour entrer dans l'appartement.

— Waouh. C'est sympa ici, observa-t-elle.

Belinda avait mis des plantes partout, et le décor lumineux était tout aussi vif qu'elle. C'était un bel espace avec une cuisine qui donnait sur le salon, et un grand lit se trouvait dans le coin le plus éloigné de la pièce. Tout était d'une propreté irréprochable.

Molly regarda autour d'elle, avant de poser les yeux sur moi.

— Je suis perdue, Declan. Je pensais que tu ne reviendrais pas à Chicago. De toute évidence, je ne serais pas venue ici si j'avais su que tu me rejoignais.

— Je n'avais pas prévu de venir à Chicago, l'informai-je en posant mes mains sur ses épaules. Mais ensuite, je me suis remué les fesses et je me suis rendu compte que si je ne venais pas te voir, je le regretterais toute ma vie.

Je pris une grande inspiration. *C'est parti.*

— Vu comme les choses évoluent entre Will et toi, si j'avais attendu plus longtemps, je n'aurais pas eu l'occasion de te dire ce que je ressens...

Molly m'interrompit avant que je puisse poursuivre.

— Il n'y a plus de Will et moi, Declan.

— Quoi ? lançai-je en penchant la tête.

— J'ai rompu avec lui.

Mon cœur était à deux doigts d'exploser tellement il débordait d'espoir.

— C'est arrivé quand ?

— Il y a deux jours.

— Qu'est-ce qui s'est passé ?

Je tentai d'avoir l'air de compatir, même si j'avais envie de danser.

— Un soir, quand je me suis mise à pleurer au travail parce que quelqu'un a appelé son bébé Declan, je me suis rendu compte que... je suis follement amoureuse de toi.

Sa poitrine se souleva.

Elle est amoureuse de moi ?

Molly est amoureuse de moi ?

J'aurais dû tout de suite lui répondre que je l'aimais aussi, mais mon cerveau submergé n'en était pas encore arrivé là. Il ne s'était pas concerté avec mon cœur et était encore en train de digérer la nouvelle.

— Pourquoi tu ne m'as pas appelé ? l'interrogeai-je.

— Parce que je ne savais pas si tu ressentais la même chose, et je ne savais pas si te le dire était une bonne chose. Enfin, jusqu'à ce que je trouve le mot que tu as laissé sous ton lit. En fait, c'est Siobhan qui l'a trouvé.

Le mot ?

— Quel mot ?

Molly sortit un papier de son sac et me le tendit.

Je reconnus les pensées décousues que j'avais écrites le jour où j'allais lui demander de me laisser une chance. Je n'avais jamais imaginé que ces mots griffonnés allaient la conduire à moi ce soir.

— J'ai écrit tout ça le soir où tu m'as dit que tu allais sortir avec Will. J'ai essayé toute la journée de trouver comment j'allais t'avouer que je voulais qu'on tente quelque chose ensemble. Mais quand tu m'as annoncé ça, tu as eu l'air si optimiste... que j'ai décidé de ne pas te dire ce que je ressentais. J'ai regretté cette décision tous les jours.

Molly prit mon visage en coupe.

— C'est toi que j'ai choisi, Declan. Il n'y a aucun doute dans mon esprit. J'aurais aimé que tu me le dises.

— Je ne voulais pas bouleverser ta vie alors que je pensais que tu avais pris ta décision, déclarai-je en posant mes mains sur les siennes. Mes peurs ont rapidement pris le dessus. Je me suis convaincu que tu serais mieux sans moi. Mieux avec lui.

— Pourquoi tu penserais ça ?

Il était difficile d'admettre que c'était la faute de mes insécurités.

— C'était directement lié à ma peur de devenir comme ma mère, et à la façon dont mon avenir pourrait t'affecter. Je ne t'avais pas encore parlé de ma dépression. Je ne voulais pas te rajouter un poids sur les épaules avec mes problèmes. Sans parler du fait qu'à ce moment-là, tu traversais une période difficile avec ton père, et je ne voulais pas compliquer les choses.

Elle secoua la tête.

— Tu ne seras jamais un poids pour moi. Quand on tient à quelqu'un, on l'accepte entièrement. Ça ne me fait pas peur, Declan. Et même si c'était le cas, ça ne m'empêcherait pas de vouloir être avec toi. Personne n'est parfait. Certainement pas moi. Tant que tu me laisses être là pour toi et que tu ne me repousses pas, on peut tout traverser.

Ses paroles m'apportèrent un soulagement immense.

— Je sais que tu le penses vraiment, acquiesçai-je. Et j'essaie de combattre mes peurs.

Nous nous fixâmes, jusqu'à ce que Molly reprenne la parole :

— Le jour où tu as caché le mot sous ton lit... Peut-être qu'à ce moment-là, je pensais que Will était ce que je désirais, mais il ne s'est pas passé un instant sans que je pense à toi, en espérant qu'on puisse être ensemble. Je me voilais la face en pensant que les choses pouvaient fonctionner entre Will et moi. Pendant tout ce temps, j'étais en train de tomber amoureuse de toi. Mon incapacité à dire à Will que je l'aimais n'avait rien à voir avec mes sentiments pour lui, mais plutôt avec le fait que c'est *toi* que j'aime. Il m'a juste fallu du temps pour le comprendre, ajouta-t-elle en riant.

— Je crois que tu m'as dit deux fois que tu m'aimais, alors que je ne l'ai pas dit une seule fois, remarquai-je en posant mon front contre le sien.

Ne voulant pas tout gâcher, je déposai un baiser sur son front et me préparai à ouvrir mon cœur.

— Je t'aime énormément, Molly. Voilà pourquoi je suis venu à Chicago. Pour te le dire. Jusqu'ici, j'ai eu peur que tu me dises de retourner en Californie. Je ne me serais pas battu si tu étais vraiment heureuse avec lui. Mais je suis content d'avoir suivi mon instinct. Si j'avais su que tu ressentais ça pour moi, je serais venu bien plus tôt.

— Ce n'est rien. On devait tous les deux tirer ça au clair à notre manière.

— On essayait d'atteindre le même but, de finir ensemble, mais on a eu quelques loupés en chemin.

— Et maintenant ? s'enquit-elle.

— À toi de me le dire.

Molly se dressa sur la pointe des pieds.

— J'ai envie de toi, tout de suite, souffla-t-elle sur mes lèvres. J'ai l'impression d'avoir attendu une éternité.

— Je suis presque sûr que je vais exploser si je ne peux pas savoir ce que ça fait d'être en toi.

Je savourai le goût sucré de ses lèvres, puis je la soulevai dans mes bras et la portai jusqu'au lit, avant de m'allonger au-dessus d'elle.

Dès que nos corps atterrirent sur le matelas, le lit remua autour de nous, comme si nous étions au beau milieu d'un foutu océan.

— C'est quoi ce bordel ? m'écriai-je.

Molly éclata de rire.

— On est en 1985 ou quoi ? s'esclaffa-t-elle.

Belinda avait un fichu lit à eau !

— À quoi elle pense ? lançai-je, avant de remarquer autre chose. Écoute.

Je m'immobilisai, Molly toujours sous mon corps.

— Tu entends ça ? demandai-je.

C'était le bruit de l'océan. Belinda avait un système qui déclenchait le bruit des vagues et des mouettes dès que le lit bougeait.

Il était approprié, vu comme notre relation avait été mouvementée, que notre première fois se passe dans un lit à eau qui imitait l'océan. Honnêtement, l'endroit où nous étions n'avait aucune importance.

Je me mis à dévorer le cou de Molly en parlant contre sa peau.

— J'ai attendu tellement longtemps pour faire ça. C'est si bon.

Elle s'agrippa à mon dos et enfonça ses ongles dans ma peau.

— S'il te plaît, ne retourne pas en Californie.

— Je ne veux pas être loin de toi, la rassurai-je. On trouvera une solution, ma belle.

Puis chacun déshabilla l'autre. Nous étions désormais nus, ballotés par le lit à eau de Belinda, au son de l'océan.

Impatient de goûter Molly, je descendis jusqu'à son sexe et écartai ses jambes. Elle haleta quand je me mis à lécher son clitoris sensible. Impossible d'y aller lentement, j'avais trop envie d'elle. Son goût était plus doux que dans mon imagination. J'ouvris davantage ses cuisses et la dévorai plus fort, plus vite, avant d'enfoncer ma langue en elle. Elle tira alors sur mes cheveux pour approcher encore plus mon visage de son corps.

— Declan, haleta-t-elle.

Elle n'avait qu'à prononcer mon nom. Je remontai pour retrouver ses lèvres, et elle gémit dans ma bouche. En quelques secondes, je me retrouvai en elle et mes yeux roulèrent en arrière. Elle était tellement prête et mouillée que je faillis jouir à la seconde où son sexe s'enroula autour de mon érection. Je pensais que je n'aurais jamais la chance de sentir ça. Ce qui commença lentement devint bientôt rapide et brusque, nos mouvements rendus plus intenses encore par le balancement de « l'eau ». Toutefois, j'avais besoin de la sentir sans être distrait par le lit.

Je me retirai et la fis descendre par terre, avant de prendre un oreiller pour soutenir sa tête. Lorsque je me plaçai au-dessus d'elle, Molly empoigna ma queue gonflée et me guida de nouveau jusqu'à l'entrée de son sexe. Elle était incroyablement chaude et humide.

J'avais toujours imaginé ce à quoi ce moment pourrait ressembler, mais c'était encore mieux.

Elle se contracta autour de moi, et je faillis jouir. Quand elle enroula ses jambes autour de mon dos pour me permettre de m'enfoncer plus profondément, je faillis encore perdre pied.

Elle me rendit chaque coup de reins en dessinant des cercles avec son bassin. Je fermai les yeux tellement j'étais euphorique, incapable de croire que j'avais failli la perdre et passer à côté de ce moment. Penser à ça me fit bouger plus rapidement. Elle était toute à moi à présent.

Ses mains se posèrent sur mes fesses alors que je m'activais en elle.

Les cris de plaisir de Molly résonnèrent dans le loft quand elle lâcha soudain prise. Je dus prendre sur moi pour ne pas exploser, mais je tins bon jusqu'à sentir son orgasme battre autour de moi. Je n'avais jamais fait jouir une femme aussi rapidement auparavant. C'était magnifique de la voir se laisser aller.

J'atteignis le point de non-retour peu de temps après, et m'enfonçai brusquement en elle une dernière fois, avant de jouir.

Nous restâmes allongés par terre, en silence et repus.

Je voulais être avec elle de cette manière tous les jours, ce qui signifiait que nous devions réfléchir à beaucoup de choses. Cependant, je n'allais pas laisser tout ça gâcher cette soirée, ce moment qui représentait tout pour moi.

***

Quelques jours plus tard, Molly et moi étions de retour

à l'appartement de Chicago. Nous étions rentrés à la maison le matin qui avait suivi notre nuit chez Belinda, et nous étions restés enfermés tous les deux depuis. Nous passions la plupart de notre temps dans la chambre de Molly pour rattraper le temps perdu.

Dans nos esprits embrouillés par tant de sexe, nous n'avions toujours pas réfléchi à la façon dont nous allions faire fonctionner cette relation. Nous avions tous les deux un travail et une famille dans des villes différentes. J'étais censé commencer une nouvelle campagne dans un avenir proche en Californie, pourtant je ne voulais pas quitter Molly.

Cependant, les décisions compliquées allaient devoir attendre, car c'était une journée spéciale. C'était l'anniversaire de ma copine.

Il était presque onze heures du matin. Je laissai Molly dormir et me levai pour lui préparer du pain perdu, que j'avais prévu de lui apporter au lit.

Pendant que le café coulait, je décidai d'aller chercher son courrier, qui arrivait tôt en règle générale. Elle m'avait dit qu'elle attendait un colis aujourd'hui. Une fois en bas de l'immeuble, je ne trouvai rien d'autre que plusieurs enveloppes dans sa boîte aux lettres. Je les feuilletai en remontant les escaliers. Il y avait deux factures et une carte d'anniversaire de quelqu'un que je ne connaissais pas, puis j'aperçus une carte venant d'une personne que je connaissais : le père de Molly.

Je ne savais pas quoi en faire. Peut-être qu'il avait prévu de la lui envoyer avant de mourir. Néanmoins, je me préparai à affronter les émotions qu'elle provoquerait dès que sa fille la verrait.

De retour à l'appartement, je posai le courrier sur le comptoir et continuai à préparer le petit déjeuner.

Molly apparut dans la cuisine avant que je puisse le lui apporter au lit.

— Bonjour, *birthday girl*, lançai-je en retournant le pain perdu.

— Bonjour, répondit-elle en frottant ses yeux et en bâillant. Je ne sais pas ce que tu cuisines, mais ça sent bon.

— Ton plat préféré. Du pain perdu. Et ce n'est que le début de ce que j'ai prévu pour toi aujourd'hui.

Je ne savais pas si je devais lui parler de l'enveloppe de son père maintenant ou si je devais attendre qu'elle ait fini son petit déjeuner. Vu la tristesse que ça pourrait engendrer, je décidai de ne rien lui dire avant qu'elle ait mangé.

— Assieds-toi, je vais te servir du café.

Molly s'installa et me laissa m'occuper d'elle. Je nous servis le petit déjeuner et m'assis en face d'elle.

Nous mangeâmes en silence, mais mes pensées ne cessaient de s'agiter. L'un de nous allait devoir quitter son travail et déménager si nous voulions être ensemble. Après un moment, je finis par repousser toutes les questions sans réponses dans un coin de ma tête, en me rappelant que ce n'était pas la journée pour stresser.

Nous terminâmes nos assiettes et je m'approchai du comptoir.

— Sinon... je suis allé chercher ton courrier. Je sais que tu attendais un colis, mais il n'est pas arrivé et j'ai trouvé ça, annonçai-je en lui tendant l'enveloppe.

Molly l'examina et ses yeux s'écarquillèrent.

— Ça vient de mon père...

— Oui.

Elle l'ouvrit lentement et sortit la carte. Elle lut l'avant et la serra contre sa poitrine.

— Tu veux bien la lire pour moi ? me demanda-t-elle.

— Bien sûr, acceptai-je en la récupérant.

Puis je me mis à lire l'écriture de son père.

Ma merveilleuse fille,

Si tu lis ça, c'est que je ne suis plus de ce monde et que j'ai dû rater ton anniversaire. Je m'en excuse. Je suis désolé pour des tas de choses te concernant. Mais peut-être que je suis encore plus désolé de ne pas avoir eu suffisamment de temps avec toi. Je n'ai pas pu profiter de pouvoir passer du temps avec la femme que tu es devenue, celle qui m'a rendu si fier. Je t'aurais invitée dans ton restaurant italien préféré aujourd'hui, et je t'aurais laissée parler pendant que je t'aurais écoutée. Je n'aurais rien souhaité de plus, surtout en ce moment, alors que je suis cloué au lit, incapable de sortir, et encore moins capable d'avaler quelque chose d'aussi délicieux que l'une de ces pizzas.

Comme tu le sais, j'ai travaillé très dur toute ma vie, mais au bout du compte, je n'ai pas pu emporter ma carrière avec moi. Avec le recul, j'aurais aimé passer plus de temps avec mes enfants, et moins de temps à travailler, même si c'est difficile quand on est médecin. Si tu as l'occasion de choisir le travail ou la famille dans la vie, choisis toujours la famille. Parce que ne pas avoir passé assez de temps avec la mienne est mon seul regret alors que je me prépare à passer à l'étape suivante.

Vis chaque jour comme si c'était le dernier, et profite au maximum de ton temps avec les personnes que tu aimes. Prends le temps d'apprendre à connaître ta petite sœur. Elle va avoir besoin de tes conseils et de ton amour. Je suis certain que Kayla se remariera un jour, et ce sera très dur pour Siobhan. Malheureusement, à cause de moi, tu as vécu la même chose, alors Lauren et toi pourrez la réconforter à ce sujet. J'aime tous mes enfants, mais c'est pour toi que je m'inquiète le plus, Molly. Tu es celle qui a le plus grand cœur, et j'espère que tu n'as aucun regret me concernant. J'espère que tu oublieras tout ça. Je sais que tu m'aimes. Ne doute jamais de ne pas me l'avoir suffisamment montré. Tu as fait tout ton possible lors de mes derniers jours pour me prouver que l'amour que tu me portes n'a jamais disparu.

Je te souhaite seulement de trouver un homme qui t'aime au moins autant que moi. S'il te plaît, ne te contente pas de moins. Tu mérites d'être avec quelqu'un qui t'aime de tout son cœur. Et quand tu trouveras cette personne, tu le sauras. Si tu te sens obligée de réfléchir pour savoir si cette personne est la bonne ou non, je vais te dire un secret : elle ne l'est pas. À moins qu'on parle de Declan. (Ça se voit que je l'aime bien, hein ?) Je plaisante. Mon avis n'a aucune importance. Suis TON cœur, ma chérie.

J'ai écrit d'autres cartes malgré mon cerveau embrumé par la chimio, pour que tu puisses avoir de quoi lire lors de tes prochains anniversaires. J'aurais aimé t'avoir écrit suffisamment de lettres pour que tu en aies tout au long de ta vie, mais j'espère que tu chériras celles que je t'ai envoyées. Et je t'en prie, sache que, peu importe où je suis, je serai toujours avec toi.

Je t'aime,

Papa

Molly était en larmes. J'avais moi aussi les larmes aux yeux. Quelque chose me submergea, et à cet instant précis, je compris exactement ce que j'avais envie de faire.

Je récupérai mon téléphone sur le comptoir et appelai Ken, mon patron, en Californie.

— Qu'est-ce que tu fais ? m'interrogea Molly.

— Je suis le conseil de ton père et je fais passer la personne que j'aime avant le reste. Je ne veux avoir aucun regret, Molly.

Ken décrocha.

— Declan. Ravi d'avoir de tes nouvelles. Tu as une idée de ton heure d'arrivée ?

— Oui. Euh... c'est pour ça que je vous appelle, Ken. Il faut qu'on parle.

— Qu'est-ce qui se passe ?

Je fixai Molly et me lançai.

— Je suis désolé de vous faire ça, mais je dois vous donner ma démission.

Elle resta bouche bée, et Ken garda le silence.

— Vraiment ? Il s'est passé quoi ? Tu as été embauché par Integrity ? Je savais qu'ils recrutaient mon personnel, mais...

— Non. Non, ce n'est pas ça.

— Pourquoi tu nous quittes, alors ?

— Je n'ai rien trouvé d'autre, mais ma petite amie vit à Chicago et j'ai besoin d'être avec elle. Je l'aime et je ne veux pas qu'on soit séparés, alors ce n'est pas une question d'argent ou d'autre chose. Je sais juste que c'est la meilleure chose à faire.

Molly continua à rester assise là, la bouche ouverte. Visiblement, elle n'avait pas imaginé que j'allais quitter mon travail pour être avec elle. Mais je faisais le bon choix. Je le savais déjà au fond de mon cœur. La lettre de son père m'avait simplement donné un coup de pouce.

— Eh bien... reprit-il. Si j'avais ton âge, je t'aurais peut-être fait un discours en te disant que c'était la plus grosse erreur de ta vie, mais j'ai vécu assez longtemps pour savoir qu'il faut parfois suivre son cœur.

Je souris.

— Merci pour votre compréhension. J'espère que vous savez que si vous avez besoin de mon avis concernant l'une de mes précédentes campagnes, je serai toujours disponible. J'espère aussi pouvoir compter sur vous pour une lettre de recommandation.

— Bien sûr, Declan. Tu as été un employé modèle. Je te souhaite le meilleur et j'espère que tu as pris la bonne décision.

— Je n'en doute pas une seconde, certifiai-je en regardant ma copine et en lui adressant un sourire.

Après avoir raccroché, Molly essuya ses larmes et vint me prendre dans ses bras.

— Je n'en reviens pas que tu aies fait ça.

— L'un de nous devait le faire, et je ne t'aurais jamais demandé de quitter ta petite sœur, déclarai-je en la soulevant et en la serrant fort contre moi. J'aime être ici, Mollz. Parce que tu es là. C'est la décision que j'aurais fini par prendre, mais les mots de ton père m'ont fait comprendre que ça ne pouvait pas attendre plus longtemps.

— Je t'aime tellement, Declan. Tu me rends incroyablement heureuse. Et je sais que mon père doit nous regarder en souriant.

— J'espère que ça lui prouve une bonne fois pour toutes que je ne suis pas gay.

ÉPILOGUE

Molly

Nous étions samedi matin, et Declan venait de rentrer à l'appartement. Il s'était levé tôt et était parti alors que je dormais encore, donc je le voyais pour la première fois de la journée.

— C'était comment ? lui demandai-je en enroulant mes bras autour de son cou pour l'accueillir à la porte.

— Bien. J'ai rencontré un garçon qui m'a beaucoup fait penser à moi quand j'étais petit.

— Je suis très fière que tu fasses ça.

— Honnêtement, ça m'aide plus moi que ça ne les aide eux. Je ne me focalise plus sur moi, ce qui est une bonne chose.

— Tu as fait un long chemin, mon cœur, confirmai-je en déposant un baiser sur ses lèvres.

Declan faisait du bénévolat tous les samedis matin dans un centre d'aide pour adolescents en ville. Il accompagnait des enfants qui traversaient des périodes difficiles – dont la dépression pour beaucoup d'entre eux, ce qu'il comprenait par expérience.

—Je pense que la plus grande différence entre le moi d'aujourd'hui et celui d'il y a un an, c'est que je ne doute plus de moi, et du fait que je mérite certaines choses ou pas. Maintenant, je choisis juste l'autocompassion, même si rien n'est certain. Mais il faut avoir une base solide pour prendre ce risque. Et c'est toi, ma base, celle qui me permet de croire en moi.

Après avoir démissionné pour rester à Chicago, il était resté sans emploi pendant quelques mois. Nous avions profité au maximum de cette période. Grâce à lui, l'appartement était toujours impeccable, et il préparait constamment des plats délicieux. J'avais posé des vacances et nous étions allés en Californie pour que je puisse rencontrer sa famille. C'était clairement une véritable expérience de pouvoir rencontrer toutes ses sœurs et de prendre une journée pour aller à San Luis Obispo pour voir Catherine au couvent. J'avais ri chaque fois qu'une de ses sœurs l'appelait « Scooter ».

Non seulement c'était génial de pouvoir découvrir la dynamique de sa famille, mais j'avais pu rencontrer ses parents également. Nous avions dormi chez eux et avions passé nos soirées à discuter tous les quatre sur leur terrasse. J'avais été surprise que Declan soit si honnête avec sa mère. Elle avait même parlé de son vécu avec les troubles bipolaires puisque les peurs de Declan étaient liées à ça.

Alors, entre le voyage en Californie et avoir Declan rien que pour moi pendant un moment, j'avais chéri ces premiers mois. Toutefois, nous avions tous les deux été soulagés quand il avait retrouvé un travail dans une agence de publicité locale.

À présent, plus d'un an plus tard, les choses s'étaient stabilisées. J'avais passé un grade au travail qui me permettait de ne plus travailler les samedis et dimanches. J'avais désormais un emploi du temps fixe où j'étais de garde les mardis, mercredis et jeudis. Ce qui me convenait parfaitement parce que je n'avais vraiment pas aimé ne pas pouvoir passer mes week-ends avec mon petit ami.

J'appréciais vraiment les samedis tranquilles comme aujourd'hui. Maintenant que Declan était rentré de son activité bénévole au centre pour ados, je l'aurais pour moi toute seule.

— Quoi de prévu aujourd'hui ? m'enquis-je.

— En fait, j'ai quelques courses à faire. Ça ne te dérange pas de rester un peu ici pendant que je m'en occupe ?

— Non...

— À moins que tu n'aies pas encore mangé ? Je peux te préparer quelque chose pour le petit déjeuner d'abord.

— Non, j'ai mangé un bagel pendant que tu étais au centre.

— Super. Parfait, alors. Je ne devrais pas en avoir pour longtemps.

— Tu dois faire quoi ?

— Juste les choses habituelles pour un samedi, répondit-il. Passer au pressing, aller à la banque avant qu'ils ferment à midi, des trucs comme ça.

— D'accord, eh bien... rentre vite. Enfin, ce n'est pas comme si je n'avais pas une tonne de linge à faire pendant ton absence.

— J'ai vraiment de la chance que ma copine aime s'occuper de mon linge alors que je vois ça comme une punition, ajouta-t-il en me faisant un clin d'œil.

— C'est le moins que je puisse faire étant donné que c'est toujours toi qui cuisines.

Il m'attira contre lui pour m'embrasser.

— Je t'aime. On se voit tout à l'heure, d'accord ?

— Je t'aime aussi.

Après son départ, je descendis à la buanderie de notre immeuble. Je remplis une machine de notre linge, avant de remonter.

À mon arrivée, j'aperçus une enveloppe posée par terre, devant la porte.

Je l'ouvris en pensant que c'était peut-être l'un de ces démarchages pour des services de ménage.

Au lieu de ça, je découvris un mot écrit par Declan.

Est-ce que tu sais que ça fait deux ans aujourd'hui que j'ai déposé ces cupcakes devant ta porte ? Le même jour où tu as accepté que mon pénis et moi venions emménager chez toi. Et si on marquait le coup en rendant ce samedi extraordinaire ? Pour fêter ça, je t'ai organisé une petite chasse au trésor. Alors mets tes baskets et rends-toi à ta première destination. Voici un indice : parce que ma copine aime manger, c'est le seul endroit où mes gnocchis sont distancés.

— Chez Nonna ! m'écriai-je, ma voix résonnant dans le couloir.

Oh, mon Dieu. C'est quoi tout ça ? Est-ce qu'il m'attend là-bas ? Je me précipitai à l'intérieur et partis à la recherche de mes baskets.

La météo était parfaite pour une balade dans le quartier. Toutefois, lorsque j'arrivai au restaurant, je ne sus pas vraiment quoi faire. En passant la porte, j'eus l'impression qu'ils étaient juste en train de préparer la salle pour le service du samedi midi. Il n'y avait aucun signe de Declan.

— Molly ? me demanda la femme à l'accueil.

— Oui, c'est moi.

— Venez vous asseoir, m'invita-t-elle en désignant une table près de la fenêtre.

— Qu'est-ce qui se passe ? l'interrogeai-je. Est-ce que je mange ici ?

— Votre petit ami a demandé qu'on vous serve une petite portion de vos gnocchis préférés, ainsi qu'un cannolo couvert de chocolat. Profitez-en, et ensuite, selon ses instructions, je vous donnerai une enveloppe qui vous mènera à votre prochaine destination.

C'était l'une des expériences les plus étranges de ma vie, mais je décidai de me laisser porter et de profiter de chaque seconde. Je m'installai seule et fixai les gens passer, tout en mangeant mes gnocchis et en sirotant le verre de vin blanc que la serveuse m'avait apportés. Quelques personnes arrivèrent pour déjeuner tôt.

Je tentai de prendre mon temps, mais j'étais impatiente d'avoir cette enveloppe. J'enfournai le cannolo dans ma bouche et le finis en trois grosses bouchées. Je laissai un billet de dix dollars sur la table et me dirigeai vers la serveuse, la bouche toujours pleine.

— Merci beaucoup, c'était délicieux. Je suis prête pour mon enveloppe.

Elle me la tendit.

— Passez une belle journée, Molly.

— Merci.

Une fois sur le trottoir, je me dépêchai de l'ouvrir.

C'est le moment où tu vas peut-être devoir aller récupérer ta voiture. J'ai choisi la prochaine destination parce que je remercie tous les jours le ciel de t'avoir mise sur mon chemin. Si ma sœur Catherine

*était là, ce serait sûrement son repaire préféré. Indice :
ça se termine comme Notre-Dame.*

Je marquai une pause. *Catherine.* Est-ce qu'il y
avait un couvent ici ? Ou une église ?

Se termine comme Notre-Dame.

Puis je compris : Holy Name ! C'était la grande
cathédrale de Chicago.

Je rentrai rapidement à l'appartement pour
prendre ma voiture, puis je tapai ma destination dans
le GPS.

Après un court trajet pour rejoindre le centre-ville,
je trouvai une place de parking et posai les yeux sur le
grand édifice avec ses énormes portes en bronze, en me
demandant ce que j'étais censée faire ici.

À l'intérieur, l'endroit silencieux permettait
d'échapper au vacarme de la ville. Entourée de vitraux
magnifiques, je savourai cette atmosphère apaisante.

— Vous êtes Molly ? m'interpella quelqu'un.

Je me tournai pour voir un homme qui devait avoir
à peu près mon âge, vêtu d'une tenue de cycliste et d'une
veste à capuche. Il devait être coursier à vélo.

— Oui ?

— C'est pour vous, annonça-t-il en me tendant
une enveloppe. Mais avant de l'ouvrir, asseyez-vous un
moment dans la cathédrale. Prenez le temps de faire le
vide dans votre tête et de réfléchir avec gratitude.

Il hocha la tête et s'éloigna.

— Merci, je le ferai, répondis-je, même s'il avait
déjà presque passé la porte.

Alors que je m'installai dans l'église presque vide,
je posai les yeux sur une femme âgée assise à l'avant.
Je me demandais à quoi elle pouvait bien penser, qui

elle avait pu perdre. Je réfléchis à la chance que j'avais. Même si j'avais perdu mon père trop tôt, j'avais un homme qui m'aimait autant que mon père dans ma vie.

Après plusieurs minutes à prier en silence, je me levai en me sentant revigorée. Avant de partir, j'allumai une bougie.

De retour à l'extérieur, je retrouvai le vacarme de la ville. J'ouvris l'enveloppe.

Parce que tu seras toujours la fille de ton père. Pense à la couleur rose.

Mes pensées se mélangèrent lorsque je tentai de comprendre.

La chambre rose chez mon père ! C'était forcément ça !

Mon cœur s'emballa d'impatience lorsque je retournai à ma voiture.

Une fois arrivée à Lincoln Park, le soleil laissa place à une fine pluie quand je montai les marches de la maison de mon père. La porte d'entrée s'ouvrit avant même que je puisse frapper. On aurait dit que Kayla m'attendait.

— Salut, Molly, m'accueillit-elle en souriant, visiblement très amusée.

— Alors tu es complice de ce petit jeu, hein ?

Elle s'écarta pour me laisser passer.

— L'enveloppe t'attend sur le lit dans la chambre rose, mais avant de l'ouvrir, il y a une petite surprise.

— Siobhan est là ? demandai-je en montant à l'étage.

— Non, ta sœur est à la danse.

— Oh, désolée de l'avoir manquée.

Je repérai l'enveloppe blanche sur le lit, et j'eus des frissons.

— Alors, avant sa mort... ton père a laissé autre chose pour toi, en plus des cartes qu'il a écrites, m'apprit Kayla. Le week-end dernier, pendant le dîner, j'ai demandé à Declan quel moment serait le plus approprié pour te donner son cadeau, et il m'a suggéré d'attendre aujourd'hui.

Elle approcha du bureau et me tendit un petit coussin en velours rose.

— Appuie dessus, m'invita-t-elle.

Lorsque je lui obéis, j'entendis la voix de mon père.

— *Je t'aime, ma douce Molly.*

Je le serrai fort alors que les larmes me montaient aux yeux.

J'appuyai de nouveau.

— *Je t'aime, ma douce Molly.*

Sa voix semblait fragile. Il avait dû l'enregistrer vers la fin de sa vie.

— Oh, mon Dieu. Il a fait ça quand ? l'interrogeai-je en me tournant vers elle.

— Je ne sais pas exactement, mais il l'a laissé dans un carton qui t'était destiné.

J'essuyai mes yeux et appuyai encore quelques fois, en chérissant le son de la voix de mon père.

— Je pensais que recevoir cette carte d'anniversaire était génial, mais rien ne peut battre le fait d'entendre encore sa voix.

— Je sais qu'il voulait faire beaucoup plus vers la fin... Il voulait faire toute une série de vidéos pour tes sœurs et toi, mais il était trop faible et ne voulait finalement pas que vous vous souveniez de lui dans cet état.

— Je peux le rapporter chez moi ?

— Bien sûr, il est à toi !

Je la pris dans mes bras.

— Merci, Kayla. J'ignore ce qui m'attend après dans cette chasse au trésor, mais je suis certaine que rien ne peut battre ça.

— Declan t'aime énormément. Tu as trouvé quelqu'un de bien.

— Dis à Siobhan que je l'appellerai pour qu'on sorte la semaine prochaine.

— Elle va adorer.

Je récupérai l'enveloppe, avant de redescendre.

Alors que Kayla se tenait à la porte pour me faire au revoir de la main, je me rendis compte à quel point je la voyais différemment maintenant. J'étais reconnaissante que mon père ait pu passer ses derniers jours avec quelqu'un qui le faisait se sentir accompli.

Dans l'intimité de ma voiture, j'ouvris l'enveloppe pour découvrir où j'allais me rendre ensuite.

Parce que je sais que tu as besoin de tes bonbons préférés quand tu es émue – et pas seulement quelques-uns. Des quantités énormes.

Des quantités énormes. Le magasin de bonbons en vrac !

Je cherchai l'adresse et m'y rendis.

Une cloche sonna lorsque j'ouvris la porte de Poppy's Candyland. Une femme me sourit au comptoir.

— Bonjour... Je suis Molly. Vous avez une enveloppe pour moi ? lui demandai-je.

— Effectivement, confirma-t-elle en me tendant un sac en plastique. Mais d'abord, n'hésitez pas à parcourir notre choix de bonbons.

Elle me fit un clin d'œil et pointa du doigt le coin à gauche de la pièce.

— Les M&M's sont par ici, indiqua-t-elle.

J'empruntai cette direction, et remarquai qu'il y avait deux compartiments à M&M's, l'un rempli de couleurs primaires, et le second ne contenant que des bonbons roses avec une pancarte sur laquelle était inscrit *Molly*.

J'éclatai de rire. *Mais comment?* Les efforts considérables que Declan avait dû déployer pour cette chasse au trésor étaient incroyables.

Je remplis le sac de mes M&M's roses préférés, puis me dirigeai vers le comptoir pour que la vendeuse puisse les peser.

— Inutile de payer, affirma-t-elle en secouant la tête. Votre ami nous a donné bien plus que ce qui est nécessaire pour couvrir le coût de ce sac.

Elle me tendit l'enveloppe.

— Et voici pour vous.

— Merci beaucoup, lançai-je avec un sourire.

De retour sur le trottoir, j'ouvris mon butin.

Parce que tu me manques, il est temps de revenir là où tout a commencé. À très bientôt.

Même si tout ça avait été amusant, il me tardait de rentrer à l'appartement pour pouvoir embrasser l'homme assez dingue pour avoir organisé tout ça.

Le sourire aux lèvres, je repris le chemin de notre immeuble.

Une fois de retour à la maison, mon sac de M&M's à la main, ainsi que le coussin de mon père, j'atteignis le haut des escaliers. Une vision familière m'apporta un sentiment de nostalgie – le même Tupperware que Declan avait déposé devant ma porte deux ans plus tôt. S'il n'y avait pas eu ces cupcakes – ces délicieux dessus de cupcakes que j'avais dévorés –, je n'aurais peut-être jamais cédé et appelé Declan pour lui proposer la chambre.

Je me baissai pour ouvrir la boîte. Six cupcakes avec du glaçage blanc se trouvaient à l'intérieur, avec chacun un mot différent.

Veux
Tu
M'épouser
?
Lance
Toi !

Je couvris ma bouche avec ma main, figée sur place. Je me relevai, et lorsque je me retournai, Declan se trouvait derrière moi, tenant... un panier à linge. Apparemment, il était descendu pour récupérer les vêtements que j'avais abandonnés en découvrant la première enveloppe.

Il écarquilla les yeux et posa le panier.

— Mince ! Tu as roulé à quelle vitesse ? Tu es arrivée plus vite que prévu. La vendeuse du magasin de bonbons m'a envoyé un message quand tu es partie. J'étais censé me trouver derrière la porte avec un genou à terre au moment où tu serais entrée. Mais je me suis dit que j'allais d'abord aller récupérer les affaires que tu as laissées en bas.

Il soupira.

— Mince. La bague est sur le comptoir de la cuisine. Tant d'efforts pour une demande en mariage parfaite. Bon sang, je...

Je fis presque un bond en avant pour le faire taire avec un long baiser.

— C'était parfait. Tout était parfait.

— Sauf mon timing.

— Le timing, ça n'a jamais été notre truc, mais on a fini par y arriver. Et d'ailleurs, te voir t'occuper du linge est presque aussi sexy qu'une demande en mariage chorégraphiée avec un genou à terre.

Je secouai la tête.

— Oh, mon Dieu, Declan. Je n'aurais jamais pu imaginer que cette journée se transformerait en demande en mariage.

Lorsqu'il me serra contre lui, je pus sentir son cœur qui battait la chamade.

— Est-ce qu'on peut au moins faire comme si j'avais tout bien fait ? Accorde-moi deux minutes pour que je range ce panier à linge, ajouta-t-il en le soulevant. Je te dirai quand tu pourras entrer, d'accord ?

— D'accord, monsieur le fou, acceptai-je en riant. J'attends ton signal.

Il se retourna.

— Tu vas dire oui, n'est-ce pas ?

— Évidemment, répondis-je en essuyant mes yeux.

— OK, j'y vais alors.

Il referma derrière lui, et après environ trois minutes, je pus l'entendre derrière la porte.

— Tu peux entrer maintenant !

Lorsque j'ouvris, Declan n'avait pas un genou à terre ni même une bague à la main.

— Cette journée est pleine de surprises, déclara-t-il, les yeux brillants. Qu'est-ce qu'une de plus ?

Un instant plus tard, une dizaine de voix différentes se mirent à crier « Surprise ! ». Des personnes sortirent de tous les coins de l'appartement qui était décoré de ballons roses, et se précipitèrent vers moi. Ma mère. Kayla. Siobhan. Emma. Et, oh, mon Dieu! Les parents de Declan et deux de ses sœurs!

Il me fallut plusieurs minutes pour serrer tout le monde dans mes bras et sécher mes larmes. Puis je partis à la recherche de Declan, mais ne le trouvai nulle part. Jusqu'à ce que je baisse les yeux et l'aperçoive devant moi, un genou à terre.

Il leva les yeux vers moi.

— Si tu crois que cette journée montre à quel point je t'aime, tu te trompes. Rien que je puisse faire ne pourra faire justice à la profondeur de mes sentiments pour toi. Molly Corrigan, j'aurais aimé pouvoir dire que je t'ai aimée dès que j'ai posé les yeux sur toi, mais ça n'a pas été le cas. Tu as été mon amie avant d'être ma partenaire. Je t'ai appréciée et respectée bien avant de tomber éperdument amoureux de toi. Mais une fois que c'est arrivé, il n'était plus question de revenir en arrière. Emménager à Chicago a été la deuxième décision la plus facile à prendre. La première a été de décider de te demander en mariage aujourd'hui, lors du deuxième anniversaire du jour le plus chanceux de ma vie.

Il ouvrit l'écrin, exposant un magnifique solitaire rond et scintillant.

— Veux-tu m'épouser?

J'étais trop submergée par l'émotion pour prononcer un *oui*, même si techniquement, je l'avais déjà dit dans le couloir.

Il passa la bague à mon doigt, puis se leva pour me prendre dans ses bras. J'avais presque oublié que je tenais toujours le coussin de mon père, jusqu'à ce que sa voix résonne :

— *Je t'aime, ma douce Molly.*

Oui, papa était là aussi. Je ne pensais pas que cette journée puisse être encore meilleure, mais chaque instant me prouvait le contraire.

— Oui, monsieur Corrigan, je vous ai entendu. Ne vous inquiétez pas, certifia Declan en souriant, les yeux rivés sur moi. Je prendrai bien soin d'elle.

REMERCIEMENTS

Merci à tous les blogueurs géniaux qui nous ont aidées à faire découvrir *Sans faux-semblant* aux lecteurs. Nous sommes très reconnaissantes de votre soutien.

À Julie, merci pour ton amitié et d'être toujours partante pour nos petites aventures !

À Luna, merci pour ton amitié, tes encouragements et ton soutien. Ta force et ta détermination nous inspirent toujours.

À notre super agent, Kimberly Brower, merci de toujours croire en nous et de travailler si dur pour nous !

À Jessica, c'est toujours un plaisir de travailler avec une éditrice comme toi. Merci de t'être assurée que Molly et Declan soient prêts à rencontrer les lecteurs.

À Elaine, une incroyable éditrice, correctrice, maquettiste et amie. On t'apprécie énormément !

À Julia, merci d'avoir relu une dernière fois ce roman.

À Kylie et Jo de Give Me Books Promotions, nos sorties seraient impossibles sans votre travail acharné et votre dévouement pour nous aider à en faire la promotion.

À Sommer, merci d'avoir donné vie à Declan sur la couverture. Ton travail est parfait.

À Brooke, merci d'avoir organisé cette sortie et d'avoir géré tous les jours une partie de nos listes de choses à faire interminables.

Et pour finir en beauté, merci à nos lecteurs. Nous continuons d'écrire grâce à votre soif de lire nos histoires. Nous adorons vous surprendre, et nous espérons que vous avez aimé ce livre tout autant que nous avons aimé l'écrire. Comme toujours, merci pour votre enthousiasme, votre amour et votre fidélité. Nous vous aimons !

Avec toute notre affection,
Penelope et Vi

DE PENELOPE WARD & VI KEELAND

À UNE LETTRE DU BONHEUR
https://vikeeland.com/country/france/

NOS LETTRES ENFLAMMÉES
https://vikeeland.com/country/france/

BIEN À VOUS
https://vikeeland.com/country/france/

DE PENELOPE WARD

Disponible dès maintenant
https://books2read.com/u/3yeXpZ
Hors d'atteinte
Step Brother
The Boy Next Door
Room Hate
Mack Daddy
Hors d'atteinte
Mon Voisin Idéal… Ou Pas
Love Online
The Crush

DE VI KEELAND

Bientôt disponible
https://vikeeland.com/country/france/

Chers lecteurs,

J'espère que vous avez aimé l'histoire de Declan et Molly ! Afin d'être informés de notre actualité, n'hésitez pas à rejoindre notre groupe Facebook!

Rejoignez le groupe des lectrices de Vi Keeland
(https://www.facebook.com/
groups/841227192640345)

**Rejoignez le groupe des lectrices
de Penelope Ward**
(https://www.facebook.com/
groups/715836741773160)

**Inscrivez-vous à sa liste de diffusion pour être
informé·e de ses prochaines publications !**
(https://www.subscribepage.com/vi-keeland-
penelope-ward-french)

À PROPOS DE L'AUTEURE

Penelope Ward est auteure de best-sellers au classement du *New York Times*, *USA Today* et *Wall Street Journal*.

Elle a grandi à Boston avec cinq grands frères et a été présentatrice de journaux télévisés quand elle avait une vingtaine d'années. Aujourd'hui, Penelope vit à Rhode Island avec son mari, leur fils et leur jolie fille atteinte d'autisme.

Auteure de plus de vingt-cinq romans, elle a vendu plus de deux millions de livres et a fait partie de la liste de best-sellers du *New York Times* vingt et une fois. Ses livres ont été traduits dans plus d'une douzaine de langues et sont disponibles dans les librairies du monde entier.

À PROPOS DE L'AUTEURE

Vi Keeland est une auteure de best-sellers n° 1 au classement du *New York Times*, n° 1 au classement du *Wall Street Journal* et figurant au classement de *USA Today*. Avec des millions d'exemplaires vendus, ses titres sont mentionnés dans plus d'une centaine de listes de best-sellers et sont actuellement traduits en vingt-cinq langues. Avec son mari et ses trois enfants, elle habite à New York où elle vit son propre conte de fées avec le garçon qu'elle a rencontré à l'âge de six ans.